U0606424

庆 祝 中 国 共 产 党 成 立 一 百 周 年

—— 百部 ——

优秀剧作

典藏

1921—2021

9

作家出版社

目　录

·豫　剧·

程婴救孤

陈涌泉

人　物　屠岸贾、程婴、公主、公孙杵臼、彩凤、孤儿、韩厥、魏绛、门客、程妻、众宫女、众家将、众校尉、众士兵。

序　幕

〔幕启。

〔晋宫森然。

〔追光下，屠岸贾手托圣旨，骄横恣肆。

屠岸贾　国君有令：查晋国丞相赵盾父子，居功自傲，欺君罔上，罪在不赦，着令：满门抄斩，诛灭九族！

〔追魂号声起，一队刀斧手举刀上，杀气腾腾。刀落处，杀人者转换成被杀者，霎时间，尸横堂户，血浸台阶，场景惨烈。

〔门客踏着血迹走到屠岸贾面前。

门　客　（谄谀）大人，魏绛手握兵权，被您赶到边关；赵盾把持朝政，让您斩尽杀绝。一文一武全收拾了，从此在晋国大人可是这个了啊！（竖起大拇指）

屠岸贾　（肆无忌惮地仰天大笑）哈哈哈——（突然收住）不，还没杀绝。

门　客　咋没杀绝，三百多口全杀了。

屠岸贾　驸马虽死，但公主身怀有孕，不久就要临盆。尔等严密监视，一旦分娩，不管是男是女，即刻斩草除根！

〔切光。

第一场

〔黑暗中传来婴儿的啼哭声。

〔光起。

〔冷宫。

〔公主怀抱婴儿，形容憔悴，忧心如焚。

公　主　（唱）天下人悲苦，

尽在我心头。

犹如秋夜雨，

一点一声愁。

人家生儿喜，

我满腹都是忧：

怕儿再遭贼毒手，

赵家这一脉骨血也难留！

苍天啊，

为什么蠹国奸臣权在手，

报国忠良一旦休？

〔婴儿啼。

公　主　（惊骇）儿啊，不要哭了，让屠岸贼听到，焉有你的活命！

〔婴儿像是听懂了母亲的话，很乖地止住哭声。

〔程婴内唱："恨贼人霸朝廊晋国蒙难——"由彩凤带路，身背药箱急匆匆上。

程　婴　（接唱）悲丞相与驸马饮刀衔冤；

叹公主被困在冷宫深院，

忧孤儿刚落地即陷凶渊；

随彩凤进宫把公主探看，

救孤儿脱危难抢在贼前！

〔彩凤引程婴进宫。

彩　凤　公主，程先生来了。

程　婴　（揖）参见公主。

公　主　程先生！

程　婴　公主，此地不可久留，快将婴儿交给我吧。

公　主　（突又不放心）你果真敢救他出宫？

程　婴　公主啊！想我程婴，不过是个草泽医人，幸得赵府垂爱，常到府上走动，耳闻目睹，深知赵家七世忠良名不虚传。只因当今国君荒淫无度，不理朝政，寻欢作乐，残害黎民；屠岸贾助纣为虐，为虎作伥，晋国上下怨声载道，危机四伏，赵丞相痛感国君不君，看透屠岸贾独霸朝政窃国野心，为社稷、为黎民冒死直谏。国君与屠岸贾必欲置之死地而后快，赵家三百多口尽成冤魂，举国百姓无不痛心疾首。今孤儿危在旦夕，我岂能袖手旁观、见死不救?!

公　主　程先生，赵家仅此一脉，你若能救他出宫，三百英灵地下有知，定会感谢你的大恩大德！（跪拜）

程　婴　（急忙搀起公主）公主放心，程婴豁出性命，也要把孤儿救出宫去。

〔婴儿啼。

公　主　儿啊！（唱）

怀抱娇儿泪雨降，
点点洒向儿脸庞。
可怜儿未出生父已命丧，
刚落地又要离亲娘。
莫非儿也知分离苦，
哭得娘胆战心又慌！

彩　凤　公主，快将孤儿交给程先生，等屠岸贾进宫就来不及了！

〔屠岸贾内声："校尉们！"

〔众校尉内声："有。"

〔屠岸贾内声："把住宫门，严密盘查出入人等，有盗出孤儿者，全家处斩，九族不留！"

〔众校尉内声："啊！"

〔三人闻声色变。

公　主　（惊魂出窍）这、这可如何是好?

程　婴　（很快镇定下来）公主，快把婴儿交给我吧。

公　主　如今宫门把守甚严，此去九死一生，我怎忍心连累先生！

程　婴　公主啊！（唱）

说什么九死一生心何忍，
不这样怎救小官人?
坐等贼来唯余死，
施援手尚有生机存。

刀山火海虎狼阵，

不可为而为之我要勇闯宫门！

公　主　如此说来请受我母子一拜。（跪地再拜）

程　婴　（急扶公主）公主不可！（打开药箱）快把婴儿放入药箱。

〔公主把婴儿放入药箱。

程　婴　（对婴儿）小官人，我只求你一件，出门之时，千万莫要啼哭，记下了？（背起药箱）公主，程婴告辞了。（急下）

〔公主、彩凤目送程婴向宫门走去，两颗心都提到了嗓子眼里。

〔暗转。

〔冷宫门口。韩厥率校尉把守宫门。

〔程婴忐忑走来，被韩厥拦住。

韩　厥　站住！什么人？

程　婴　适才进宫的草泽医人。

韩　厥　进宫何事？

程　婴　给公主探病。

韩　厥　公主身患何症？

程　婴　惊风之症。

韩　厥　出宫可有夹带？

程　婴　并无夹带。

韩　厥　嗯，去吧。

程　婴　谢将军。（慌忙欲下）

韩　厥　（注意到程婴背的药箱）转来！

程　婴　将军何事？

韩　厥　这箱内装些什么？

程　婴　（故作镇静）都是些生药：桔梗、甘草、薄荷……

韩　厥　打开我看。

程　婴　（紧张，下意识护住药箱）不看也罢。

韩　厥　要看。

程　婴　将军……

韩　厥　来人！

程　婴　慢！将军一定要看？

韩　厥　（态度坚决）一定要看。

程　婴　（两眼盯着韩厥，目光中充满祈求）将军，你可要看好了。

韩　厥　休得啰唆！

程　婴　（被逼上绝境，破釜沉舟，毅然打开箱子）你——来——看！

韩　厥　（向药箱内看去，惊）啊！（示意两厢校尉退下，捧起药箱）你道只有桔梗、甘草、薄荷，怎么还有人——参呢？

程　婴　（跪地）将军啊，事已至此，我就实话实说了吧——只因俺目睹忠良被害，义愤填膺，如今赵家只剩这一个小小婴孩，屠岸贾还不放过，定要斩草除根，因而才冒死相救。

韩　厥　（重新审视程婴）你叫什么名字？

程　婴　程婴。

韩　厥　（不露声色）今日落到我手，还有何话讲？

程　婴　（大义凛然）是杀是剐悉听尊便。只求将军能念起死去的冤魂，给赵家留根血脉，给孤儿留条小命吧！

韩　厥　（深受震撼，念）

　　　　低头看孤儿，
　　　　抬头观程婴。
　　　　草民尚如此，
　　　　将军岂惜身？

程　婴　（期待地）将军……

韩　厥　程婴！（唱）

　　　　你为赵氏存遗胤，
　　　　韩厥也有保孤心。
　　　　放你山林深处隐，
　　　　快携孤儿出宫门。

程　婴　谢将军！（抱药箱欲下又止）

韩　厥　因何不走？

程　婴　将军，你把我和孤儿放走，屠岸贾面前你如何交代？

韩　厥　这就不劳你多虑了，只求你答应我一件——

程　婴　将军请讲。

韩　厥　日后不管发生什么，一定要保孤儿平安。

程　婴　请将军放心，有程婴在就有孤儿在，程婴誓与孤儿共存亡！

韩　厥　好，痛快！

程　婴　将军……

韩　厥　还有何事？

程　婴　你还是随我一同逃走吧。

韩　厥　先生是怕我封不住这张口吗？

程　婴　非也！

韩　厥　程婴，大丈夫敢作敢当，一诺千金，宁可站着死，绝不跪着生。俺韩厥保孤之心苍天可鉴，你放心出宫去吧！（言毕拔剑自刎，直挺挺地立着，像一座伟岸的山）

程　婴　（被韩厥的壮举惊呆，痛呼着跪步上前，叩头在地）韩将军啊——

（唱）霎时将军把命尽，

一腔豪气冲九穹。

你为保孤不畏死，

程婴焉能惜性命？

我与将军再盟誓，

定把孤儿抚养成！

（携孤儿下）

〔屠岸贾率军上。

屠岸贾　（环视）因何不见韩厥把守？

门　客　（叫）韩将军，韩将军！（发现尸体）啊，大、大人，韩厥他、他自刎而死啦！

屠岸贾　（查看）其中定有隐情，速速进宫搜验！

门　客　是。

〔门客带校尉下，旋又慌慌张张上。

门　客　禀大人，婴儿不见了。

屠岸贾　定是被贼人盗走。（思索少顷）传令：三日之内献出孤儿有赏，如若不献，哼，晋国半岁以下婴儿全部斩尽杀绝！

校　尉　是。（下）

门　客　大人，那彩凤跟随公主左右，定知其中隐情，何不叫来审审？

屠岸贾　当着公主多有不便，带回府中审问！

〔切光。

〔铜锣声。

〔光起。

〔众校尉鸣锣过场，反复吆喝，声浪震天。

众校尉 司寇大人有令：限三日之内，献出孤儿者有赏；如若不献，晋国半岁之下婴儿全部处斩！

〔切光。

第二场

〔光起。

〔程宅前。

〔公孙杵臼上。

公孙杵臼 （唱）辞朝廊返故里田园归隐，

忧社稷怀黎民难改赤心。

恨屠贼矫传令追杀声紧，

眼看着众婴孩要成冤魂。

离柴门来程宅急传音信，

带惊哥避凶险同隐山林。

（叩门）贤弟开门。

〔程婴警惕上，隔门向外窥视。

公孙杵臼 程贤弟，我是公孙杵臼啊。

程　婴 哦，公孙兄请稍候。（开门）公孙兄，哪阵风把你吹到寒舍来了？

公孙杵臼 屠岸贾的告示你可看到？

程　婴 举国上下谁人不知啊！

公孙杵臼 贤弟新得贵子，愚兄放心不下，有心将贤侄带入山林暂避一时，不知你意下如何？

程　婴 这个么……

公孙杵臼 怎么样了？

程　婴 容我三思。

公孙杵臼 事情危急，贤弟还因何犹豫？

程　婴　我……

公孙杵臼　（注意到程婴神情异常）你有事情瞒着愚兄。

程　婴　无有啊。

公孙杵臼　今日进得门来，就觉你神色异常，凭愚兄多年了解，你定是遇到了不小的难题，为何不能说出来让为兄替你分担一二呢？

程　婴　（欲言又止）不，我不能牵连于你。

公孙杵臼　贤弟啊，你我相知多年，情同手足，说什么牵连不牵连。如果你还认愚兄，就快快讲来才是啊！

程　婴　也罢。老大夫，你可知那救孤之人他是哪个？

公孙杵臼　他是哪个？

程　婴　就是我。

公孙杵臼　（惊）啊！那孤儿现在何处？

程　婴　就在房中。

公孙杵臼　你、你将如何处置？

程　婴　我思虑一宿，只有一条路——舍子……救孤。

公孙杵臼　（震惊）舍子救孤？！

程　婴　此事既然你已知晓，就请老大夫前去出首，就说是我程婴盗走孤儿，那时俺父子一处身死，一则救了忠良之后，二则免去举国婴儿之灾。只是这赵氏孤儿么，还请老大夫收留下来，将其抚养成人。

公孙杵臼　你能舍命也罢，你能舍去你的亲生儿子？

程　婴　（艰难地说出一个字）能。

公孙杵臼　（穷追不舍）即便你能舍子，你那夫人她、她能忍心舍去你和儿子？

程　婴　（落泪）你不要问了。

公孙杵臼　我一定要问。

程　婴　实不相瞒，昨夜我们夫妻抱头痛哭，彻夜未眠。

〔另一表演区，程妻怀抱儿子惊哥，亲吻爱抚，依依难舍，悲痛欲绝。

程　婴　（悲情叙说）人心都是肉长的，别人的孩子是孩子，我程婴的孩子也是孩子啊！况我中年得子，能舍得送他去死吗？夫人与我恩爱多年，一下子让她经历夫丧子亡的双重打击，她实在承受不起啊！可思来想去没有别的办法，不这样就救不了孤儿和举国婴儿啊！

〔程妻母子隐去。

公孙杵臼 也许，屠岸贾还不至于把举国婴儿斩尽杀绝？

程　婴 他已经疯了，杀红了眼。我们不能对一个疯子心存侥幸，更不能拿举国婴儿的性命做赌注！

公孙杵臼 （点头）看来你我二人必有一人舍命，一人抚孤。可你想过无有，把孤儿养大成人，少说也得十几年，你看老夫这般年纪，已是风烛残年，来日无多，哪一天突然闭了眼，留下孤儿叫他如何是好？

程　婴 这？

公孙杵臼 （主意已决）贤弟既然舍得亲子，老夫难道舍不下这条老命？依我之见，我将你儿带到太平庄上，你到屠岸贾那里去出首，就说我隐藏孤儿不献，那时屠岸贾必然来搜，搜出必然要杀，就让老夫陪你儿惊哥一同去死吧！

程　婴 老大夫，我怎忍让你去死啊！

公孙杵臼 贤弟，死有时比生要容易得多啊！我一死了之，就算睡过去了。可你还要活下去，不但要忍受失子之痛，还要含辛茹苦抚养孤儿成人；在真相大白之前，更要承受世人唾骂，骂你背信弃义，贪功邀赏，势利小人，丧尽天良……你会生不如死，那滋味不好受，你可要撑得住、忍得住、熬得住啊！

程　婴 公孙兄！

公孙杵臼 （唱）我走后你要受万般苦痛，
身和心受煎熬艰难丛生。
请贤弟咬紧牙忍辱负重，
待孤儿成人后自会正名。

程　婴 （唱）为孤儿你舍命令人钦敬，
叮咛语为弟我牢记心中。
霎时间年迈人就要丧命，
都怪我连累你不能善终。

公孙杵臼　（唱）你不必为此事伤心悲痛，
　　　　　　救孤儿死贼手称得善终。
　　　　　　叫贤弟再莫要犹豫不定，
　　　　　　将惊哥交与我依计而行。
程　婴　（唱）仁兄你黄泉路上等一等，
　　　　　　待孤儿成人后随你而行。
　　　　　　那时节老哥俩泉下相会，
　　　　　　咱二人再叙说别后之情。
公孙杵臼　贤弟！
程　婴　仁兄！
公孙杵臼　好兄弟！
程　婴　老哥哥！
　　〔二人仰天大笑，而后双双跪地，紧紧抱在一起。
　　〔切光。

第三场

　　〔光起。
　　〔屠岸府。
　　〔屠岸贾高坐堂上，抚琴低吟，透着杀气。
屠岸贾　（吟）冷宫外布下了天罗地网，
　　　　　　小孤儿竟然能飞出宫墙。
　　　　　　那韩厥自刎死内有文章，
　　　　　　审彩凤定然要探知其详。
　　带彩凤！
校　尉　带彩凤！
　　〔彩凤内唱："贼府好比阎罗殿——"
　　〔众校尉内声："走！"押彩凤上。
彩　凤　（接唱）屠岸凶似鬼判官。
　　　　　　校尉如狼声声喊，
　　　　　　彩凤昂首到堂前。

屠岸贾 （走向彩凤）彩凤姑娘，你冰雪聪明，可知老夫因何请你？

彩　凤 司寇大人高深莫测，小女子实在不知。

屠岸贾 （厉声）我来问你，婴儿哪里去了？

彩　凤 （淡然）死了，落地就死了。

屠岸贾 哼，说什么落地而死，分明是勾结外人盗走婴儿，我劝你早早招出实情，免受皮肉之苦。

彩　凤 任你动刑，死而无招！

屠岸贾 如此说来就别怪老夫不客气了，用刑！

〔二校尉给彩凤上拶刑。

彩　凤 （唱）拶刑之下指欲断，

钻心疼痛似刀剜。

任你老贼再凶残，

想让我招难上难！

门　客 （近前）彩凤姑娘，你还是放聪明些。看你这双小手，原本白白嫩嫩，多美啊！他们就这么轻轻一拉，嘿嘿，霎时血肉模糊，好惨啊！不过这还是轻的，再不招供，你这花容月貌连同小命怕就保不住了。

彩　凤 告诉你们，进来我就没打算活着出去。连一个刚落地的婴儿都不放过，你们哪里还有半点人性！

屠岸贾 人性？今天我就让你看看什么叫人性。狠狠地打！

〔众校尉挥动皮鞭，雨点般抽向彩凤。彩凤痛苦地翻滚挣扎着，最终昏倒在地。

门　客 （兴冲冲报）禀大人，好消息，有人出首孤儿。

屠岸贾 （惊喜）噢？快快有请。

门　客 （冲内）有请！

〔程婴上，看到地上倒着一个血肉模糊的女子，心头一震。

程　婴 叩见屠岸大人。

屠岸贾 你是何人？

程　婴 草泽医人程婴。

彩　凤 （昏迷中像被雷击，惊起，目光如剑，怒视程婴）你来做甚？

程　婴 （这才认出那女子原是彩凤，一时不知如何开言）我……我……

我来出首孤儿。

彩　凤　（震惊）你说什么？

程　婴　我来出首孤儿。

彩　凤　（怒火中烧）你这背信弃义、丧尽天良的小人！

〔彩凤挣扎着扑上去撕咬程婴，屠岸贾一剑将她刺中。

程　婴　（惊叫一声）啊！

彩　凤　程婴……到阴间……我也不会……放过你！（像一块美丽的玉碎在地上）

程　婴　（强压悲痛）哎呀！

屠岸贾　（盯着程婴）你怎么样了？

程　婴　（掩饰，装出一副畏缩的样子）小人怕、怕、怕见杀人。

屠岸贾　（颇有些瞧不起，睨视程婴）孤儿现在何处？

程　婴　太平庄公孙杵臼家中。

屠岸贾　（审慎盘问）你与公孙杵臼有冤？

程　婴　无冤。

屠岸贾　有仇？

程　婴　无仇。

屠岸贾　既无冤仇，因何告发于他？

程　婴　只因司寇大人有令，三日之内若无孤儿下落，要将晋国半岁之下婴儿斩尽杀绝。程婴四十有五，新得一子，尚未满月，怕受牵连，才来出首。

屠岸贾　孤儿在公孙杵臼处你怎知晓？

程　婴　小人与他多有交往，昨日给他探病，见卧房内有一婴儿，想他早已年过花甲，怎会有婴儿？况婴儿身上带有宫中之物，因而猜想定是孤儿无疑。

屠岸贾　（狐疑尽释）噢，果真如此，我会大大封赏于你。

程　婴　小人不要封赏，唯有一事相求。

屠岸贾　讲。

程　婴　赵家结交多有侠义之士，小人给司寇大人办了这件大事，生怕被人报复，只求大人日后保我父子平安。

屠岸贾　这有何难！老夫膝下无子，就将你儿认为螟蛉义子，你一家搬入我府，看谁敢加害于你。

程　婴　如此小人就高攀了。

屠岸贾　校尉军！

众校尉　有！

屠岸贾　兵发太平庄！

〔切光。

第四场

〔光起。

〔太平庄。

〔公孙杵臼端坐门首把酒临风。

公孙杵臼　（吟）美酒醉人兮人不醉，

笑看沧桑兮如浮云。

〔屠岸贾率众上，程婴随上。

屠岸贾　校尉军，将太平庄团团围住！

〔众校尉冲下。

公孙杵臼　啊，司寇大人，既到门前，何不进寒舍一坐？

屠岸贾　哼，公孙杵臼，你可知罪?!

公孙杵臼　老夫何罪之有？

〔众校尉复上。

校尉甲　禀大人，不见孤儿。

屠岸贾　老匹夫，你藏得好！说，孤儿藏在何处？

公孙杵臼　什么孤儿，老夫一概不知。

屠岸贾　程婴，与他对证！

程　婴　老大夫……

公孙杵臼　（故作惊状）程婴，你！

程　婴　快把婴儿交出来吧，司寇大人都知道了。

公孙杵臼　你血口喷人！我与你无冤无仇，因何要陷害老夫？

屠岸贾　不想交？那就别怪我不客气了。给我狠狠地打！

〔校尉甲将公孙杵臼扑倒在地，举棍便打。

程　婴　大人，这老匹夫嘴硬，打他无益，不如挖地三尺，定能搜出孤儿。

屠岸贾　校尉们！

众校尉　有！

屠岸贾　挖地三尺！

〔众校尉冲下。

〔内传出婴儿啼哭。门客托程婴之子惊哥上。

门　客　（兴高采烈）大人，在地窖中搜到孤儿。

〔公孙杵臼冲上想抢夺，被众校尉紧紧拦住。

公孙杵臼　屠岸贼子，还我孤儿！

屠岸贾　（接过婴儿，一阵狞笑）小孽种，你让我找得好苦啊！（猛地掐死婴儿，摔到地上）

〔婴儿哭声陡止，屠岸贾又补上一剑。

〔程婴心在淌血，浑身颤抖。

公孙杵臼　（高声叫骂）贼子，你伤天害理，总有一天会死无葬身之地！

屠岸贾　（狞笑）死到临头，嘴巴还不干净。我死无葬身之地？真有那一天，你也看不到了！

〔屠岸贾一挥手，众校尉挥戟刺向公孙杵臼。

〔公孙杵臼被高高挑起——他死去，在距离天空最近的地方。

门　客　（讨好）大人，这回可是真的杀绝了。

屠岸贾　（露出疲态）我累了……（隐去）

〔切光。

〔一束追光下，程婴踉踉跄跄奔向一老一小两具尸体。

程　婴　（悲痛欲绝）公孙兄，惊哥儿啊！（唱）

哭一声我儿惊哥，
再叫声公孙仁兄，
你们惨死贼手、双双命送、血洒黄土、尸首不整，
我、我肝胆欲碎、叫天不应、两眼泣血、万箭穿胸！
公孙兄啊，
都是我给你招的祸，
连累你年迈苍苍无善终。
先前相知是你我，

今后知心还有何人？
你为保孤丧了命，
我程婴绝了后代根！
惊哥儿啊，
可怜你十几天前才落地，
来世上满打满算半月零。
言语你还听不懂，
人情世故看不清。
没明白人间是咋回事，
已被夺去小生命。
临行前没吃上一口奶，
没听到爹娘唤儿声。
儿啊儿，普天下哪个父亲都爱儿，
我中年得子更心疼。
人常说虎毒不食子，
爹爹我竟成了害你的元凶！
眼睁睁看着贼人活活将你害，
我不能挡、不能救、不能躲、不能吭，
眼泪往肚里流不敢哭出声！

〔周围各种唾骂声骤起，排山倒海般卷向程婴：

"程婴，你这个背信弃义的小人！"

"你的良心叫狗吃了！"

"天打雷劈，你不得好死！"

……

〔愤怒的人群开始对程婴掷石头。

〔程婴躲避着，慌乱中摔倒在地，几次想挣扎着爬起，又被雨点般的石头砸倒。

程　婴　（趴在地上边挣扎边喃喃自语）不，我不是小人，我不是小人。苍天啊，我可以遭误解，受屈辱，但你一定要给我时间让我证明这一切啊！（缓缓从地上抬起头，原来乌黑的胡子已变得花白）

〔世界突然静止，远远传来阵阵儿歌声：

"老程婴，坏良心，

他是一个不义人。

行出卖，贪赏金，

老天有眼断子孙……"

〔儿歌声中，四季轮回，漫天风雪中，程婴佝偻着身躯向远处走去……

〔儿歌声在天地间回响不绝。

〔切光。

第五场

〔光起。

〔十六年后。

〔郊外，春意盎然。

〔众宫女引公主上。

公　主（唱）冷宫深锁重重怨，

血泪暗弹十六年。

梦里常见亲人面，

哀哀相告鸣屈冤。

喜新主登基天地变，

禁锢的身心重归自然；

更喜那魏元帅就要回转，

阴霾将尽现晴天。

翘首西望把魏绛盼，

盼早日慰忠魂铲锄权奸。

亲人们一个个衔冤死，

至今含恨在九泉。

众侍儿前面把路引，

京郊外清酒祭英贤。

（登高祭奠亲人）

〔孤儿内声："家将们，郊外涉猎去者！"率家将跃马奔上，搭箭射鹿。

家　将　少爷，梅花鹿带箭而逃。

孤　儿　追！（欲下）

〔公主闻声抬头，不经意地看到孤儿，目光便被牢牢吸引住了——在这少年身上，她看到了熟悉的影子。

公　主　等一等。

孤　儿　夫人，你叫我？

公　主　（缓缓走向孤儿）请问少将军家住哪里？

孤　儿　家住京城啊。

公　主　今年多大？

孤　儿　打罢新春刚满一十六岁。

公　主　（心头一震）一十六岁！（唱）

猛然间闯眼里一个身影，
真好似夫赵朔当年音容。
我的儿若在世与他同龄，
回想起小娇儿热泪汹涌。

孤　儿　（唱）为什么她这样伤心悲痛，
两眼泪潸然下为了何情？
鹿引路我与她有缘相会，
就应该施援手问个究竟。

啊，夫人，你因何哭泣？

公　主　我……

孤　儿　莫非谁欺负了你，俺最爱打抱不平，说出来替你出气！

公　主　没什么，我只是想起一个人来。

孤　儿　一个人？

公　主　一个和你一般大的少年。

孤　儿　我猜他一定是你儿子。

公　主　（点头）正是。

孤　儿　听你口气，他好像不在你身边，他去哪里了？

公　主　他，去了一个很远、很远的地方。

孤　儿　噢。其实你也不必太难过，去得再远，总有一天会回到你身边。

公　主　只怕是回不来了。

孤　儿　肯定会回来的，儿子都想妈妈。唉，他真好，有妈妈想。不像我，一生下来母亲就去世了……

公　主　原来你也是个苦命的孩子。

家　将　少爷，咱早点儿回去吧，玩得太久司寇大人又要骂小人了。

〔公主闻言一愣。

孤　儿　知道了。（朝公主一揖）告辞了，夫人多多保重。（欲下）

公　主　慢！你们说的是哪个司寇大人？

家　将　就是屠岸大人。

公　主　（震惊）他是你什么人？

孤　儿　乃是我义父。

公　主　（急问）你父亲是谁？

孤　儿　程婴。

公　主　（雷击一般）程婴！

孤　儿　（扶）夫人，你怎么样了?!

宫　女　（冲过来推开孤儿）滚开！我当是谁呢，原来是背信弃义、丧尽天良的程贼的孽种！

家　将　你敢骂我家老爷！

宫　女　骂他是轻的，见他我还要咬他几口呢！

家　将　（抽刀）你！

孤　儿　（拦）这位小姐姐，你把话说清楚了，我爹爹怎么背信弃义，怎么丧尽天良了？

宫　女　懒得理你！

公　主　不要对他这样，他是无辜的。

宫　女　公主，他爹害死了您的儿子，您还护他！

孤　儿　（惊）公主，她是公主？我爹害死了她的儿子？不可能！我不相信!!

宫　女　不信回家问你爹去。

孤　儿　你等着。（叫家将）走！（下）

〔公主目送孤儿远去，心力交瘁。

宫　女　哼，老天有眼，为啥不让程婴断子绝孙！

〔内传出锣声、吆喝声："魏元帅班师还朝，闲人回避喽！"

〔公主闻声精神大振。

〔旌旗猎猎，刀光闪闪，兵车辚辚，战马萧萧，魏绛率军过场。

〔切光。

第六场

〔光起。

〔书房里，程婴正激动地提笔作画。

〔远处儿歌声隐隐传来：

"老程婴，坏良心，
他是一个不义人。
行出卖，贪赏金，
老天有眼断子孙……"

程　婴（唱）儿歌声一阵阵耳边回荡，
骂程婴行出卖丧尽天良。
十六年每闻儿歌心欲碎，
无限的屈辱悲愤胸中藏；
十六年孤儿他不知真相，
多少次欲说实情口难张；
十六年熬得两鬓如霜降，
熬到了魏元帅返回朝廊。
提竹笔把往事画成图样，
等孤儿回来后打开天窗。

（继续作画）

〔孤儿急匆匆上。

孤　儿（唱）公主郊外泪汪汪，
宫女话里有名堂。
此事叫人费猜想，
急问原因进书房。

（一脚踢开房门）爹爹！

程　婴　（手中的笔一抖）吓为父一跳。儿啊，你气冲冲为了何事？

孤　儿　街头巷尾常有儿歌骂你背信弃义，到底为何？

程　婴　你怎么又问起来了？

孤　儿　因为你从来没给我解释清楚。

程　婴　你想知道什么？

孤　儿　你是不是把公主的儿子害死了？

程　婴　（吃惊）你听谁说的？

孤　儿　公主。

程　婴　（震惊）公主！你、你在哪里见到她的？

孤　儿　你慌了，看来是真的。你为何要害一个无辜的婴儿？

程　婴　儿啊，别人误解我也罢，连你也不相信为父了吗？

孤　儿　（赌气）我不是你的儿子，你、你也不是我的父亲！

程　婴　（浑身颤抖，良久才缓过气，缓缓地）你说对了，你本来就不是我的儿子，我本来也不是你的父亲。

孤　儿　（流泪）爹爹，我是不想让别人骂你啊！

程　婴　（取画）儿啊，你先看看这个。别人为何骂我，我到底害没害公主的儿子，答案都在这画中。

孤　儿　（怀疑地接过画）都在这画中？（看画）这穿红的见人就杀，男的、女的、老的、少的，包括这个婴儿。他怎么这样残忍啊？

程　婴　看得不错。

孤　儿　这个大哥哥自杀了，这个小姐姐受尽酷刑，呀，这个老爷爷在骂那个穿红的，他肯定活不成了。（抬头）这是真的吗？

程　婴　这个么……（老泪纵横）

孤　儿　你怎么哭了？难道这是真的？

程　婴　不但是真的，而且都与你有关。

孤　儿　与我有关？（急切地）爹爹，这到底是怎么回事儿？快讲给我听！

程　婴　十六年了，我一直藏在心里，今天都告诉你。孩子，你来看——

〔特写光下，公孙杵臼、韩厥、彩凤、程婴、屠岸贾等画中人以不同的造型猛然重现舞台。

〔程婴领孤儿一步一步走向画中人，讲述着。

〔幕后男声独唱起：

“漫长的等待，

等来这一刻。

心中无限事，

慢慢地、慢慢地说出来——”

孤　儿　（沉浸在故事中）为了赵氏孤儿那么多人献出了生命，他们都是好样的！爹爹，那孤儿现在何处？

程　婴　他……

孤　儿　他在哪里？

程　婴　他、他他他就是你呀！

孤　儿　（震惊）啊，是我？！

程　婴　是你。

孤　儿　穿黑的呢？

程　婴　是我。

孤　儿　（咬牙切齿）那穿红的他是哪个？

程　婴　屠岸贾！

〔孤儿如遭雷击，良久没有反应。

程　婴　孩子！

孤　儿　不，这不可能，我不相信！

程　婴　（吃惊）你不相信？！

孤　儿　（走到烈士们面前挨个叩问）你们告诉我：这不是真的，这不是真的！

韩　厥　难道我们流的血是假的不成？

孤　儿　十六年来教我练武的义父，双手竟沾满了善良人的鲜血。他怎么会屠杀无辜呢？在我的眼里，他没那么残忍，他有时甚至很慈祥。

彩　凤　人会有两面，你看到的只是他的一面。

孤　儿　不，我还是不相信。

公孙杵臼　孩子，十六年啦，你爹爹才熬到给你说明真相之日。相信他吧，一切都是真的！

〔回音：“一切都是真的！”

〔众烈士隐去。

孤　儿　（喃喃地）一切都是真的，一切都是真的……（一阵眩晕，昏倒

在地）

程　婴　（又惊又急）儿啊，你怎么样啦？

孤　儿　（渐渐苏醒，唱）

霎时间只觉得天旋地转，
这世界这人生突然还原。
是义父把俺举家害，
又是仇人育我十六年。
怎么办，我该怎么办？
剑在鞘难出手心意茫然。

（转身跪地）爹爹——（接唱）

不是你舍去亲生将我换，
哪有我今生今世十六年。
你为我历尽了各种磨难，
情如海恩如山义薄云天。

程　婴　（搀起孤儿）孩子。

孤　儿　（接唱）哭一声亲人们难相见，
哭一声众烈士难生还。
可怜的生身母被囚宫院，
她怎样熬过这许多年？
恼上来拔出了青锋剑，
斩元凶慰先人大报仇冤！

程　婴　（急拦）屠岸府内护者甚多，你一人寡不敌众，不可贸然行事。

孤　儿　难道罢了不成？

程　婴　听说魏元帅班师还朝，他和你爷爷乃莫逆之交，我们这就去找他商议。

孤　儿　走！

〔切光。

第七场

〔光起。

〔魏府书房。

魏　绛　（唱）受排挤驻边关一十六载，
屠岸贾霸朝政社稷蒙灾。
喜新主登基来朝纲重整，
奉密旨还朝来扫除阴霾。

〔内报："禀元帅，公主求见！"

魏　绛　快快有请。

〔公主上。

公　主　魏元帅。

魏　绛　（施礼）参见公主。

公　主　你回来了？

魏　绛　臣回来了。

公　主　你让我等得好苦啊！

魏　绛　臣知道这些年您受苦了。

公　主　我哪里是受苦，分明是在受煎熬。

魏　绛　公主放心，我今奉旨还朝，定要除去奸党。只是有件事我还不明，当年程婴献孤可是实情？

公　主　（泪水夺眶）是实情。

魏　绛　好恼！（唱）
闻言怒火胸中燃，
程婴竟然敢欺天。
公主你且拭目看，
定叫贼子拿命还！

〔内报："程婴求见！"

魏　绛　来得好，校尉们！

众校尉　有！

魏　绛　伺候了！

〔程婴领孤儿上。

程　婴　你在门口等着，我先进去探探虚实，多年不见，不知他变了没有。

孤　儿　爹爹小心。（下）

程　婴　（进门）参见魏元帅。

魏　绛　（上前打程婴一耳光）你这卖友求荣的奴才！

程　婴　元帅，你听我说。

公　主　你还有何话讲？

程　婴　（发现公主）啊，公主……

公　主　（也打程婴一个耳光）你这禽兽不如的小人！（唱）

你救孤又把孤儿献，
出尔反尔心最奸！
卖友求荣筑血债，
纵然是千刀万剐恨难填！

程　婴　公主，程婴冤枉……

魏　绛　你这张嘴也配叫冤枉？来！

校　尉　有。

魏　绛　把他的嘴堵上！

〔校尉冲上堵程婴的嘴。

程　婴　（挣扎着）不，听我说……（话未说完嘴已被堵上）

魏　绛　你说得已经够多了，与我狠狠地打！

〔校尉乙、丁将程婴扑倒在地，乱棍打来，程婴昏倒。

〔孤儿闻声冲上。

孤　儿　住手！（夺下棍棒，抱住程婴，取下堵嘴的布团）爹爹——（抬头）你们打错了，你们打错了！

魏　绛　你是何人？

孤　儿　我就是赵氏孤儿。

〔众人震惊。

孤　儿　爹爹，你醒醒，你醒醒啊！

程　婴　（长吁一口气醒来，唱）

无情棍打得我皮开肉绽，
老程婴又闯一次鬼门关。

公孙兄你在天之灵睁眼看，

我活着更比死了难！

孤 儿 爹爹，这些年你想哭不敢哭，想诉无处诉，今天当着他们的面，你就把憋在心里的话全说出来吧。

程 婴 （唱）为救孤我舍去惊哥亲生子，

为救孤我妻思儿赴黄泉；

为救孤我每日伪装与贼伴，

为救孤我身居屠府落不贤；

为救孤我遭人唾骂千万遍，

为救孤我忍辱含垢十六年！

十六年啊十六年，

哪一年不是三百六十天？

我既当爹来又当娘，

含悲忍泪蒙屈衔冤度日如度年。

自己的亲生骨肉我送他死，

别人的孩子我当心肝。

夏天我怕他热，

冬天又怕他寒；

吃得少了怕饿着，

吃多了又怕他消食难。

两岁上有一次你把病患——

（搂着孤儿，接唱）

发烧发了整三天。

三天三夜我未合眼，

煎汤熬药提心吊胆守在你身边。

生怕你有个三长并两短，

对不起赵家满门、死去的英贤。

三天后等你烧退去，

我一头栽倒在床前……

十六年经历了七灾八难，

心头上时刻压着一座山。

天天等来夜夜盼，

盼望着早日洗去不白冤。

本想今日乌云散，

搬去心头这座山。

哪料想见面不容我分辩，

挨打受骂蒙新冤。

公主请你仔细看，

何人站在你面前——

当年的孤儿已长成汉，

他就是你的亲生赵家儿男。

公　主　（难以置信）这是真的？

程　婴　公主，他就是你的儿子啊！

公　主　他、他是我的儿子？那、那当初死在屠岸贾之手的又是哪个？

程　婴　（抽泣）乃是我儿惊哥。

公　主
魏　绛　（震惊）啊！

魏　绛　（愧疚不已）程兄啊！（唱）

都怪愚弟太鲁莽，

不分皂白把英贤伤。

还望仁兄多见谅，

想打想骂我承当。

公　主　程先生！（唱）

这些年我只说自己苦，

谁知你比我更凄凉！

你的恩德比天广，

今生今世难报偿！

（跪地，拜倒在程婴脚下）

程　婴　（忍痛搀扶起公主）公主快快请起，折煞程婴了。

孤　儿　爹爹。

程　婴　孩子，（指公主）她就是你的母亲，快叫母亲。

孤　儿　（走向公主）母亲！

公　主　儿啊！

〔母子相拥而泣。

公　主　（唱）郊外初见儿模样，

曾有疑窦心中藏。

果然你还活尘世上，

怀抱儿好像在梦乡！

孤　儿　（转身投进程婴怀抱）爹爹——

程　婴　儿啊！

〔众人泪流不止。

魏　绛　诸位不必难过，我即刻率领本部人马捉拿屠岸贾！

〔切光。

第八场

〔屠岸府。

〔喊杀四起。

〔光起。

〔屠岸贾提剑伫立阶前，表面的沉静掩盖不了内心的恐慌，他自知大限已到。

屠岸贾　终于来了，这一天终于来了。

〔门客跌跌撞撞上。

门　客　大人，不好了，魏绛杀过来了，赶快逃命吧！

屠岸贾　我府已被团团围住，往哪里去逃？

门　客　难道我们就这样等死不成？

〔屠岸贾盯着门客，那目光深不可测，盯得门客毛骨悚然，他一步步走向门客，门客顿生不祥预感，连连后退。

门　客　大大大人……

〔屠岸贾一剑刺穿门客胸膛，门客惨叫一声倒地。

门　客　大人……我对你可是……忠心……耿耿……啊！（死去）

屠岸贾　（拭着剑锋上的鲜血）可叹我雄踞晋国一十六载，一人之下，万人之上，呼风唤雨，任意而为，到头来竟落此下场！（顿了顿）

唉，这辈子欠得太多了，该还了，该还了……

〔魏绛率军上。

〔程婴、公主、孤儿齐上。

魏　绛　屠岸贼子，你的死期已到。校尉们，拿下了！

〔屠岸贾"嘡啷"一声把宝剑掷于地上。

公　主　屠岸贾恶贯满盈，人人可得而诛之！

程　婴　（笑）屠岸贾，你也有今天。

屠岸贾　程婴？（诧异）你？你们！

魏　绛　（把宝剑交给孤儿）杀了他！

〔孤儿接剑走向屠岸贾。

屠岸贾　儿啊，你要做甚？

孤　儿　谁是你儿？我就是十六年前你四处追杀的赵氏孤儿！

屠岸贾　（震惊之余追悔莫及）还是没杀绝，还是没杀绝啊！（大骂）程婴，你这老狗，我中了你的圈套！

程　婴　圈套是你自己下的，怪不得别人。十六年前，你大开杀戒之时，已注定你的今日。

公　主　屠岸贾，这些年我独守冷宫，心如枯井，多少次想到死，可还是咬着牙活下来了。支撑我的只有一个念头，我要亲眼看到你灭亡的一天。屠岸贼不死，天理难容！儿啊，地下的亲人们正看着你，动手吧！

众　人　杀了他！

孤　儿　（慢慢举起宝剑，又缓缓垂下）十六年来，你毕竟给了我许多关爱，我不忍杀你。（掷剑于地，背过身去）你自己了断吧！

屠岸贾　（自言自语）还是没杀绝，还是没杀绝……

〔屠岸贾拾起宝剑，仿佛是要自裁，突然调转剑锋刺向孤儿。程婴大叫一声，用身体护住孤儿，剑直刺他的腹部。

孤　儿　（惊叫）爹爹！

〔众校尉见状一齐冲上，将屠岸贾碎尸万段。

〔众人围住程婴。

魏　绛
公　主　（唤）程婴兄
　　　　　　　　先生！

孤　儿　（抱住程婴）爹爹，你没事吧？

程　婴　我没事……（拉孤儿的手）公主，十六年前，我从宫中把他救出时，他还是个长仅盈尺的婴儿……看，现在长成顶天立地的汉子了……我不行了……我把他还给你……（把孤儿的手放到公主手里）

公　主　（泣不成声）程先生。

孤　儿　不，爹爹，您不能死，您吃了这么多年的苦，我要好好孝敬您，您不能死啊！

程　婴　有你这句话我就知足了……我早就盼着死，死了我就解脱了……我得去给你的亲人、公孙伯伯、韩厥将军……还有彩凤姑娘……报个信……他们等着我呢……彩凤姑娘临死还在骂我……她不知真相……我得找她说说……还有我的老伴、儿子……我想他们……我想他们啊……（用尽浑身所剩的力气，猛地将剑更深地捅进自己的身体，死去）

众　人　（震惊，齐跪）程先生！

孤　儿　（痛呼）爹爹，你为何要自杀啊？

〔幕后伴唱：

“一诺千金重，
取义轻舍生。
历尽万劫眉不皱，
留一腔浩然正气贯长虹！”

〔切光。

尾　声

〔苍茫的天地间传来程婴声声深切呼唤：“夫人，儿啊，你们在哪里？”

〔程婴呼唤着一路寻来。

程　婴　我想你们啊！

〔遥远的天际，现出程婴妻儿及韩厥、公孙杵臼、彩凤的身影。程婴缓缓向他们走去。

程　婴　公孙兄、韩将军、彩凤姑娘、夫人、惊哥儿，我想你们，我想你们啊！

〔大幕徐闭。

——剧　终

《程婴救孤》2002年4月完成剧本创作，同年9月由河南省豫剧二团在上街会堂首演。总导演黄在敏，导演张平，李树建饰演程婴。后曾三次进京，一赴上海。剧目获第十一届文华大奖（2004年）、入选2004—2005年度国家舞台艺术精品工程、入选中宣部第十届精神文明建设“五个一工程”。

作者简介

陈涌泉　男，1967年出生，河南唐河县人，中宣部“四个一批”人才、全国中青年德艺双馨文艺工作者、“新世纪百千万人才工程”国家级人选，享受国务院特殊津贴专家。代表作品有《程婴救孤》《风雨故园》《义薄云天》《阿Q与孔乙己》《我的大陈岛》等，多次在国内外获奖。

·京 剧·

成败萧何

李 莉

人　物　萧　何——当朝丞相。

韩　信——初为楚王，后为淮阴侯。

萧静云——萧何幼女。

刘　邦——汉朝皇帝。

吕　雉——汉朝皇后。

钟离昧——西楚大将。

樊哙、陈豨、夏侯婴、张良、曹参、陈平、周勃等众大臣，梁王彭越、淮南王英布、燕王卢绾、衡山王吴芮、赵王张耳等诸王，众禁军侍卫、内侍、宫女、家院等。

序

〔苍凉悠远的音乐，凝重的画外音："公元前206年，萧何为辅佐刘邦争夺天下，屡荐韩信不被所用，韩信失望而去。萧何闻讯，策马月下将其追回，并以身家性命再荐，终使刘邦拜韩信为大将军。此后四年，韩信决胜百战，兴汉灭楚，为刘邦一统江山奠定基石。"

〔金戈铁马声中，硝烟弥漫，"楚"字大旗猎猎飘扬。

〔轰然而起的战鼓声、喊杀声，"韩"字大旗跃然而起，"楚"字大旗蓦地折断。

〔巨大的"汉"字旗缓缓降下，盖去一切。

一

〔长乐宫。鼓乐声中，衣甲鲜亮的宫廷侍卫列队站定。

〔刘邦内唱："一统江山，遍神州风云独揽——"

〔巨大的"汉"字旗在唱腔声中缓缓移开，刘邦、吕雉端坐位中，张良、曹参、陈平、周勃、夏侯婴、陈豨等文武大臣分列两旁，“斩蛇剑”高高供奉在上。

众大臣 （参拜）吾皇万岁！万岁！万万岁——（声音震耳欲聋）

刘　邦 （接唱）率朝中文武百官，

祭神剑，明章典，

人心规范，国泰民安。

大汉朝——

众　人 （唱）日辉天灿！

刘　邦 （目扫左右）……

吕　雉 （解意）陛下祭剑，赐宴群臣，为何不见丞相萧何、楚王韩信？

内　侍 禀娘娘，楚王韩信迟迟未到，萧丞相去宫门外迎候了。

吕　雉 这韩信的谱儿摆得也忒大了……

刘　邦 嗯？

吕　雉 （微微一愣即改口）陛下，时辰将到，不等了吧！

刘　邦 等！

吕　雉 等？

刘　邦 等——

〔萧何内唱：“等到了小韩信我心欢意畅——”捷步欢悦而上。

萧　何 （接唱）将相和志相投共事君王。

祭神剑众百官集聚殿堂，

贺圣主扫群雄一统帝邦。

唤韩信随萧何速速前往——

〔韩信随上。

韩　信 （接唱）算准了时辰我不慌不忙。

内　侍 （喊）丞相萧何、楚王韩信见驾——

萧　何
韩　信 （参拜）吾皇万岁、万岁、万万岁！

刘　邦 呵呵，朕算定楚王按时而到，不差分毫！

萧　何 （忙替韩信解释）陛下，楚王一路风尘，千里跋涉……

韩　信 正所谓来得早不如来得巧！

刘　邦 巧？

韩　信 巧！

刘　邦　呵呵呵……

韩　信　哈哈哈……

刘　邦　（不等韩信笑完，故意打断）来呀，赐宴！

〔乐起，君臣对盏行觞。

吕　雉　（举盏）陛下，臣妾恭敬一盏：天下纷争，今得一统，全仗陛下神威！

众大臣　（举杯附和）全仗陛下神威——

韩　信　（不屑一笑，又尾随附和，顿显突兀）嘿……哦，陛下神威哈！

刘　邦　（觉察，故意作态摔杯）屁话！（见众人悚然，立缓语气）萧丞相，告知他们，昨日朕是怎样对你言讲！

萧　何　这……遵旨！ 昨日陛下对臣言道：论运筹帷幄，决胜千里，陛下不如张良；论统帅百万大军，战必胜，攻必克，陛下不如韩信；论镇国家、抚百姓、供军需、给粮饷，陛下不如、不如……

刘　邦　朕不如萧何！

萧　何　陛下……

刘　邦　往下讲啊！

萧　何　（感动地）陛下与臣论及国事，痛心疾首，特命臣：循秦策，修汉章，规范法典；镇酷吏，宽刑律，抑制豪强；轻徭赋，薄苛税，与民休养；裁庸军，举百废，振兴家邦……

〔樊哙匆匆上。

樊　哙　（喊）陛下——陛下，娘娘，臣奉旨缉拿西楚败将钟离昧，不想被他逃脱！

刘　邦　逃往何处？

樊　哙　楚都下邳一带！

吕　雉　那可是楚王的管辖之地！

刘　邦　楚王听旨！（唱）

　　速返辖地捕钦犯，
　　生擒钟离在此番。

韩　信　（唱）来去匆匆千里远，

萧　何　（唱）容楚王，领罢盛宴再回还。

吕　雉　（唱）败将在逃人心乱，

韩　信　（唱）不信他还能把天翻。

吕　雉　（唱）他为那项羽杀了我多少将与官，

韩　信　（唱）两军前，各为其主打江山。

吕　雉　（唱）君命岂容臣违抗，

韩　信　（唱）娘娘何必管得宽。

萧　何　（急忙沉声喝止）楚王！（唱）

越礼犯上太大胆，

韩　信　（唱）她絮絮叨叨为哪般。

萧　何　（唱）圣君高坐朝堂上——

刘　邦　（唱）朝堂上，岂容后宫多事端！

（见众人惊愕，故作讶异询问）怎么，朕难道讲错了？

〔众大臣看吕雉脸色愠怒，面面相觑。萧何欲阻韩信已迟。

韩　信　（跨前一步，朗声）陛下圣明！

刘　邦　呵，还是楚王善察朕意哪！萧丞相，这祭剑的时辰——该到了吧？

萧　何　这……

刘　邦　（顿时拉下脸，阴沉地）祭、剑！

萧　何　（不禁一颤，机械地）圣旨下——（见众人跪伏）芒山斩蛇起义，神剑开国定邦。今，奉剑于长乐宫中，为护汉镇国之宝。凡悖君叛逆、动摇大汉国本者，无论功过大小，凭“斩蛇剑”杀无赦——

〔在沉重的锣声中切光。

〔三束追光罩定高悬的斩蛇剑、焦虑的萧何、不屑的韩信。

二

〔萧何、韩信缓缓站起，互相凝视着步步走近。

〔灯光随之拉开，已是垂柳古道边了，远处可见旌旗林立，隐隐飘扬。

萧　何　（恨声地）我看你呀，功成名就，变化不小啊！

韩　信　本王厌烦吕雉的张狂！

萧　何　我看你比她有过之而无不及！你看看你，一路行来，三千兵马，胜似仪仗，陛下出行，也不过如此啊！

韩　信　韩信乃领军之人，如今无有战事，三千兵马，聊以自慰罢了！

萧　何　你这是授人话柄！

韩　信　韩信不怕！

萧　何　你……当年能忍奇耻大辱，如今为何就忍耐不得！

韩　信　（唱）想当年咬牙关忍辱胯下，

怀隐衷酬壮志鸣剑在匣。

承陛下贬齐王夺帅印几惊几诧，

到如今拜将恩尽已报答。

更不屑朝堂上装痴卖傻，

回楚地，活他个痛痛快快胜过游侠！

〔萧静云内声："韩将军——"上。院公挑担随上。

萧静云　韩……（见韩信突生羞涩，怯怯止步施礼）云儿见过爹爹、韩将军！

韩　信　呵，多时不见，云儿长成大姑娘了！

萧静云　韩将军，这是先秦以来的各路兵简，乃爹爹多年收藏，云儿细心整理，共计一百八十二家，请将军笑纳！

韩　信　这？

萧　何　老夫看你无有仗打，寂寞难熬，这兵简你带回去用心研读，辑撰成册，流传后世，当属大功一件！最要紧的是：你只可简上摆兵阵，笔下论战策，书中托壮志，修身养性情！

韩　信　（感动）多谢相爷、云儿。韩信告辞！（欲走）

萧静云　（急唤）韩将军！

韩　信　云儿还有何事？

萧静云　我……（欲言又羞）

萧　何　他王命在身，迟慢不得！

萧静云　将军呀！（唱）

自幼儿随父转战十数年，

最爱将兵书战策细修研。

羡将军，百战百胜把江山定，

为将军，评析战局写下百章解读篇。

（取出卷册，接唱）

有心求教山水远——

云儿我、我……

萧　何　（制止）云儿！

萧静云　（接唱）痴心儿望将军莫弃莫嫌！

韩　信　（心无芥蒂，接过卷册）呵呵，云儿与韩信竟是一般爱好……

〔内声："请楚王殿下起驾！"

萧　何　（一把握住韩信的手）千万记住：潜修兵册，谨言慎行哪！

韩　信　相爷苦心，韩信记下了。（深深一揖，转身大步离去）

〔内声："楚王起驾——"

〔鼓乐声中，旌旗飘扬，整齐雄壮的马蹄声渐渐远去。

〔萧何与萧静云并肩目送。

萧　何　（感慨）唉，似他这般三千兵马，浩浩荡荡，如此张扬下去，只怕非灾即祸啊！

萧静云　（惊诧转身）韩将军有何灾祸？

萧　何　啊？哦，为父只是随口说说。

萧静云　爹爹赠他兵简，要他谨言慎行，定然事出有因！

萧　何　朝廷大事，休要胡乱猜测！

萧静云　爹爹，云儿今生今世只敬佩韩将军一人！求爹爹答应云儿，保韩将军身家平安！（欲跪）

萧　何　（急扶住女儿）傻孩子，他乃为父鼎力举荐，无论荣辱祸福，为父难脱干系，岂能不保！可你、你是为父最珍爱的小女儿啊……

萧静云　爹爹！

萧　何　云儿心思，为父略察一二。只是朝廷风云，变幻莫测，你千万莫要将自己一生系与此间！不可对他……用心太深哪！

萧静云　爹爹——（含羞扑入萧何怀中）

萧　何　（爱抚着女儿，喃喃向天祈祷）但愿他……好自为之，收敛一二，收敛一二啊！

〔切光。

三

〔吕雉内声："收敛！陛下指望韩信自己收敛？那除非是天做了地，地做了天！"

〔光起。宫苑内，刘邦与吕雉并肩而来。

吕　雉　自长乐宫祭剑，韩信回楚地已经半年。陛下要他抓捕钟离昧，到现在连影子也没见着；陛下要他罢兵归田，可他依旧磨刀铸剑，操兵练马，声势浩大……（见刘邦不耐烦，恳切地）陛下呀！（唱）

昨夜里闻陛下梦中嘶吼，
怒斥韩信存逆谋。
臣妾惊恐醒来后，
但见陛下冷汗流。
再三追问不开口，
妾心更比圣心忧。

（见刘邦不屑，再劝）陛下！（接唱）

天子意气封王侯，
九州封去近六州。
异姓王七位韩信为首，
若生变大汉江山一朝休！

刘　邦　皇后多虑了。这臣子么就如后宫嫔妃，争风吃醋，顽皮骄纵，朕看着才开心哪！

吕　雉　如此放纵，岂非无法无天！

刘　邦　有皇后在，他们敢么?!

吕　雉　（暗自一凛）这……韩信之事，还望陛下早做筹谋！

刘　邦　皇后不是背着朕，早已派人监视他了么！

吕　雉　臣妾该死！（欲跪）

刘　邦　（制止）好啦！韩信才干，可立国亦可覆国，确实大意不得呀！

〔内侍匆匆上。

内　侍　陛下，娘娘！

刘　邦　（急问）楚地情势如何？

内　侍　楚地情势堪忧哇！（念）

韩信他横刀跃马练兵忙，

断杀格斗在山岗。

日演兵阵藏杀气，

夜修兵书到天亮。

出行仪仗声威壮，

百姓们直把楚王当汉皇……

〔樊哙疾上。

樊　哙　娘娘——（气喘吁吁）陛下，韩信他、他……

吕　雉　急什么？韩信他还能反了不成！

樊　哙　（屏住一口气大叫）他真要反了呀！

刘　邦　（沉着地）讲！

樊　哙　（念）韩信他招兵买马忙操练，

练就了精兵强将三十万……

刘　邦
吕　雉　（惊呼）三十万！

樊　哙　（念）三日前，

各军统兵十五万，

沙场摆开两军团。

左阵统帅是韩信，

右阵统帅他、他——

刘　邦　（终于沉不住气了）讲！

樊　哙　正是那西楚败将钟离昧，乃朝廷要犯！

〔霎时大静场。

刘　邦　（沉默片刻，果断地一挥手）传诏，各路王侯随驾征剿韩信，务必斩杀钦犯钟离昧，以惩逆贼！

〔切光。樊哙的宣诏声："汉皇特诏：各路王侯随驾征剿韩信，务必斩杀钦犯钟离昧，以惩逆贼！"

〔萧何内唱："闻特旨惊得我魂飞魄散——"在一束追光中跌扑而上。

萧　何　（接唱）眼见得风云突变、战火陡起、自相残杀、血盈河山！

小韩信虽骄狂岂能真反，

又怎会留钦犯自招祸端。

纵然是兵马动圣旨已颁，

老萧何拼一死力挽狂澜。

遥看那旌旗丛刀光闪闪，

大汉朝此一战生死攸关。

〔樊哙内声：“兵发楚地，起驾——”

萧　何　啊呀！（唱）

临将绝境阻圣驾，

紧乌纱、撩蟒袍——

刀山戟海我也要闯、闯、闯他个人仰马翻！（闯阵）

〔众人内呼：“丞相挡驾，丞相挡驾——”

〔光起。刘邦盔甲在身，挺坐马上。

萧　何　（一声长呼）陛下——（直扑到刘邦面前）

〔刘邦坐骑受惊，长嘶奋蹄。萧何揽住马缰，几番撕扯，几度险境。

刘　邦　大胆萧何，冲撞兵驾，罪该万死！

萧　何　罪臣斗胆，万死一保！

刘　邦　万死一保？尔，为保韩信！

萧　何　万死一保，臣，为保陛下！

刘　邦　呵呵！你，一个将朽的老儿，刀剑丛中，凭什么保朕哪？

萧　何　凭老臣一颗不死的忠心！

刘　邦　好，朕倒想听一听：你所保何来？

萧　何　老臣斗胆敢有三问！

刘　邦　这一？

萧　何　陛下之兵马与韩信之兵马，哪个强大？

刘　邦　这二？

萧　何　陛下之将领，有胜过韩信的吗？臣这三问，陛下兵不如韩信强，将不如韩信能，若率兵攻之，逼迫韩信开战，岂不是将自己与随驾征剿的各路兵马推到万险之境吗？！

刘　邦　这？

萧　何　陛下？

刘　邦　哼哼！

萧　何　嘿嘿！

刘　邦　哈哈哈……（笑声突止）萧丞相！

萧　何　臣在。

刘　邦　朕，亦有三问！

萧　何　陛下请讲！

刘　邦　这乱制越礼、蛊惑民心者？

萧　何　酌情而斩！

刘　邦　不遵圣旨、扩兵屯田者？

萧　何　量刑而斩！

刘　邦　违抗圣命、窝藏钦犯者——

萧　何　啊呀陛下，韩信他是万万不敢窝藏钦犯的呀！

刘　邦　（阴沉地）朕，何以信你？

萧　何　这这这……（抹一把冷汗）不如陛下率各路王侯以巡守为名，前往楚地，韩信必来接驾。陛下莫动声色，细加审问，若证据确凿再行处置。这既可让各路王侯诚服，又可免刀兵之灾，请陛下三思！

刘　邦　朕已颁下特诏，岂能更改？

萧　何　陛下特诏……特诏无须更改，只需重新宣诏！

刘　邦　重新宣诏？

萧　何　只要将“各路王侯随驾征剿韩信，务必斩杀钦犯钟离昧”改为“各路王侯随驾征剿，韩信务必斩杀钦犯钟离昧”，陛下以为如何？

刘　邦　好，改得好！改得好啊！丞相先行宣诏，朕随后起驾！

萧　何　遵旨！圣旨下——各路王侯随驾征剿，韩信务必斩杀钦犯钟离昧，以惩逆贼！

〔在隆隆的车马行进声中切光。

四

〔车马的隆隆声渐渐转换成战鼓的隆隆声和喊杀的助威声。

〔蒙眬间，韩信与钟离昧正在斗剑，杀得难解难分。霎时，双剑同时刺向对方要害，两人腾跃而退，跌坐在地，相顾之间，发出一阵由衷的欢笑。

〔光起。蓝天下营帐旁。

钟离昧 （一声长叹）唉！钟离昧自垓下兵败，万念俱灰。半月前到此叫阵，实指望死在将军剑下，也算英雄下场。不想将军竟然收留在下，思想起来，总觉不安。

韩　信 将军此言差矣，所谓英雄相惜，乃丈夫本色也！

钟离昧 在下担心连累将军……

韩　信 哎，是福不是祸，是祸躲不过！打仗时，英雄是福；太平了，英雄是祸！与其战战兢兢等着大祸临头，不如潇潇洒洒尽享几天快活！

钟离昧 将军！

韩　信 （抛剑，大喊）抱酒来！

〔两军士捧酒坛上。

〔韩信与钟离昧豪饮不止。

〔内报声："萧丞相到——"萧何疾步上，钟离昧欲避，被韩信一把拖住。

韩　信 韩信携故友钟离昧，参见丞相！

萧　何 （一个踉跄，呆愣住）……

韩　信 （大声地）韩信携故友钟离昧，参见丞相！

萧　何 来呀！

〔军士们应声上。

萧　何 将钟离昧绑了！

韩　信 谁敢！

萧　何 你！你真想造反不成？

韩　信 韩信不过收留了一位故友，相爷何必如此大惊小怪！

萧　何　你收留的可是朝廷钦犯！

钟离昧　（欲说明）萧丞相……

萧　何　（喝止）钟离昧！你可知道：似他这般任性妄为、抗旨不遵、窝藏钦犯、悖逆天意，按律满门抄斩，夷灭三族！

韩　信　相爷！

萧　何　陛下率天下诸王即刻就到，若不将钟离昧明典正法，你你你——你死无葬身之地！

钟离昧　（忙跪）丞相，韩将军羁押在下，为的就是斩钟离之头面呈汉皇！

韩　信　将军？

钟离昧　韩将军哪！（唱）

钟离昧本已是家国俱丧，
蒙将军留残生古道热肠。
实庆幸半月来真性狂放，
度过了一生中快乐时光。
为钟离犯不上把命搭上，
酬知己免危难我一力承当！

将军保重！（自刎）

韩　信　（一声惨呼）钟离将军——（直扑上前）

〔灯光霎时收拢，韩信与钟离昧构成一组造型。

萧　何　（唱）暗敬佩不由我深深一拜——

〔韩信、钟离昧隐去。

〔内报声："报——汉皇巡驾，已入楚境！"

萧　何　啊呀！（接唱）

巡驾到止鼎沸还必须抽薪去柴。

〔灯光豁然拉开，军士手捧装着钟离昧头颅的锦匣肃立一旁，韩信头缠白布带，无言伫立。

萧　何　（几近恳求）韩信哪，你——你必须亲手献上钟离头颅，方可消解陛下疑虑，免遭杀身之祸啊！

韩　信　……

萧　何　（焦急）你若执意不献，岂不是枉送他一条性命！

韩　信　……

萧　何　（火起）你装什么糊涂，钟离今日之死——实乃韩信所害！

韩　信　（一个激灵）我？

萧　何　你若要保他性命，就不该收留于他！既收留于他，就不该让他抛头露面！既知他杀身之祸难免，就该叫他隐姓埋名、遁迹山野！你只图自己一时痛快，鲁莽骄纵，目无王法，实实地害了他呀！

韩　信　（沉缓地）相爷哪里知道：他若怕死，岂会前来与韩信叫阵比剑！他若怕死，岂会与韩信演阵军前！他若怕死，方才便可一剑取了相爷性命……我的相爷哪！（唱）

半月前，他冒死与韩信叫阵比剑，

从清晨直杀到日落西边。

逢敌手惜英雄我真诚相劝：

不怕死又何妨多活几天！

从此后两心间了无杂念，

览兵书演阵法我二人痛痛快快胜过那活神仙！

到如今钟离昧死而无怨，

空留下韩信我谁人比肩。

献头颅保性命你把楚王看贱，

陛下他要杀要剐我绝不喊冤！

萧　何　老夫实实敬佩你们胸襟坦白、侠义肝胆、狂放处事、痛快为人！可如今陛下将到，情势急迫，你纵然千不念万不念，当念萧何——（唱）

我这耿耿心怀望你深鉴！

保自身更为了保天下平安。

想当年率三军你浴血百战，

立下了赫赫战功威震江山。

到如今诸王侯唯你是瞻，

倘若你一旦受刑典，乱了诸王心，天下动荡，后果不堪。

望将军，明大义把钟离头献，

望将军，为苍生，收傲骨，且吞声，暂低贱，念萧何惜你爱你这许多年！

〔内报声：“报——汉皇巡驾，已入城门！”

萧　何　（急取锦匣塞给韩信）速速前去，献头接驾！

韩　信　（一把推开）韩信接驾，决不献头！

萧　何　你、你——

〔内喊：“汉皇驾到——”

〔刘邦与陈豨等诸王依序而上。

萧　何　（捧匣几乎瘫倒而跪）陛、陛下……

刘　邦　（疑虑地看着这一幕）这……

萧　何　（缓过神来）陛下，楚王斩钟离昧首级，特来呈献！

〔侍卫接过锦匣。

刘　邦　（意外地）啊？（有所发现）哦，楚王头缠白带，莫非家人……

韩　信　（倔强地）臣，为故友钟离昧戴孝致哀！

刘　邦　咄！堂堂大汉楚王，竟为朝廷钦犯吊孝致哀，难道你也不想要这项上之头了！

韩　信　臣蒙陛下拜为大将，便拎着这项上之头为陛下打江山夺社稷。如今江山一统，陛下不惜臣这人头，臣又何惜！

刘　邦　（噎住）你……

萧　何　（急解释）陛下，楚王是说，为报陛下拜将大恩，项上头颅在所不惜！

陈　豨　陛下，楚王斩钟离昧，乃大功一件，理该封赏！

刘　邦　（冷冷地扫了诸王一眼）陈豨，依你之见朕该如何封赏于他？

韩　信　臣不要封赏。臣只求陛下赐还人头，也好将故友全尸安葬！

刘　邦　（大怒）反了反了！来呀，将韩信拿下……

陈　豨　陛下道韩信反，有何凭证？

刘　邦　韩信身为楚王，出行仪仗，悖制越礼；招兵买马，图谋不轨；窝藏钦犯，意在谋反！

韩　信　呵！呵！呵呵呵……（唱）

　　韩信为王少忌惮，
　　只求做人能尽欢。
　　三千兵卒竟成了仪仗，
　　图谋不轨岂不是笑谈。
　　招兵买马为演阵，

收留那钟离昧，实属我大汉一大观：
韩信本是项羽的兵，
诸位多是项羽的官。
陛下你也曾在项羽殿下为臣子，
为什么，钟离昧他偏偏饶恕难？
天下太平皆朋友，
义气相投本自然。
韩信要反我早就反，
何必要等到这江山一统天下安！

刘　邦　（怒而拔剑）你……

萧　何　（情急大喊）陛下，韩信绝无反意，萧何愿以命相保！（跪）

陈　豨　陈豨愿保！！（跪）

诸　王　臣等愿保！！（跪）

刘　邦　（迅即环视跪臣，缓缓推剑入鞘，突然发出一阵大笑）哈哈哈……好一位豪气干云、忠义可嘉的楚王啊！来呀，赐还人头，厚葬钟离！

众大臣　陛下圣明！

刘　邦　萧丞相！

萧　何　臣在！

刘　邦　传朕口谕：天下太平，无须打仗。三十万楚军就地遣散！楚王韩信重情重义，堪慰朕心，特封“淮阴侯”，回朝伴驾，迁居咸阳——

〔一声沉锣。萧何颓然叹息，韩信愤懑地缓缓取下顶冠。

〔光渐收。

五

〔凝重的画外音：“韩信被贬为淮阴侯五年，形同软禁。天下诸王为他不平，更为自己命运忧心。是年，韩信密友陈豨起兵造反。刘邦连发三道诏令，命韩信随驾征剿，平定叛乱……”

〔灯光豁然拉开：刘邦剧烈颤抖着的背影显现出他的老态和孤独。

内侍甲 报——淮阴侯韩信突发疾症，不能随驾平叛！

内侍乙 报——淮阴侯病势加重，不能随驾平叛！！

内侍丙 报——韩信卧床不起，不能随驾平叛！！

刘　邦 （猛转身，踉跄扶住斩蛇剑）他？他！他竟敢抗旨不遵，称病在家！（唱）

是巧合是要挟还是另藏奸诈？
恨不能扒开胸膛将他的忠心反骨细细盘查！
倘若征驾边关去，
朝中谁能辖制他？
倘若战前把功臣斩，
将帅寒心谁肯舍命去征伐？

（远远看见吕雉，恍然，接唱）

借皇后施计谋决心痛下……

〔吕雉匆匆上。

吕　雉 陛下，随驾亲征的各路兵马俱已整装待发！

刘　邦 皇后，此番留你监国，定要慎之又慎哪！（唱）

多忧寒……

吕　雉 （复念）多忧韩？

刘　邦 （接唱）少轻信……

吕　雉 （复念）少轻信？

刘　邦 你当断则断该杀就杀！（递斩蛇剑）

吕　雉 ……陛下是说？

刘　邦 奉剑如奉诏，面剑如面君！

吕　雉 臣妾愚昧，万一误判？

刘　邦 为君者万一误判，动摇人心国本！女流之辈万一误判，不过被人骂一句头发长、见识短罢了！

吕　雉 臣妾为陛下清除后患，不怕粉身碎骨，还怕什么骂名！

刘　邦 唉！朕不如皇后，老喽……

吕　雉 陛下？

刘　邦 朕指望打完这一仗，能够做个太平皇帝！

吕　雉 为了太平，该打的仗决不要心慈手软，该杀的人决不要留下后患！

〔霎时聚光于手执斩蛇剑的吕雉，然后缓缓收去。

〔吕雉的画外音在悄然而起的古琴声中继续延宕着：“该杀的人决不要留下后患！决不要留下后患！决不要留下后患——”

〔一盏烛灯幽幽亮起。须发苍然的萧何正在抚琴，琴韵突然崩裂，琴声戛然而止。

萧　何　（惊骇站起）韩信危矣！韩信危矣！韩信——危矣……（唱）

琴韵裂，心绪乱，长夜难遣，
叹萧何，敬事君王，慎理朝政，殚精竭虑，苦心周旋！
小韩信为钟离惨遭谪贬，
避嫌疑我暗中保他整五年。
谁料陈豨一声反，
将韩信霎时推入了万丈深渊！
陛下动用斩蛇剑，
皇后杀戮可从权。
我独力难挽滔天浪，
不由人心意彷徨进退维艰、进退维艰……

〔萧静云内喊：“爹爹——”匆匆上。

萧　何　（惊讶）云儿？

萧静云　爹爹，韩将军危矣！

萧　何　哦，你从何处得知？

萧静云　爹爹莫管，救人要紧！

萧　何　事到如今，只怕救不得了！

萧静云　（恃娇）救得的，救得的。爹爹乃一人之下万人之上的大丞相，一定救得的！

萧　何　（疼爱地）你哟，不思想寻个婆家，就知道与为父要赖！

萧静云　反正救得也要救，救不得也要救。云儿已经派人传信与他……

萧　何　（大惊）啊？

萧静云　云儿只说爹爹卧床不起，请韩将军今夜前来探病！

萧　何　你——（挥掌欲抽，终又不忍）你忘了为父怎样关照与你！

萧静云　（委屈）爹爹，五年了，云儿遵从您的教诲，与韩将军从无往来。如今他不肯去杀曾经患难与共的朋友，冒死抗旨，云儿从心底里敬佩于他！可爹爹却为了怕受牵累，明哲保身，屈从权势，见死不救！

萧　何　你懂什么！

萧静云　云儿就是不懂：韩将军惨遭谪贬，依旧天性不改！爹爹大权在握，偏是卑微怯弱！你、你真叫云儿失望哪……（掩泣奔下）

〔老院公匆匆上。

老院公　相爷，淮阴侯韩信求见！

萧　何　（长叹一声）唉，心欲回天，势难由人哪……请！

老院公　唉。（下）

萧　何　（至琴前，拨琴慨叹，唱）

叹人生如棋人作弄，
纵横进退不由衷——

〔韩信上。

韩　信　（接唱）争将夺帅拼生死，
皆付世人一笑中！

（顽皮一笑）呵呵，相爷位高权重，圣眷正隆，怎么心中感慨与韩信一般哪？

萧　何　（冷冷地）将军不该深夜前来！

韩　信　（顽皮调侃）相爷是怕吕雉得知，连坐谋反之罪吗?!

萧　何　（沉声怒喝）知道利害，为什么任性妄为、抗旨不遵！

韩　信　（顽皮不屑）相爷以为随驾征剿陈豨，就能保住韩信吗？以相爷之城府，难道还看不明白陛下心迹吗?!

萧　何　（强硬地）为人臣子，不该妄揣圣意！

韩　信　（对抗）为人君王，就该妄揣臣子？

萧　何　（惊惧）你——莫非真想与那陈豨合谋造反？

韩　信　（凛然正色）韩信若反，就该殷勤随驾远征，伺机一刀杀了陛下，然后携陈豨登高一呼，谁敢不从?!

萧　何　（惨然一笑）呵呵，上有皇后监国，下有太子继位，漫说天下诸王不会个个臣服于你，就是老夫亦不能容你重开兵燹、谋夺皇位！

韩　信　（纵声大笑）哈哈哈……谋夺皇位？相爷忒看高韩信了！（唱）

韩信我建功业爱在沙场，

最不屑丹墀下君掖臣藏。

实向往佩长剑四海放浪，

横着睡竖着走我就是我最大的王！

恕韩信不恭，告辞！（转身疾走）

萧　何　（大喝一声）站住！（强抑颤抖）你……你已经死到临头，不想与老夫说一句珍重，道一声永诀吗？

韩　信　（蓦地回身，凝视良久，动情而呼）相爷！云儿传信，韩信便知卧病是假。深夜冒险前来，正是为了与相爷告罪永诀！（跪）

萧　何　（急扶）你可知道：这些年来，老夫为你日日忧心、夜夜不安啊！

韩　信　韩信明白：相爷赠送兵简，逼杀钟离，都是为了保全韩信，可天意如此，相爷不必再保韩信！

萧　何　不，老夫做不到，做不到啊！

韩　信　（感动）相爷……

萧　何　你就听老夫一句话：速写一道罪己辞呈，由老夫交与陛下。你轻装简从，伺机出城，远走高飞，隐迹山野……

〔突然传来画外音："圣旨下——朕于平叛途中，追杀山野猛虎，一箭毙命！特赐虎皮，与丞相保身避寒！"

〔萧何与韩信顿时呆住。老院公捧虎皮叨叨着上。

老院公　这皇帝老儿还真会做人哪，自己杀老虎吃虎肉，剩一张虎皮还要送给咱相爷保身避寒……

韩　信　（微微一笑）它是在告诫相爷：远离韩信，保全自身！看来，韩信纵是隐居山野，必似这猛虎一般，断难活命了！

萧　何　（惊觉寻觅）圣旨何在？

老院公　只传口谕，无有圣旨！

萧　何　无有圣旨？

老院公　无有圣旨！

萧　何　（放怀大笑）哈！哈！哈哈哈……

韩　信　相爷？

萧　何　（吩咐老院公）尔速去备下快马！

老院公　是喽！（急颠颠下）

萧　何　（一把握住韩信的手，兴奋地）陛下无有诏书，只传口谕，且将

“斩蛇剑”留给吕雉。这恰恰说明他生怕斩杀功臣，背上忘恩负义之名而教天下人寒心！所以，既不肯亲手杀你，亦不肯落人口柄。如今，你只要赶赴边关驾前，暂无性命之忧！

韩　信　相爷是让韩信投奔陛下？

萧　何　舍此别无他路！

韩　信　摇尾乞怜，求赐活命，韩信不去！

萧　何　你怎么就不明白：吕雉一旦动手，老夫不是与她为敌，就是与你为敌。与她为敌便是与朝廷为敌，老夫不敢；与你为敌，就是与我自己为敌，老夫何堪！韩信！我的小韩信哪——（唱）

想当年识帅才将你举荐，
将与相成知己神交忘年。
论战局千里风云任舒卷，
话人生两壶烈酒尽畅言。
叹老夫一生万忍守方圆，
唯与你，无拘无束、返老还童在谈笑间！
也曾怨，怨你行举失检点，
也曾恨，恨你功高不自谦。
只为人心多凶险，
更敬你率性坦荡在人前。
保韩信本是我自觉自愿，
老萧何，舍不下肝胆相照情义连！
为臣难抗斩蛇剑，
位高权重奈何天。
韩信哪我的小韩信——
休任性、莫桀骜、多体谅、少愤怨，你就听我一声劝：
速去驾前暂避祸，莫教我抱恨终生，免使你含冤！（跪）

韩　信　（惊惶跪扶）相爷……

〔萧静云上。

萧静云　（一声长唤）爹爹——（直扑到萧何面前）云儿错怪您了……（哽咽）

萧　何　（一把将女儿搂入怀中）云儿……

韩　信　（愧疚）相爷，云儿，韩信……从命就是！

〔突然又传来画外音："皇后口谕，传萧丞相即刻进宫哪！"

韩　信
萧　何
萧静云　（惊）深夜进宫？

萧　何　啊呀，皇后此刻宣召，定有重大变故。你立即出城，快马加鞭，直奔驾前！

韩　信　我……不走了！

萧　何　啊？

韩　信　本将军倒要看看，吕雉如何杀我！

萧　何　你、你真要将老夫逼上绝路么……

萧静云　爹爹，吕雉宣召，怠慢不得，爹爹只管前去，云儿今夜一定送韩将军出城！

萧　何　你？

萧静云　爹爹放心。韩将军既能为朋友舍命抗旨，就不会置云儿性命不顾！

萧　何　（猛一跺脚喝道）罢罢罢，韩信，云儿若有三长两短，老夫我……我决不饶你！（仓皇而下）

萧静云　……韩将军，请随云儿上路吧！

韩　信　（苦笑）呵呵，走也罢，留也罢，总是死路一条，一条死路！云儿不必费心了，韩信告辞！（欲走）

萧静云　韩将军！你忘了爹爹方才之话：云儿若有三长两短，决不饶你！

韩　信　所以韩信更不能牵累于你！

萧静云　可是将军你——早已牵累云儿多年了呀！

韩　信　这……

萧静云　云儿十岁便随爹爹辗转蜀地后营，整整四年，日日盼将军消息，夜夜等将军捷报。将军每胜一仗，爹爹必醉一回，那时他便拥着云儿称道你、赞美你、祝福你！云儿渐渐明白：将军是天下崇敬的大英雄！是兴汉灭楚的大功臣！更是爹爹心中的大骄傲！耳濡目染，心驰神往，不知不觉，云儿心中便只有将军一人了——（唱）

为将军守闺中悄然五载，

深藏这女儿心任人评猜。
明知道千思百念空期待，
总为你一惊一诧动情怀。
自羞自心自责怪，
自怨自情自葬埋。
谁料苍天赐恩典，
叫云儿，得护大汉栋梁材。
将军活，云儿活，将军死，云儿死，
今日里，生死听凭你安排！

（恳求）将军！

韩　信　这……

萧静云　（再求）将军！！

韩　信　这……

萧静云　韩将军哪——（一个飞跪，直扑到韩信跟前）

韩　信　（急忙搀扶）云儿……

〔切光。唯余那盏烛灯依旧闪烁不定。

六

〔一盏烛灯渐渐闪化成无数盏宫灯，隐隐勾勒出一架巨型大钟。吕雉正心神不宁地思虑着。

〔内报声："萧丞相到——"

〔萧何急匆匆奔上，扑倒。

萧　何　萧何见驾娘娘千岁！

吕　雉　丞相请起。丞相请来上座！

萧　何　（惶恐）这，万万不可！

吕　雉　丞相多虑了，本宫说可……（厉声）谁敢说不！

萧　何　是、是……（一吓后退，跌坐椅中）

吕　雉　萧丞相，本宫能有今日，全仗丞相大恩。今夜特请丞相进宫叙旧，实为心存三谢！

萧　何　三谢？

吕　雉　陛下当年举义，我与娇儿被拘死牢，丞相施计援救，本宫方得一家团圆。此为一谢！陛下杀入咸阳，将帅们个个争抢女色，搜罗金钱，唯丞相独自收集先秦律册，为大汉修订九章法典。此为二谢！丞相不辞辛劳，月下追回韩信，百战百胜，一统江山！乃为三谢！请丞相满饮此杯！（与萧何对饮杯中之酒，突然将酒杯猛掷于地，高声断喝）萧何，尔知罪吗?!

萧　何　（又是一吓）娘娘……

吕　雉　你月下追回韩信，算得大功一件。可如今韩信已为陛下之逆臣、本宫之心病、江山之大患了!

萧　何　老、老臣糊涂，请娘娘明示!

吕　雉　（取出变书，掷于萧何）自己看!

萧　何　（念）“淮阴侯府下人乐兆上变：告韩信假造圣旨，勾结禁卫，买通囚犯，于今夜五更杀太子谋反……”娘娘，事关重大，容老臣详查!

吕　雉　变书在此，铁证如山!

萧　何　一纸变书，不足为凭!

吕　雉　陈豨造反，为他鸣冤；命他征剿，竟然装病！据本宫密查：淮阴侯根本无病，日夜在府中修研兵法，操演战阵。仅他收集的先秦兵简就有一百八十多家!

萧　何　哦，那兵简乃是老臣送与他的!

吕　雉　来呀，摘去冠冕!

〔侍卫上前利落地解下萧何冠带。

萧　何　（不知所以）这这这、这是为何?

吕　雉　你串通韩信，图谋不轨，蓄意造反!

萧　何　（真正地被吓着了）娘娘冤枉……

吕　雉　本宫问你：天下太平，为何还要修研兵法?!

萧　何　这……

吕　雉　江山一统，为何还要操演战阵?!

萧　何　这……

吕　雉　既然修研兵法、操演战阵，为何不去征剿陈豨、平定叛乱?!

萧　何　这……

吕　雉　身为臣子，无病装病，竟忍心让一位年届花甲的君王远征千里，出生入死……那日送行，眼看陛下颤颤巍巍、凄凄惶惶跨上战马，本宫止不住泪流满面，心问苍天：如此臣子，留他何用！留他何用哪！

萧　何　娘娘，老臣不能为陛下分忧解难，乃老臣之罪！只是韩信他，他实实无有谋反之心啊！

吕　雉　你与韩信，难脱干系！如今，唯有协助本宫，除掉韩信，才是你清白自己、保全身家性命之根本！

萧　何　皇后！娘娘啊，老臣终于明白了：不论韩信反与不反，你是必除之而后快哪！

吕　雉　放肆！

萧　何　天下谁人不知：韩信审时度势，深谙兵法。当初，蒯彻游说时他不反，陛下兵败时他不反，在楚地为王手握重兵时他又不反……为何偏偏要到无权无兵之时再来谋反？就算谋反，杀一个十岁的太子又有何用？似谋反这等机密大事，以韩信之韬略，怎会让一个下人知道？娘娘啊——（唱）

想当年困蜀地陛下他一筹莫展，
靠韩信，定三秦、破魏赵、夺燕取齐，
灭楚扶汉，一百多战他竟把那乾坤彻底翻！
领弱兵抗强敌拼死血战，
危难中救陛下几次三番，
拒诱劝佐汉王忠心赤胆，
打下了汉王朝一统江山。
明修栈道、暗度陈仓、十面埋伏、背水一战……
成就了他一世英名万古美谈！
怎奈英雄逢末路，
可怜韩信度日难。
老臣我送兵简令他修撰，
权当作修身养性、消磨岁月、苟且残欢！
臣也知，韩信张狂不服管，
论战功，他倨傲三分也当然。

娘娘啊，你慢举刀，且思量，江山万里天地宽，

何必要赶尽杀绝叫天下人心寒，你问心可安！

吕　雉　想不到一向克己慎言的丞相，为了韩信，如此咄咄逼人！好吧，既然话都挑明了，本宫愿一吐肺腑，未知丞相可否掏心以待？

萧　何　请娘娘明言。

吕　雉　依丞相之见，天下初定，民心厌战，大汉朝还会再打仗吗？

萧　何　陈豨谋反，诸王蠢蠢欲动，只怕小战难免！

吕　雉　平定叛乱，韩信不肯为陛下所用，将来战事，他肯为本宫所用吗？

萧　何　这……难！

吕　雉　以韩信之威望，若是登高一呼，天下诸王是追随他的多？还是追随本宫的多？

萧　何　他……（艰涩地）多！

吕　雉　（苦苦一笑）丞相应该知道，陛下春秋已高，为了太子，本宫将会有许多冤家对头。韩信不肯为我所用，定会有人用他！如今陛下既有杀他之心，本宫绝不能坐失良机！

萧　何　娘娘！

吕　雉　丞相当初若不救我母子，就没有我母子今天！既然有了今天，丞相当为我母子保全明天！（唱）

吕雉初嫁本安分，

从未想，刘邦举义事竟成。

半生受尽颠连苦，

为皇后，更觉一世忧患深！

每见羸弱遭涂炭，

立誓要做人上人。

最惶恐，陛下、丞相百年后，

本宫老太子弱难与那韩信做抗衡。

君王早有灭韩意，

杀戮的罪名却要本宫苦担承。

为人当重生前事，

何必在乎死后名。

错失良机天不佑……

丞相，我的恩人！（接唱）

恳求你再施援手除韩信为我母子安定乾坤！（跪）

萧　何　（忙跪）娘娘一片苦心，老臣能够体谅。只是韩信乃老臣举荐，为大汉朝立下盖世奇功，如今要杀他，老臣怎下绝情？怎下杀手？怎样面对自己的良心！娘娘不如赐老臣一死吧！

吕　雉　（缓缓站起）本宫知道，杀韩信若一着不慎，必起大乱，所以才求丞相帮助……看来，本宫只有自己动手了！

〔侍卫甲上。

侍卫甲　娘娘——启禀娘娘，韩信携一女子，深夜出城！

吕　雉　韩信深夜出城？来人！传本宫懿旨：韩信闯城投奔叛军，各路关卡但见韩信，乱箭射杀……

萧　何　啊呀，娘娘！韩信并非投奔叛军，而是携同小女投奔陛下！

吕　雉　哼！只要你女儿与韩信死在一起，就是投奔叛军、合谋造反！这罪名足可夷灭你一家三族！

萧　何　（惊呼）娘娘！

吕　雉　来呀，传令南北二军，左右拦截；着禁军骑卫，快马追杀，凡取韩信、萧何女儿首级者，本宫赏赐万金！

萧　何　（惨呼）娘娘！如此大动干戈，杀戮功臣，牵累无辜，天下震撼，必起大乱啊！

吕　雉　你既知必起大乱，何不出马诓韩信进宫，秘密处置！

萧　何　这……

吕　雉　本宫倒想看看：你为韩信生死不顾，韩信可能为你不顾生死！

萧　何　这……

吕　雉　难道你真要为了韩信，舍弃女儿、舍弃陛下、舍弃大汉朝吗?!

萧　何　这……

吕　雉　既然如此，本宫就甘冒天下之大不韪了！

萧　何　（哀号一声）娘娘——（字字泣血）老臣愿助娘娘！

吕　雉　好，本宫令各路兵马，城外待命！记住：天亮之前，本宫一定要见到韩信！

〔钟声震响。一束光罩住萧何。

萧　何　（无奈地仰天发出一声心之哀叹）天……

〔切光。

七

〔韩信接唤："天——"内唱："天苍苍野莽莽山叠层浪——"

〔光起。残山冷月，老树黄叶……韩信与萧静云双骑而上。

韩　信　（接唱）乘月色纵马蹄踏碎了一路银霜。

秉豪气展襟怀极目瞭望，

风飒飒浩荡起亘古悲凉。

〔战马腾跃嘶鸣。

韩　信　（接唱）好战马不肯去驾前俯仰……

（回马，被萧静云求恳阻拦，接唱）

怎忍心牵累她辜负丞相！

（与萧静云两骑缓辔而下）

〔萧何内唱："追韩信追得我力竭心衰——"发鬓尽白，仓皇追上。

萧　何　（接唱）咬碎了牙根止不住跌跌撞撞，

老泪滚滚落尘埃！

十年前月下相追追将才，

十年后月下相追追命来。

骇吕雉心机忒深窄，

怜韩信无辜遭祸灾。

恨苍天不分好与歹，

悲萧何百般无奈为人帮凶把屠刀高抬！

看崖旁云涛如海，

真不如翻身跃下去冥台……

（恍惚，又惊觉）呀！（接唱）

萧何一死有何碍，

谁将这眼前危机排解开？

仰望苍穹乱云盖……

（悲怆而呼）大汉朝哪！（接唱）

我为你背负起这漫天白幡永世悲哀！

〔韩信与萧静云上。三匹马同时一声长嘶。一个大圆场后，三人各怀心思，伫立凝望。

萧　何　（一字一颤）萧何奉皇后懿旨，召淮阴侯入宫受死！

〔静场。韩信突然无声而笑，直笑得浑身乱颤落下马来……萧何与萧静云急忙下马，前去搀扶。

韩　信　（一把抓住萧何）十年前举荐韩信，十年来力保韩信，十年后追杀韩信，你，不觉着好笑吗？

萧　何　（凄然）人生一梦，十年轮回……

韩　信　你看，天是同样天，月是同样月，人是同样人，来来来，韩信前边跑，萧何后面追，我与你再回到十年之前——

萧　何　（痛心疾首）你，不如杀了萧何吧！

萧静云　爹爹既然不怕死，何不与韩将军一起反了当今！

萧　何　萧何不敢，韩将军也不敢！

萧静云　爹爹害怕，韩将军怕过谁来！

萧　何　他怕的是自己那一怀悲悯心肠！

韩　信　相爷！

萧　何　因这悲悯，将军痛恨项羽活埋二十万降卒；因这悲悯，将军冒死收留钦犯钟离；因这悲悯，将军不肯随驾征剿陈豨……世人皆道将军甘受胯下之辱乃另有所图，萧何相信，将军那一刻想的是：为此杀一条性命值也不值……

韩　信　（含泪而呼）相爷，韩信得萧何知己，此生足矣！

萧　何　萧何不配！萧何实乃为虎作伥、逼杀英雄的卑劣小人！

韩　信　相爷？

萧　何　萧何今日追杀将军，一为换取小女性命，二为换取合府上下三百余口亲人……

韩　信　三为换取大汉江山安定、天下百姓太平！

萧　何　（感泣）将军……

韩　信　相爷不必自责，韩信明白。

萧　何　可萧何不明白啊……（沉缓地）想我萧何来到人世六十余载，饱受战乱，历尽杀伐！将军可还记得长平一战——

韩　信　眼睁睁九十余万将士阵亡。

萧　何　彭城半天——

韩　信　血淋淋十万联军丧命。

萧　何　垓下决战——

韩　信　痛煞煞拼死十余万生灵……

萧　何　山河破碎！

韩　信　百姓罹难！

萧　何　村村萧瑟！

韩　信　家家丧亲……

萧　何　好容易盼到天下一统，萧何我高兴得放声大哭啊——

韩　信　相爷泪流满面呼道：从今往后，再不要杀伐了！从今往后，可以共享太平了……

萧　何　可如今，萧何欲保韩信，必定再起刀兵；萧何欲安天下，必须追杀韩信！为什么？为什么天地广大，容不下千古一将！君王一统，反变得猜忌无常！丞相权重，竟然保不住知己一条性命……

萧静云　爹爹——（扑上前使劲摇撼父亲）韩将军不能死！他不能死啊！当年，爹爹追韩信而荐韩信；如今，爹爹追韩信而害韩信！如此出尔反尔，乃为人间大耻！活着不如死啊！

韩　信　韩信活在人世，招揽天下不宁；萧何活在人世，可为天下太平用心！

萧静云　将军一死，背的是永世英名；爹爹活着，背的是永世骂名！这天地良心，你叫他怎么背得起？你叫他如何扛得动啊？

萧　何　天哪……

萧静云　将军——（扑向韩信，失声痛哭）

韩　信　（唱）莫怨泣，休责怪，

萧何生韩信死，无奈生死见襟怀。

我羞为自身起战祸，

他苦为天下免兵灾。

同怀着悲悯心肠深似海，

齐将这生死荣辱轻抛开。

韩信功成图自在，

何必等到身躯老朽再葬埋。

似闪电一刹横空去，

裹风挟雨到泉台。

再不用屈心钳口听摆布，

再不用人前马后学卖乖。

临别唯有深深拜，

谢相爷知我、荐我、爱我、保我，

鬓发苍苍一刹白。

莫嫌韩信忒无赖，

若相逢，我还要赖上了萧何同登那九天拜将台。

〔钟声骤响，黄叶飘落，韩信缓缓退去、退去，猛转身疾走。

萧　何　（急呼）将军——

〔韩信站住，并不回身。

萧　何　请受萧何一拜！（深深一拜）

韩　信　（一颤后即走）……

萧　何　（泣呼）将军——请受天下苍生一拜！（深深二拜）

韩　信　（顾自再走）……

萧　何　（惨呼）韩将军，萧何良心尚有一拜呀！（拜伏不起）

韩　信　（终于回身，强抑战抖，深深一拜后决然而去）……

〔萧静云紧紧追去。传来沉重宫门的轰然关闭声。

〔画外音："圣旨下——皇后监国，韩信谋反，萧何协力诛杀叛逆有功，加赐五千户，拜为相国。"

萧静云　（发出一声撕心裂肺的呼唤）天——（猛地一剑刺入腹部，倒在落叶之中）

〔静场。萧何颤颤地从落叶堆里爬起身子，木然地一步一步向前挪着、挪着，挪过了满地落叶，挪过了女儿的尸体……

〔伴唱声起：

"成也萧何，败也萧何，

成败岂能由萧何！

青史浩荡千古后，

奈何人心说奈何。"

〔随着纷纷飘落的黄叶，“汉”字大旗缓缓降下……

——剧 终

《成败萧何》2004年由上海京剧院演出，导演石玉昆，主演有陈少云、安平、郭睿玥等。剧本获首届中国戏剧奖·曹禺剧本奖（2004—2005）、剧目获得第十三届文华大奖，入选2008—2009年度国家舞台精品工程、入选中宣部第十一届精神文明建设“五个一工程”。

作者简介

李 莉 女，1955年出生，江苏苏州人。代表作品有京剧《成败萧何》《凤氏彝兰》，越剧《甄嬛》（上、下本），沪剧《挑山女人》，上党梆子《太行娘亲》，苏剧《国鼎魂》等六十余部。

·晋　剧·

傅山进京

郑怀兴

人　物　傅　山——时年七十三岁，明末清初学者，字青主。

冯　溥——时年七十岁，清朝文华殿大学士，号易斋。

玄　烨——时年二十五岁，康熙皇帝。

张静君——她逝世时二十多岁，傅山之妻，以幽灵的形态出现。

傅莲苏——时年十七岁至十八岁，傅山之孙。

长　老——北京崇文门外圆觉寺住持。

戴梦熊——阳曲县令。

朱　二——绰号疤二狗。阳曲无赖。

庞荩郎、庞妻、道员（按察司分巡道，兼兵备衔）、老太监。男女乡亲、众官员、众太监、众御林军、众衙役，两位轿夫以及只闻其声不见其人的太皇太后。

〔幕启。1678年初秋的下午。

〔太原松庄侨舍前。土屋、柴扉、小院。院落里有个葫芦瓜架，架下摆着一张桌子和两三只小方凳。

〔道员与戴梦熊由几个衙役引上。

〔衙役甲、乙、丙分头上。

衙役甲　禀太爷，傅山不在松庄。

戴梦熊　不在松庄？

衙役乙　禀太爷，傅山不在青羊庵。

戴梦熊　不在青羊庵？

衙役丙　太爷，傅山他也不在卫生堂。

戴梦熊　也不在卫生堂？唉！（唱）

傅山博学负盛名，
朝廷征召催不停。
他偏称病不从命，

上司怪罪我无能。

此番不能再迁就，

死活都要抬进京！

唉！不在这儿，也不在那儿，他躲到哪里去了？

〔朱二气喘吁吁跑上。

朱　二　太……太爷！

戴梦熊　朱二，你小子来干什么？

朱　二　太爷，我找到傅山了！

戴梦熊　你找到傅山了，他在哪里？

朱　二　在双塔寺看戏。

戴梦熊　啊，他还有闲心看戏？谢天谢地！

衙　役　太爷，我们到戏棚下把他抓——

戴梦熊　且慢！百姓正在看戏，不要前往惊扰。朱二，戏快散了吗？

朱　二　快散了，快散了。

衙役甲　（忽有所见）哎，有一群人翻过红土沟，朝这边走来了！

朱　二　（指着前面）那个穿道袍的老头就是傅山！

戴梦熊　哈哈哈，傅青主果然看戏回来了。

朱　二　（拉住戴梦熊）太爷，刚才是小的找到傅青主，求太爷——

戴梦熊　（厌恶地）少时自会赏你。

朱　二　谢太爷。不过小的还想求太爷，抓到傅青主之后，恩准小的拿一两张字画！

戴梦熊　放屁。你个疤二狗，雁过要拔毛。你想得美！总督大人向他求字画都三年了，八字还没见一撇呢！傅青主字画，一字千金呀。

〔傅山内声："姚大哥，叨扰了！"

戴梦熊　快，且到一边等候他。（与道员一起率众衙役下）

朱　二　嘻嘻嘻，只等傅山一抓走，朱二抢先就下手！（躲到一边去）

〔傅山内唱："转眼过了红土沟——"拿个酒葫芦，由傅莲苏引上。

〔庞茂郎等一群乡亲随上。

傅　山　（接唱）一直朝着松庄走。

今日里姚大哥请去看戏，

板凳上坐着几个村老头。

听什么飞龙闹勾栏，

消遣时光倒也忘了忧！

他割了二斤肉，

炖肉烧饼加馒头。

我喝了三盅汾清酒，

吃了半碗大锅粥。

傅莲苏 爷爷你慢点走。

傅　山 （唱）数月来装病避征召，

连儿孙也认乃翁真衰朽。

风声渐息方露面，

天高云淡好个秋。

（欲往家里走去）

朱　二 （从角落里钻出来）傅青主，皇帝请你进京，你却不肯去，真是个书呆子！太爷在此等你好久了！

〔戴梦熊与道员、众衙役上，群众被衙役们驱散下。

戴梦熊 哈哈哈，傅老先生！

朱　二 太爷！（向戴梦熊讨赏，接过几枚铜钱后，躲到一边去）

戴梦熊 欣闻先生已康复，晚生特地来贺喜！

傅　山 贫道年过古稀，犹如风前残烛，明灭不定，再亮也挨不了几时！

道　员 先生，按司替你请辞之奏折已被皇上批驳下来了！

傅　山 啊！

戴梦熊 皇上严令各省督抚，把被荐者作速起送来京。

道　员 按司今日又下急令——

戴梦熊 不立即送先生入京，就要把晚生就地免职！

〔众人闻言一愣。

傅　山 啊，贫道不入京，要免你的职？

戴梦熊 晚生免职，还是小事，朝廷拿你以叛逆论罪，还要株连先生一家呀！

傅　山 （唱）召唤不成便加罪，

对待士人甚蛮横。

昔日屠城毁文教，

如今尊儒岂是真？

我何甘俯首听命，

却不能害家人也莫累县令失前程！

且往故都寻旧梦，

了却残生目可瞑。

戴梦熊 先生答应了吧。

傅　山 知属仁人不自由，病躯岂敢少淹留！

戴梦熊 先生答应了？先生，晚生奉命差遣，万望先生见谅。（忽然向傅山跪下）

傅　山 起来，快起来。傅山一生不怕杀，就怕跪。也罢，事到如今，贫道就舍去老命赴京城吧！

傅莲苏 爷爷！到北京跋山涉水，你怎么走得动呀！

〔庞荩郎夫妻、朱二及男女乡亲上。

群　众 是啊，你怎么走得动呀！

戴梦熊 先生请放心。晚生已备篮舆一顶，专送先生到北京！

〔两个轿夫抬着轿子上。

众清兵 请先生上轿！

傅　山 生既须笃挚，死亦要精神。诸位乡亲，傅某拜别了！

众乡亲 傅大爷，一路平安，早去早回！

傅　山 多谢诸位！

傅莲苏 爷爷。

傅　山 （发现乡亲们在拭泪）啊，大家莫要哭，莫要哭！

老大娘 傅大哥，你走了，俺要是旧病复发，找谁看呀！

傅　山 大妹子，你这是病后虚弱，每天做一碗“头脑”吃，补补身体，就好了！

老头子 先生创制的“头脑”真好，俺每天吃一碗，如今耳聪目明手脚健！

庞荩郎 傅大爷，俺家为你做了双鞋。

庞　妻 俺针线不好，大爷莫嫌弃！

庞荩郎 刚好给你送行！（奉上一双布鞋）

傅　山 （接过布鞋，唱）

手捧布鞋心头暖，

故乡热土风俗淳！

孙儿！（唱）

文房四宝快端上，

临行作画慰乡亲！

傅莲苏 哎！（进内捧文房四宝出来，摆于桌上，并研墨）

傅　山 荩郎，你想要画什么？

庞荩郎 大爷要送画给小的？

傅　山 礼尚往来，你送我布鞋，我也该回送你一幅字画吧！

庞荩郎 多谢大爷！多谢大爷！（问其妻）老婆，你说说，画什么好？

庞　妻 听说大爷画的东西都会显灵。

庞荩郎 都会显灵？

朱　二 画个财神送元宝。

庞荩郎 大爷，小的求你画头牛，以后显灵好耕地！

傅　山 画牛？好，我就给你画头牛！（唱）

泼墨挥毫画头牛，

牛比老汉要自由。

拉犁翻地虽辛苦，

背驮牧童田野游！

画罢交与好邻里，

见牛如见我老头！

（交画与庞荩郎）

庞荩郎 多谢大爷！

〔众人围观这张画，赞不绝口。

戴梦熊 先生，请来上轿！

傅　山 且慢！

傅莲苏 爷爷，你是不是要吩咐孙儿，别忘了带一件宝贝？

傅　山 好聪明的莲苏啊！

庞荩郎 莲苏，你家还会有什么宝贝！

傅莲苏 先祖母所绣的大士经，爷爷看得比命还要重呀！（下）

庞荩郎 大爷，大娘都过世几十年了，你还如此念念不忘！

傅　山 岁数越大越念旧呀。

戴梦熊 来呀，下面奏乐放炮。

〔内传鼓锣声、鞭炮声。

〔傅莲苏背一个包袱上。

傅　山 戴大人，你奏乐放炮，要为贫道送终？

戴梦熊 不，不，不，傅先生，你奉旨进京，乃是阳曲县的大喜事呀！

傅　山 红喜事，白喜事，都是喜事。

戴梦熊 奏乐放炮，为傅山先生——

朱　二 送终！

戴梦熊 呸！是送行。

傅　山 哈哈哈！孙儿，与爷爷更衣上路。

〔傅莲苏帮傅山换上朱衣。

群　众 傅大爷，保重！

傅　山 多谢诸位。

〔灯暗。

〔灯亮。南书房。壁上挂着董其昌与傅山的书法作品。

〔玄烨练写一个“福”字后，又去观赏傅山的《草书七绝书轴》。

〔老太监侍立一旁。

玄　烨 傅山的行草，高古纯朴，直逼汉魏，胜过董太史啊！（唱）

久闻傅山善字画，
今日有缘赏奇葩。
比起那董行草古淡潇洒，
不愧是晋唐以下第一家。
大清国马上得来这天下，
今须把鸿儒们招入京华。
若能与傅山一起论书法，
教寡人更上层楼笔生花。

〔内报：“文华殿大学士冯溥宫外候旨！”

玄　烨 宣！

老太监 喳！

玄　烨 （对老太监）你到后宫去看看，太皇太后好些了吗？

老太监 喳！皇上有旨，宣冯溥冯大学士进宫。

〔冯溥内声：“遵旨。”上。

冯　溥 历事两朝岂容易，年届古稀应优哉！（拜）臣冯溥见驾，吾皇万岁！

玄　烨 贤卿平身！

冯　溥 （看到玄烨书写的“福”字）皇上书法，已成大家，所书“福”字，别具一格，天下无不喜爱，能得一幅，如获至宝。

玄　烨 与董、赵相比，朕才登堂，尚未入室。贤卿，你看那一幅——

冯　溥 （抬头一看）啊，这是傅山的《草书七绝书轴》！

玄　烨 是呀。贤卿，听说黄道周曾称傅山的书法为“晋唐以下第一家”？

冯　溥 这只是黄道周一家之言。以臣之见，傅山书法比董太史，还差一点！

玄　烨 哈哈哈，莫非见朕喜欢董太史，你就故意压抑傅青主？

冯　溥 不是，不是，这也是臣一孔之见！皇上，今日你看到其字，不日就可以见到其人了。

玄　烨 啊！傅山应征来了？

冯　溥 是呀，傅山前日就抵达宛平，最迟明天就可进城了！

玄　烨 这么说，被荐者都快来齐了？

冯　溥 快到齐了。皇上求贤若渴，四海归心哪！

玄　烨 四海归心？未必吧，顾炎武以死拒聘，李颙行至中途，要拔刀自刎！

冯　溥 似此等性情古怪者，自甘沦落，何损圣德？

玄　烨 唉，人各有志，不好相强！朕将下诏，恩准顾、李两人所辞！

冯　溥 皇上如此宽宏，必教士大夫感激涕零！

玄　烨 哼哼！该宽则宽，该严则严。傅山要是再不肯应征的话……

冯　溥 皇上也要恩准他以疾辞？

玄　烨 不！顾、李可恩准，傅山却不行！

冯　溥 啊！

玄　烨 （唱）朕早知傅山他特立独行，
而立年率百名秀才入京。
为山西提学袁继咸叫屈，
拦首辅闹午门朝野震惊。

我大清入主中原他改字，

字青主着朱衣别有用心。

冯　溥　啊，皇上，他改字为青主，不过表白归隐青山之意！

玄　烨　归隐青山？不，他在《甲申守岁》中写道："怕眠谁与闻鸡舞，恋着崇祯十五年。"眷恋明朝之心，岂不昭然若揭？

冯　溥　秀才写诗，痴人说梦，当真不得。再说傅山七十多了，没什么指望了。

玄　烨　他虽然年事已高，也不可等闲视之，听说他熟谙兵法，精通剑术。

冯　溥　啊！莫非皇上这次要趁机捉他？

玄　烨　哈哈哈，傅山既然来了，朕就既往不咎了，还要格外优待他。他一归顺，大河以北的士大夫都入朕之彀中呀！

冯　溥　皇上圣明呀！

〔老太监匆匆上。

老太监　禀皇上，太皇太后还是觉得头昏脑涨。

玄　烨　御医怎么说？

老太监　御医们都把过脉了，就是诊断不出太皇太后所患何病。

玄　烨　（一愣）啊！

冯　溥　太皇太后前天听戏还好好的，怎么突然不豫？

玄　烨　（焦急地）是呀，朕原以为太皇太后偶感风寒，谁知御医们都诊断不了！

冯　溥　皇上莫着急，请御医们再仔细会诊！

玄　烨　朕幼失怙恃，全赖太皇太后抚养；她一不豫，朕就忧心如焚。贤卿，朕先去后宫探望，回头再与你商量，博学宏词科如何殿试。

冯　溥　是。臣遥向太皇太后请安！

〔玄烨由老太监陪着，就要走下去，突然想到什么，又转身过来。

玄　烨　哎，傅山不是擅长医道，尤其精通女科吗？

冯　溥　是呀，太原百姓都誉他为仙医。

玄　烨　太皇太后吉人天相呀！（唱）

灵机一动请傅山，

冯　溥　皇上的意思……

玄　烨　（接唱）此乃是上天赐机缘。

冯　溥　这……

玄　烨　贤卿，你犹豫啥呀？

冯　溥　臣是怕……

玄　烨　是不是担心傅山不肯入宫诊治？（见冯溥点头，便笑了笑）中原士大夫最讲究面子，朕不计较繁文缛礼，这次趁机给他一个台阶，请他进宫，他还能不来吗？

冯　溥　啊，皇上请傅山治病，是跟他在——

玄　烨　下棋。（点头微笑）

冯　溥　啊！（旁唱）

皇上要请傅山入宫诊断，
顿叫我一颗心悬在半天。
多年前曾与傅山识一面，
道不同不相与谋却暗惭。
担心他抗旨惹天怒，
一悉他奉诏我欣然。
要教野鹤朝天子，
需时日、莫仓促、怕野性、尚未改、入宫恐将乱子添！

〔灯暗。

〔灯亮。宛平城外。

〔秋天的傍晚。

〔两个衙役内声："闲人闪开了，傅老先生，快走啊！"上。

〔傅山骑着驴，由傅莲苏伴随上。

傅　山　（唱）强召入京千里路，
半途篮舆换跛驴。
既不忍轿夫汗如雨，
也不愿匆匆入故都。

傅莲苏　（唱）人老何堪奔波苦，
强征岂是尊鸿儒？

爷爷，应试从来都是出自士人自愿，怎能如此强迫？

傅　山　是呀！出仕隐居，各人志趣；官府当听其便，不必横加干预。清室此举，要以功名笼络士大夫，把野鹤驯化为鹦鹉。

傅莲苏 要把野鹤驯化为鹦鹉？

傅　山 是呀！（唱）

功名利禄相诱惑，

只恐鸿儒变奴儒。

傅莲苏 （唱）伴行更谙爷秉性，

一身正气耻为奴！

傅　山 （唱）落照余，好风徐，

与孙儿漫步且下驴。（下驴）

牵跛驴，穿桑榆，

卢沟晓月画卷舒。

〔两个轿夫抬着冯溥上，四个官员骑马跟随上，与傅山公孙、两个衙役走圆场。

冯　溥 （唱）出城迎接傅青主，

未见踪影疑虑生。

纵是龟爬也该到，

永定门离此只一亭。

四官员 （唱）傅山海内皆仰慕，

与他结识沾清名。

冯　溥 （唱）不见傅山难复旨，

老夫心急如油煎。

四官员 （唱）数尽篮舆皆不是，

莫非他早已转身返太原？

傅莲苏 啊！爷爷，你看，远处来了一群人马！

傅　山 啊！孙儿，等他们到来，就说爷爷病了。

傅莲苏 爷爷放心，孙儿能应付。

〔傅山坐下，依树闭目养神。

冯　溥 （下轿）青主老兄，易斋迎你来了。

四官员 傅老先生，晚辈迎你来了！

冯　溥 啊，青主怎么啦？（对傅莲苏）他是……

傅莲苏 禀老爷，我爷爷因长途奔波，疲惫不堪，方才昏迷过去。

众官员 啊！

冯　溥 来呀，快把这位老先生背上轿，抬到万柳园去！

众官员 快快快，抬到万柳园去！

傅莲苏 且慢，爷爷说，老人昏倒动不得，要让他自己渐渐醒过来。

冯　溥 哦！青主老兄，你醒过来呀！

众官员 傅老先生，你快醒过来呀！

傅　山 （慢慢睁开眼睛）孙儿，是前村的姚大爷在喊我吗？

傅莲苏 不是姚大爷，是京城来的一位自称易斋的老爷爷。

四官员 是冯相国亲自来迎接老先生。

傅　山 哦！是山东益都的冯易斋？

冯　溥 是呀，老兄好记性！

傅　山 怎不记得，你是崇祯十二年的举人，听说如今在万人之上，一人之下？

冯　溥 哪里，哪里！

傅　山 一晃几十年，你也满头白发了！易斋呀，荣华富贵也挡不住岁月匆匆！

冯　溥 老了，老了，都老了！我七十，你七十三，都年届古稀了。青主兄，鄙人一直翘首以待，今天终于接到你了。你爷孙就在敝府万柳园下榻吧。

傅　山 多谢盛情。贫道住惯草堂土屋，何堪豪门车马纷扰？旅途劳累，就近投宿圆觉寺罢了。

冯　溥 这……

官员甲 圆觉寺十分荒凉，和尚都快跑光了，怎么能住呀。

官员乙 不如搬到山西会馆去吧，京城山西士商们早已拂榻以待。

四官员 是呀，住入山西会馆，就像在老家一样。

冯　溥 崇文门外就有一个三晋会馆，离此不远。

四官员 那就搬进三晋会馆吧！

傅　山 多谢诸位美意，贫道好静，只想住在荒村古寺。

四官员 啊！像先生这样的高士，怎能住在荒村古寺呀！

傅莲苏 请诸位不要勉强他了，我爷爷心一烦，就会旧病复发。

四官员 这……（面面相觑，私下嘀咕）书呆子，迂夫子，怪老头，真圪尥！

冯　溥　（唱）脾气古怪莫再逼，

让他荒寺暂安眠。

当务之急医太后——

青主兄！（接唱）

鄙人有话与你谈。

傅　山　易斋，你如今身居宰辅，燮理阴阳，忙得很哪，快回城去吧！贫道也想早点安歇。

冯　溥　青主兄，鄙人想请你去看病！

傅　山　看病？哎呀呀，我自己都半死不活，还会给人看病！况且你所说的病人，绝非市井贱夫，必是达官贵人！贫道一向以为，奴人害奴病，自有奴医与奴药，高爽者不能治。贵人害贵病，自有贵医与贵药，贫贱者不能治。

冯　溥　老兄，时已不早，闲话不说。请你治者，乃是当今——

傅　山　当今什么人？

冯　溥　当今是指万岁呀！

傅　山　万岁？万岁不是在煤山宾天多年？

冯　溥　唉，是康熙皇帝请你入宫给太皇太后看病呀！

傅　山　哦，原来是指你新主。唉，可惜呀，我方外不娴新世界，心中只记旧山河。

冯　溥　青主呀，你……你一向主张爱无差等、人无贵贱，治病救人怎么能分新旧！

傅　山　治病救人？（唱）

玄烨请我医祖母，

遵循医道当应承。

进宫诊治怎行礼，

不甘俯首来称臣。

早知入京多尴尬……

情急忽有一计生！

也罢，看在治病救人的分上，贫道只得答应了！

冯　溥　老兄果然一副菩萨心肠！

四官员 是啊，菩萨心肠啊！

冯　溥 哈哈，走，立即坐轿进宫去！

傅　山 慢！看病不必进宫。

冯　溥 啊，不必进宫？这不进宫，如何为太皇太后看病？就是用牵线把脉，也得入宫呀！

傅　山 哈哈哈，你只需将患者头发拔一根送来，贫道依发辨症！

冯　溥 （与四官员，惊奇）什么！依发辨症？

〔灯暗。

〔灯亮。宫中。

玄　烨 啊，依发辨症？（唱）

说什么依发来辨症，
教朕满腹起疑云。
莫非他不愿入宫拜天子，
才出怪招糊弄人？
冯溥回宫可明真相，
看傅山是否在欺君。

〔冯溥拿着一包草药上。

玄　烨 贤卿，傅山依发辨明太皇太后得了什么病？

冯　溥 傅山他，他细观臣所带之银发，沉默不语，走到圆觉寺外，抓了这一把草药。

玄　烨 草药呢？

冯　溥 （呈上草药）说分三次煎服。

玄　烨 啊，这是什么草药？

冯　溥 他也没说，只说这草药务须由……

玄　烨 由什么？

冯　溥 由患者子孙亲手煎，服了才灵验。

玄　烨 这么说，草药还需由朕亲自煎之？

冯　溥 皇上亲自煎药，孝感天地。太皇太后一定会药到病除，康复如常。

玄　烨 太皇太后到底是患了什么病症，傅山又是怎样言讲？

冯　溥 这……

玄　烨　你不如实说来，朕就不敢煎药；耽误太皇太后治疗，重责如山。

冯　溥　啊！（旁白）哎呀，这回我是水豆腐掉到灰里，吹不得也拍不得！

玄　烨　尽管说来！

冯　溥　皇上……

玄　烨　还不说！

冯　溥　傅山凝视银发半晌，说了两句……

玄　烨　两句什么？

冯　溥　这病是前天下午才发的。

玄　烨　（点点头）还有一句呢？

冯　溥　臣不敢言。

玄　烨　朕让你说，你就说！

冯　溥　臣遵旨！傅山说，年纪这么大了，还患上相思病！

玄　烨　（厉声地）胡说！

冯　溥　（跪下）臣罪该万死，臣不过是照搬傅山的原话，一字不曾假！

玄　烨　傅山呀傅山！你要是不肯入宫看病，情犹可谅。你借诊断之机侮辱太皇太后，是可忍，孰不可忍！内侍！

〔老太监匆匆上。

玄　烨　立即传旨刑部，到圆觉寺抓捕傅山，将之打入天牢！

老太监　喳！

〔从珠帘后面传来太皇太后的声音："且慢！傅山神医也！"

〔众人一愣。

〔太皇太后的声音："哀家前天下午翻箱时，无意发现你祖父太宗皇帝的一双皮靴，不禁触动心怀，他与哀家分别已三十六年了！皇上，傅山诊断得好准呀，哀家一听，心头顿觉轻松了！"

冯　溥　（叩首）太皇太后安康，乃是大清之福！

玄　烨　傅山真奇人也，应该请入宫来！

冯　溥　唉，要是他肯入宫，何必取发辨症！

玄　烨　哈哈哈，傅山善治世上奇难杂症，朕能治中原士大夫……

〔灯暗。

〔灯亮。圆觉寺大殿上。寺外雪花飘洒。

〔傅山内声："好雪呀！"内唱："下了炕，步出禅房——"上。

傅　山　（接唱）大殿上，一盆炭火暖洋洋。

望野外银装素裹，
千里白茫茫。
谢上苍还我个干净世界，
半日清闲清净时光。
玄烨想借看病赚我臣服，
我依发辨症将他巧抵挡。
宁死也不愿去朝拜，
任凭众人说短长。
偷闲且把大雪赏，
雪也赏我满头霜。
一时物我皆两忘，
野茫茫兮天苍苍！

〔傅山在练拳术。

〔玄烨装扮成居士，飘然而上。

傅　山　（一愣）客官，你——

玄　烨　敢问道长，你可是太原傅青主吗？

傅　山　你我素昧平生，何以认得贫道？

玄　烨　哈哈哈，字画诗医皆称绝，天下何人不识君！

傅　山　啊，今日冰封雪盖，天寒地冻，飞鸟尽，人踪灭，客官如何而来？

玄　烨　慕名已久，神交多时；冰雪何能阻，灵犀一点通。

傅　山　哦，敢问客官是……

玄　烨　天地为逆旅，你我皆过客，何必究根底，相遇即有缘；踏雪来探访，专为论书法！

傅　山　啊！（旁唱）

不速之客器宇轩昂，
先声夺人绝非寻常。
水来土掩我沉着，
谈书论艺正气扬。

不知客官对书法有何高见，愿闻其详！

玄　烨　道长！（唱）

晚生最爱翰墨香，

宽怀只有字几行。

今日随缘挥象管，

聊书福字献道长！

（挥笔，书一“福”字）请道长指教！

傅　山　啊！（旁白）这个“福”字甚眼熟，多少官员曾临摹！（恍然大悟）啊，莫非是他……（唱）

纵是玄烨待怎样，

李太白视帝王如平常！

市井贱夫皆可拥天下，

任他是万乘主揄揶又何妨！

玄　烨　请道长指点吧！

傅　山　客官这一“福”字，笔势潇洒随意，可见功力匪浅。

玄　烨　哪里，哪里。晚生能得道长厚爱，不胜荣幸！

傅　山　客官笔法，是师法明太史董其昌的吧。

玄　烨　哎呀！好眼力，晚生正是师法董太史，也曾学过赵孟頫。

傅　山　董其昌称赵孟頫为五百年中之所无，可谓同气相求。

玄　烨　道长莫非不服董太史所评？

傅　山　赵孟頫身属赵宋皇族之后，而臣服于元朝，气节丧，人品低，其书巧媚；董其昌为官不正，贪得无厌，其字清媚！

玄　烨　道长，你不可因人废字呀！

傅　山　哈哈哈，作字如做人，亦恶带奴貌。试看鲁公书，心画自孤傲！

玄　烨　啊！

傅　山　客官书学董、赵两家，故此字也含俗态，未得正脉，难登逸品！

玄　烨　啊，你……

傅　山　当今推崇董、赵之字，别有用心；客官你不可上当，误入歧途。

玄　烨　噢！你说，当今推崇董、赵，用心何在？

傅　山　渐摧中原士大夫之气节，以添天下读书人之奴性！

玄　烨　（一愣，倒吸一口凉气）啊！

傅　山　（旁唱）借评书法来抒愤，

他推崇赵、董喜奴人！

玄　烨（旁唱）欲发作，又吞忍，

驯服烈马要耐心。

傅　山（旁唱）坦言若惹他发怒，

一死留下清白名。

玄　烨（旁唱）容他犯颜显我量，

当教鸿儒识明君！

道长！（唱）

帝王都喜臣民俯首帖耳，

你可要设身处地体谅当今。

傅　山客官！（唱）

帝王们求臣民俯首帖耳，

又何知俯首帖耳成奴人。

玄　烨哈哈，道长，天下臣民，皆俯首听命于天子，乃天经地义也！

傅　山非也，非也！天下者，非一人之天下，乃天下人之天下也，就是市井贱夫也可平治天下。

玄　烨（震惊）啊！

傅　山独操其权，私营神器，而令天下不敢不从者，乃独夫，非尧舜也；若以功名利禄诱人入其彀中，其臣下必多庸奴耳！

玄　烨（旁唱）古稀老翁，一介草民，

出语竟然，石破天惊。

傅　山（旁唱）皇帝草民本平等，

身虽贫贱骨铮铮。

玄　烨（旁唱）他有意出言不逊激怒朕，

傅　山（旁唱）他不动声色涵养深。

玄　烨（旁唱）我自信能叫他体察圣命，

傅　山（旁唱）我偏要把定心旌不称臣！

玄　烨道长呀！（唱）

言归正传再论字——

傅　山好呀！（唱）

只论书法心放平。

玄　烨　（念）雪天古刹共炉火，

傅　山　（念）历代书家茗中评。（斟茶）

玄　烨　（念）流派众多百花艳，

傅　山　（念）溯源书圣序兰亭。

〔两人相视，哈哈大笑。

玄　烨　（唱）喜爱临摹兰亭序，

傅　山　（唱）勤学苦练得精神。

玄　烨　敢问道长，如何能得书法正脉？

傅　山　宁拙毋巧。

玄　烨　宁拙毋巧？

傅　山　宁丑毋媚。

玄　烨　宁丑毋媚？

傅　山　宁支离毋轻滑，宁直率毋安排，如老实汉走路，步步踏实，不左右顾，不跳跃趋！

玄　烨　好一个不左右顾，不跳跃趋。哈哈哈，听君论书一席话，胜过临摹十年帖！他日有机会，再移樽就教。告辞！

傅　山　一任清风来又去，心如周柏远红尘。

玄　烨　（旁白）今朝踏雪来探访，要令枯木感春风！（飘然而下）

〔傅莲苏与长老上。长老看到桌上“福”字，一愣，走到大门口张望。

傅莲苏　爷爷，方才你与谁谈天说地？

傅　山　与一不速之客！

长　老　道长，你刚才跟来访者说些什么？

傅　山　嫌其书法未得正脉，难算逸品！

长　老　啊！阿弥陀佛！你可知来者是谁吗？

傅　山　一看这“福”字，便知是康熙！

傅莲苏　啊！是康熙驾到？

傅莲苏
长　老　你明知他是皇帝，也敢批评其字？

傅　山　哈哈哈，我傅山就是要让高居九重者看到，天地间还有人敢在他面前说真话！

〔灯暗。

〔灯亮。内宫。

〔冯溥上。

玄　烨　（念）博学宏词今日殿试，

　　要教傅山拜尊前。

贤卿，诸位鸿儒硕学可曾到齐？

冯　溥　禀皇上，一百四十二位贤士都已聚集保和殿，恭候圣驾！

玄　烨　明明是一百四十三位，还缺少何人？

冯　溥　只缺一个傅山！

玄　烨　又是傅山！他为何拒试？

冯　溥　昨晚他突然腹泻不止，无法前来应试。

玄　烨　腹泻不止？哼，朕看他的病，不是下泻，乃是上亢！傅山呀傅山！

（唱）明知朕礼贤下士追舜尧，

　　你还是不肯归附立孤标！

冯　溥　傅山脾气古怪，越老越孤僻，望皇上不必与之计较！

玄　烨　（旁唱）与他论字于古庙，

　　朕已赏识他清高。

　　要揽高士入吾彀，

　　朕不妨再让一遭！

（对冯溥唱）

　　相国求情朕且饶——

冯　溥　皇上恕傅山，士林更归心！

玄　烨　（接唱）专为傅山下一诏！

冯　溥　皇上要放傅山回去吗？

玄　烨　不，傅山学识渊博，有胆有识，人才难得，不试也要授职于他！贤卿，你说，该授他何职？

冯　溥　这……皇上，不如授他一名八品正字！

玄　烨　只授八品正字？略嫌低些。授傅山内阁中书之职吧！

冯　溥　封他内阁中书？那是六品呀，皇上对傅山真是无比恩宠呀！

玄　烨　殿试之后，你亲自到圆觉寺宣旨，命傅山明日金殿谢恩！

冯　溥　谢恩？皇上对他如此礼遇，倘若他再不谢恩——

玄　烨　傅山若再不肯谢恩，就怪不得朕先礼而后兵！（下）

冯　溥　遵旨！（走出宫，宣读圣旨）傅山接旨。皇上念傅山有病，免其殿试，今授予傅山内阁中书之职，命傅山明日金殿谢恩。钦此。

〔深夜。

〔圆觉寺禅房里。一盏青灯，残焰如豆。墙上挂着一幅大士绣像。

〔幕后不断传来“傅山明日金殿谢恩！”的声音。

〔傅山在禅房中徘徊。

傅　山　（唱）寒蛩断续促更残，
残焰如豆照无眠。
托病拒试偏授职，
又逼谢恩躲避难！
众人劝我识时务，
何必独保汉衣冠？
随世沉浮作奴物，
能享厚爵做高官。
逆流而上多凶险，
一叶扁舟陷狂澜！
多少旧知成新贵，
我茕茕孑立，四顾茫然。
多少人求医求药求字画，
有几个背后不笑我狂癫？
我始终不臣服岂恋明室，
为的是把士人气节保全。
怕玄烨只以功名相笼络，
教士人气节丧媚骨奴颜！
士大夫能养得浩然正气，
才不使中原文脉断了源！
玄烨他对我似步步退让，
实则是步步紧逼悬崖边。

明日对弈于金殿，
再倔势必堕深渊！
志已抱定何畏死，
敢洒热血午门前。
小莲苏入睡后细写遗嘱，
训子孙世世代代代代世世好好读书与耕田。
布衣茅屋粗茶淡饭，
切不可存毫发势利富贵于心间！
提起笔恍惚见我子孙面，
与子孙相濡以沫苦亦甘。
从此后儿孙有难帮不上，
书一字双行泪泪湿素笺！
傅山我命虽孤寒情却热，
怎忍心舍下子孙赴黄泉！

（望着绣像，接唱）

此幅静君生前绣，
抚之吾心又婵媛。
见此如见静君面，
夫妻一别几十年！
陪我走南又闯北，
一路相伴劲倍增。
夏日你把清凉送，
冬夜你为我驱寒。
有苦朝你来诉说，
有泪由你来揩干。
有时曾生子孙气，
一想到你，我顿生怜！
明日黄泉寻妻去，
此幅不能带身边。
留与子孙作传家宝，
盼此幅保傅家世世代代子子孙孙和和睦睦平平安安！

（正要转身去写遗嘱）

〔张静君的幽灵从大士绣像后面飘出来。

张静君　（轻声地）夫君！

傅　山　啊！静君，你是回来接为夫到黄泉去的吗？

张静君　夫君呀！（唱）

静君我配君子三生有幸，
恨命薄我只伴夫君几春！

傅　山　贤妻呀！恨当年医术未精难救治，害得你早早饮恨于幽冥！

张静君　（唱）从此后你发愤钻研女科，
鬼门关抢回了多少妇人！
教多少幼儿免却失母痛，
教多少恩爱夫妻不两分！

傅　山　我纵然救回了千万条性命，却唤不回贤妻你呀！

张静君　（唱）夫君你念旧情誓不复娶，
阴阳隔也难阻咱生死情！
夫君呀！上天既赋你异禀，
却为何命运多舛志难伸？
领秀才救恩师你敢蹈虎尾，
恨屠城抗暴政你屡履薄冰！
儿孙们跟着你流离颠沛，
多少年尝尽艰苦无怨声。
如今已入桑榆景，
且幸天下渐息兵！
审时度势莫拗性。
颐养天年乐天伦！

傅　山　（唱）一生几次履凶险，
视死如归古稀年。
吾儿年已知天命，
两个孙孙皆弱冠。
儿孙难舍终须舍，
更何况妻在黄泉长孤单。

上苍若是怜青主，

当还我四十年前之容颜。

到黄泉也好与妻相做伴，

免却那少妇配衰翁多少难堪！

张静君 你呀，还像个顽童！

傅　山 当初你笑我当了爹，还像个顽童；如今老了，就成老顽童了！哈哈哈！

〔外面传来一声惊锣，张静君幽灵顿时消失。

〔老太监内传："傅山听宣。皇上有旨，宣内阁中书傅山金殿谢恩！"

傅　山 哈哈哈，催命符来了！

〔灯暗。

〔灯亮。午门内外。老太监匆匆上。

老太监 来了，来了！

〔玄烨上。

玄　烨 是傅山来了吗？

老太监 来了来了，连人带床都抬进皇城来啦！

玄　烨 哦，连人带床都抬进城来了？

老太监 今儿一大早，傅中书赖在床上不肯起来，冯大学士出于无奈，就命侍卫连人带床抬进城来。文武百官一路护送，快抬到午门外了！

玄　烨 好。朕要在保和殿上接受傅山朝拜谢恩！

老太监 皇上，怕到不了保和殿啦！

玄　烨 从午门到保和殿，不到一箭之遥，为何来不了？

老太监 临近午门，傅中书又哭又闹，寻死觅活的，一班大臣劝也劝不了，哄也哄不得，已闹成僵局了。

玄　烨 哈哈哈！（唱）

倔老头，爱较劲，

令人又气又好笑。

医祖母他曾将朕逗，

朕不妨与他玩一遭！

（对太监）好吧！那就让他在午门前伏阙谢恩！

老太监 遵旨！

玄　烨 （旁白）傅山呀傅山，人家都说你字不如诗，诗不如画，画不如医，医不如人。朕今天倒要试一试，你人品究竟有多高，骨头有多硬！

〔灯暗。玄烨隐下。

老太监 皇上有旨，内阁中书傅山不必上殿，就在午门前伏阙谢恩！

〔午门外表演区灯亮。

〔傅山内唱："连人带床，强行抬到午门前——"

〔御林军呐喊："伏阙谢恩！"

〔傅山坐在床上，被众御林军强行抬上。

傅　山 （接唱）望午门，禁不住老泪潸潸！

四十多年前我曾在此伏阙，
泣血为袁大人来鸣冤！
午门依旧朝代换，
身边不见汉衣冠！
多少忠魂萦午门何曾消散，
与傅山泪眼相对不忍看！
苍天哪！

〔众御林军呐喊："伏阙谢恩！"

傅　山 （唱）想不到玄烨已知兴文教，
欲恢复汉衣冠已难上难！
哭上天枉赋我忠肝义胆，
挽不回铺天盖地之狂澜！

〔保和殿表演区灯亮。玄烨坐在宝座，冯溥、老太监与四官员、御林军分列两边。

玄　烨 （唱）他哭明室情可悯，
大清也是敬忠臣。

傅　山 （唱）明太祖曾删《孟子》轻民本，
嗣统者把士视若猪犬般。
有多少鲠言者横遭廷杖，
当众廷杖血斑斑。

正气荡然奴物长，

白蚁猖獗大厦坍。

明亡于奴非于满，

故都啊，风雨中你见证自古奴物毁江山！

玄　烨　内侍，傅山又哭什么？

老太监　他哭明亡于奴，非亡于满！

玄　烨　啊！明亡于奴，非亡于满？（唱）

狂人哲语如雷震，

不可恃权辱欺文。

摧士气节堪亡国，

前车之鉴铭于心！

〔玄烨情不自禁从宝座上站起来，傅山从床上下来。

〔冯溥顿时紧张起来，与几个官员一起走到午门。

冯　溥　皇恩浩荡，令傅山与臣等感激涕零！

众官员　感激涕零呀！

玄　烨　傅先生，你还要怎样？

冯　溥　（低声地催促傅山）赶快下跪谢恩哪！

〔傅山与玄烨午门内外相对视。

傅　山　（唱）年过古稀怎做官，

枉食民膏甚羞惭。

当容野老返乡去，

采药行医度晚年！

玄　烨　（唱）姜太公遇文王年已八旬，

七十翁莫言老抖擞精神。

政余陪朕游郊外，

纵情山水作闲云。

傅　山　（唱）强按牛头不喝水，

岂能强迫我出山？

玄　烨　（唱）天下谁非朕臣民，

君王有旨敢不遵？

傅　山　（唱）帝王应以民为本，

草民一样有尊严。

玄　烨　（唱）你恃才孤傲多任性，

全不念朕之威严将何存？

冯　溥　唉，你，你……（低声对傅山）若不谢恩，犯大不敬，论罪要斩！

傅　山　（唱）我只拜祖先师长圣贤与天地，

玄　烨　（唱）朕天子神威岂容你怠慢侵凌！

傅　山　（唱）可杀不可辱，宁死腰不弯。

玄　烨　（唱）天子不轻怒，一怒起雷霆！

傅　山　（唱）志已抱定，

玄　烨　（唱）假戏真做。

傅　山　（唱）神气闲，

玄　烨　（唱）朕把弦绷得紧！

傅　山　（唱）相对视，

玄　烨　（唱）锋与针！

傅　山
玄　烨　（唱）熊熊烈火见
试真金！

众官员　傅中书，我的活祖宗，你就跪了吧。

〔冯溥急中生智，指使两个年轻官员猛然架起傅山，强制他下跪。

〔傅山跌倒在地。

冯　溥　（急中生智）傅中书伏阙谢恩了！

众官员　伏阙谢恩了！

老太监　傅中书谢恩已毕！

〔傅山坐在地上，解下系在腰间的酒葫芦，昂起头，喝了一口酒。

傅　山　（自言自语）未得正脉，难算逸品！

冯　溥　（不解地）你，你，说啥呀！

玄　烨　（会意地）啊！傅先生，朕要送你一个字！（挥毫写字）

众官员　（面面相觑）一个字——“斩”？

冯　溥　（慌张地跪下）皇上，方才傅中书谢过恩了，你就饶了他吧！

众官员　（跪下）饶了傅中书吧！

〔玄烨把写好的一幅字交与老太监，并对他耳语，望着傅山一笑，下。

〔老太监把一幅字交与冯溥。

冯　溥　（展开、观看）啊！

众官员　（围观）啊，“福”！冯大人，皇上怎么赐给傅中书一个“福”字？

冯　溥　和了！

众官员　咋和了？

冯　溥　棋和了！

众官员　皇上与傅中书在下棋？

老太监　（高声地）圣旨下！皇上有旨：傅中书谢恩已毕！特赐凤阁蒲轮匾，放傅中书回归故里，颐养天年。

冯　溥　（跪下）皇上圣明，万岁！万岁！万万岁！

众官员　（跪下）万万岁！

〔冯溥把一“福”字交与傅山后与众官员隐下。

傅　山　（看着“福”字，发愣，突然怪笑）哈哈哈……（转而又痛哭）

〔金銮殿隐去。傅山独立于午门外。傅莲苏上。

傅莲苏　（望着傅山手中的“福”字）爷爷，康熙又请你品字了？

傅　山　是呀！论字才几天，书已近正脉，渐臻佳境……难作魏征，辅佐大唐；只效扁鹊，行医村野。（脱下朱衣，交与傅莲苏）走，回太原去！

〔幕后歌声：

“他坐龙廷我行医，
一场对弈却相知。
和而不同养正气，
重归故里赋新诗！”

〔幕落。

——剧　终

《傅山进京》创作于2005年，原名《傅青主》，2007年太原晋剧院青年团首演，导演石玉昆，主演谢涛、王波。剧本获得第二届中国戏剧奖·曹禺剧本奖、第十三届文华剧本创作奖，剧目入选中宣部第十一届精神文明建设“五个一工程”。

作者简介

郑怀兴　男，1948年出生，福建仙游人，剧作家，四十多年来共创作了《新亭泪》《青蛙记》《神马赋》《造桥记》《傅山进京》《寄印传奇》《王昭君》《柳如是》《于成龙》《二泉映月·随心曲》《海瑞》《赵武灵王》《浮海孤臣》《关中晓月》《嵇康托孤》《灵乌赋》等四十多部戏曲剧本，曾获多次全国性戏剧大奖。

·荆州花鼓戏·

十二月等郎

盛和煜

人　物　苗子、翠翠、菊嫂、兰婆婆、旭汉、旭贵、三苕儿、四老汉、周龙、电工师傅、秀婶娘、孩子、女人们、男人们。

正　月

〔幕启。冬日的阳光下，深情、哀怨的旋律从一望无际的芦苇荡间飘出，像白色的水汽在结着薄冰的湖面上弥漫开来……

〔一群黝黑的男人，背着行囊，缓缓走过。

〔远远地，一群女人站在草埂上，默默相送。

〔轻轻地歌声：

“男人去打工，
正月下广东。
屋檐下挂冰凌，
几呀么几时融。”

苗　子　（迸发地）旭汉！

〔男人们站住。

〔光束中，他们宛如一组雕塑。

苗　子　（唱）不要走啊——
婆婆老了，
孩子又小。
使牛打耙，
春种秋收。
不要走啊——
青青原野，
袅袅炊烟。
我们的家，
无限温柔……

〔男人们的伴唱：

“走哪，走哪……”

翠　翠　旭河！（唱）

不要走啊——

你走了，

新婚的喜酒，

就变成了苦酒。

不要走啊——

我不想让我的青春，

变成长长的守候……

〔男人们的伴唱：

“走哪，走哪……”

菊　嫂　唉，旭林！（唱）

走吧，走吧，

走了才有盼头。

常年在外面，

你要多保重。

男人难哪，

打工挣钱，

养家糊口……

〔男人们沉默了。

〔幕后一个低沉的男声唱，那是他们难以言说的心里话吧：

“不想走，

也要走，

揣一个指望在心头。

我的女人哪，

请你多等候……”

苗　子　（哭倒在兰婆婆怀里）妈……

兰婆婆　等吧，女人就是这样过来的。祖祖辈辈，等啊等啊！一天天一月月……（唱）

正月里等我的郎睐是新年……

〔兰婆婆的歌声苍老、低回……

〔歌声中，男人们走了。

〔男人们的伴唱：

“走哪，走哪……”

〔旭汉突然跑回，将一把二胡塞到苗子怀里。苗子抱着二胡，痴痴地看着旭汉离去。

〔汽笛声……

〔“正月里等郎”的歌声响起来：

“正月里等我的郎咪是新年，

情郎哥哥一去大半年。

没得哪一天站在奴面前……”

〔切光。

二　月

〔钟声。

〔两个女人以对唱的形式问答：

“李家嫂子——

哎！

敲钟做么事？

开会哩。

开会做么事？

选举哩。

选举选么事？

男人走哒，选村民组长哩。”

〔满台女人的喳喳声。

〔女人们唱：

“我要放鸡鸭，

我要喂猪婆。

我要奶娃儿……”

〔灯亮。

〔禾场坪。

〔旭贵上。

旭　贵　吵么事吵?（唱）

鸡鸭让它在埘里叫着，
猪婆让它在圈里嚎着；
娃儿让他在摇窝里睡着，
选出组长吃晚饭。

女人们　（唱）选不出来哩——
尽是婆娘……

旭　贵　谁叫你们把男人放走的!（唱）

官凭印虎凭山，
婆娘凭的是男子汉。
五组的男人走光光，
这才知独守空房遭天干。
本村长有心来救急，
一桶水浇不得满丘的田。

女人们　呸啾!（唱）

这个骚鸡公，
想把便宜占。
选吧，选吧……

一女人　（唱）我选四老汉，
他是男人，
他是老人中的青年。

四老汉　（急了，唱）

老子今年七十三，
哪个讲的是青年。
一急就犯黑眼晕，
天也转来地也旋——

哎哟!

〔众人忙上前扶住四老汉。

一女人　（唱）我选三苕儿，
他十七了，

开叫的公鸡撒得欢。

三苕儿 （唱）我撒么得欢，

小学才读一年半。

认的字都还给了老师，

就一个苕字没有还。

翠　翠 男的没人，女的行不行？

旭　贵 行啊！男女搭配，干活不累。

菊　嫂 那我就选苗子。

苗　子 （大惊）你作死哩！

菊　嫂 我也选苗子。

女人们 （唱）苗子长得乖，

又有文化又能干。

她还会拉二胡，

拉得男人心头颤。

一女人 三苕儿！

一女人 四老汉！

旭　贵 投票！（顺手拿一顶斗笠顶在头上，唱）

黄颜色，四老汉，

三苕儿，颜色蓝。

苗子就是红颜色，

名字下面画圈圈。

女人们 画杠杠。

旭　贵 （瞪眼）老子讲哒画圈圈。

女人们 画杠杠。

旭　贵 （软了）好，画杠杠就画杠杠。（唱）

还要选一个监票人——

哦，（拉出一直站在旁边的周龙）这是县里派来的，小康工作队周龙周队长，请他监票！

三苕儿 （念顺口溜）

工作队，真讨嫌，

不催粮来就收钱！

女人们 胡说！（接唱）

这个男人蛮顺眼。

翠　翠 欢迎周队长讲话！

〔众人嬉闹，鼓掌。

周　龙 乡亲们！我讲两句话，第一，我们小康工作队的任务不是来向农民兄弟收钱的，而是来帮助农民兄弟挣钱的！

翠　翠 不是农民兄弟，是农民姐妹！

〔众人笑。

周　龙 对，农民姐妹。第二，五组是大组，没有个村民组长不行。请大家选举！

一女人 黄颜色代表哪个？我忘了！

旭　贵 苕婆娘！黄颜色代表四老汉，蓝颜色代表三苕儿，红颜色代表苗子，记清了没有？

女人们 记清了！（走圆场，嘻嘻哈哈往旭贵斗笠里扔选票，唱）

黄颜色不好看，

蓝颜色也蛮讨嫌。

红色吉祥又鲜亮，

选出组长吃晚饭。

旭　贵 验票！

周　龙 黄色一票，蓝色一票，其余的都是红色。

旭　贵 苗子当选！

女人们 （欢呼）喔啊！

苗　子 要不得，要不得！（唱）

组长是顶烂斗笠，

旭汉戴了整五年。

老公甩掉它我来捡，

人人会说我少根弦。

女人们 （唱）烂斗笠，少根弦！

旭　贵 （唱）擅自出走罪非浅，

老子没找他把账算。

今天你不当也要当，

这叫作夫债妻来还。

女人们 （唱）把账算，妻来还！

苗　子 周队长，你帮我讲句话啰！

女人们 嘻嘻！你就帮她讲句话啰！

周　龙 苗子，乡亲们！（唱）

组长不是烂斗笠，
它是红旗最鲜艳。
带领群众奔小康，
高高飘飘在江汉平原。

女人们 哎啰！哎啰！哎啰！（唱）

周队长说话像作诗，
他的水平不简单。
欢迎周队长来五组，
高举红旗永向前。

旭　贵 （哑然失笑，唱）

一口学生腔，
说话没油盐。
三担牛屎六篼箕，
农村工作要行蛮。

我宣布，苗子为长湖村五组村民组长。散会！

〔暮霭中，哪家妇女在喊孩子："大毛，大毛！吃晚饭啰……"

苗　子 （似乎还没醒过神来，呆站在那里，唱）

炊烟在原野飘散，
牛羊归栏猪拱圈。
心儿却空落落的，
只有愁绪一丝丝蔓延……
旭汉呀旭汉——
你把家扔给我，
又让我摊上麻纱一团。
五十多户人家啊，
减税增产，读书上环，

偷鸡摸狗，家长里短。
我不想当组长
我看到女强人就烦。
我只想当个小女人，
守着我们小小的温馨的家园。
夜色浓了，
愁绪蔓延……

〔“橐橐……”有人敲窗。

苗　子　（惊）谁?

〔窗外一个男人的声音：“我……”

〔苗子明白了，不理。

〔窗外的男人低声唱起来：

“你看天上出月亮，
一照照进情妹房。
情妹房里样样有，
就是缺少一个郎……”

苗　子　你不走，我就喊人了！

〔窗外响动更甚。

苗　子　（惊悸地）你，你敢……爬窗……（慌忙中，拿起一根竹竿向外捅去）

〔窗外男人声：“哎哟……”

〔传来隔壁房里兰婆婆的声音：“苗子，你那房里在搞么事?”

苗　子　妈，没么事。野猫子闹春，爬到窗台上来了！

兰婆婆　哦。早点睡，啊?

苗　子　哎。（怔了一会儿，突然捂住脸，啜泣起来，唱）

旭汉你在哪里，
为什么离我那么远。
旭汉我恨你，
我好想你……

（从墙上摘下二胡，缓缓拉起来）

〔二胡声幽怨，光束朦胧……

〔“二月里等郎”的歌声响起：

“二月里等我的郎咪百花开，

情郎哥哥一去不回来。

到了花世界就把奴丢开……”

〔切光。

三　月

〔鸡啼。光复明。天亮了，长湖云蒸霞蔚。

〔菊嫂、翠翠、苗子在湖畔挑水的剪影。

菊　嫂　（唱）苗子，苗子，

你的眼睛红肿。

翠　翠　（唱）昨晚哭的，

想老公？

苗　子　（唱）不……

菊　嫂　（唱）怎么又哭了，

谁欺负你？

翠　翠　（唱）不要问，我知道了，

苗子，你应该把门窗关紧。

苗　子　（唱）我没让他占到便宜，

捅了他一竹竿……

〔旭贵手臂上缠着纱布上。翠翠和菊嫂对视一眼，突然笑了。苗子也笑了。

菊　嫂　村长，走夜路要小心些吵！

旭　贵　（尴尬地）光荣负伤，光荣负伤！

〔女人们大笑。

旭　贵　（有些恼怒了）莫得意！男人才走两个月，你们还打熬得住。等熬不住时，老子把你们一锅烩。

苗　子　（也恼了）村长，你是干部，怎么不讲人话？（挑水欲走）

旭　贵　好，我讲人话。你们组的电费拖欠得太久了，今天电站要拉闸，你看着办吧！（下）

苗　子　（唱）看着办，怎么办——

〔另一光束中，众人在议论。

电工师傅　（跷起二郎腿，接唱）

你不晓得挨家挨户去收钱？

苗　子　好！电工师傅你多坐一会儿，我这就去收！（唱）

四大伯，交电费哪——

四老汉　不交！（接唱）

老子灯泡坏了他都不肯换。

苗　子　（唱）秀婶娘，交电费哪——

秀婶娘　（接唱）我要去镇上码头赶轮船。

苗　子　（唱）刘家姨妈，交电费哪——

刘家姨妈　（接唱）如今我买盐都没得钱……

苗　子　交电费哪。

众　人　不交！

苗　子　（唱）唇焦口燥，疲惫不堪，

一天下来只收了十几块钱……

电工师傅　（唱）这可不能把我怨……（拉闸）

〔舞台上一片黑暗。

〔人声嘈杂。

众　人　为么事停电？

为么事停电？

苗子摆不平电站。

我说过女人不能当组长嘛！

公鸡打鸣，母鸡只能生蛋。

〔黑暗中电工师傅与周龙的对话：

"电工师傅，请你立即恢复供电！"

"你是谁？"

"我是工作队长周龙。"

"五组拖欠电费！"

"多少？"

"两千一百三！"

“电费我给。你先把闸拉上去……”

〔灯亮。

〔苗子伏肩啜泣，菊嫂等几个女人低声劝慰她。

翠　翠　（唱）周队长，谢谢你。

周　龙　（唱）不用谢，应该的。

旭　贵　（唱）垫付电费不稀奇，

还有种子化肥与农机。

读书看病走亲戚，

全部包下来最牛皮。

周　龙　（唱）你这是什么意思？

旭　贵　（唱）没什么意思，

长湖的女人可是一个比一个标致。

周　龙　（唱）你……

苗　子　（唱）周队长，都怪我没用，

害你受气……

旭　贵　（唱）哟，哟哟哟……

周　龙　（唱）苗子，不怪你，

只怪咱们太穷，

连电费也交不起。

村长，我们都是干部，

要想办法，

为群众谋利益……

旭　贵　（唱）本村长代表一级政府，

这个问题早有考虑。

三个晚上我没去打麻将，

终于想出了快速致富的好主意。

周　龙　（唱）啊，你快说。

女人们　（唱）快说呀，村长！

旭　贵　（来劲了，唱）

长湖水，最秀丽，

养在深闺人不识。

观光旅游搞开发，
这个专利是我的。
建一条大船水上漂，
船上的房间有好几十。
吃喝玩乐样样有，
又游泳来又钓鱼。
还有一招更叫绝，
服务员都是本村的。
野花犹带泥土香，
美丽村姑展风姿。
陪唱陪跳又陪……醉，
来了的客人不想归。
“水上乐园”放光彩，
“无烟工业”创奇迹。

女人们 （脸红了）呸啾！（唱）
你尽出些馊主意，
把我们当成“三陪”的。

周　龙 （唱）生态污染太严重，
交通也是个大问题。

旭　贵 （唱）乡巴佬有眼不识金镶玉，
我倒要看看你有什么好点子。

周　龙 （唱）有一个设想不成熟，
可行与否供分析……

女人们 （唱）慢条斯理急死个人——

旭　贵 （接唱）秀才打屁冒酸气。

周　龙 （唱）五组靠近长湖堤，
堤下有片低洼地。
面积约有三百亩，
可以改造建鱼池。

女人们 （唱）鱼池？

周　龙 （唱）精养鱼池。

女人们 （唱）我们不懂呀！

周　龙 （接唱）我的专业是养殖。

女人们 （激动了）太好了！（唱）

精养鱼池，

精养鱼池……

旭　贵 （气恼地唱）

一群苕婆娘，

听见风就是雨。

资金呢？

资金在哪里……

女人们 （蔫了，唱）

是啊，

资金呢？

资金在哪里，在哪里……

〔灯光如同女人们的情绪，暗淡下去……

〔天幕上却升起梦幻般的光环……

〔光环中耸立着高高的脚手架……

〔响起了男人们雄浑低沉的劳动号子。

〔一个充满期待的女声响起来，在雄浑的男声衬托下，如同长湖波涛上掠过的一叶白帆：

“哎……

我们有男人哪，

他们在外面挣钱。

精养鱼池算么事，

他们会为我们扛回一座金山。”

〔突然，伴随着一声惊呼，一个人从高高的脚手架上摔下来——

〔菊嫂凄惨的呼声：“旭林……”

〔静场。

〔周龙在拉二胡，那声音很伤感。

〔另一光束中，显出苗子的身影。

〔二胡声中，苗子与周龙的对话：

"周队长，你也会拉二胡？"

"嗯。"

"听琴声，你有心事？"

"嗯。"

"是为菊嫂伤心吗？"

"人哪，太难了。"

"男人还是女人？"

"都难。苗子，精养鱼池还建不建？"

"建。"

"资金呢？"

"凑。"

"大伙儿愿意？"

"原来不愿意，旭林死后，大伙儿愿意了。"

"……这是我凑的钱。"

"三万？"

"离婚补贴。"

"周队长……"

"她出国了。"

"你应该跟她走。"

"我的事业在农村。"

"周队长，大哥……"

〔二胡声继续，但少了伤感，多了深沉。

〔在如歌的行板中，乡亲们上。他们将钱交给苗子。苗子张开胸前的蓝花布围裙，兜起乡亲们的希望。四老汉捧着一个铁皮饼干盒子，抖瑟瑟打开，里边是个塑料袋，再里边是个布包，一层又一层……最后露出一沓人民币。

四老汉 五千。我攒了二十年……

〔秀婶娘空着两手，她默默地摘下耳环，放进苗子的围裙内。

〔三茗儿抱着一台电视机，气喘吁吁上。

三茗儿 苗子姐，我问过收电器的，这台电视机能换两百块钱！

〔苗子默默点头。

〔兰婆婆上。

苗　子　妈……

兰婆婆　（从怀里掏出一个红布包，打开）这光洋，是旭汉姥姥的陪嫁……（将银元一块块放进苗子的围裙里）

〔“叮！叮……”空气中似乎能听到银元清脆的响声。

〔突然，人们怔住了。静寂中，翠翠扶着戴孝的菊嫂一步步走来。

菊　嫂　（轻轻地，像是怕惊醒什么一样，将一沓钱放进苗子的围裙）这是旭林挣的，抚恤金……

苗　子　（眼眶里的热泪终于奔涌而出，一把抱住菊嫂）嫂子呀……（围裙里的钱撒落满地）

〔“三月里等郎”的歌声轻轻地，轻轻地飘过来：

“三月里等我的郎唻是清明，
情郎哥哥话儿讲得明。
话儿讲得么凉水能点灯……”

〔暗转。

五　月

〔光复明。长堤。

〔堤外，湖水浩渺。堤内，一方方新建的鱼池。微风吹来，水波涟漪。

〔女人们在鱼池劳作。周龙和她们在一起，扛鱼饲料袋，做技术指导。

〔幕后伴唱：

“青草梗，长湖水，
鱼池亩亩鱼儿游。
汗珠落地摔八瓣，
长湖女儿盼丰收。”

〔旭贵上。

旭　贵　嗬，你们这哪里是在搞劳动？硬是在跳芭蕾舞《红色娘子军》啦！

一女人　村长，我们一个个累得要死，你还好意思说风凉话。

旭　贵　自找的，累死活该！哪个叫你们不听我的，办“水上乐园”！

周　龙　同志，你能不能对群众态度好一点儿？

旭　贵　我就这个态度，只怕有的人好过分了。

周　龙　简直不可理喻！（下）

旭　贵　鲤鱼？鲫鱼都是空的！（从提包里掏出一沓信）亲妹子们，你们的老公来信了！

一女人　（尖叫）老公来信了！

女人们　（唱）来信了……

来信了……

来信了……（一拥而上）

〔旭贵将手臂高高举起，任女人们围着他抢着、骂着，哈哈大笑。苗子没上前。

〔女人们终于拿到了自己男人的信，找地方悄悄读去了……旭贵手里只剩下一张纸。

旭　贵　（走到苗子跟前）汇款单！

苗　子　没有信？

旭　贵　没有。苗子，我听到一个消息……旭汉在外面有了女人！

苗　子　嚼蛆！

旭　贵　真的！他傍了个富婆。

苗　子　请你走开些！

旭　贵　我不走，关键时刻，怎能感冒？

苗　子　翠翠！

翠　翠　（跑过来，连推带搡将旭贵弄走）去去去！一个村长，正事不干……

旭　贵　我怎么不干正事，我是来加强领导的嘛……（被翠翠推下）

苗　子　翠翠，他刚才说旭汉在外面傍了个富婆。

翠　翠　苗子，这事，恐怕……

苗　子　翠翠，有话直说！

翠　翠　旭河在信里也隐隐约约提到这事……（将旭河的信递给苗子）

苗　子　我不看……（带哭音）旭汉不是那种人……

翠　翠　（将苗子抱住）姐……

〔突然，一阵悠扬的二胡声传来。

翠　翠　看——

〔长堤上，周龙拉起了二胡。湖面灿烂的阳光，勾勒出他的剪影，如金子一般。

〔苗子和翠翠看呆了。

苗　子　（唱）明明是你在拉琴，
可是我听见了，
他的声音……
旭汉呀，你快说，
你不会做那样的事；
你不会对不起我，
对不起清清长湖水，
滋润的爱情……

翠　翠　（唱）同样都是男人，
那个叫人讨厌，
这个让人动心……
哎呀，想偏了哩，
不能想啊，不能。
我又没做么事，
难道想都想不得。
偏要想，
想死个人……

〔女声二重唱伴唱：
“你不会对不起我，
我又没做么事。
对不起清清长湖水，
难道想都想不得。
滋润的爱情……
偏要想，想死个人！”

〔女人们将自己男人的信按在心口，从各自读信的地方走出来。

女人们　（唱）偏要想，想死个人……

〔幻觉中，她们的男人一一出现。

〔和周龙一样，男人们也在拉着二胡。

〔男人的思念——

〔那是长湖水澎湃的波涛啊！

女人们 （感动了，含着泪，轻轻地唱）

想死个人，想死个人……

〔苗子的眼光迷离起来，她一步步朝拉二胡的周龙走去。

苗　子 旭汉！（扑在周龙怀里）

〔“嘣！”弦断了——

〔一切戛然而止。

〔四周空无一人，只有苗子和周龙尴尬相对……

〔兰婆婆的一声惊呼：“苗子呀！你这是搞么事啰……”

〔灯暗。

〔“五月里等郎”的歌声随风飘忽：

“五月里等我的郎咪是端阳，

缎面鞋子做两双。

端在郎面前问郎穿哪双……”

七　月

〔灯亮。风声、雨声。

苗　子 （忧心如焚，唱）

雨啊，

请你小点儿下。

风啊，

请你轻点儿刮。

洪水啊，你不要涨，

苗子受不了啦。

周大哥病得厉害，

还在守护堤坝。

我好想和他在一起，

可那天的误会让人尴尬。
风啊，
越刮越猛。
雨啊，
越下越大，
洪水啊，
一寸一寸往上涨。
我为么事还要躲闪害怕，
我要去找周大哥，
我要去找他。
周大哥呀，
你在哪里？
苗子的呼唤，
你听见了吗？

〔一道闪电——

苗　子　周队长，周大哥……你在哪里……

〔映出周龙顶着风雨，在堤上巡视的身影……

苗　子　（唱）你病成了那样，
还要上堤。
为了我们，
恨不得把命都搭上啊……

周　龙　（唱）啊，
这雨越下越大……

苗　子　（唱）你自己心中的伤痛，
从来不多说一句话。

周　龙　（唱）我就担心决堤，
鱼池就保不住哪……

苗　子
周　龙　（二重唱）啊，男子汉的天空，
快放晴吧。
阳光明媚，

快放晴吧，
男子汉的胸怀。
你看这鱼儿。
宽广无涯，
都这么大了……

〔一道闪电，一声炸雷！

周　龙　（惊呼）啊！管涌？（慌了，唱）
快来人哪！要决堤了……

〔苗子一愣，听见了周龙的喊声。她拼命往周龙那儿跑去……

〔“扑通！”周龙跳入水中……

苗　子　周大哥……（跟着周龙跳入水中）

〔周龙一入水，就被浪涛冲走。苗子奋力游到他面前，将他救回。

周　龙　（唱）堵……
堵住管涌……

苗　子　（唱）晓得，
你不会水，
上去……

周　龙　（唱）不……
我就堵在这儿，
大不了是个死。

苗　子　（想也没想，唱）
好好好……
要死死一块儿。

周　龙　（一震，泪水夺眶而出，唱）
好苗子，别说傻话，
你有孩子又有家。
亲人不能没有你，
不像我一点儿也没有牵挂……

苗　子　（泪水和雨水一齐在脸上奔涌，一把抱住周龙，唱）
不——好哥哥，
莫讲你没有亲人，

莫讲你没有牵挂;

抹去泪水你看看,

苗子就在你身边呀!

周　龙　(唱)谢谢你,苗子……

苗　子　(唱)好哥哥,你哭了……

〔幕内男声唱:

“吼吼吼吼浊浪滔天哪,

你咆哮吧!

像一万头猛兽扑过来了哋,

张牙舞爪,张牙舞爪哪,

张牙舞爪!”

周　龙
苗　子　(二重唱)我一步也不会退缩,

我不怕!

肩负着山一样的责任,

身边是山一样的男子汉哪,

身后是亲爱的土地。

身后是亲爱的家。

〔风雨中,女声伴唱:

“肩负着山一样的责任,

身边是山一样的男子汉哪。

身后是亲爱的土地,

身后是亲爱的家……

啊,啊……”

〔不知何时,翠翠出现在舞台上。

〔一个清脆的声音在周龙和苗子头上响起。

翠　翠　(唱)苗子,周大哥,

拉着我的手。

(趴在堤上,将手伸向周龙和苗子)

〔菊嫂出现在翠翠身边。

菊　嫂　(唱)拉着我的手,

我们来了。

〔又一个女人出现。

一女人 （唱）拉着我的手，

我们来了。

〔女人们都赶来了！

〔风声、雨声。

女人们 我们来了！（唱）

啊，

拉着我的手，

拉着我的手……

我们都来了。

〔手电筒、马灯乱晃。人声嘈杂……长湖村的村民们赶到了。旭贵扛着沙袋，跑在最前头。

旭　贵 （将沙袋抛进水中，气喘吁吁，唱）

一群苕婆娘，

你们不要命哪……

〔回答旭贵的是更大的风雨声。

〔蓦然，“七月里等郎”的歌声响起，盖过了风雨：

“七月里等我的郎咪是月半，

我差情哥上街扯衣衫。

先扯淡花的再扯红牡丹……”

〔暗转。

九　月

〔灯亮。场上是闲下来的女人们。

〔两个女人的对唱。

女人甲 （唱）李家嫂子。

女人乙 （唱）哎！

女人甲 （唱）调查组来了。

女人乙 （唱）调查么事？

女人甲 （唱）苗子和周队长的事。

女人乙 （唱）他们有么事？

女人甲 （唱）他们堵住了管涌，救了整个村庄。

女人乙 （唱）哎，他们打啵。

女人甲 （唱）莫乱讲。

女人乙 （唱）这是兰婆婆讲出来的。

女人甲 （唱）哎……

〔忽然，一个女人停下来，附在身边女人的耳畔说着什么……

身边女人 哎吔！

〔她又悄悄说给另一个女人听……

另一女人 哎吔！

〔她又说给身边女人听……

〔三苕儿、四老汉等村民上。

〔像一阵风儿刮过，整个人群一片窃窃私语声。

女人们 哎……

哎……

哎……

〔苗子和菊嫂拿着一纸订单兴冲冲跑上。

苗　子
菊　嫂 （唱）卖掉了，卖掉了，

我们的又一批鱼儿，

卖了个好价钱……

一女人 （喜悦地）啊！

〔大多数女人都不吱声。

苗　子 （毫无觉察，唱）

这是农贸中心的订单，

我们的鱼儿一点也不愁销路。

这还是周队长联系的哩，

真该请他喝一杯丰收酒……

女人们 （骚动，窃窃私语，唱）

哎……

哎……

苗　子　（觉察到了，唱）

怎么啦，

出了么事？

你们说，

你们说呀！

三苕儿　（愣头愣脑地唱）

他们说，

你和周队长打啵。

女人们　（唱）嘻嘻……

苗　子　（血涌上脸，唱）

这是哪个嚼蛆，

哪个会相信……

〔女人们不吱声。

苗　子　（唱）这么说，

你们相信……

（看见躲在人群后的四老汉，接唱）

四大伯，

你也相信？

四老汉　（闷声闷气地唱）

苗子，

你前脚去联系卖鱼，

后脚调查组就进了村……

苗　子　（转向秀婶娘，唱）

秀婶娘，

你呢？

秀婶娘　（难过地叹口气，唱）

唉，

我知道你不容易，

周队长也是好人……

苗　子　（忽然发现远远站在一旁的翠翠，唱）

翠翠你最了解我，

你为么事不说话？

你说呀！

翠　翠　（爆发地唱）

你要我说什么？

我那样相信你。

你却利用了我的信任，

做了我想做不敢做的事情。

女人们　（低声应和，唱）

就是嘛，

有些事情只能想，

不能做的呀！

兰婆婆自个讲出来的，

这还有假。

苗　子　（身体有些摇晃）妈？

〔一束光照着兰婆婆。

兰婆婆　（唱）莫叫我，

我早给你说过，

女人生来就是等男人的。

一天天，一月月……

偏你就等不得。

莫叫我，

不把那个周龙赶走，

我没你这个媳妇，

你也没这个家。

苗　子　妈……（终于支持不住，“扑通”栽倒）

〔女人们愣了。

菊　嫂　苗子呀……（哭叫着扑上前）

众　人　苗子！

苗子姐！（纷纷围上前）

菊　嫂　（看着脸色煞白、躺在自己怀里的苗子，大哭起来，唱）

我求求你们，

不要再说，

不要再说她。

为了卖鱼，

她腿都跑断了。

三天只吃了两顿饭，

大伙儿的钱她舍不得花。

看她这样憔悴，

都是为大伙儿累的呀！

就算她和周队长有事，

又碍着你们什么啦！

今天是丰收的日子，

你们却让她倒下。

〔女人们的眼圈红了，有人开始啜泣。

翠　翠（拉着苗子的手，也哭起来，唱）

苗子姐，

你醒醒，你醒醒呀！

嫉妒让我昏了头，

说了伤害姐姐的话。

你为我们付出了那么多，

结果不应该是这样的呀。

你什么也没做错，

你是一个好女人，

这才是翠翠心里的话。

〔苗子睁开眼……

女人们（走上前，唱）

苗子呀，

乡下苕婆娘，

说话不知高下。

人心都是肉长的，

看你这样子，

我们都心软啦。

苗　子（屈辱、无助的泪水顺着面颊淌下来，挣扎着站起，唱）

我不要你们可怜，

我也不怪大家。

人心都是肉长的，

杀人的也有那红口白牙。

冤枉了苗子不要紧，

连累了周大哥夜深绘图，早起勘查，晴天汗水，雨天泥巴，呕心沥血，摸爬滚打，修建鱼池，造福农家，七月洪水差一点把命搭。

越说心里越难受，

含泪迸出一句话。

哪天周大哥受处罚，

哪天苗子就嫁给他。

（反身冲下）

〔所有的人都愣在那里。

〔苗子的声音还在她们耳边震响：

哪天周大哥受处罚，

哪天苗子就嫁给他。

〔一束光照着深为震撼的周龙。

周　龙（唱）好苗子，

你又在说傻话，

男子汉的热泪为之抛洒。

长湖水啊，

你浸润着我的心田，

我的心田生长着忧郁的爱情。

为了这块土地，

为了这句话；

我要说，

把我的生命拿去。

拿去吧，

让它融入长湖水；

养好多的鱼，

浇灌希望的花……

〔月亮出来了。

〔近的鱼池、长堤，远的农舍、原野，都沐浴在月色中。偶尔会有“泼刺”一声，鱼跃出水……

〔二胡声给江汉平原的夜晚增添了几分忧郁……

〔苗子向周龙走去。

〔琴声停了。

苗　子　周大哥，你又在拉二胡？

周　龙　嗯。

苗　子　调查组走了？

周　龙　走了。

苗　子　结论呢？

周　龙　没有结论。

苗　子　哦——

〔静场。

〔远处，旭贵晃荡着走过田埂。

旭　贵　（可着嗓子在号）

大路傍傍起灰尘，

人家偷人我背名……

苗　子　旭贵……

周　龙　我听出来了。

苗　子　是他向上面告的状？

周　龙　不知道。

苗　子　这个人哪……

周　龙　他本来可以当个好村长的。

苗　子　你不恨他？

周　龙　（摇头）……苗子。

苗　子　嗯。

周　龙　打啵是什么意思？

苗　子　（脸红了）你问这个做么事？

周　龙　这是我的一条罪状。

苗　子　（脸更红了）打啵……就是亲嘴。

周　龙　啊……（望着月亮，脱口而出）要真那样倒好了

〔苗子和周龙同时一震，似乎被这句话吓住了。

〔听得见微风吹拂树叶……

苗　子　（颤声地）大哥……

周　龙　苗子……

〔苗子和周龙慢慢靠近，靠近……

〔苗子仰起脸，闭上眼睛——

〔隐隐的二胡声传来……

〔二胡声越来越响……

〔在天幕升起的光环中，所有外出的男人一齐拉着二胡——

〔那是长湖水澎湃的波涛啊！

〔“咣”——周龙手中的二胡掉在地上。

〔“九月里等郎”的歌声响起，让人的心都碎了：

“九月里等我的郎咪九月九，
情郎哥哥是妹妹的心头肉。
妹妹的心头肉怎么舍得丢……”

〔暗转。

腊　月

〔灯亮。鞭炮声响成一片。

〔远处传来一个孩子欢悦的叫声：“过年了……”

〔雪花纷纷扬扬飘洒着……树木、农舍、原野都被白雪笼盖，一片银白。

〔哪家在家门口挂起一盏红灯笼，接着，又有一家也挂上了红灯笼，又一家……家家户户都挂上了红灯笼。

〔轻轻地女声伴唱：

“过年了，

男人要回来了，

女人的心热了，

家也温暖了……”

〔女人们站在自家门口，踮着脚尖盼望着……

一女人 （惊喜地叫）来了！

〔一个男人的身影出现在村头，又一个男人的身影……她们的男人真的回来了。女人们迎了上去。

〔没有拥抱，没有亲吻，乡下的女人是不张扬的呀！但她们的声音却颤抖着，透着抑制不住的喜悦、激动，还有几分心酸……

女人们 （唱）回来了！

男人们 （唱）回来了！

女人们 （唱）你更黑了！

男人们 （唱）你更乖了！

女人们 （唱）我晓得，

外面好苦。

男人们 （唱）拿着，

我挣的钱。

女人们 （唱）嘻嘻。

男人们 （唱）笑么事？

女人们 （唱）看你神气的，

我在家里挣得更多。

男人们 （唱）真的？

女人们 （唱）回家吧，回家再说，

好多好多的话……

〔女人们，平时那样能干、泼辣的乡下婆娘们，此刻一个个柔弱无力、风情万种地依偎着自己的男人，往家走去……

〔幕后伴唱：

“过年了，

男人回来了。

女人的心热了，

家也温暖了……”

〔苗子搀着兰婆婆，默默地看着他们一对对从自己面前经过……

〔人走光了……

兰婆婆 （哭起来，唱）

旭汉我的儿，看不到你的影子，

你不是离开了那富婆吗？

你应该回来的呀，

你这忤逆不孝的东西！

苗　子 （唱）妈——

他还是捎了钱回来。

兰婆婆 （唱）我不稀罕，

我的儿——

苗　子 （唱）妈……

兰婆婆 （唱）好苗子，

妈让你受过委屈。

妈对不起你——

苗　子 （唱）你说这些做么事？

兰婆婆 （唱）苗子呀，我的好苗子，

这个家不能没有你……

苗　子 （唱）妈，你放心，

孩子是我亲生的。

你一直疼着我，

家是我自己的。

兰婆婆 （唱）好媳妇，好女儿，

哪一天旭汉回来，

我打他一顿，

替你出气……

苗　子 （突然泣不成声，唱）

妈，你别说了，

求求你……

〔兰婆婆慌了，欲劝慰苗子，又怔住。背着行囊的周龙站在兰婆婆和苗子面前。

兰婆婆 周、周队长……

周　龙 大妈!

兰婆婆 找、找苗子啊?

周　龙 嗯。

兰婆婆 那好，你们谈，你们谈……（走两步，回头）苗子，早点回家啊……（下）

〔场上只有周龙与苗子站在那儿了。

〔雪花无声飘落。

苗　子（唱）真要走了?

周　龙（唱）嗯……

苗　子（唱）还会再来吗?

周　龙（唱）难!

苗　子（唱）真快啊!

周　龙（唱）真快……
苗子——

苗　子（唱）嗯。

周　龙（唱）我想送你一件东西。

苗　子（唱）啊……

周　龙（唱）二胡。

苗　子（唱）……我有。

周　龙（唱）你挂在墙上，
好久没拉它。

苗　子（唱）我心里，
一直有琴声。

周　龙（唱）哦……
那我走了。

苗　子（唱）等等!
（帮周龙拍拍身上的雪花，又正了正领口，接唱）
走吧，大哥，
走吧……

周　龙（看着苗子，唱）

苗子……

我走了……

（大步走了，身影逐渐消失在雪雾中）

〔苗子的眼睛湿润了。

〔“等郎调”的旋律隐隐响起。

〔各家的灯光依次熄灭。

〔雪雾中，只有苗子身后的一盏红灯笼还亮着……

〔“腊月里等郎”的歌声由迷离而舒展，充盈了整个空间：

“腊月里等我的郎唻腊月腊，

家家户户把灯笼挂。

大红灯笼照到我的郎回家……”

〔幕落。

——剧 终

《十二月等郎》2005年由荆门市艺术剧院首演，导演张曼君，曾菊饰演苗子。剧目获第十二届文华奖，入选2008—2009年度国家舞台艺术精品工程、中宣部第十届精神文明建设“五个一工程”。

作者简介

盛和煜 男，1948年出生，湖南常德人，剧作家，发表、上演多部戏剧作品，拍摄多部影视剧作品。作品多次入选中宣部全国精神文明建设“五个一工程”，多次获电视飞天奖、文华大奖、“曹禺戏剧文学奖”等国家级奖项。舞台剧代表作《山鬼》《十二月等郎》，电影代表作有《夜宴》，电视剧代表作有《走向共和》。

·话 剧·

郭双印连他乡党

王 真

时　间　当代。

地　点　陕西中西部山区，碾子沟。

人　物　郭双印——男，乡村医生，碾子沟党支部书记。

梁生茂——六十岁左右，村民见了他都叫叔。

程金霞——女，支部委员，村里没她不行。

老　习——男，乡镇干部，工作组长。

瞎　子——男，游乡算命者，有点儿神。

郭　妻——郭双印媳妇，会唱歌不会还嘴的女人。

梁　婶——梁生茂老伴，常年为陈病缠磨。

王长命——男，正当壮年，却死于不该死的病。

李槐花——女，村干部，啥事都较真儿。

眼镜党员——男，老党员，实诚人，会计。

神　婆——没眼色，啥事都爱掺和。

长命妻——爱管事的女党员。

九　斤——男，直性子，惹急了啥都敢说。

黑　娃——男，二戾货。

新党员——女，爱笑，新鲜劲儿还没过去呢。

众后生，众村民，老汉党员及众党员。

一

〔不知不觉中，场灯暗下去，暗得扎实。

〔混沌中，一伙儿碎娃们数着口歌：

“柳树柳，槐树槐，
槐树底下拾干柴。
拾干柴，烧热炕，
先叫我爷我婆上。
我爷我婆不睡咧，

不到世上受罪咧。

我爷死了还有大，

我大死了还有娃，

娃又成了娃他大。”

……

〔光渐启。

〔瞎子上。

瞎　子　人说天黑咧我说天亮呢！人说天亮了我说天黑咧！你说我胡说，你看我是谁——我是你瞎伯！（继续向前走，虚拟犬吠，一边念叨）咬，我叫你咬！（继续虚拟犬吠，猛不防回身就是一棍，虚拟犬痛吠逃窜声，扬扬自得，嘿嘿一笑，数起口歌）

柳树柳，槐树槐，

槐树底下拾干柴。

拾干柴，烧热炕，

先叫我爷我婆上。

我爷我婆不睡咧，

不到世上受罪咧。

……哎嘘嘘嘘，说乏了，叫瞎伯小缓一阵。把他家的，走哪垯沟子后头都撵着问命哩，说是瞎子会算命，算屎啥呢，给你透个实话：人来阳世上就是熬天天呢，算不算，都是一辈子。只要给吃喝，我就给他往好处说！（一个趔趄险些跌倒）把他家的，碾子沟这路恶得很，狼都不走！

〔趁瞎子歇气，一旁的黑娃搭了腔。

黑　娃　瞎子！

瞎　子　哎。

黑　娃　你哪垯的？

瞎　子　到哪垯就是哪垯的。

黑　娃　怪下了！

瞎　子　不怪。瞎子眼里没老少，逢人都是爷。

黑　娃　你这瞎子怕是装的！

瞎　子　咋呢？

黑　娃　进我碾子沟亮眼人都寻不着路，你倒能寻过来！只怕还没瞎实。嘿嘿嘿，问你哩！你咋能寻着我碾子沟这路？

瞎　子　你能看着你可闻不着，我是撵着味道道儿的沟子后头寻来的。

黑　娃　你闻见啥了？

瞎　子　闻见臊子味了。

黑　娃　你还闻得好。

瞎　子　拾掇臊子要吃长面呢。

黑　娃　看把你奸馋的！

瞎　子　只怕不好。

黑　娃　咋？

瞎　子　不年不节谁家舍得擀长面呢？擀长面可听不着一声说笑，只怕是挖墓打坟、装棺抬人，擀面预备丧事哩；只怕你一村人都在那候着呢，说是帮忙、不济说候着那人咽气，放开肚子喋面价。你碾子沟有事呢。

黑　娃　咦，还叫你说准了，乃一家真格有事呢！这人真格有相况呢！来，吃个烟。（递烟）

瞎　子　（接烟，摸）啥烂屎烟么，连个嘴嘴都没有。

黑　娃　你得是寻着挨打呢？

瞎　子　赶紧去，再不去那碗面就没了！把嘴角那涎水擦了，吊得跟清鼻一样。麻利仓仓，那人快咽得气了！

〔一听瞎子的话，黑娃慌忙扭身就跑。

〔切光。

二

〔陡然响起神婆一声吆喝：“嗯——呔！——天神来啦！”神婆上。

〔光启。

神　婆　（不歇气地念）

　　你走你走瘟神你走，
　　东南来的东南走，
　　西北来了西北走，

东南西北赶紧走！

啊——呀呀呀！天神来了……（舞扎着、念叨着走向王长命家里）

〔王长命家屋里有几个人在忙活着：垂死的病人王长命，正在抢救病人的郭双印，指派众人张罗丧事的梁生茂老汉。

〔王长命正处于弥留前的谵妄，挣扎着、嘶吼着。

〔郭双印忙碌的背影。他刚被王长命掀了个趔趄，又扑上去把被撕扯掉的输液针头强给他扎上，跪在炕头死命摁住他的胳膊，任凭王长命在他身上、脸上撕扯挖抓。

王长命 不看，不看，没钱！不看！没——钱！

〔门外，梁生茂老汉指派着众人谁烧锅、谁擀面、谁拾掇抬杠；柴潮了去谁屋拃去，盐没了上谁家借去，抬杠不够找谁要去……有条不紊极为老到。

〔候着抬人吃长面的众后生一个个伸直脖子，脸冲着王长命眼角却瞟着锅灶，时不时吞下一口涎水。

梁生茂 （瞅一眼王长命回身安抚）还没哩，定定儿候着……看这相快了，过不去晌午……都甭急，快了快了。

〔灶房中啪嗒啪嗒的擀面声，拉风箱声与病人王长命挣扎嘶吼声此起彼伏。

神　婆 你走你走瘟神你走！哎——我来了！

梁生茂 （一声断喝）把你悄悄儿！

神　婆 （一口气岔住了，半晌才缓过来）谁哩？看把大仙惊了！

梁生茂 （怒喝）滚！

神　婆 天神！你造罪哩！

梁生茂 （对众后生）把这东西给我撋起撇沟里去！

神　婆 （慌忙退下，一边诅咒着）老绝户你张狂，绝子绝孙我瞅着断你的根呀！

王长命 （仍然在挣扎，声音却越来越弱，翻来覆去念叨）没钱，不看！没钱，没……（两眼一瞪，断气）

〔静场。

梁生茂 毕了。

〔等不及的众后生听见这话兴冲冲起身进窑。

〔一声唢呐，尖利得像把刀子明晃晃戳出来，比女人哭声还恓惶，扑死拉活咳咳呆呆。

梁生茂 （大声命令）哭，哭，哭价！

〔众后生蹴下干号起来，女人们便拉起了哭腔。

〔郭双印一头栽到炕脚下。

梁生茂 （像个戏班子头，一挥手）对咧！

〔哭声顿时收住。众后生七手八脚就去抢老碗。

梁生茂 （对抢长面吃的众后生）亏了你先人了，抢着死去呢吗？喋饱了好好干活。驴日下的们，没见过个臊子面……（搀起郭双印）双印，是这，等下子你入席。

郭双印 （自语）……把他家的。

梁生茂 （连忙）是这么个相，双印，这屋里没钱，再给你打一张欠条。

郭双印 亏人哩么……

梁生茂 你再不放心，我把我戳戳也按上，到时节我替你要。

郭双印 才四十来岁正是时候，就是一点儿感冒，不看！

梁生茂 没钱么。

郭双印 就几片片药，早点儿看就没这事了。转成了肺炎，还不看！

梁生茂 没钱么。

郭双印 都咳开血了，就是瞒住不看。

梁生茂 给你说没钱么。

郭双印 （哽咽）才四十几就这么、就这么……把他家的！

梁生茂 你放心。人死了债死不了，他还不成还有他娃么。

郭双印 （火）我郭双印见过钱，你当我是为咻哩吗？撇下这一屋精沟子碎娃，叫娃再靠谁呀？

梁生茂 对咧对咧，活一百岁能咋？活一百他只能多受一百年穷。（对众后生）招呼了！（号令如山）

〔众后生放碗，抬杠提绳，程式如仪。

梁生茂 （有条不紊地）起棺——

众后生 你稳稳儿——

郭双印 （跺脚大骂）我日你妈穷命！穷命穷命我日你先人！

众后生 （喊）招呼了！（抬起死者）走着——

〔场上出现幻景。

王长命 （幸福地呻吟）舒服——哎嘘嘘嘘，可算把这口气咽了！舒服！再也不为穷日子熬煎了。早知道死了这么轻省，我都死了八回了！

〔抬棺送葬的行列在行进。

王长命 （轻盈如舞地行走在队列里，就像美美睡了一觉起身去赶集）打下生，就叫这狗日的穷命断贼一样撵得两脚搭到胛骨上，屁绊得栽跤，尿硬着撑椽。受罪不说受罪，只当是活人呢。死了这才亮清了，狗日的穷命这回我叫你撵，我死了看你上哪儿寻我去！（倒下）

瞎　子 下生落草你哭，倒头断气娃哭，哭声里来哭声里走。嗐，倒哭啥哩么，红事白事都是喜事，莫咧咋叫红白喜事！

郭双印 亏他先人哩啊！

梁生茂 对咧再甭骂咧，穷命没碍着你啥啥，你骂它咋价。碾子沟家家穷双印你可不穷，开诊所天天天十几个元，一年就是四五千，全村头一家撑起大瓦房，肉臊子见天搅得吱喽喽吱喽喽。穷命见了你赶紧闪得远远的。你这碾子沟的首富再骂穷命就成哭穷了，给，这是这屋里的欠条。（一句话把郭双印窝倒了）

〔郭双印默然，久久地看着欠条……

〔切光。

三

〔黑暗中一声大吼——

老　习 碾子沟怎么会这么穷？怎么能穷到这种程度？

〔光启。

〔党员会。一片沉默，一个个闷头各想各的心思。

老　习 （挨个发烟，把一盒烟散完了还是不见人发言，急了，躁了）……欠下一万多元外债，账上只有七角六分钱！有一句话说得好，贫穷不是社会主义。这句话再往明里说，啥地方要是总叫老百姓吃苦受穷，这地方就等于没有共产党！难道你们碾子沟就没有一个党员？十七个党员呀我的同志们呀！是个党员就往起站么，我就不信没有人敢挑这个头！

郭双印 （仍然蹴在原处，手中捏着欠条，向观众）碾子沟真格穷啊，穷得把人吓住了。党支部改选，十七个党员就没有一个敢正眼看着工作组长答一声腔，把老习急得在屋里刮旋风哩。

老　习 郭双印！

郭双印 哎！

老　习 你看咱碾子沟谁能接下支书这副担子？

郭双印 㞞——我看我就行！

〔众党员皆惊，站起来定定地看着郭双印。

〔切光。

〔黑暗中响起瞎子说话声——

瞎　子 卦里有啥我说啥，卦里没有的不能胡说。你看我咋说呀？

〔另一演区的光亮，一伙儿后生围着瞎子算命。

后生甲 看么，咱有啥说啥！（不安地等待）

瞎　子 是这，你是个“炉中火”，命旺着哩，就是灶膛里的火，谝来没有？你哩，要经管呢，不经管就灭㞞子咧，噢。你哩，在屋里比到外前好，没事不敢绕世界胡窜，这是你的命，噢。你的运哩……我捏揣一下，你是个好人，只有你帮别人的，没有别人帮你的……

后生甲 我的爷呀，对对儿的！

瞎　子 看去别人都亏你着哩。你可没麻达，要紧时候你有贵人哩。手上紧些，吃喝上有——好着哩！

后生乙 你把我也揣一下！

瞎　子 今儿不揣咧。

后生乙 揣些，揣些！后晌到我屋里吃走。

瞎　子 日急慌忙听着你就存不下个啥，再揣啥呢！

〔郭双印过场。

〔众后生发现忙打招呼。

后生甲 郭书记，吃了没？

郭双印 没。咋？

后生甲 那到我屋里吃走！

郭双印 我可不吃长面！

〔众人笑，郭双印下。

后生丙 瞎子，那你看我碾子沟的人还有相没相？咋才能闹上钱么？

瞎　子 这你就问得大了，这话本不该你问，（指郭双印下场方向）该问的人没问！大了我就给你大模里说。你这沟沟有动静哩。卦书上讲究动，一动就变，一变就有财——谝来没有？

众后生 真格？啥时节些？

瞎　子 动静是当下里就发动了，变吗——（手掐天干地支）子鼠丑牛寅虎卯兔——（惊）哎呀呀，不能说不能说！

众后生 说价！

瞎　子 变是定然的，咧要拿命换哩！

众后生 谁的命？

瞎　子 瞎子吃瞎饭可是不能瞎说，我要是再说，天爷收我价！

〔一声闷雷。

瞎　子 雨来咧，你碾子沟今年的秋成咧！（转向后生甲）走，动弹。咱屋里今儿夜黑吃的啥？

众后生 这冬天里咋打开雷了？（悚然）

〔天雷阵阵。

〔切光。

四

〔光启。

〔郭双印家。

〔郭妻在唱着歌缝鞋垫。

郭　妻 （唱）月亮走，我也走，

　　　我送我哥到村头。

〔一声闷雷，郭妻毛骨悚然。

〔郭双印从外面回家，随手把家门口的诊所牌子摘了下来，进屋。

郭　妻 （一把抓住丈夫的手）你咋才回来！刚才外面打雷了，打得我心里怕怕的！

郭双印 我怎么没听见？你这叫神经质！

郭　妻 你怎么把诊所牌子给摘下来了？

郭双印 摘了。

郭　妻 诊所不办了？

郭双印 咱都是公家人了还闹那做啥呀？

郭　妻 公家人咋了？公家人就不吃不喝了？以后手里连个活钱都没有了，日子咋过呀？

〔众人跟着梁生茂走来。

众　人 咦？郭大夫家的诊所牌子咋不见了？

梁生茂 （观察）……还真格给没了。不咋不咋，咱寻人哩又不是寻牌子。

〔众人呼呼噜噜进屋。

梁生茂 郭支书，郭支书！

郭双印 哟，梁叔，快进来！

梁生茂 都进来！别看双印当支书了，他就是当上了国务院院长，也要把我叫叔哩！（上炕）

郭双印 嘿嘿嘿，啥事？

梁生茂 不咋不咋，碎碎个事。是这，双印，听说你当上了支书，一村人都高兴得睡不着。一早起就拥到我屋，说是双印开诊所，人又好说话，看病拿药没钱，就写个字据先欠上。这阵双印是支书了，欠下支书的债可就那个得很了！我估摸了一下，全村在你手上赊下的药钱少说也得一千六七。一回还不上，没多还有个少么，先还上个零头也是个立场态度么，也是对咱的新支书的那个么！这帮挨㞞货箍着我豁上这张老脸来给你下个话，你看都把账目拿来了，都是他自家记下的。这些货黏得跟糨子一样，明明不是六指子，掰着指头数数回回数出个十一。你对一下数目，不要怕有啥那个呢，欠下支书的钱一分都不能少！你这诊所的牌子哩？咋不见了？

〔郭双印的脸涨得通红。

郭　妻 这人叫我把诊所牌子卸了。

众　人 卸牌子咋价？诊所不开了？

郭双印 （对郭妻）去，把那些条子都取出来！

梁生茂 双印，行医可是积德呢。

郭双印 积的啥德，亏心呢。这几年行医把心伤透了，几毛毛感冒药还得赊账。

梁生茂 这不是日急慌忙攒来给你还债么！

郭双印 （对郭妻）给我取个火！（接过郭妻递过来的火）把这些欠条烧了！

梁生茂 （没等众人反应过来，抢上一步拦住郭妻）烧不得！

郭双印 烧了！

梁生茂 （招呼众人挡住郭妻）不能烧！

郭双印 烧了！

众　人 （死活拉住郭妻）一千六七呀！

郭双印 把火给我！（点着欠条）

〔梁生茂一脚将火踩灭，把欠条紧紧搂在怀里。

郭双印 放下！

梁生茂 没相。

郭双印 我的事情由我做主！

梁生茂 我怕的就是这。就为怕这才不能叫你烧了。欠下你债这是实情，谁也赖不过去，欠多欠少有这些欠条在还是个明账。你一把火烧了，多少往后就由着你说了，谁有脸跟你争——你是支书了，他谁敢？

郭双印 ……叫你这一说，我今个做下这事还不及一条狗。

梁生茂 爷，这话就把我吓死了！这话我可没说。

郭双印 梁家叔，你那话也缠活得很，滴地上把砖头能烫个燎泡。我今个也把话搁到这。碾子沟家家户户谁也不再欠我的。从今天起，是我郭双印欠大家——我这个支书欠下碾子沟一个富富裕裕的好日子！哎，信不信由你，你们让我先干上三年，干不成不用别人撵，我自动下台！不信把这穷帽子撇不掉，不信把这穷根挖不出来，不信碾子沟就没有那一天！到了那天我把这诊所牌子再挂起来。到那时候卖人参蜂王浆都有人喝——梁家叔我知道你不信。

梁生茂 我信我信！你没看我一劲点头呢，就跟上了发条似的。信，靠住信么！

郭双印 （抢过梁生茂怀里的看病欠条）你信你就把这烧了。

梁生茂 （认真地）双印，咱这垯遇上啥熬煎就去求神许愿呢。许下的那愿都是估摸着说哩，二尺红布、一只公鸡，撑死也就一个猪头，谁都不敢把愿许大了。许愿许得太大就不是敬神了，那就成日鬼了。（把郭双印又窝倒了）

〔切光。

五

〔光启。

〔党员会。

郭双印 （仍蹴在原处，攥着看病欠条）……都听着了？不相信，再也没人信了。就是不信咱能为群众谋一点儿好事情！

程金霞 对着呢。谁再给咱编排天大的瞎瞎事都有人信，就是不信咱能做个啥好事！还没等你说完就轰的一声炸窝了："看，这可又提罐罐上河滩——给鳖灌米汤哩！"

〔众党员笑，笑罢长叹。

程金霞 就说党员开会，一回一回非得候到天黑才出门，碰上谁赶紧把头勾下，嘴里支支吾吾：我我我，我那个，我做个啥去——你做贼去呀？哎嘘！照这相况，咱在碾子沟快成地下党了！

〔众党员笑，笑罢长叹。

郭双印 思量起来也有道理：为人不图三分利，谁愿起明睡五更。你们都图下啥利了？就说这穷沟野洼能图个啥利？你们推举我当支书，只能更苦更累。不就是图个在人前挺起腔子，亮亮堂堂说一声：我们党员开会价！

〔一句话说得程金霞差点儿哭了。

郭双印 金霞，宣布支部决定！

程金霞 明天一早十七名党员全体上山，这是义务出工，就这。开了一整会，咱不能窝棚里头点瓜——只见拉蔓不见开花！

郭双印 槐花！你迟迟诿诿，有话快说！

李槐花 ……真格明天上山？

程金霞 明天一大早！

李槐花 ……啥时节回来？

程金霞 天黑收工。

李槐花 就一天么?

程金霞 天天去!

李槐花 都去?

程金霞 一个不得少!

李槐花 ……再要有事呢?

程金霞 有事先放下!

李槐花 碍莫是急事呢?

程金霞 你急谁不急?

李槐花 豁上四十元补贴不要了……得成?

郭双印 碾子沟穷成这相还有脸拿补贴?从现在起,村干部所有补贴一律取消!

程金霞 这也是支部决定的。出工是义务工,当干部更是尽义务。

郭双印 谁要是觉着划不着谁可以退党——叫唤啥?退党又不是叛党。实在撑不住了允许你抽肩膀。党员是干啥的?——勒紧裤带顶起肩膀跟党一块把沉担上,是干这的!从前是三座大山,现在呢?现在是啥就不用我说了。你们都听,村头喇叭里唱啥?《东方红》!见天唱,年年唱,唱下几十年"大救星,谋幸福",那是咱们党给老百姓许下的愿!碾子沟党支部有义务替党还这个愿。咱不能叫党的宏天大愿在碾子沟变成弥天大谎!(烧掉手中的看病欠条)

〔众党员惊。切光。

六

〔光启。

〔碾子沟十七名党员拄着镢头站在高处。

〔北风呼啸。

党员甲 今年的冬天来得早。

党员乙 今年的冬天冷得邪。

党员丙 刚进十月,一场大雪就覆盖了碾子沟的山峁。

新党员 到南墚了,上北坡了!

党员甲 风过来了！

〔新党员跌倒。

众党员 小心！（一把拉住新党员）

新党员 我的馍兜——

老汉党员 你的馍兜狗都撵不上！不是我，你能骨碌碌一家伙滚到南墚底下！

程金霞 自家留点儿神，有跟头攒到明年摔！

〔众党员笑。风声呼啸。

新党员 （不由打哆嗦，跺着脚）嗬！一身汗叫风一刮，活像进了冰窟窿！

〔众党员不由得都跟着跺脚。

党员甲 这鬼地方，想笼把火都寻不下一根干柴！

党员乙 冷馍凉水，就着西北风填到肚子里，打个嗝都带着寒气！

眼镜党员 （眼镜破了半边，眼镜腿掉了用绳拴着）干活吧，干起来就热乎了！

众党员 说干就干！一人一天二十五米！

〔众党员挥起镢头，定格。

郭双印 二十五米，今天挖不完明天补上，这是一道死命令。

众党员 （抡下镢头）嗨！

〔定格。

郭双印 二十五米，就是二十五个育林坑，明年春上南墚就能添四百二十五棵树。

〔众党员又挥起镢头。

郭双印 抬头是山低头是沟，一架山套一架山，把咱碾子沟套得穷穷的。

李槐花 靠山吃山，植树造林！

眼镜党员 造林种草，养猪养牛！

郭双印 林子就是碾子沟的绿色银行！

众党员 （手中镢头相继一把接一把抡下）嗨！嗨！嗨！嗨！

〔切光。

七

〔大风呼啸，天幕区骤然亮。挥镢挖山的众党员化为剪影。

〔梁生茂家。一炕一门，炕洞在外。

〔梁生茂正坐在炕上犯寻思。

〔梁婶在门外烧炕，咳嗽不已。

梁生茂 （朝门外呵斥）炕咋烧的？（跳下炕出门）人要实心，火要空心！抱柴火去！叫你能木讷死！

〔舞台高处众党员“嗨！”“嗨！”的干活声传来。

梁　婶 你光是骂我行呢，有本事跟上双印他们上山种树去！

梁生茂 他不跟我言喘么。现在不是生产队了，他郭双印不能犯政策搞强迫命令。我又不是党员，他还把我咋呀！

〔梁婶咳嗽不停，带出一股锐利的哮鸣音。

梁生茂 （抬头望天）暖暖下了，该下山得了。把他的，又得打我门前过！（欲进屋，又停住）我不躲，我等他开口叫我，我就有话说。

〔众党员从舞台高处走下。

〔梁生茂赶紧转身添柴烧炕。

郭双印 梁家叔。

梁生茂 哎，哎哎！

郭双印 烧炕呢？

梁生茂 不着么。

郭双印 天冷。

梁生茂 冷！

郭双印 上年纪了。

梁生茂 跟你说啥呢！

郭双印 多添些柴。

梁生茂 添！（仰着头看郭双印）

郭双印 把炕烧热点儿。（说完转身走了）

梁生茂 咦！（使劲眨巴眼睛）

〔一声声狗叫。

〔切光。

〔传出梁婶不歇气的咳嗽声。

〔一声声鸡鸣。

〔隐约传来《东方红》乐曲声。

〔梁生茂家光区亮。梁婶披着袄在门外烧炕，梁生茂正蹲在炕上发火。

梁生茂 狗日的你能干个啥！烙馍烙煳了，下面下黏了，添个炕也叫你添灭了！（下炕出门，一把夺过炕杈）

〔梁婶赶紧就往屋里躲。

梁生茂 （抬头看天）天还黑着呢，暖暖还早着哩，这就上山了？

〔梁生茂话音刚落，传出招呼声、咳嗽声，众人的身影从光区外走过。

〔梁生茂向屋外探头打量。

〔郭双印扛着镢头走进光区。

郭双印 梁家大叔。

梁生茂 哎，哎哎！

郭双印 烧炕呢？

梁生茂 不烧咋价！

郭双印 天冷。

梁生茂 跟你说啥呢！

郭双印 上年纪了。

梁生茂 他老㞞不死么！

郭双印 多添些柴。

梁生茂 添么！（脱口而出）双印——今天像是比昨个人又多了些？你连娃娃们也叫上了？

郭双印 我没叫，我谁也没叫，大家都是自愿——把炕烧热些！（掂起镢头，转身下）

梁生茂 过来回去你就这句话！烧炕用得着你嘱咐？热不热我自个不知道？

梁　婶 你说你，镢头老早都预备在门背后，你扛上跟着走不就是了？非等着人家叫？

梁生茂 你懂个屁！植树造林没歇晌吆喝了几十年，你见着树了？碾子沟倒像我这个头，一年比一年秃！他郭双印比别人能？行，就算是他有天大本事把树栽上，你能护住？家家不是羊就是牛，你怎么护？乡里乡邻抬头不见低头见，你派谁护？

梁　婶　你是贵贱不去？

梁生茂　你看你还是懂个屁！三五成群，跟着他上山的一天多过一天，尿我不跟？我比谁尿得高？唉！管他白忙活不白忙活，就权当是书记家过事吧，一村子都跑去凑热闹，我能不去？

梁　婶　那就去么！

梁生茂　就是去，也得等着他先捎个话过来呀。人家不捎话我就撵着跑上门，那不成了胡骚情！

梁　婶　照这一说……

梁生茂　你给我住嘴！屁叨叨、屁叨叨，做饭去！

〔梁婶下。

〔郭双印出现在一束追光中。

〔梁生茂与郭双印进行心理交流的对话——

郭双印　我要等着你自个情愿。

梁生茂　那你是白等。

郭双印　咱等着看。

梁生茂　你得是想叫上山的男女老少戳着脊梁骂我？

郭双印　你固执，可是你好面子。

梁生茂　人活一张脸么！

郭双印　那就上山么。

梁生茂　不去。你看不成就来给我摊派。

郭双印　我不摊派，我要你自愿。

梁生茂　那你就等着！

郭双印　梁老汉！你一上山，全村人就都动弹了！上山的人还不到三成，错过今年一冬就耽搁明年一春哪！

梁生茂　你还亮清着哩！那你为啥还不来叫我？

郭双印　我不叫，我要你自己出来。（隐去）

〔路过梁家门口的人不断和梁生茂、梁婶打招呼。

〔梁婶躲进家。梁生茂稳如泰山，继续烧炕。

梁　婶　（从门后找出镢头，掂着就走）双印！我自愿，我自愿！

梁生茂　你上哪？你上哪？

梁　婶　我跟你丢不起这人咧！（奔出门，一路高声喊着）

〔冷风吹来，梁婶被一阵咳嗽呛住。

〔郭双印迎上。

郭双印　哎呀，你怎么来咧？（伸手将梁婶拉上坡）——我梁叔呢？

梁　婶　再不要说他咧！

梁生茂　（骂咧咧地找镢头，现装镢头把，气哼哼地抡起斧头敲打木楔）狗日的把我的计划全都搅膙了，自古婆娘不成事！（掂着镢头走出屋，上山）

郭双印　（向梁生茂伸过手）梁家大叔，坡陡，我拉你……

梁生茂　（犹豫，终于伸过手去，大声地）你婶身体不太那个，不是她我早就来咧！

郭双印　（对众人）梁家叔来咧！

梁生茂　谁的家什不缠活你的就说！

郭双印　（低声）我就知道你要来哩。

梁生茂　（低声）来是来，我可不是你叫来的。

郭双印　（低声）你啥都不用做，你蹴在喔儿就胜我开十个动员会！

梁生茂　（低声）啥话么——你又要编排我哩，我真格老得没处使了？

郭双印　老将出马，一个顶俩！（兴起，秦腔出口）

〔满场如春节唱大戏的戏台，台上千军万马，如痴如醉，叫好声不绝。

〔众人亮相。光渐收。

八

〔光启。

〔一盆炭火，正在开党员会。

〔一伙儿婆娘在脱郭双印的裤子。

郭双印　（大叫大喊）有啥看的呢！有啥看的呢！把裤带给我！（边系裤

带边说）年节过完了，十五也闹出去了，今晚咱们议议春上的事。去年一冬，全村义务投劳，在南墚开了二百八十亩荒坡，整整挖了四万个育林坑。四万个坑就得四万棵树苗，一棵树苗三分钱，三四一千二百元。村上只有七角六分钱。支部开了个会，决定捐款。支委每个人捐一百，党员每人五十，正好凑齐这笔钱。

〔众人沉默。

郭双印 （内心独白）我比谁不清楚，这是蚊子腿上剔肉哩，都难肠得很呀……

〔郭双印回忆中的场面——

党员甲 咻是谁的药方子，药房里催着划价交钱哩！

眼镜党员 （猛地站起）能不能少开上几味子药，我这阵钱上不松活……

党员乙 给媳妇看病还舍不得花钱？

眼镜党员 好我的你哩！娃不懂事，一下给考上了个大学，沟子后头跟我要学费着哩……（泪欲出）

党员丙 （大声地）这是谁的鸡蛋？

党员丁 赶紧跑，城管的没收罚款来了！

老汉党员 （护住鸡蛋筐）他叔，贵贱不敢啊！我七十多的人了，手头上不敢没个钱，养鸡掏蛋，一分一毛地攒我的寿材着哩呀……

李槐花 （浑身上下摸索，哭）挨刀的黑心贼你咋下得了手呢么？可怜我哥一个瘫子，三十好几了没个做饭的。绕世界后沟里寻下个瓜女子，东凑西凑打发我来镇上扯几件衣裳。你把钱偷去就不怕烧手么？好我贼哥贼爷呢，你哪怕给我丢下个零头我也能买个手帕把瓜女子劝哄住。我哥瘫在炕上睁大眼睛等着呢，瓜女子再一走我哥就不得活了！

郭双印 （发火）怎么回事？怎么不说话？别忘了，咱们是宣过誓的人！只要你宣过誓，你就是把自己交给党了。说话！都表个态！（望着眼镜党员）

眼镜党员 （举起手）我服从。

〔郭双印目光转向老汉党员。

老汉党员 （举起手）我服从。

李槐花 （举起手）我服从。

党员丁 （举起手）我服从。

〔众党员陆续举起手。

郭双印 （旁白）望着大家沉重的手，我真想好好哭一声！都难肠得不行，我比谁不清楚！这是硬从大家手里抠他们的活命钱啊！真想朝每个人鞠一躬说一声谢谢，可是我不能说，因为服从组织决定是党的纪律。总有一天碾子沟的乡亲会感谢他们！（抹去眼角的泪）

〔切光。

九

〔光启。

〔风声。郭双印从舞台高处转过身。

郭双印 起风了。今晚的风已经不再寒冷。

〔梁生茂家。梁婶咳嗽不已。梁生茂坐在炕上犯寻思。

梁　婶 东风刮开了，好歹又熬过了一冬。

梁生茂 唉，熬吧，庄稼人的日子！

郭双印 （深深吸了两口）好闻，这风味道真好！一千里之外，春天正在向碾子沟走来。

梁　婶 春打六九头，就盼着早早有一场透雨。

梁生茂 唉，盼吧，庄稼人的日子！

郭双印 四万棵树苗绿了南墚半架山，碾子沟的穷日子该过到头了！

〔雷声隐隐，春雨淅沥。

梁　婶 老天爷，你可千万不敢才下了雨又接上一场霜。

梁生茂 唉，庄稼人的日子啊……

郭双印 碾子沟花开草长，碾子沟的村民把镇上的草籽都买光了，碾子沟的养殖业起步了，三月天的暖暖就是美！

〔鸟鸣啁啾，燕语呢喃。

梁　婶　（咳嗽着喘息着，端起火盆）总算敢收起烤火盆了，可算把今年这一料麦子靠住了。

梁生茂　庄稼人，就这么一年一年老尿子了！

〔梁婶一阵大声咳嗽。

十

〔梁生茂大声骂牛。

〔郭双印大步向梁生茂家走来。

郭双印　婶。

梁　婶　哟，哟！你叔他……他……

梁生茂　——他在家！

梁　婶　双印，你叔他嘴不好……

梁生茂　我嘴咋啦？

〔梁婶还想说什么，被一串咳嗽堵住。

郭双印　婶，你这病早该看了！

梁　婶　春天里犯老病，挨到热天里就好了。

梁生茂　（朝梁婶呵斥）你要死快死，不死就给我住声！吭吭吭、吭吭吭！你还有完没有？手上没有一个钱，穷得精屁眼拿砖头捂着，看啥病哩。

〔梁婶吓得闭上嘴，憋得脸通红。

郭双印　（强忍住火）梁叔，我婶伺候了你一辈子……

梁生茂　你咋不说我养活了她一辈子？

郭双印　……算了，今个先不说这事。

梁生茂　对，你也不是为这个来的！得是要说建小学摊钱的事？

郭双印　你问到这儿了，那就是个这。

梁　婶　（才缓过气）好事情……

梁生茂　婆娘插啥嘴呢？你出去！

〔梁婶出门，一路咳嗽下。

〔郭双印忍了又忍，拿支烟在手指甲上蹾了又蹾。

郭双印　……那你说，咱村上小学还建不建？

梁生茂 那是你们干部的事。

郭双印 干部也得村民支持。

梁生茂 还要怎么支持？种树、修路，这一春出了多少义务工？我吭过一声？汗还没有干透，这又要建校！

郭双印 小学校那几间瓦房，顶棚塌下半边拿树棍撑着，透过屋顶能看见天。你就忍心叫娃娃们在钻风漏雨的教室里念书？

梁生茂 谁叫他托生到碾子沟？托生在这穷沟里就得认这个穷命！

郭双印 你有多穷？你梁生茂家底别人不知道，我能不知道！

梁生茂 （像叫锥子扎了一样）你知道你快替我算算，兴许我炕洞里还埋着个金元宝叫我忘了！

〔梁婶端碗上，想进又不敢进。

郭双印 有没有金元宝我不知道，至少你不缺给我婶看病那几个钱！

梁生茂 咳嗽两声算病？她没那么金贵！

郭双印 等到没人伺候你的时候你就知道谁金贵了！

〔门外梁婶心头一热，不禁落泪。

郭双印 叫我婶今后晌上我那去，我给她输两瓶液体。

梁生茂 没钱！

郭双印 我不要钱！

梁生茂 我欠不起人情！

郭双印 你还知道个人情？

梁生茂 可不，我还知道个人情？我连人味儿都没有！你以为你叔脸上长的是胡子？这满脸都是狗毛！

〔门外梁婶吓得要进去劝阻又不敢进。

郭双印 （气极而笑）你放心，捐款是自愿。你不情愿，我也不会硬要。

梁生茂 你硬要我也得有啊！

郭双印 你别哭穷了行不行？先听我给你说说这里边的道理。咱们穷，就是吃了没文化的亏，咱总不能让子孙后代再这么穷下去吧？好我的叔哩，等咱有了钱再建校，就把娃娃们耽搁了！今个开筹款会你得是把桌子给掀了？你不该掀桌子，你得在会上认个错。

梁生茂 认错可以。要钱没有。

郭双印 你再说个没有？你再说没有我就替你算算账！

梁生茂　（大喊）我有也不出！

郭双印　（也喊）有你为什么不出？

梁生茂　我凭什么出？你能叫党员服从你，叫团员服从你，我不党不团，你凭哪一条叫我白给你掏钱？你也是庄户人你该明白，叫农民往出掏钱就是剜农民的肉。肉剜了还能长出来，钱能自个儿长么？掏一分钱就是一分钱的窟窿！

郭双印　（气急出屋）穷，再穷也不能日娃不管娃，这都是些牲口吗？（返回屋内，掏出钱）你拿上这钱交了，就说是你的，给咱带个头。（放下钱，向外走）

梁　婶　双印……你喝口水……

郭双印　我不喝。

梁　婶　你试尝一口些！

郭双印　（接过碗，尝）放了白糖？（默默地一饮而尽，掉头走去）

梁　婶　（进门，见梁生茂正要把钱揣进怀里）你还要不要脸？

〔梁生茂瞪着梁婶，猛然挥臂把她打倒在地上。

〔切光。

〔黑暗中梁婶不歇气地咳嗽，咳嗽声陡然停止。传出乱纷纷的脚步声，众人呼唤声，喊妈的叫婆的唤婶的……

〔一切声音戛然而止。

十一

〔光启。

〔梁生茂家门前蹲着开场时的那几个抬棺后生。梁生茂在给几个后生分发大碗臊子面。

梁生茂　会擀面的人让你们给抬上走了。你的就凑合着吃，不够了言喘。

〔郭双印从出殡人群中走出来，一把抱着头蹲在地上。

梁生茂　（对郭双印）哭啥呢哭？走了就走了，谁能不死？要大碗吗小碗？

郭双印　（哭）老……老东西……你……你嘴硬，大婶的病，生是叫你耽搁了！

梁生茂　咋是我？她自家不当回事，倒成了我！

郭双印 （哭）你……你怎么忍心打……打她！

梁生茂 我打她又不是一天了。她这辈子硬是叫我打得才有点儿人样。

郭双印 （哭）日他妈的，你……你比旧社会还恶！

梁生茂 婆娘就是婆娘，新社会旧社会一个屎样。

郭双印 （哭）人都死了，你就不能说……说……说句人话？

梁生茂 说人话她懂？她得拿棍子教。

郭双印 碾子沟——

梁生茂 我没得罪碾子沟，我打的是自家婆娘。

郭双印 碾子沟啊！

梁生茂 哭两声停了吧。我都不哭，看把你恓惶的。

郭双印 这也算活了回人？

梁生茂 那还要怎么活？活到这把年纪就是多余，不如死了干净。

郭双印 （怒吼）那你怎么不死？

梁生茂 （也吼）你以为我想活？不是死不了？

郭双印 你跳崖呀、你上吊呀、你喝老鼠药啊！

梁生茂 这是你支书说的话？

郭双印 不是这个支书挡着，我抡你一巴掌！

〔郭双印、梁生茂对峙。

〔突然间，郭双印抢起木锨就要打梁生茂，众人赶紧抢下。

众　人 不敢不敢，贵贱不敢！好我书记哩！

梁生茂 （痛心疾首）你管我叫叔，大侄子！（悲从中来，跳上高坡）死老婆子啊，你个死鬼！你咋这么狠心把我丢下就走了。我老了老了，你害得我炕没人烧、饭没人做，前半夜没个说话的、后半夜没个暖脚的，把我丢在世上活受罪呢吗？

郭双印 大婶，你走得太急，郭双印没让你等上好日子！

梁生茂 （被火烧了一般）别，别！快别提你那好日子，听见你那好日子我一肚子气！不是你这好日子撵着，你大婶还走不了这么利索！

郭双印 （意外地）啥话？

梁生茂 （突然蹦起）啥话？不叫你偿命就是便宜你，你还有脸说三道四！

郭双印 （更吃惊）你真这么想？

梁生茂 你以为你是啥？你就是我梁生茂的催命阎王！你以为你是新官，

三把火就能把人心烧暖和？凉了，凉得透透的了！见天听你吆喝碾子沟穷得剩下七毛六，七毛六前头那些整数上哪了？把你那帮前任的沟门掰开看看有哪一个干净？你敢掰不？乡长的沟门你敢掰？县长的沟子你敢碰？骂我打婆娘，打婆娘生是叫这穷日子熬煎的，熬煎得心里头都长猪毛了！我不打婆娘我敢打哪个？敬着你们你们是领导，别以为一个个低眉顺眼还贴赔上一张笑脸，哪一个心里头不拴着一头叫驴！（咬牙切齿地）郭支书，如今不兴运动，到了搞运动的时候你们等着！

郭双印 （惊呆）你就这么恨我？

梁生茂 不恨你，你叫我恨谁！

郭双印 （悲哀地）你这么恨我……

〔梁生茂与郭双印冷酷地对峙，冷得叫人胆寒。

〔风起。

梁生茂 （向观众）我老汉必须恨个谁，我非得恨上个谁，心里才能过去。日子倒灶成这种样子，这一肚子熬煎就没地方倒。大的恨不起，也没有这个胆，眼前放着个郭支书，那就他吧！

郭双印 （向观众）梁老汉让我想起三十年前那场运动。贫穷滋生着一股可怕的仇恨，碾子沟别的工作抓不上去，搞起运动来倒可能一抓就灵。如果再不赶快解决碾子沟的现状，说不定哪天就要出事，出大事！

〔一声远雷。切光。

十二

〔光启。

〔风声、雷声。

〔来往穿梭的人群剪影。郭双印扛着铁锹，拿着皮尺上。

郭双印 （声音越来越嘶哑）种树的都往东墚走了！你俩还转悠啥？日妈的要脸不……浇树的自家把桶担上！你这也叫桶？你担个水瓢不是更轻快？日妈的还有脸笑！

〔雷声。

郭双印 你给我把嘴闭上！我不管你有多难，我要的就是这条路，就是拿牙啃你也得把它啃成四米宽！那是谁家的牛？记吃不记打，这是谁家的牛钻到林子里来了？罚，狠狠地罚！罚得他记一辈子！轻点儿放，轻点儿放，摞稳当！一块砖六七分，一页瓦一毛五六——日妈的紧说慢说你给我打了！不愿意干滚回去！

〔一声炸雷，电光闪闪。

郭双印 （指天大骂）狗日的老天，你把眼窝瞎了！点包谷时节盼不下你一滴尿，要紧处你骚情开了！敬着你叫你声老天，看你做下这事情不及个月娃儿！你当给你修水沟？这是给我修路呀！（脱下鞋朝天扔去）

〔刹那间暴雨倾盆。

郭双印 （摔掉衣服，赤膊站在大雨中）你下！有本事把你天河那水都倒下来，看你把我碾子沟装得满？

〔众人像一群蚂蚁，在拼命地忙碌、跑动着。

〔瞎子上。

瞎　子 （长叹）天翻了、地乱了，白鸡下了黑蛋了！天也疯了人也疯了——都疯了！

〔众人累得东倒西歪，望着郭双印。郭双印也气喘吁吁望着众人。

瞎　子 哎呀呀，这真是拾了个铲铲打了个镰，心闲落了个心不闲；拾了个麻秆钉了个秤，心静落了个心不静！——跟谁说去价？（下）

〔雷声中老习率工作组的人上。

郭双印 天不早了，收工吧。今个就干到这，明天上午……

老　习 （打断郭双印）明天上午开会。

〔郭双印愣然。

〔远处闷雷声声。

〔众人顿时像一群听到宣布放假的小学生，随即又将目光一齐转向郭双印。

郭双印 （机械地）明天上午开会。

老　习 （对观众）九六年，镇政府开始接二连三收到碾子沟的告状信。镇上决定派出工作组，前来碾子沟调查郭双印的问题。老郭！

郭双印 （躁了）明天上午开会！（转身走）

程金霞　（急）老郭，安排镇上同志吃饭……还有住处……

〔郭双印痴呆呆竟然半天没转过脑筋，等他醒过神，老习等已经同众人交谈着走下。

程金霞　老郭……（望着郭双印欲言又止）我去安排吧！（急下）

〔郭双印无力地蹲在地上。

〔郭妻急上，见状收住脚。

郭　妻　……双印。

〔郭双印没搭理。

郭　妻　双印……（急着想说啥，话到嘴边又改了口）回家吃饭吧？

郭双印　你们先吃。

〔郭妻一脸焦急，郭双印却始终没抬眼看她。她不敢再打扰，只好用咳嗽叫他。

郭双印　（火了）叫先吃没听见？

〔郭妻顿时满眼泪水。

郭双印　（一愣）……怎么了？

〔郭妻抽抽搭搭地擦着眼泪。

郭双印　（又火了）说话！

郭　妻　老家打来电报，俺娘病得厉害……

郭双印　……怎么偏偏这时候？

郭　妻　俺娘想俺，家里叫俺回去一趟……

郭双印　那你就回吧。

郭　妻　（怯怯地）……没钱。

〔郭双印猛转头望着郭妻，脑袋无力地垂下，撑住膝盖往起站，半天没站起来。

〔郭妻慌忙搀郭双印，一边眼巴巴望着他。

郭双印　……那就别回了。

〔郭妻差点儿哭出声，又怕郭双印发火，用手堵着嘴，跑下。

〔郭双印呆站在原地。

〔雨落，越来越大。

十三

〔郭双印一人独坐在村委会的房子里。

〔众人拿板凳上，等开会，都怯望着。

郭双印 都进来吧。

〔众人在郭双印的目光下纷纷往后缩。

郭双印 （眼睛一瞪）不进来会咋开？

〔众人又赶紧往屋里挤。

〔老习与程金霞上。

老　习 老郭你还来得早！

郭双印 咋？那你坐这儿。

老　习 你就坐那儿！——咱们开会。开个对话会、谈心会。郭双印同志担任支书五年，碾子沟面貌有很大改变，成绩有目共睹，这个我就不多说了。今天这个会是谈问题、找问题，帮助郭双印同志把工作做得更好。对不对呀老郭？大家有话说在当面，竹筒里倒豆子——直来直去，小葱拌豆腐——一清二白。（自觉很风趣。先笑）嗬嗬嗬……

众　人 （跟着笑）嘿嘿嘿……

老　习 谁先发言？

〔众人面面相觑。

老　习 这样吧，老郭，我看你还是先表个态。言者无罪，闻者足戒么！

〔郭双印心不在焉，望着外面的天。

老　习 老郭？

郭双印 对，抓紧开会！天眼看要下雨，那条路正修到半截里，得赶紧挖排水沟，要不然一场大雨……

老　习 老郭，先不说这个。

郭双印 那你说。（与老习彼此望着对方）

〔众人交头接耳窃窃私语。

老　习 （把郭双印叫到一边）老郭，今天开这个会，事先可是征求过你的意见！

郭双印　我没说有意见么！

老　习　可是你这个态度……

郭双印　是不是我在这碍事？碍事了我走。小学校那边雇下匠人盖楼，我正放不下心。

老　习　我看你是说我们来了碍了你的事！

郭双印　我的事全是碾子沟的事！

老　习　那我们来又是为谁的事？

〔郭双印无语。

老　习　给我坐回去！

〔郭双印闷头坐回桌前。

老　习　咱们接着开。大家不要有顾虑么，你们在老郭跟前，总不至于像耗子见了猫吧？（笑）嗬嗬嗬……

众　人　（跟着笑）嘿嘿嘿……

老　习　说，谁先说？

〔老习看谁，谁往人背后躲。

程金霞　（突然站起）我先说两句吧！

〔郭双印猛地抬起头，意外地望着程金霞。

程金霞　老郭，我得带这个头了。再不打破这种沉闷的局面，上级领导会对咱们村产生误解！这些意见我在支委会上给你提过，一是急躁，二是生硬，三是脾气大……

村民甲　（在程金霞身后）还骂人！

村民乙　日娘带老子！

村民丙　爷，歪得怕怕！

黑　娃　半夜里他一脚踢开门，进去就把我家桌子掀了！

郭双印　为啥掀你桌子？

黑　娃　你先说你对不对？

郭双印　对。不掀桌子治不了你赌钱的毛病！

黑　娃　（嘟囔）谁见我赌钱了……

神　婆　（突然拖着声哭起来）他不叫人活呀！他把人往绝路上撵呀！

老　习　别哭，有话慢慢说。

神　婆　他砸了我的家什呀，他比土匪还恶呀！

老　习　（问郭双印）有这事？

郭双印　有。

李槐花　她给人下神，老郭砸了她的神器。

神　婆　造罪呀！我下神是替大仙行善啊！

郭双印　（拍桌站起）骗人钱也是行善？把病人耽搁了也是行善？我宁肯挨骂，也不能叫你们这些歪风邪气祸害全村！

众　人　对！

李槐花　（对神婆）你把你坐下！

神　婆　（爆发地）咋呀？

李槐花　你说咋！（与神婆撕扯头发）

〔众人起哄。

郭双印　（抄起板凳）给给给，拿板凳抡！抡！哎——不要皮脸的些东西！

〔梁生茂裹着棉袄，大声咳嗽着上。

梁生茂　（向老习）病了，昨夜晚冻着了，请下假的。刚才邮电所的给村委会送信来了，满世界寻不着人，碰见了个我，我就接下了。郭支书，给！（递信）

郭双印　（头也没抬）开会着哩，你先放在那儿。

〔梁生茂把信放在郭双印面前，转身欲走。

老　习　来了就坐下么。

梁生茂　（故意问）这开的是啥会？

郭双印　给我提意见摆问题，帮助会。

梁生茂　哟，我人老嘴瞎，水平没限，意识形态上怕不太那个。

老　习　看啥话么！来了就说，说罢你就走。

众　人　（交头接耳，窃窃私语）他怎么这会儿来？……他就是单等着这会儿才来！……这下子热闹了！……看他老郭咋对付这张铁嘴！……说的吧！人家双印也不是瓤茬！……嘘！嘘！

梁生茂　（向众人）那我说罢就走，锅里煮着洋芋哩。我就问个话——

〔全场皆静。

梁生茂　郭支书，九一年冬里你说过一句话，不知道你还记着不？你说："让我先干上三年，干不成不用别人撵，我自动下台"。郭书记，你已经干了五年了。

村民乙 （在人背后冷不丁喊）下台！

梁生茂 这是谁呀？有话站起来说。把头窝到裤裆里，给㞗算卦呢？

〔一妇女咯地笑出声，立刻招来众人白眼。

梁生茂 主事的要是一甩手走了，我们找谁去？

神　婆 （喊）叫他坦白交代！

〔梁生茂转过头等着神婆继续说，她却又不吭声了。

梁生茂 我说各发各的言行不，用不着借着我这口棺材哭自家的恓惶。

程金霞 老郭就是工作方法上的问题。咱们平心静气地想想，碾子沟这个烂摊子，这副扯不直、扽不展、半死不活的样子，搁上谁谁不着急上火？老郭就是想尽快给大家办几件实事，把碾子沟往前推一推！

〔众人点头。

梁生茂 （见程金霞还要说，先把话抢过去）噢——听见了，咱大家都得领双印这个情！人家一上任，就卷起袖子一口气办了砖厂、针织厂、电焊修理厂。好家伙，碾子沟三大企业！

〔有人窃笑。

梁生茂 笑啥呢？三大企业不上半年垮了一对半，不心疼你还有脸笑！（盯着郭双印）

黑　娃 （吼）站起来！

梁生茂 谁价？这会子是邓爷坐天下，不是“文革”的章程了，你吼啥呢！

〔郭双印默默拿着烟，在指甲上蹾了又蹾。

梁生茂 对，咱们郭支书才学手呢，咱大家替他交点儿学费么。虽说这笔学费贵了，可勒紧裤腰带的苦日子咱又不是没经过。

〔众人窃声议论，算起了这笔账。

郭双印 这是我一辈子也忘不掉的教训。资金、技术、交通，这件事让我看清了制约碾子沟发展的三大因素。

老　习 （示意）老郭！

郭双印 我听着呢。（又默默蹾那支烟）

梁生茂 这不，好了咳嗽添上喘。企业不办了，又种树。南墚东墚前墚后墚，不歇气爬了五年，这可是不给一分钱……

长命嫂 五年里家家户户给你投了多少义务工？你口口声声吆喝着说是绿色银行，能当钱么？真要是银行，我现在就想取出块儿八毛使唤使唤。郭书记，你有么？就说是你向国家申请贷款吗是基金，在哪里哩？把我们当瓜娃子哄着哩！

〔众人窃窃议论。

郭双印 年年往上打报告……

梁生茂 钱呢么？

程金霞 这事得一级一级往上申请。

梁生茂 爷，那就申请到联合国去了。碾子沟怕都是瓜子，给谁挽笼嘴呢！年年打报告，只怕郭支书年年给咱编了个笊篱，叫你尿不满！

〔有人窃笑。

九　斤 正种树呢，又修路。一连修了两遍，还不行，又要修第三遍。两米了还嫌窄，非要挖成四米，这又投进去多少义务工？敢算么？

众　人 九斤说得对！

郭双印 四米也还窄，得一直修到能够通汽车。想发展商品经济，碾子沟首先要解决的就是交通！

老　刁 （又示意）老郭！

九　斤 那我就不说了。

老　刁 （对九斤）说。

众　人 九斤，跟政府说些！

九　斤 光这还不算完，又盖楼。一人二十五，家家户户摸着人头收钱，有尿没尿都得撑着尿。刚刚盖起来，你又逼着交钱，又要盖！

〔众人激动起来，议论声渐高。

郭双印 那是给村上小学盖楼。

九　斤 啥叫强迫摊派？怎么叫个加重农民负担？我没文化，不懂。我就觉着我实实在在背不住了。

〔众人议论声越显激动。

梁生茂 唉，说起可怜。谁不想富，怕钱烧手么？土里刨食的人敢有多大的指望？门前一畦萝卜葱就把日子打发了，一棵桐树就把一辈子安顿了，一只老母鸡就是农民的银行，搭眼能瞅着，抬手能够住。你说的喔好日子在哪搭呢？黑麻咕咚跟上你跌绊了五年，谁倒见下一分钱？这五年我看明白了，穷根没挖出倒挖出个穷坑！指望那个贷款还是基金填上这穷窟窿，人家国家爱你得很么！嗯？你有多大面子？咱就是个农民！（对老习笑笑）病了，发烧害冷，人糊涂了，今晚说了些啥，明天早晨就忘了。谁要说我说了双印的坏话，我也只能干瞪眼睛。已经惹得人家不爱了……我回去，看锅里的洋芋糊了！

九　斤　梁叔你不要走，还没散会呢！

梁生茂　趔开，跟你这伙屃囊子打哇哇，我嫌耽误瞌睡哩。

众　人　（拉住梁生茂）你不能走！

神　婆　（嗖地跳起，拉长声音）我还听了个话……

李槐花　你可要成啥精哩！

神　婆　（避开李槐花，向老习）我得是不能说话？

老　习　能说。

神　婆　我听说村里花了三四万买的那辆推土机，咋一下子归到了他郭支书名下？

众　人　（一下子站起来）这是怎么回事？……真的有这事？……这事得说明白！

〔郭双印低着头一个劲儿蹴那支烟。

程金霞　这件事我们知道。买这辆推土机是村上贷的款，一部分同志有意见，认为这样一来村上负担太重，老郭就把这三万两千元债务转到自己名下。

黑　娃　还是么，把猫叫了个咪！说来说去推土机还不是归了私人。没完没了成两三遍地修路，没别的，就是不能叫推土机闲着！咱投的是义务工，不值钱，人家三四万的机器能叫你白使唤？你光从修路上给自家捞了多少？

众　人　（顿时跟着吆喝起来）老实交代！

〔郭双印一下子转过身去。

老　习　老郭，事情是个啥你就说么！

〔郭双印把脸一抹，嘿嘿嘿笑了。

老　习　（转向眼镜党员）眼镜，你是会计，你说是咋回事？

眼镜党员　（嘴里呜囔着，突然放声大哭）以后谁都不要当干部，谁都不

要叫自家的后人当干部啊!(老泪纵横)

老　习　咋了眼镜?你慢慢说!

眼镜党员　老郭替咱村背了三万元债又搭上油钱，为买柴油逼得老郭连自家那辆小四轮都卖了，推土机出的工根本就没入账!这话跟谁说谁信呢呀!(哭)

老　习　眼镜，你能对你说的话负责吗?

眼镜党员　能，上法院去我都敢!

老　习　黑娃，你能对你说的话负责任吗?

黑　娃　这就是个群众反映嘛，还咋呀?

〔吵吵嚷嚷的众人顿时缄口。

梁生茂　(朝黑娃发作)你个闲皮烂杆跟风扬碌碡，今黑这弄下个尿嘛弄下个啥嘛!我回呀，再不回洋芋真格糊了!(气呼呼出门)

〔众人也纷纷找个借口走了。老习紧叫慢叫一个也没叫住。那些人也都没走远，都气不顺，在门外蹲了一地。

〔程金霞出去喊人，叫谁谁也不理。

〔郭双印孤零零一个人晾在屋里。

老　习　咋办?这伙儿爷再告到县上、告到市委，再蹴到省政府门前，就给咱巴到脸上了。老郭，你说这咋办?

郭双印　(苦笑)我就应了判决书上那句话，不杀不足以平民愤。老习你就宣判么。

老　习　咄，你吓唬谁呢!

郭双印　我再能吓唬谁?我就能吓唬个农民!笨狗扎个狼狗势，吓唬碾子沟这些穷乡党，我亏我先人!

老　习　(厉声怒喝)郭双印同志!

〔程金霞闻声跑进来。

老　习　金霞你先出去一下，我跟双印说个话。

〔程金霞出。屋内沉默。

〔老习掏烟，发现就剩下一根，干脆一撕两半，将一头插到郭双印嘴里，二人默默吸烟。

老　习　(紧张地思考，突然走到郭双印面前，严肃地)跟你透个实话，今黑我是带着圣旨来的。我就是《杀庙》那一折戏里的韩琪！——你听着没有？

郭双印 我听着呢。

老　习 你谝来没？

郭双印 咋谝不来。

老　习 我得连夜回去汇报，咋汇报你就甭问了。我就跟你说一句话，你再没有别的退路，你不能朝回缩！听懂没有？

郭双印 唉，天天我都想朝回缩！

老　习 你个万货你害人呢！你真格要让我当韩琪去呢，你这是害我呢！

郭双印 我把人害匝了！那年开党员会你问我谁能当个支书，我说我就能成——给你说实话，当天晚上我就后悔了！就怕我后悔，我才把诊所的牌牌摘了，先断后路。五年了，全村跟上我除了下苦受罪没沾上一点儿好处。梁老汉一点儿都没说错，我给全村编了个笊篱，我自家先尿不满。我看明白了，咱这荒山秃岭就算维持个简单再生产，也得靠国家投资。咱有多大面子？你当你是大寨？谁知道你个碾子沟么！不服么，就是个不服。一心想弄出个动静，看不着也叫他听着。这就越扑腾越大，多少回半夜里都把自家吓醒了，眼看着全村几百口，黑水白汗淌着淌着就淌成眼泪了……唉，我背着人，寻那个瞎子算了一回卦。

老　习 他咋说？灵不？

郭双印 他给我不算。说我是个恶煞！

老　习 双印……要恶你就恶到底。再多的你也甭问我。

〔郭妻急上，径直走到郭双印跟前。

郭　妻 还开会？（怯怯地）你出来一下行不？

郭双印 你回，没空。

〔郭妻吓得再不敢吭声，刚走到门口，突然哇地哭出声来。

〔众人闻声拥到门前。

〔程金霞忙进去问。

郭　妻 俺娘死了！……俺一心想回河南老家看看俺娘，（指着郭双印）他掏来掏去给了俺十块七毛钱……好好的日子叫他折腾成这样，俺娘临闭眼想见俺一面都见不上……只能瞅一眼电报。

郭双印 电报呢？

郭　妻　（掏出电报）你好好看！（哭）

〔郭双印直直地望着电报，接过去。

梁生茂　唉，娘就一个，恓惶。双印，我回价。你把喔信收好，遗了不要寻我。

郭双印　（捡起落在地上的信，瞥了一眼，递给老习）是给村委的，你拿上。

老　习　今天你还是支书，你拆。

郭双印　对，那我就再给咱拆一回！（看信，震惊，扑通一下跌坐在凳子上）

程金霞　（惊）咋了？

〔郭双印将信递给程金霞。

程金霞　（接过信，读）“……你们的《生态农业建设基金申请报告》经评审，认为规划合理，治理得当，已具备国家级生态农业基地的基础条件，决定划拨二十万元基金予以支持。”（跑向门外对众人）咱们的基金申请报告批下来了，给了二十万！

〔寂静片刻。

众　人　（欢呼）真的有钱了！……义务工得是能兑现了？……对着呢！

老　习　（望着门口欢呼的众人）老郭，你狗日的——这封信把你救了！

〔众人欢呼着冲进屋内，望见郭双印又都突然止步噤声，无人敢上前，好像看着一个陌生人。

〔郭双印也怯生生地抬头看着众人，无话可说。

〔场上气氛十分复杂。

郭双印　（摇摇晃晃地站起来，大吼）金霞，程金霞！

程金霞　（连忙）我在这儿！

郭双印　你吃劲掐一下我的胳膊……

程金霞　咋？

郭双印　看疼不。

程金霞　（使劲掐了郭双印一下）疼不？

郭双印　（笑）疼哩，是真的。（突然色变，一口血吐出）

程金霞　老郭——

老　习　（紧紧地将郭双印抱在怀里）老郭，你要跟我说实话。

郭双印　再说啥呢？

老　习　我是说你身体，你情况不对！

郭双印　……不碍事。

老　习　上医院检查去！

郭双印　检查了又能咋？

老　习　该咋就咋！

郭双印　老习，你是上级组织，今天跟你说实话。（指胸口）这儿害疼。（指脖子）咽不下东西，一碗面得拿四五缸子水往下冲……快半年了。

老　习　（一下子站起身，拉郭双印）走，马上去医院检查！

郭双印　……我没钱。

老　习　你他妈没长嘴！你不会打发个人来跟我言喘一声？（哭）妈的个屄！我在你眼窝里是个啥东西！你这条命你以为是你自己的？走！（朝呆望的众人怒喝）还戳在那儿吗？都是死人？

〔众人七手八脚架起郭双印。

梁生茂　黑娃！过来，卧下！

〔黑娃跑上前顺从地伏在地上，众人将郭双印放到他背上，黑娃背起就跑。

〔梁生茂呆呆地看着这一切。

众　人　（跑上高墚，大喊着）郭书记你好歹挣扎些，贵贱给咱挺住！……双印，不敢睡着，把眼绷大！墚上风大，给郭书记盖严被窝！……过沟了，看脚底下！……上坡了，后手起！

〔声音渐渐远去。

梁生茂　（狠狠抽了自己一个耳光）老屄！

〔切光。

十四

〔光启。

〔天光麻明，鸡叫未歇，三星未落。

〔两个人影跷着脚步正在低头丈量路面。人影分别在东西两头。

东头人影 一米——两米——三米——四米！刚好，能过车了。

西头人影 一米——两米——三米——四米！罢了，车能过了。

东头人影 一米——两米——三米——这一步跷大了……

西头人影 一米——两米——三米——这一脚跷碎了……

〔两个人影又都回身重丈。

东头人影 一米——两米——三米——四……四米——够了够了。

西头人影 一米——两米——三米——四……四米——准数。

东头人影 一米——两米——三米——四米。

西头人影 四米——三米——两米——一米！

〔两头人影越丈越近。

东头人影 谁呀？

西头人影 你是谁呀？

〔两人影互相认出，忙相见。

郭双印 梁叔梁叔！可想死个我了！你这老㞞脸上的狗毛又长了……

梁生茂 你也瘦了！——你从哪来？

郭双印 （尴尬地）嘿嘿。

梁生茂 （黑着脸）嘿嘿。

郭双印 （讨好地）嘿嘿嘿！

梁生茂 （不领情地）嘿嘿嘿！你就不能给城里人留个好名声？一趟趟偷着往回跑，叫人家医院笑话农民不懂规矩。这是个影响问题你懂不懂？

郭双印 你先把烟就着，这事好商量。

梁生茂 不商量！这一回是坚决的性质！朝回走，回医院去！

郭双印 在医院睡不住么，它那软床一总睡不惯。

梁生茂 睡不惯睡地上。

郭双印 好我梁叔呢，我不放心……

梁生茂 你不放心啥？不放心我？你就是不放心我！

郭双印 你看你这是说哪去了。

梁生茂 你婆娘跟我放过话，你要是有个三长两短，拿我老汉偿命！

郭双印 这挨㞞的！

梁生茂 双印你听着，你叫我多活两年！

郭双印　（打量着梁生茂，眼睛里透着笑，向观众）这张嘴真硬。一样的热心话，从他嘴里出来就得掺上辣子面！

梁生茂　（向观众）梁生茂知道自家有多对不住郭双印，可是我说不出口，梁生茂放不下这张脸，梁老汉这辈子从来不向谁认错！

郭双印　梁叔……

梁生茂　说价！

郭双印　我想回村里去。

梁生茂　你把这话丢下，咱先说正经要紧——回医院去！

郭双印　我想看看小学校盖下那楼……

梁生茂　……是这？唉，那我把你搀上——咱可说好，到了村口你自家走。

郭双印　咋哩么？

梁生茂　白搭没咋。人家说梁生茂个老骚情舔支书的沟子！

郭双印　（大笑）我今个偏要你搀！

梁生茂　（叹气）只怕下辈子你是根针我还是个麦芒……

郭双印　没有一根好刺！（与梁生茂互相指着大笑，被搀扶走远）

〔天色大亮。

〔老习出现在舞台的一侧。

老　习　……晚了，太晚了，再好的药也用不上了！我这老哥没有几天了……

〔郭双印转身走过来。

〔收光。

十五

〔光启。

〔郭双印家。

〔郭双印正倚在床上输液，众党员围坐在他周围。

郭双印　（说胡话）开会了，散会……要是老天爷能让我再多活一年，哪怕到明年5月，村里几件大事就有眉目了……

李槐花　郭书记啥话么！你放心住院去，我们一定……（哭）

郭双印　（笑）看你汪汤汪水的，你得是跟遗体告别呢！对咧，回，（暴躁）都回！

〔众党员一个个跟郭双印拉手道别。

郭双印 （对党员甲）再不敢打媳妇了，咻靠是个可怜人。（对党员乙）娃是个念书的材料，叫娃念，再艰难也要供出来。（对程金霞）赶紧物色人选，我这一走，看谁担这沉价！

〔众党员退下。

〔郭妻端饭走进门。

郭　妻 你好歹吃一口……

郭双印 放在那吧。我想自己躺一会儿，给我把门帘撩起。

〔郭妻撩门帘，下。

〔静场。

郭双印 进来吧！（见没动静）我知道你在哩！

〔梁生茂不知从哪里上来了。

郭双印 先上炕暖暖脚，后窗子蹴一后晌了。

梁生茂 我知道你要寻我哩。

郭双印 我也想着你有话要说哩。

梁生茂 说好话的本事我还没学下。

郭双印 人前的话就不说了，你给我喋实的！

梁生茂 能成。

郭双印 我就问你一句话：当了这九年支书，你说我办了个好事还是瞎事？

梁生茂 这话看咋说哩。

郭双印 你就往瞎处说。

梁生茂 你把人家害匝了！你如今是人物了，集资建学、义务造林、自费修路，都是你的光荣事迹。你是根旗杆，惠家沟是块红布，那伙乡长、村长舞扎着你，收费派款、这税那捐逼出人命还说是学习先进哩。警车堵到门上，警棍指着鼻子。除了不会日本话比日本鬼子还恶煞！

郭双印 就没人去告这些狗日的？

梁生茂 告狗日的告到狗窝里去了。狗官狗眼一瞪狗牙一龇：向郭双印学习就是要像郭双印同志那样敢下硬茬！

郭双印 放他妈的狗屁！难怪我当了回支书成了个万人恨。

〔梁生茂不语。

郭双印 我性子太躁?

梁生茂 不是。

郭双印 我张嘴就骂人?

梁生茂 不是。

郭双印 那就是我编谎哄人?

梁生茂 你没有。

郭双印 那到底是啥么?

梁生茂 （激愤地）咱党里头像你这号尿瓜太少了!

〔长长的沉默。

郭双印 （长叹）唉!……你个老瞎尿。

〔一声鸡叫。

〔瞎子上。

瞎　子 时辰到了!

梁生茂 双印——

郭双印 嗯?

梁生茂 看你还有啥事安顿呢?

郭双印 梁叔，是这……擀长面。叫乡亲们吃好。

〔梁生茂泪如雨下，点头。

〔郭双印死去。

瞎　子 （长呼）碾子沟换得风水了!

〔程金霞与众人搀郭妻上。

梁生茂 哭!（见郭妻摇头）哭价!（见郭妻还是摇头，理解地）哎……起棺——

众后生 郭书记!你稳稳儿——（抬棺）

〔程式如仪。

〔幻象。郭双印伸展着懒腰站起。

郭双印 哎嘘嘘嘘，轻省了，这下可轻省了!

〔前演区，郭双印抱着一摞碗，一只只摆放……

〔高墚上，抬棺的行列在行进。

梁生茂 双印，到咱的学校了。——洋灰大楼读书声，保险都是大学生！

众后生 没说的！

梁生茂 双印，到咱的路上了。——油漆马路平又展，撒上面醭能擀面！

众后生 就是的！

梁生茂 双印，到北坡树林了。——绿色银行里果子，苹果酥梨水蜜桃！

众后生 真格的！

梁生茂 双印，到南墚了。——咦？叫我看这是谁，停下这多小卧车？是省委书记视察来了。现如今碾子沟的名气大得赛过大寨，书记大笔一画，批给碾子沟生态农业建设基金——（想了想）二百万！

众后生 真真的！

梁生茂 嘿，给死人编谎是造罪呢呀！双印，不编谎怕你睡不踏实么。造罪就造罪，我就豁出来给你编上一回大谎！

众后生 换肩！

〔前演区，郭双印将碗摆满整个舞台。

〔高台上，梁生茂回身一看，全村的男女老少都给郭双印的灵跪下了。

梁生茂 双印！你这支书当得不冤。碾子沟全村老少都在你坟前跪下了！双印，谁说人不恨你？你咋能把碾子沟几百口撇下说走就走了！（跺脚）你这支书咋这狠心呢呀！（抹去老泪）——后生们，刚才给郭书记编的谎都听下了？

众后生 听下了！

梁生茂 今后咋闹价？

众　人 就这样闹！

〔前演区，郭双印终于摆好最后一只碗，露出难得的笑容。

郭双印 （深情地望着村民们）乡党们，吃好。

〔满台的大粗瓷碗排列成阵，朴朴实实，真真切切。

〔收光。

——剧　终

《郭双印连他乡党》创作于2005年，同年由西安话剧院首演于西安。导演王小琮，主演史丰、杨新鸣、李桂莲。剧作以鲜明的民族特色、地方特色和真实感人的故事情节赢得了观众的喜爱，先后在北京、苏州、武汉等地演出二百多场。

作者简介

王　真　(1949—2008)，原名孙慧，男，作品《郭双印连他乡党》获"曹禺戏剧文学奖"，入选中宣部精神文明建设"五个一工程"及国家舞台艺术精品工程"十大精品剧目"。

·京　剧·

金锁记

（根据张爱玲同名小说改编）

王安祈　赵雪君

人　物　曹七巧——姜家二奶奶。

长　白——曹七巧之子。

长　安——曹七巧之女。

小　刘——中药铺伙计，仅出现于曹七巧的梦境与幻境。

二　爷——曹七巧之夫，骨痨瘫痪。

曹大年——曹七巧之兄。

嫂　子——曹七巧之嫂。

大　爷——姜家大爷，姜伯泽。

大奶奶——姜家大奶奶，大爷妻。

云妹妹——姜家未出阁小姐，姜云泽。

三　爷——姜家三爷，姜季泽。

三奶奶——姜家三奶奶，三爷妻。

曹春熹——曹大年之子。

袁芝寿——长白之妻。

绢　儿——曹七巧家的丫环，后为长白姨太太。

袁　母——袁芝寿之母。

童世舫——长安的男友。

公　亲——参加婚礼、主持分家的亲戚们。

榴　喜——姜家丫环。

小　双——曹七巧丫环。

龙　旺——姜家下人。

龙　福——姜家下人。

第一幕

〔曹七巧的梦境。

〔舞台布景摆设简单，一般家庭似的。曹七巧边打扫边唱小曲。

曹七巧　（唱）正月里梅花粉又白，

大姑娘房里绣鸳鸯。
二月里迎春花儿头上戴，
花香勾动了探花郎。
三月里桃红映粉腮，
情哥哥他夸我比那鲜花香。
四月里蔷薇倚墙开，
夜半明月照呀照上床。
五月里石榴——

〔儿子长白、女儿长安围着小刘上。

长　白
长　安　娘，爹回来了。

曹七巧　回来啦？

小　刘　欸。今儿个药铺里可真忙。

曹七巧　想是这儿日天转凉了，病着的人多了。我给你沏杯茶。

小　刘　别忙，先坐着。坐着嘛。让你看样东西。

〔突然长安扯了长白的辫子。

长　白　你做什么！

长　安　（躲到曹七巧身后）娘，哥凶我。

曹七巧　欸，不懂事，就一个妹妹还欺负她。

长　白　是她扯我辫子。

曹七巧　你这女娃儿可真调皮。知道哥哥讨厌人家扯他辫子，还老扯。绿豆汤没你的份儿了。

长　安　哥……

长　白　（替长安辩说）扯个儿下也没什么……

小　刘　好了好了，娘是说笑呢。

〔长安、长白看看曹七巧。

曹七巧　（微笑点点头）外头玩去。乖。

〔长安、长白下。

小　刘　（取出玫瑰香粉）喜欢么？

曹七巧　（打开，闻）是玫瑰香粉。你花这钱做什么呢？

小　刘　别担心，花不了多少钱的，七巧。

曹七巧 （一惊）你唤我什么？

小　刘 你的名字啊。

曹七巧 我的名字？

小　刘 （站起来走到曹七巧面前）是呀，你的名字“七巧”呀。

曹七巧 （神色惶惶）七巧？我是七巧？我是……曹七巧……

〔曹七巧发现自己是谁后，灯光微暗，呈现梦境氛围。

〔小刘下。

〔舞台空间分为A区起居厅、B区曹七巧房间、C区佛堂。

〔灯亮。B区：曹七巧房间。

曹七巧 （低头，在朦胧中，唱【散板】）

如梦似幻心朦胧，

分不清昨夜星辰今夜风。

影影绰绰……

（抬头、渐清醒，接唱）

人走动——

龙　旺 （躬身轻声低唤）二奶奶、二奶奶。二奶奶怎么在椅子上打起盹儿来了。

曹七巧 你……（一时之间认不出）

龙　旺 我是龙旺啊。

曹七巧 （摸摸脸颊，刚醒来发觉脸上冷冰冰，接唱）

没来由，一滴清泪，冷如冰。

这年头下人都没规矩了么？再怎么说好歹我也是个二奶奶，这房内由得你来去么？

龙　旺 是、是。二奶奶房门没关，是二爷让我来取佛珠。

曹七巧 吃什么斋念什么佛啊。活着镇日地造孽，死后还想上西天不成？你床头找找去。（沉默片刻）慢着，这床我还睡呢。（到床头取过佛珠交给龙旺）

〔龙旺下。

〔曹大年夫妻来姜家拜访。

〔丫环小双抱着女婴长安，引曹七巧的嫂子上。

〔C区：佛堂。

〔龙福、龙旺抬着坐在椅子上的二爷背对观众，后引曹大年上。

〔B区：曹七巧房间。

小　双　二奶奶，舅夫人来了。

〔C区：佛堂。

龙　旺　二爷，舅老爷来了。

曹大年　恭喜二爷，生了个女儿，这儿女上的福您可是齐了。福气，真是好福气！

〔B区：曹七巧房间。

曹七巧　（漫不经心从小双手上抱过孩子）嫂子来啦。

嫂　子　女娃儿取名了么？

曹七巧　（看着孩子）长安，姜长安。（对小双）长白呢？

小　双　在外头玩着呢。

曹七巧　去看着他些，天气变了别叫他着凉。

小　双　是。

曹七巧　哥呢？该是没脸来见我了吧？

嫂　子　你哥在楼下跟二爷说话呢。

曹七巧　天杀的骨痨，你瞧见他那样子了么？还有脸来见我？

嫂　子　姑娘轻点声。嫂子对不起你，由得你万般说，可你哥听见了，免不了又恼羞成怒。好容易来这么一趟，闹得不愉快，回去后姑娘想起又伤心。

曹七巧　他恼羞成怒，也不过拍拍屁股走人。我呢？除了往阎王爷那儿，我能往哪里去？

〔C区：佛堂。

曹大年　多谢二爷疼爱我们七巧，我这就上楼看看她。（鞠躬数次，走）

〔龙旺拿出木鱼等念佛工具，让二爷念经。

〔叮叮声不时夹杂在适当的对话中。

〔B区：曹七巧房间。

嫂　子　房门没关，外头下人走动着呢……姑娘受的委屈，嫂子知道……你对曹家的好，我们也都记在心底。

曹七巧　看看我过的是什么样的日子？当初，只恨当初你们骗了我，做兄嫂的心肠竟比媒人的嘴还缺德。

〔小双引曹大年来到曹七巧房中，曹大年在门外都听见了。

小　双　二奶奶，舅老爷来了。

曹大年　缺德？你也不看看这吃的、穿的、住的，以往比得了吗？若不是有我这缺德的哥哥，你有这福气吗？

曹七巧　钱还没到我手里，我就先给这福气闷死了。

曹大年　闷死也是你自个儿求来的！

嫂　子　大年你就少说两句。

曹大年　她怎么不少说两句？还当我乐意大老远的来给她糟蹋？

曹七巧　我就乐意给那软骨病的瞎子糟蹋吗？当初还骗我……骗我说相貌斯文，只是眼睛有些儿不方便——

曹大年　话是媒婆说的，可不是我曹大年说的。满街小伙子都想娶你，你怎么就自个儿拣了个“眼睛有些儿不方便”的姜家二少爷？对门中药铺的小刘不也托人来提亲？我见你是喜欢他，只要你点头，我们苦些又何妨。喏，这姜家的花轿也是你姑娘一步一步踏上去的，我押着你上吗？贪图钱财的，难道就只我一人吗？

嫂　子　（着急地掩门）好了好了，自家妹子为咱们受的苦，你没见着吗？在家的时候老叨念着，到了这儿怎就不能让她吐吐苦水、骂上几句？整座宅院，姑娘能说真心话的人，还不就我们这两个偶尔来看看她的哥哥嫂嫂？

曹七巧　嫂子……

〔窗外传来的马嘶声打断了曹七巧的话，曹七巧在听着。

龙　福　（对着后台）三少爷回来了，快给三少爷牵马。（下）

嫂　子　七巧……（握住曹七巧的手，唤回曹七巧注意力）原谅嫂子吧。

（见曹七巧不说话）大年，你也说几句话吧。

曹大年 （看到曹七巧的神情，态度软化）七巧，你受委屈了。

〔曹七巧低头不语，轻轻推开嫂子的手，走到柜子边，从柜子中取出几样首饰、布匹。

曹七巧 这些个东西，带回去给春熹侄儿。

嫂　子 这么贵重……

曹七巧 收下吧。没能多给，给多了人家会说话。拿我这身子换来的，也就只有这些了。

曹大年 （又被曹七巧激怒）说得好似我们逼你卖身——

嫂　子 你有完没完？

曹七巧 可不是么？

曹大年 若真图这几个钱，早将你卖给二少爷当姨太太，省了嫁妆还多拿些银子。

曹七巧 你算盘打得可精，不图那几个姨太太卖身钱，可图的是细水长流，将来家产还不都到我手里？到我手里，你不也想着分杯羹？

曹大年 要摆奶奶架子，也等家产到你手里再摆。

〔嫂子拉拉曹大年。

曹大年 （沉一沉气）七巧，劝你一句，别跟我们怄气，将来你能靠的也就是我们娘家这些人。

曹七巧 靠你？谁知道会不会让你吃了？我卧针床上刀山搏来的家产，你倒是捡现成的。

曹大年 咱们回去了，懒得跟她再说。

嫂　子 你闹什么脾气……

曹七巧 走啊，都走啊，要走你们都走啊。我不想再见着你们，往后也别来了。

曹大年 不来就不来，你别求我们来。

曹七巧 我没钱的时候不求你们来，有了钱更不求。

嫂　子 姑娘……

曹大年 走了！

曹七巧 走啊，都走得远远的，别再来烦我了。

〔曹大年、嫂子下。

〔窗外又传来声音，曹七巧贴到窗边看。

龙　福　（对着后台）三爷，您刚回来又要出去啊。天就要晚了，老太太叨念着几天没见着您呢。

〔三爷幕后："少啰唆，备车。"龙福下。

曹七巧　（叹了口气，低声轻唤）三爷……季泽……

〔A区：起居厅。

〔起居厅摆了一张桌子，可供打麻将、剥核桃。

〔大奶奶、榴喜、小双、云妹妹上。

大奶奶　小双，昨晚是谁来了？二爷房里闹嚷嚷的？

小　双　回大奶奶，是二奶奶那儿的舅老爷来了。

云妹妹　拎着几包出去的。都说女儿贼，咱这儿倒出了个媳妇贼。

大奶奶　（笑）你这丫头。

〔曹七巧上。

曹七巧　大伙儿都齐啦。今儿想必我又晚了！都给老太太请过安了吧？谁给说句公道话呀，我可是摸着黑梳的头！谁教我的窗户冲着后院子呢？单单就派了那么间房给我，横竖我们那位眼看是活不长的，我们净等着做孤儿寡妇了——不欺负我们，欺负谁？

大奶奶　（讽刺曹七巧抽鸦片）谁晓得你摸着黑是梳头，还是什么……

曹七巧　不是梳头，还能是什么？（走近大奶奶）哟，大奶奶，瞧你，才梳好的头，怎么又乱了？原来大爷今儿个在家，没出门呀？

大奶奶　你胡说个什么？云妹妹在呢。当心老太太听见了。

曹七巧　我知道你们一个个都是清门净户的小姐，你倒跟我换一换试试，只怕你一晚上也过不惯。

大奶奶　（避开曹七巧自言自语似的）满口胡说八道。

曹七巧　（拉着云妹妹的头发）你哥呢？

大奶奶　二爷除了在床上，还能上哪儿？

曹七巧　（不理会大奶奶）云妹妹，你哥呢？

云妹妹　（拨开曹七巧的手）我哪里知道，我是他妹妹，又不是他媳妇儿。

大奶奶　三爷要是在，咱四个凑上一桌。

曹七巧　想是又出去玩了。爷儿们自在多了，想怎么着就怎么着。

〔大爷上。

大　爷　往后他可没那么自在了。老太太说了总是这么玩也不是办法，要给他娶亲，定定性。

大奶奶　哟，凑出一桌了。（转身准备上麻将桌）

云妹妹　这不成了三娘教子？

大奶奶　谁说的，咱大爷是一夫当关。

曹七巧　（喃喃自语）季泽要娶亲了……（问大爷）姑娘家都找好了么？

大　爷　（不大搭理曹七巧，整整袖口，不看着她说）找了两三家，相貌、家世相差无多，就等老太太看过，满意了再让三弟挑。又是几天没回来了？

大奶奶　听龙福说回来过，又出去了。没给咱们碰着。

（曹七巧欲出）

大奶奶　二奶奶。不是说好了么，还上哪儿？

云妹妹　二嫂怕输钱，想逃。

曹七巧　我是心疼榴喜小双呀，云妹妹赢了倒好，输了哎哟，这些个丫环可就倒霉了。

大奶奶　（笑）她们要你多事？没银子去跟二爷要呀，二爷开销小，又疼你，不会舍不得一点银子的。

曹七巧　提起这事，得跟大哥商量商量。二爷您是看见的，除了念佛没什么消遣，可他终归是您一母同胞的兄弟，每个月的份例银子不好只与我们女眷同份。

大　爷　照你怎么说？

曹七巧　少说也与爷儿们一样。

大　爷　你去对老太太说。老太太同意了，我这儿自然给你。

曹七巧　老太太都说了，家里的日常开支让大哥打理。

大　爷　份例银子我可不敢擅自做主。你问了老太太去吧。

〔曹七巧离开起居厅。

大奶奶　真跟老太太说去啦？

大　爷　我谅她没那个胆。

〔C区：佛堂。

曹七巧 有银子没有?

二　爷 你自个儿那份呢?

曹七巧 输了。

二　爷 好要钱也不掂量掂量自个儿的底。

曹七巧 你给不给?（见二爷拉住她的手，甩开）放开。

二　爷 我凭什么给你银子?（又拉住曹七巧的手，捏着手臂往上捏到肩头）

〔曹七巧咬着牙任他捏着。

二　爷 （确定曹七巧没甩开他）龙旺。

龙　旺 二爷。

二　爷 取些银子给二奶奶。

龙　旺 是。

〔A区：起居厅。

〔麻将桌摆好，众人上桌。

众　人 （唱）东西南北条筒万，
杠上开花好机缘。
清一色，能几回，
四喜三元难上难。
盱衡全局心盘算，
决胜千里一瞬间。

〔三爷上。

三　爷 （唱）笑你们枉费心思空盘算，
方城之内全凭机缘。
运势顺，自摸一张遂人愿，
一条苍龙直上青天。
手气背，盼不到“东风”送春暖，
枉听得爆竹一声，空羡他人过新年——
（穿插牌桌上，喊）放炮!（接唱）
且看我，逍遥自在闲过遣，
快意潇洒在人间。
（走进起居厅，站在牌桌四周看牌）二嫂牌不错嘛。

大　爷　野到哪儿去了？又是天亮才回来。给老太太请过安没有？你是怎么着，该你二哥玩的份，他玩不得你替他玩了是吧？

三　爷　（不语）有核桃呀？（抓一颗吃）

〔大爷离开牌桌，众人暂停打牌。

大　爷　拿来。

三　爷　什么呀？

大　爷　账房里支的银子。若不是为了几个钱，这个家你是一刻也待不住。

三　爷　我用的是我份上的银子，大哥未免管得太多。

大　爷　单就这个月你花了多少？心里有个数没有？三弟，钱不能这样花。

三　爷　（笑）花钱还要大哥教我？（又抓一颗吃）

大　爷　你……

〔榴喜上。

榴　喜　大爷，老太太找您。

大　爷　败家子，败家子。（下）

三　爷　这核桃挺香的。

大奶奶　这是云妹妹的孝心，老太太昨儿说想吃糖核桃，不叫下人做，嫌手脏。

〔三爷又抓了一把。

曹七巧　手下留情，人家剥了一上午，尽孝敬你了。

三　爷　吃几个核桃，二嫂就舍不得啦。

曹七巧　（双手搭在云妹妹肩膀上）我是舍不得你妹妹。你想吃，二嫂给你剥吧。

云妹妹　（拨开曹七巧的手）二嫂剥给二哥吃就行了。

大奶奶　二奶奶嫁过来多少年了，云妹妹不喜欢人家碰她嘛。

曹七巧　（带着阴沉的笑）将来出阁了，碰不碰可就由不得云妹妹了。

大奶奶　当着爷的面，说这话!

曹七巧　有什么怕人听的。

三　爷　我替大哥玩几把。（坐下打牌）

大奶奶　（唱）一个是牌出如风多果断，

云妹妹　（唱）一个是深思熟虑细算盘。

曹七巧　（唱）他那里虚晃一招斗心眼，

三　爷　（唱）我这里以退为进迂回盘旋。

（又去盆里抓核桃）

曹七巧　（打了三爷的手背）摸了牌还抓这？

三　爷　要不二嫂抓一把，往我嘴里扔。

曹七巧　（羞）我手就不脏么？没个正经的你。跟二嫂开这样的玩笑？

云妹妹　是要吃核桃还是要玩牌呀？

众　人　（洗牌，唱）

哗啦啦哗啦啦，搓磨盘旋海底搅波澜，

曹七巧　（唱）桌面之下也起波澜，我心怦然。

偷眼看，他手挥目送任流转，

谁知他，鞋尖儿悄悄将我的金莲勾缠。

他谈笑如常人面前，

我细嚼滋味心自甜。

猜不透揣不破个中情原——

大奶奶　（手指敲一敲桌子）该你啦，恍神啦。

曹七巧　（接唱）放大了胆儿紧跟缠。

大奶奶　（唱）斜睨偷觑终何用，

一方围城门禁严。

云妹妹　（唱）各人心事各自知，

各人命运各凭指尖。

曹七巧　（唱）伸出了“奶油桂花腕”，

扯不出一张张顺风帆。

众　人　（唱）搬风移位手气转，（互换位置）

换庄做主运势翻。

牌局如戏多变幻，

攻防探测也枉然。

福至心灵谁不盼，

天人妙机玄又玄。

三　爷　（输了仍一派轻松，站起来）妹子，今儿你这刀可真利。

云妹妹　磨了一夜就等着这么一天。

三　爷　“上诉”（打牌术语）。

云妹妹 怕你啊。

〔曹七巧转身离开。

云妹妹 二嫂不玩啦？

曹七巧 该伺候二爷吃药了。

云妹妹 二哥吃完药，二嫂再下来玩嘛。难得三哥在家。

曹七巧 安姐儿还要哄呢。

云妹妹 好嘛，就让你先赊着，成不成？

曹七巧 （酸）哼，我们乡下人老实，没那坏习惯。各位大小姐的牌局，我玩不起。慢慢玩吧。

云妹妹 （瞪一眼曹七巧）真扫兴！（下）

〔曹七巧离开，三爷跟着出去。

〔C区：佛堂。

三　爷 二嫂。

曹七巧 （酸）又要出去逍遥啦？

三　爷 二嫂想我留在家里？

曹七巧 ……（软化）你说话总没句真。

三　爷 二嫂想听真话么？

曹七巧 别老上那种地方，留在家里不好么？季泽——

三　爷 七巧。

曹七巧 别瞎胡闹。

三　爷 怎么，就你喊得我名字，我喊不得你么？我偏要喊：七巧、七巧。

〔曹七巧别过身去，三爷又跟了过去地喊。

〔曹七巧猛地转身，与三爷凝望，手忍不住地搭上了三爷的臂膀。

曹七巧 季泽……

〔A区：起居厅。

〔大爷上。

大　爷 这浑小子又上哪儿了？

大奶奶 才出去的。我找找去。（下）

〔C区：佛堂。

三　爷　（摸着曹七巧的耳坠子）这凤纹耳坠子七巧戴起来真好看。

〔大奶奶上。

大奶奶　三弟在这儿啊。

三　爷　大嫂你瞧，二嫂这耳坠子的做工多巧。

大奶奶　三弟好兴致，女人家的玩意儿也瞧得清清楚楚。你大哥找你。

三　爷　（轻声对曹七巧）这个家就是人太多，连好好说句话都不成。

〔大奶奶、三爷、曹七巧一同入起居厅。

〔A区：起居厅。

大　爷　把姑娘的八字帖拿给他。

大奶奶　恭喜三弟，老太太给你娶亲呢。三个姑娘一样好，挑个中意的吧。

三　爷　（把八字帖放在桌上）一样好，那大嫂挑吧。

大奶奶　（微笑）胡来。

三　爷　二嫂挑吧。

曹七巧　这一个，如何？（看着三爷，随手拣了张八字帖）

大　爷　连终身大事你也胡闹？

三　爷　谁说我胡闹？我就要这一个，二嫂拣的一定是好的。

大　爷　姜季泽！

大奶奶　好了好了，别跟三弟怄气，就这一个，回了老太太吧。

〔大爷下。

大奶奶　（对曹七巧）你也真是的，三弟胡来，做嫂子的也跟着他起哄。（下）

三　爷　把大哥、大嫂气走了。

曹七巧　气走得好。这么大个家，想清净清净都不容易。说什么话、做什么事，老有那么个人听着、看着。非得压着声音说，可都压着声音说了，还能有话让人听了去。

三　爷　二嫂想清净，那我可打扰了。

曹七巧　不打扰——平日清净得烦了，你二哥话不多，闷在房里一整日，除了要茶要水没个声响。也亏得没声响，他说话的声音就那么两种，不是像僵尸开口，就是没来由地发火。

三　爷　（沉默片刻）别这样说他。多少也顾忌着我是他兄弟。

曹七巧 多少顾忌着你是他兄弟……我顾忌得还不够多么？这个家有谁顾忌过我的感受？（停顿、哽咽）有谁可怜过我？

三　爷 ……我让小双给你倒杯茶。缓缓气。（看了看她，转身走了）

〔曹七巧才要对三爷说些真心话、诉诉苦，便发现三爷走了，随手折了一朵花，见不得花好似的，一片片地扯下花瓣。

第二幕

〔婚礼场景虚实交错。

〔A区：曹七巧房间。B区：三爷房间。

〔花轿喜乐声。下人们布置家里，准备三爷的婚礼。

〔大爷、大奶奶、云妹妹上。龙旺背二爷上。二爷依旧背对观众。

〔众宾客上，互道恭喜。

〔大奶奶发现曹七巧没在喜宴上。

大奶奶 二奶奶呢？

小　双 在房里歇着呢，身子有些不舒服。

大奶奶 三爷的婚礼连二爷都出来了，她歇息什么。

〔A区：曹七巧房间。

（光线昏暗。曹七巧上。在昏暗房中，她慢步地来回走动。时而坐倚床畔，时而起身。墙壁上的镜子，随风晃动。

曹七巧 （唱【南梆子】）

出嫁日对镜时凄风一阵，
镜闪烁影摇曳光景缤纷。
忽而是姜家堂碧楼朱栊，
帘帷动又似药铺清暗幽沉。

〔曹七巧的回忆。

〔嫂子上。

嫂　子 嫂子跟你说件好事。姜家托人说媒来了，不做姨太太，做的是正房奶奶。

曹七巧 姜家……下午外婆来了，对门中药铺小刘托外婆来提亲。（走到

镜子前）

〔此时，三爷、三奶奶各从左右舞台分出。三奶奶盖了头巾的。两人分立左右舞台侧。与曹七巧形成等腰三角形。

〔以下的唱段，前两句还是对着镜子，第三句开始，曹七巧取出一条红色手绢，缓缓地将红色手绢盖在头上，坐着，像个新娘，假装她是今晚的新娘。舞台上有两个盖红头巾的新娘。

曹七巧 （唱）看朱门与小户重影叠映，
波搅深潭乱纷纷。
亲手儿扶镜框红巾盖定，
镜中人红晕晕光耀一身。
我心中原也是清明如镜，
半由运命半是自身。
回首怅望来时路——

〔男声："一拜天地，二拜高堂，夫妻交拜……"三爷夫妻拜堂。

〔曹七巧幻想自己一个人跟三爷拜堂。

〔这过程中，龙旺背着二爷上。

〔男声："送入洞房。"

龙　旺 二爷当心，要进门咧。

〔灯大亮。曹七巧赶忙扯下红手绢握在手里。

曹七巧 （接唱）无限幽愤怨难伸。
（愣着，心中升起一阵怒气与辛酸，背过身去）

〔龙旺把二爷横放在床上，替他盖好棉被。

曹七巧 （哑着嗓子，再也不能忍受看见这景象）出去……出去。

〔曹七巧望着床上的二爷，拿着红手绢在他眼前挥了挥，坐在床边。嫂子也跟着坐下，二爷就横在她们后面。

〔接续方才的回忆。

嫂　子 小刘？哎哟，我的好姑娘，嫂子不逼你，可你得用心眼儿挑哪！

你瞧瞧（拉她到镜子前）这样一张标致的小脸，穿上金丝银线绣出来的衣服，多好看哪！（拉起她的手）皮肤白得，要是有只翡翠镯子，准能搭得上。

曹七巧 （对着镜中的自己）说了是相貌斯文么？

嫂　子 是是是，只是眼睛有些儿不方便。你好好想想哪！这，可是一辈子的事。（下）

曹七巧 一辈子的事……（唱）

一生不曾富贵享，
粗茶淡饭度日长。
偶见丽人锦绣裳，
恨将补丁自掩藏。
金丝银线做嫁裳，
珠翠美玉耳鬓旁。

二　爷 茶！茶、茶来！听见没有？

〔曹七巧从美梦中被惊醒似的。

曹七巧 （唱）目虽盲总以为斯文模样，
却怎生怒火修罗性暴狂。

（哽咽，逐渐转到暴躁的口吻）我是你下人吗？尽会使唤人。动不动就发脾气，要茶难道不能好好说吗？（将茶倒好递到他手里）

〔众人推着三爷，从门口经过。曹七巧听见声音贴近门边。

众　人 走啰走啰，闹洞房啰。三少爷，今儿个可别想我们简简单单就放过你。

二　爷 你过来。过来。

〔曹七巧不甘愿地走过去，二爷拉住她。

曹七巧 （推开二爷）干什么，动手动脚的。

二　爷 你上哪儿去？

曹七巧 你哪儿都不能去，我还能上哪儿去？

二　爷 过来。

〔众人簇拥着三爷下。

二　爷 （看曹七巧叫不来）你别来跟我讨银子。

〔B区：三爷房间。

〔三爷牵三奶奶上。三奶奶坐着。

〔曹七巧走到三爷房间，摸着三奶奶的盖头、肩头。介入两人婚姻似的，这是曹七巧的幻境。

曹七巧 希望咱们这个三奶奶温柔贤淑，得了三爷疼爱。

三　爷 三奶奶得三爷疼爱，二奶奶呢？

曹七巧 二奶奶只求日子好过些。二奶奶跟了二爷，还指望什么？除了叫日子好过些，还能指望什么？

〔大奶奶、云妹妹上，一左一右对着盖着盖头的三奶奶说小话。这段可以视作曹七巧的假想，也可以当作用虚拟手法预告的未来真实。

云妹妹 二奶奶原来是卖麻油的。

大奶奶 二奶奶抽这个呢。（比画）

云妹妹 二奶奶嘴又碎又敞，牢骚满腹，什么不得体的话都说得出来。三奶奶当心了。

大奶奶 二爷那身子，抽点儿日子好过些。二奶奶没病又没痛，一个年纪轻轻的妇道人家，是有什么了不得的心事，非得抽这个解闷？

〔三爷一开口喊曹七巧，大奶奶、云妹妹下。

三　爷 二嫂……别老是这样。你知道我的，轻得跟什么似的，哪里受得住这些话语？

曹七巧 我知道你。我知道。怎么不知道呢。你能这样偶尔陪我说说话，我便开心了，再回到房里见着你二哥，也不那么难受……

〔三爷抽离对话，回到原来准备揭盖头的动作。

〔曹七巧走到三奶奶身后，手臂环绕着三奶奶的颈子。

曹七巧 三爷……季泽……（唱）

到如今三拜天地嫁娶定，

曹七巧一点情丝未断根——

〔曹七巧拨弄三奶奶的衣领扣子，三爷伸手解开三奶奶的衣领扣子，两人手握在一起。

曹七巧 （接唱）哪怕你，一颗心，与她相印，

也要你留与我半点真情。

留与我挨长梦，

留与我度寒风；

缺月犹能将路映，

半生只问你一点真。

（耳语）三奶奶，你可得留住他。你可得长长久久地留住他。

〔曹七巧离开三奶奶身后，三爷与三奶奶相偎，曹七巧看着。

〔三爷离开三奶奶后，准备出去，曹七巧叫住他。

曹七巧 季泽，又要出去了？把新娘子一个人撇在家里你舍得？

三　爷 外头逛逛。大哥啰里啰唆的，听了烦透了。

曹七巧 大哥也是为你好，让你别出去胡闹。

三　爷 为我好？这一家子从大哥大嫂起，齐了心管教我，无非是怕我花了公账上的钱罢了。

曹七巧 我保不定别人不安着这个心，我可不那么想。你就是闹了亏空，押了房子卖了田，我若皱一皱眉头，也不是你二嫂了。谁叫咱们是骨肉至亲呢？我不过是要你当心你的身子。

三　爷 我的身子，要二嫂操心？

曹七巧 （脸色转变）一个人，身子第一要紧。你瞧你二哥弄得那样儿，还成个人么？还能拿他当个人看？

三　爷 二哥比不得我，他一下地就是那样儿，并不是自己作践的。

曹七巧 你去挨着你二哥坐坐！你去挨着你二哥坐坐！你碰过他的身子没有？是软的、重的，就像人的脚有时发了麻，摸上去那感觉……

三　爷 （蹲下捏曹七巧的脚）倒要瞧瞧你的脚现在麻不麻。

〔曹七巧也蹲下，手搭上了三爷的臂膀，四目凝视。

曹七巧 你没挨着他的身子，你不知道没病的身子是多好的……多好的……

三　爷 有人来了。

曹七巧 （头也不回看着三爷）你怕什么？且不提你在外头怎样荒唐，单只在这屋里……老娘眼睛是揉不下沙子去。别说我是你嫂子了，就是我是你奶妈，只怕你也不在乎。

三　爷 我原是个随随便便的人，哪禁得你挑眼儿？

曹七巧 我就不懂，我有什么地方不如人？我有什么地方不好？

三　爷 好嫂子，你有什么不好？

曹七巧 难不成我跟了个残废的人，就过上了残废的气，沾都沾不得？

三　爷 （唱）只见她艳如彩蝶，迎秋风，

哪个男儿不动情。

一阵恍惚心不稳——

（拥曹七巧入怀中）真有人来了。

曹七巧 我不怕，反正就这命一条，要就拿去。

三　爷 （接唱）她不畏流言我反惧她三分。

野草闲花随处有，

何苦招惹自家人。

我不能对不住我二哥。

曹七巧 你就能对不住我？

三　爷 二嫂，小弟有什么地方对不住您？说了出来，小弟给您赔礼。

〔曹七巧说不出来。三爷下。

〔A区：曹七巧房间。

〔二爷已经坐在床上，敲木鱼、手拿佛珠念佛。

曹七巧 钱都让三弟花光了，你知不知道？成天的叫我们省省省，省下来让他去花个痛快！我就不服气！份例银子的事大哥明摆着坑你。可没有老太太的意思，大哥他敢么？没有老太太宠着，三弟他敢么？怎么，就你大哥、三弟是儿子，你不是吗？（见二爷继续念佛不理她，越愤怒）你成天念佛有什么用？菩萨显灵了么？怎么你还是个瘫子？

二　爷 一身病残，原是前世果报。

曹七巧 你一身病残是前世果报，我呢？我前世造了什么孽？嫁给你这一身病残？

〔二爷本想发怒，但继续念佛。

〔曹七巧抓起他的念佛工具，往地上摔。

二　爷　你做什么？

曹七巧　菩萨不会显灵，你瞧见了么？你是个瞎子，你瞧不见。我告诉你，菩萨不会显灵。

二　爷　你……快捡起来，你会遭天谴的。

曹七巧　哼，我倒要看看会不会遭天谴。（拿起佛珠，用剪刀一颗颗剪破）

二　爷　你做什么?!

曹七巧　（冷笑）你是个瞎子，不是聋子，听不出来么？要不要吃核桃？没椒盐你吃不吃？（把剩下的半串佛珠扔在地上）

〔以下是曹七巧的唱段，二爷趴在地上捡佛珠，捡到差不多了。

〔灯渐暗。

曹七巧　（唱）我只道玉枕锦被任享用，
却原来满手金银用不成。
我只道春风能拂千仞雪，
到头来眼前之人不得亲。
此身早是无所望，
只待他一丝残喘灯灭熄。
此身早是无所有，
唯有这黄金枷锁重沉沉。

〔小双拿着一件白斗篷、一朵白花上，帮曹七巧装扮。

〔女声合唱：
“日出将月强吞咽，
月色复夺日光鲜。
日月相侵流年换——”

小　双　二奶奶。老太太与二爷的法事准备好了，亲戚都到了，就等着您呢。

〔女声合唱：
“死生老病、人世轮回走一番。”

曹七巧　（摸头上的白花）十年了，只等他咽下这口气，竟等了十年。

〔分家的公亲坐在最后面，公亲每人手中拿着一本清单。

〔大爷、三爷混在公亲当中。这些分家清单的描述，由小声渐渐大声，随着声音加大，曹七巧神情由前面的情绪转入仔细聆听，可随时中断清单的朗读。

公　亲　土地，直隶宣化十八亩八分，归姜伯泽。土地，直隶正定十五亩二分，归姜曹氏。土地，江苏六安十六亩七分，归姜季泽。房屋，山东青岛三层楼房，归姜伯泽。房屋，安徽池州二层楼房，归姜曹氏。房屋，直隶天津三层楼房，归姜季泽……

曹七巧　不能这么分哪！天地良心，这么个分法，连尸骨未寒的老太太都得要替我们抱不平。我们二房在房产与地产上都吃了亏，这我也认了。你们说得是，我一个妇道人家懂什么经营、懂什么生财之道。可老太太留下的首饰，不能这么分哪！

公　亲　依二奶奶看，该怎么分？

曹七巧　三爷的亏空到了公账的份上了，看在兄弟一场，大房二房也不好说什么，去了就去了。可这首饰，若是均分三份，咱们二房可不就吃大亏了？

大　爷　你别欺人太甚了。老太太留下的一点纪念，你也要贪？说吃亏，咱们大房就没吃亏么？

曹七巧　我这是贪吗？我贪的什么啊？二房比不得大房，我们死去的那一个病病哼哼一辈子，可有过一文半文进账？丢下我们孤儿寡妇，就指着这两个死钱过活。我是个没脚蟹，长白还小，往后日子可怎么过哟……

〔在曹七巧的抱怨中，三爷站了起来，走到曹七巧旁边，等到她说完最后一句，哗啦一声，将手里的首饰全扔到地上，下。

〔曹七巧一愣。所有公亲包括大爷依次下。

〔幻境，曹大年上。

曹大年　好妹子，你别恼，听哥劝你一句。哥瞧过了，他那样子能有个几年好活？哥知道你委屈，可再委屈也不过三五年。等着他两腿一伸，三五年换上三五十年的好日子，怎么算都划算。

〔幻境。曹大年上。

〔曹七巧缓缓蹲下来，边说边捡首饰。

曹七巧 再委屈不过三五年……哥，你知道么？打进姜家门到如今，有多少年了？多少年的恨、多少年的怒，到今朝也只能有这样的偿还。（捡完首饰，站起来，看着手里的首饰，停顿片刻）老却了如花美眷，又该怎么算呢？（下）

公　亲 紫檀嵌八宝八扇折屏一只，归姜伯泽。剔红云龙纹八扇屏风一只，归姜曹氏。黄花梨寿字龙纹十二扇围屏一只，归姜季泽。紫檀木髹漆彩多宝槅一对，归姜伯泽。红木掐丝珐琅多宝槅柜一对，归姜季泽。剔红海水龙纹香几一对，归姜伯泽。红木束腰扶手椅一对，归姜季泽。苏作榉木玫瑰椅一对，归姜伯泽。榉木攒海棠花围拔步床一张，归姜曹氏……

第三幕

〔分家后客厅。

〔曹七巧与三爷坐在台上，两人喝着茶，不说话。

三　爷 （喝了一口茶）从半年前分家后，就没见过二嫂了。

曹七巧 你来干吗呀？

三　爷 （苦笑，放下茶杯）二嫂……还为着分家那天的事恼我么？

曹七巧 不敢。是您三爷大人大量，不跟我们孤儿寡母计较。

三　爷 你恼着我呢……你恼着我……因为你还想着我。

曹七巧 扯淡。

三　爷 是真是假，你自个儿知道。

曹七巧 你到底来做什么？

三　爷 往常家里人多，要好好说句话都不成，分了家，清净多了。这凤纹耳坠子七巧戴起来真好看。

曹七巧 （唱）前尘旧事回心绕，

过往云烟何曾消。

还道情字已看薄，

眼前之人乱心潮。

三　爷　你知道我为什么跟家里的那个不好，为什么我拼命地在外头玩，把产业都败光了？你知道这都是为了谁？

曹七巧　我不信。

三　爷　我知道你不会信。（沉默片刻）也罢，这么些日子，你没忘了我，我也不求什么了。你保重。（欲走）

曹七巧　（唱）真情假戏怎分晓？

千回百转百转千回、只恨情锁难逃！

〔音乐骤停。走到舞台边的三爷，停下来。

曹七巧　季泽……（看到三爷停下来，沉静了一会儿）你又来逗我。这么些年了，我好容易将你看淡了，你又来……

三　爷　我若是逗着你，就叫菩萨罚我。

曹七巧　人都老了，花一般的年岁都过去了，你还来提这些做什么？

三　爷　我不也老了？家里人多眼杂，让人知道了，我是个男子汉，还不打紧，你可了不得。我不得平白地坑坏了你。都是命里安排下的，非得走到这一步才有我们的日子……

曹七巧　（唱）灯前月下细观瞧，

流年岁华也印在他眉梢。

他也是人已老，

人已老十年了。

岁华悠悠人已老，

依旧是那潇潇洒洒、透着些儿不耐烦的姜家三少。

惫赖滑头又波俏，

七分不羁三分刁。

十年了，闪躲避藏难知晓，

真情细剖在今宵。

真情告，人已老，

人已老，花已凋。

红颜已老花已凋，

悲也无泪喜也带嘲。
灯前对坐如梦杳，
茶香回甘细品嚼。
细品嚼茶也冽冽，
相对坐梦也迢迢。

三　爷（唱）灯影摇摇，
花影飘飘。
云也悄悄，
风也萧萧。
十年岁月在今宵，
今宵相对如梦杳。
路也迢迢，
梦也迢迢。

〔小双上。

小　双　奶奶！

〔三爷听见小双的声音，推开曹七巧。

小　双　跟着三爷来的两个人，闹着说三爷再不出来，他们可就不等了。

曹七巧　（看着三爷，沉默而后再说）什么人？（见三爷不语）跟着你来的是什么人？（见三爷还不语，噙着眼泪，心凉）大哥早说了，若不是为了几个钱，这个家你是一刻也待不住。若不是给要债的逼着……（吸一口气）你哄我——你拿那样的话来哄我——（眼泪还没流下来，情绪逐渐转变成暴怒）你拿我当傻子——

小　双　奶奶，别这样、别这样！

曹七巧　放开我！让我打死他！

三　爷　等白哥儿从学堂回来，叫他替他母亲请个大夫来看看。（下）

小　双　是。

曹七巧　（打小双）你还答应他！你还答应他！滚，都给我滚！

（小双、龙旺、绢儿仓皇逃下。曹七巧扶着椅子，背对一段时间，而后转过身来，像是想起什么似的，飞奔上楼推窗看。

曹七巧（唱）飞奔楼头再看一眼姜家三少，
清风习习襟裾飘，襟裾飘。

一颗真心盼不到，
一点真情早已抛。
一丝丝真意竟也如梦杳，
一生一世谁与我真情换两心交？
红颜始为金银误，
金银红颜终伴老。

〔长白上。

长　白　娘……娘。

曹七巧　（回神）白哥儿，你不会骗娘吧？

长　白　骗娘什么呢？娘方才跟三叔怄气啦？

曹七巧　白哥儿，娘的白哥儿，你答应娘，这辈子绝不骗娘。

长　白　长白绝不骗娘亲。

曹七巧　娘只有你了。娘这辈子只有你一个男人了。娘的钱往后都是你的，你可得紧紧地守着，替娘防着，别让他们姜家骗走。这些钱，白哥儿，你是知道的，是娘半辈子的卖身钱，你可得守紧了。

长　白　娘放心。

曹七巧　安姐儿呢？

长　白　在外头玩呢。

曹七巧　她一个人么？

长　白　还有春熹表哥与我学堂里的学友潘豫临，娘见过的。

曹七巧　潘豫临？他怎么三天两头往咱们家里跑？

长　白　我与他是朋友啊。我不也常往他家里去？

曹七巧　你往他家里去？他家里有妹妹么？

长　白　豫临家只有兄弟，他还夸长安可爱，想有这么个妹妹呢。

曹七巧　你快把长安给我叫进来！

长　白　怎么啦？

曹七巧　你快把长安给我叫进来！还有，以后不许那个潘豫临，也不许你其他的朋友上咱们家。

长　白　这是为何？

曹七巧　拿不准会为了咱们这份家产拐了长安。我绝不允许拿我半辈子换来的钱轻易给人骗了。你快、快把长安给我叫进来。

长　白　好好，娘您坐着歇息，我去、我去。

〔长安、曹春熹一前一后上。一边回头看被赶走的潘豫临，两个人不知发生了什么事。

〔曹春熹突然拉住长安。

曹春熹　安姐儿，等等。脸上沾了泥巴了。（帮长安把泥巴弄干净）

〔曹七巧看了大怒，站起来对曹春熹破口大骂，并且把长安拉到自己身后，长安跌倒。

曹七巧　你放手！我把你这狼心狗肺的东西。我三茶六饭款待你这狼心狗肺的东西，什么地方亏待了你，你欺负我女儿？你那狼心狗肺，你道我揣摩不出么？你别以为你教坏了我女儿，我就不能不捏着鼻子把她许配给你，你好霸占我们的家产。我看你这混蛋，也还想不出这等主意来，敢情是你爹娘把着手儿教的？那两个狼心狗肺忘恩负义的老混蛋！齐了心想我的钱，一计不成，又生一计。

曹春熹　（大怒）我——

曹七巧　你还有脸顶撞我！还不给我快滚，别等我乱棒打出去！

〔曹春熹下。

曹七巧　（手指戳长安头）瞧你那副傻样，怪不得人家想骗你。放精明些，男人有几个是真心的，都是要你的钱。听见没有？

长　安　听见了……（停顿片刻）娘，那春熹表哥往后还能来咱们家么？

曹七巧　气死我了，你长点心眼儿吧。

长　白　长安还小，哪懂得这些，过些年就明白了。

曹七巧　就怕她傻到底。

长　白　娘放心，长安是娘生的女儿，娘不傻，长安会傻么？

〔沉默。曹七巧听见这句话，心中一警，她差点被三爷骗。

曹七巧　安姐儿，娘是为你好，你还不懂外头的人有多坏，娘想照顾你，可娘不能像小时候那样成天地跟在你身后。你又是一双大脚，哪儿不能去？依你的年岁裹脚是嫌晚了些，马上给你裹起来，倒也来得及。

长　安　我不要。

曹七巧 由不得你。

长　安 哥……

长　白 外头不时兴这个了。就别叫长安白吃苦。

小　双 是啊，奶奶，如今小脚不时兴了，只怕将来给姐儿定亲的时候麻烦。

曹七巧 没的扯淡！我不愁我的女儿没人要。真没人要，养活她一辈子，我也还养得起。小双、白哥儿，押着她。（唱）

九尺素帛掌中转，

手握足尖紧紧缠。

提气屏息使劲扳，

长　安 （接唱）魂魄飞出离恨天。

娘！

小　双 奶奶，放了安姐儿吧！

曹七巧 （唱）一声娘亲娘心软，

头晕目眩十指瘫。

手中素帛暂松缓，

搂儿在胸前听娘儿句肺腑言。

儿不知世道多艰险，

儿不知人心多狠贪。

为娘我一生无所有，

只能够紧守我儿免受欺瞒。

张开翅羽将儿揽，

要教儿寸步不离娘身边。

九尺素帛再紧转——

〔长安欲推开曹七巧站起来逃走，却不小心扯下曹七巧的耳环。

曹七巧 （接唱）鲜血淋漓满手沾。

钻心痛楚五内翻转——

小　双 奶奶的耳坠子给安姐儿扯下来了。奶奶，别缠了。

曹七巧 （接唱）凤纹耳坠将血肉牵。

一霎时他温存谎言起自耳畔，

我一身恨骨恨连天。

岂能教小娇儿任人瞒骗——

长　安　（接唱）怒火修罗在眼前！

问天我将何错犯？

如此遭际何以堪？

问天我将何错犯？

亲娘要我一生残？

钻心痛激起我满腔恨怨——

曹七巧　（唱）怒火修罗在眼前！

一见儿双眼我浑身颤，

好似他父魂归还。

咬紧牙关再紧转，

要叫你足似弓月步步难。

〔长白倒退两三步准备溜走。

曹七巧　白哥儿，你上哪儿去？

长　白　（逃避似的）我、我上戏园子听戏去。

第四幕

〔舞台空间主要是客厅，分出袁芝寿房间。

〔小双替坐着的长安放脚。

小　双　（充满同情、难过的口吻）谁见过姑娘都十来岁了还给绑脚的？（鼻头一酸）绑了你两年，见你不大出门了才肯放。放归放了，可这脚……没能像从前那样了。

〔长安表情木然、沉默。

〔曹七巧怒气冲冲上，龙旺跟上。

曹七巧　小双，龙旺说这几日白哥儿夜里都让三爷用黄包车载出去，有这事儿没有？

小　双　这……（点点头）

曹七巧　你早知道了。好哇，你早知道了还帮着他瞒我。

小　双　不是的，奶奶，我是怕您操心——

曹七巧　呸，我看你是怕将来白哥儿当家赶了你出去。再敢瞒我，不等他当家，我现下就赶你出去。这人太可恨了，带着我的白哥儿逛窑子，怪不得连学堂都不去了，养个儿子又不是十不全，偏偏就不给我争口气……长安，你想不想读书、上学堂？

长　安　（漠然地）娘让我去我就去。

曹七巧　那好。姜家各房的女孩儿都上女学堂去了，你得给娘争气，好好读给人家瞧。白哥儿还年轻，别让他玩上瘾了……给他娶亲，对，给他娶房媳妇儿，别让他到外头去野。

小　双　这法子有用么？

曹七巧　有了媳妇儿他还上窑子做什么？

小　双　三爷姨太太都娶了几个了，还不是……

曹七巧　呸呸呸，别咒我白哥儿。（片刻停顿）若是姑娘留不住他，我还能有留他的。

〔众人下。

〔奏起婚、丧杂混的音乐，长白与袁芝寿穿礼服左右分上，拜堂之时的背景唱段是以下【四平调】。

〔幕内声："一拜天地！二拜高堂！夫妻交拜，送入洞房！"四句话夹在这段唱当中。

〔曹七巧不是端坐着接受礼拜，而是抽烟姿态，仿若没有这场婚礼在眼前。

曹七巧　（唱【四平调】）

淡粉烟蓝雾蒙蒙，
迷离蒸腾气氤氲。
雾蒙蒙气氤氲，
气氤氲雾蒙蒙。
任他是七彩斑斓、光影缤纷，
一样的茫茫迷雾、影朦胧、影朦胧。

〔男声内唱：

"飞扬——"

曹七巧　（唱）坠沉——

〔男声内唱：

"天高——"

曹七巧 （唱）渊深——

〔男声内唱：

“风轻——”

曹七巧 （唱）水重——

〔男声内唱：

“逍遥——”

曹七巧 （唱）羁笼——

飞扬、坠沉、天高、渊深，

风轻、水重、逍遥、羁笼。

任他是七彩斑斓、光影缤纷，

一样的茫茫迷雾、影朦胧、影朦胧。

〔送入洞房之后，长白、袁芝寿欲下。曹七巧从烟榻站起，拉住长白，将他拉至烟榻，袁芝寿独下。曹七巧帮长白解下新郎披的红球，长白任其摆布。

曹七巧 （唱）昏茫中只一点清明炯炯，

是儿的双眸是儿望着娘的眼，犹如那雾里星辰。

儿与娘娘与儿相依紧，

一阵一阵烟雾腾。

任他是飞扬、坠沉，

儿与娘娘与儿不离分。

（用手捧向星辰想摸儿子的脸，却触到烟灯，唱）

却怎生不是儿的眼？

却原来星辰竟然是烟灯。

任他是儿双眼、榻前灯，

娘一点心思清明犹如夜雾星辰，儿要仔细听。

〔曹七巧走下烟榻，走到舞台前中央，用平静的“反【四平调】”回忆——其实是幻想，一段吃鱼的情景。长白依旧在抽鸦片，不需要听到。

〔烟榻处灯渐暗。灯光诡异。长白下。长安上。

曹七巧 （唱【反四平调】）

有一日买得鲜鱼回，
我剔骨挑刺做鱼球。
只望冤家尝一口，
我问他，你要煎要炸要醋熘？
可恨他虚意假应酬，
我真心一片付东流。
剩几尾鲜鱼摔底楼，
任它扎挣肚肠流。
轻移步下楼头朱唇咬碎，
连皮带骨吞下喉。
利刃刺腹肠穿透，
尖刀横插五内钩。
切肤之仇向谁诉求，
如此冤恨怎罢休？

（转身将脸凑近长白，唱）

儿啊儿，娘的儿啊，
儿有娘照应你莫担忧。
备几尾鲜鱼儿尝几口，
要煎要炸要醋熘？

（走回烟榻前）

〔烟榻处灯亮，幻境结束。曹七巧与长安坐在罗汉床上两侧抽鸦片。绢儿上，在旁烧烟泡。小双上。

小　双　安姐儿，安姐儿！

长　安　大呼小叫的做什么？

小　双　外头来了您的朋友。

长　安　朋友？哼，我有什么朋友？

小　双　说是您从前学堂的朋友。几年不见您了，要嫁到外地去，出嫁前想来看看您。

长　安　不见。

小　双　这……

长　安　杵在这儿做什么，还不快去打发她？

〔小双下。

曹七巧 （闭起眼睛）绢儿，给我捏捏膀子。

〔小刘上。到曹七巧身旁捏膀子。小刘是曹七巧的幻觉。绢儿跟长安看不见小刘。

曹七巧 轻点儿，轻点儿！嗯，端杯茶给我！

〔小刘拿起桌上的一杯茶，递给曹七巧。曹七巧睁开眼睛，看到小刘。

曹七巧 我是在哪儿见过你？

小　刘 十来年不见，你把我忘了。

〔曹七巧还在想，小刘走到长安旁边。

小　刘 你的女儿，养得与你越发相似了。

曹七巧 你是对门——

小　刘 （打断）到底想起来了。曹记香油对门中药铺的伙计。

曹七巧 你是小刘。他们都这样喊你。

小　刘 你倒是一回也没喊过我。

曹七巧 我记着你的名字呢，这相貌……真忘了。

小　刘 我请人与你讲过亲的嘛。那时我见你站在香油铺柜上，都是羞答答地往药铺里瞧，还以为你愿意做我的媳妇儿。（看着长安）怎么叫她吃起这玩意儿了？

曹七巧 前些年患上痢疾，没给她请大夫，想着让她抽上几口便行。病好了，也断不了了。（自我说服）也不是什么不好的东西。

小　刘 你哟。做母亲的人哟……

〔小刘下，好像他没来过。长白上。

曹七巧 白哥儿，你来替我装两筒。

长　白 现放着烧烟的，偏要支使我。我手上有蜜是怎么着？

曹七巧 （笑）我把你这不孝的奴才。支使你，是抬举你。（把一只脚搁在长白肩膀上，不住地轻轻踢着他的脖子，低声道）我把你这不孝的奴才，打几时起变得这么不孝了？

长　安 娶了媳妇忘了娘么。

曹七巧 少胡说。我们白哥儿不是那样的人，我也养不出那样的儿子。

（见长白笑）你若还是我从前的白哥儿，今儿替我烧一夜的烟。

长　白　那可难不倒我。

曹七巧　盹着了，看我捶你。

长　白　安姐儿，帮你烧烧？

长　安　不劳您白大少爷，有这丫头就行了。

〔绢儿已经打起瞌睡。

长　安　绢儿？绢儿？这死丫头睡着了。（拿烟管敲床沿）

绢　儿　（醒，吓一跳）小姐，对不住，对不住！

长　安　死丫头还真好睡。要不要我给您烧一筒提提神哪？要是做下人都像你这样，做主子的还买丫头做什么？买个娘伺候伺候算了。

曹七巧　你真有个娘还不伺候。

长　安　去去去，去醒醒脸，我瞧你这副模样就有气。

绢　儿　是。

〔绢儿下。

〔另一区灯光亮。是袁芝寿穿着新娘服坐在洞房内。此刻时间未必是新婚夜，但袁芝寿始终穿新娘服。以下袁芝寿的唱段既长且慢，一边唱一边摘下头上簪饰、解下新娘霞帔。

〔袁芝寿的唱段穿插交错在曹七巧烟榻谈话之间。时间缓缓流逝，不限于一夜。

袁芝寿　（唱【反二黄】）

　　洞房中龙凤烛焰光摇颤——

长　安　欸，芝寿嫂子呢？

长　白　不知道。在房里吧。

曹七巧　芝寿两片嘴唇切切倒有一大碟子，声音又粗得像是吃糠长大似的。想着真怄气，怎么我上了媒人的当，咱白哥儿也中计。别看她傻头傻脑，心思都花在什么地方了看看，见了白哥儿，她就得去上马桶！我说给街坊邻居听，都说真看不出来这样老实的媳妇儿，暗了灯就换了个样。

长　安　（对长白）真格么？

袁芝寿 （接唱）蜡泪红落案台啼血斑斑。

〔长白依旧含笑不语。

曹七巧 白哥儿你说，你媳妇儿好不好？

长　白 这有什么可说的？

曹七巧 没有可批评的，想必是好的了？（见长白笑着不作声）好，也有个怎么个好法呀。

长　白 谁说她好来着？

曹七巧 她不好？哪一点不好？说给娘听。

〔长白、长安、曹七巧做出说人闲话的样子，并不时地发笑。

袁芝寿 （唱）销金帐似巨兽将我张口吞咽，

喜字联似对我冷笑连连。

埋锦被止不住声声哽咽，

抱鸳枕挡不住阵阵阴寒。

怕见月又不敢红灯燃点，

怕它笑它笑我秉烛待夫熬不住孤单。

泪如线却不能绢帕拭掩，

怕只怕红肿了双眼，它笑我片刻不能离夫男。

〔绢儿上。

绢　儿 奶奶。少奶奶好像有些不舒服，要不要请大夫来看看？

曹七巧 不必。我看是装的。（盘算一会儿）明儿就请亲家母到家里来打几圈。

袁芝寿 （接唱）生不如死何所盼，

又听得笑语声魄动肠牵。

〔烟榻灯昏暗。长白、绢儿、长安下。

〔曹七巧欲下，小刘上，叫住了她。

小　刘 七巧。（见曹七巧回头）我不想见你伤人。

曹七巧 （沉默片刻）你心里还挂记我么？

小　刘 念着你呢。

曹七巧 你图的是我的钱。

小　刘 傻瓜。从前你有钱么？

曹七巧 我现在有。

小　刘 （两手一摊）我要钱做什么。

曹七巧 没钱日子难受。就是想一件粗棉短花衫也得看嫂子脸色。我哪里受得了。我有了钱，哥哥嫂嫂就得看我脸色。

小　刘 姜家人不也给你脸色？

〔曹七巧无言。

小　刘 （看着袁芝寿）你现在有钱了，就饶了她吧。白哥儿会恨你。

曹七巧 白哥儿不会。白哥儿说了，他不喜欢她。

小　刘 不喜欢她的是你。

曹七巧 她凭什么？凭什么我辛辛苦苦弄来的钱，就这样到她手里？她也得熬。熬得过来，往后该她的受享不尽。

〔曹七巧下。小刘也下。

〔长安又上，准备把客厅里的一盆花拿进去房内。

〔小双上。

小　双 安姐儿，这么晚了还不歇着？

长　安 这花忘了拿进房里。双姑你瞧，就要开花了，得顾着呢。

小　双 养花养在家里，熏着烟，怕花儿开得不好，拿到院子里吧。要不，放在阳台上。

长　安 拿到外头我能跟到外头睡去么？放在屋内，搁在眼前，安心些。花儿开得不好有什么关系，能叫它开了出来才要紧。（下）

〔小双跟下。

〔下人抬出麻将桌，布置好。

〔袁芝寿仍在台上，灯光黯淡地照着她。上面这段【反二黄】唱段一直贯串在下面的打麻将之中。

〔小双、绢儿引袁芝寿母亲、大奶奶、三奶奶上。

小　双 奶奶等会儿就出来。（下）

〔曹七巧上。

曹七巧 哟，亲家母、大奶奶、三奶奶，久没见着了！劳烦诸位来这么一趟，没办法，您是知道的，牌瘾来了能不摸他个儿圈么？快请坐。亲家母，这一向可安好？

袁　母　托您的福，过得去。亲家母，芝寿这孩子要是不懂事，就劳您好好地管教她。

曹七巧　说什么管教呀，白哥儿疼她都来不及了呢。

三奶奶　长白的终身大事办完了，该吃长安的喜酒了吧？

曹七巧　是有几家上门提亲的，不过家境比不得咱们。谁知道是要长安还是要长安的钱？一家家都叫我打了回去。我不能让人骗我们长安吧。这媒人婆啊，就爱撒点小谎，还不是得靠做娘的替闺女睁大眼睛？亲家母，您说是不是啊？

袁　母　欸。

大奶奶　芝寿呢？怎么没瞧见哪？

曹七巧　跟我们白哥儿窝在房里呢。时代不一样啰，往常咱们做媳妇最要紧的是伺候老太太、讨老太太欢心，现在讨丈夫欢心就算得一切了。亲家母，你们芝寿行啊，我们白哥儿说光是哼哼唉唉就不得了。

三奶奶　（尴尬，想转移话题）安姐儿呢？怎么没瞧见哪？

曹七巧　昨晚烟抽得晚了，还在房里睡着呢。芝寿还有个地方有趣得紧：她打喷嚏。这人么，谁不会打喷嚏，寻常人冷的时候打喷嚏。芝寿开心的时候打喷嚏，从洞房花烛夜就哈啾哈啾哈啾夜夜打个不停——

大奶奶　（打断）二奶奶当了家，比起从前是更放胆了。

曹七巧　当个家容易么？没几分胆量成么？你们猜，我是怎么知道芝寿开心的时候打喷嚏的？

三奶奶　安姐儿也该起来了，姑娘家白天睡觉，是什么道理。烟抽得怕是有些多了。你也劝劝她，对她的婚事不好。

曹七巧　怕什么。莫说我们二房还吃得起，就是我今天卖了两顷地给他们姐弟俩抽烟，又有谁敢放半个屁？姑娘赶明儿聘了人家，少不得有她这一份嫁妆。她吃自己的，喝自己的，姑爷就是舍不得，也只好干望着她罢了。我每晚都听见芝寿打喷嚏——

大奶奶　够了够了，你敢说我可不敢听，净说些扫牌兴的话。（站起来准备走）

曹七巧 （按住大奶奶的手）大奶奶别急，就陪我玩完这一局。我每晚都听见芝寿打喷嚏，连听了几个晚上，就问白哥儿，我说“白哥儿啊，你媳妇晚上睡觉穿衣服么?”，白哥儿说“穿哪”，我又问了“盖被么?”，白哥儿说“盖啊”，那怎么老听见她打喷嚏？白哥儿说了“您甭担心，她乐的时候就那个样儿”。我说“喔，不是冷着就好，以免亲家母说我们欺负媳妇，不给她盖被子呢”。你们说，这不是有趣得紧么！哟，您瞧，我和了。

〔袁母站了起来，一句话也没说地离开。

〔大奶奶、三奶奶也站起来，准备付钱给曹七巧。

曹七巧 别，今儿个都算我的。

〔大奶奶摇头、三奶奶下。曹七巧微笑，下。

第五幕

〔舞台空间主要是客厅，分出户外。

〔长白在烟榻上抽烟，绢儿在旁服侍。

〔长安坐在烟榻以外的椅子上垮着一张脸。

长　白 绢儿，来。

〔绢儿上床，到长白身旁。

长　白 让我枕着你的腿儿。

绢　儿 有枕头呢。

长　白 我不要。偏要枕着你。

绢　儿 （推着长白，指指长安）走啦走啦。

长　白 （黏着绢儿）好绢儿，你别动，我给你抽上两口。

绢　儿 哎哟，这我可不敢，给娘知道了，得剥我的皮。

长　白 怕什么，你现在是我姨太太了，抽两口都不得么？快，抽两口给爷瞧瞧。

〔在长白跟绢儿调情的时候，长安脸色越来越难看。

长　安 够了没？要胡闹回屋里去。

长　白 怎么你不回屋里去?

长　安 我高兴坐在这儿就坐在这儿。

长　白　我高兴枕着绢儿就枕着绢儿。你瞧着，我还香她。

长　安　（转过头）你别忘了，这个家还不是你当家。

长　白　你也别忘了，这个家不是我当家也不会是你当家。

〔长安瞪着长白，没话反击，又坐回椅子上去。

〔曹七巧上。

〔绢儿吓得从罗汉床上跌下来，又赶紧站起来。

〔在绢儿被骂的时候，长白一句话都没说，兀自抽着烟。

绢　儿　奶奶（一惊慌不敢叫娘）我不敢了。

曹七巧　（对绢儿）敢情你是在窑子里讨生意，挨不上男人就喘不过气，当姜家没了规矩。看芝寿人废了，成天歪在床上动弹不得，等着扶正啊。你美的！想扶正也得她那口气喘不上！

绢　儿　（跪下）奶奶，我不敢了，饶了我吧。

长　安　（发出笑声）哼。

〔长安这一声笑，让人觉得尽管可怜，但她也不是什么好东西。

曹七巧　你笑什么？（见长安不理）长安，长安。

〔长安转过头来看了一眼曹七巧，没理她。

曹七巧　死丫头，应一声都不会么？（见长安还不理）你笑什么？

长　安　随便笑笑。

曹七巧　死丫头，敢这样跟我说话。（停顿片刻）哼，别以为我不知道你想什么。分明是自己长得不好，快三十还嫁不掉，反过来怨我做娘的耽搁了你。成天呱嗒着个脸，倒像我该你二百钱似的。我留你在家里吃一碗闲茶闲饭，可没打算留你在家里给我气受。

〔小双上。

小　双　奶奶，少奶奶药吃完了，得跟您支些银子买药。

曹七巧　芝寿还真享福啊。改明儿我也病上了，歪在床上让人伺候东伺候西的，这个家还撑得下去么？白花花的银子，全花在那痨病鬼身上了。（大声）真讨债啊，赔钱货。娶这媳妇，真讨债啊。

〔长安走开，捂住耳朵，走到户外，有个长凳，坐在长凳上。

〔曹七巧突然头晕，自己坐下。

曹七巧　都死人啊。我头晕怎么就没个人来扶！

小　双　（赶紧站到曹七巧旁边）奶奶，没事吧？

曹七巧 怎么没事？瞧我病的，还不快去请大夫？什么事情都要我说了才知道做么？

小　双 是。（下）

曹七巧 哎哟，这会儿心口疼起来了。

绢　儿 （站起来倒茶）娘，喝口茶。

曹七巧 （喝一口茶，吐出来）茶都凉了。做了姨奶奶连茶都不会倒了么？我告诉你，我还让你回去做丫头。

长　白 娘，来一口？

曹七巧 不孝的儿子，娘都病了你还让娘吃这个。

长　白 说说嘛。（接过绢儿手上的茶）娘喝茶。

曹七巧 大夫怎么还不来呀，我都要死了哟。

〔客厅。灯暗。

〔户外。灯亮。

长　安 （唱）日复一日闹喧嚣，
无时无刻无咆哮。
漫天漫地烟尘扰，
高墙如天何处逃。

〔童世舫上。

童世舫 姜小姐。

长　安 你来了。

童世舫 姜小姐今天来得早些了。

长　安 （想诉苦）我母亲她……（摇头）没什么。

童世舫 什么时候方便上府上一趟？

长　安 （惊恐）童先生要来？

童世舫 （羞）跟您母亲提个亲事。

长　安 我母亲？（想到曹七巧，面露犹豫）

童世舫 （等太久了）姜小姐……

长　安 （情急）我只怕我母亲不肯善罢甘休。

童世舫 （笑）聘礼不是问题，一定让令堂满意。

长　安 与聘礼无关……童先生……（讲了你也不会懂），是我三叔的女儿长馨堂妹介绍咱们认识的，我去求三婶跟我娘说说吧。（自言自语）真有这么一天也未可知。

〔长安、童世舫下。

〔灯暗。

〔客厅。灯亮。

〔曹七巧与三奶奶坐着喝茶。

曹七巧 三奶奶，今儿个怎么有空到我这儿来走走啊？

三奶奶 听说二嫂病了。

曹七巧 还不是给气病的。我不知道招谁惹谁，谁都要来招我惹我。三奶奶不是为了问病而来吧？

三奶奶 我想给长安做个媒，长安也老大不小了。

曹七巧 什么人哪？

三奶奶 是我们家长馨朋友的亲戚，在外洋留学，才回来不久，前程挺好的。

曹七巧 那好呀，就拜托了三奶奶吧。我病病哼哼的，也管不得了。这丫头就是我的一块心病。做娘的也不能说是对不起她，扒心扒肝调理出来的人，只要她不疤不麻不瞎，还会没人要么？怎奈这丫头天生的是扶不起的阿斗，恨得我只嚷嚷“不如我一闭眼去了，男婚女嫁，听天由命吧”。

三奶奶 既然二嫂答应，我就让他来跟您提亲。

〔长安上。

长　安 （带着喜悦）娘，三婶。

曹七巧 （酸）总算是会叫人啦。

长　安 （完全没听到曹七巧的话，唱）

只道是今生永沉深渊底，
大海中得浮木又现生机。

曹七巧 （唱）乍见她一笑如花艳，
心底一阵如冰寒。

长　安 （唱）从今后端容止敛旧习，
姜家女离牢笼换做了童家媳。

曹七巧 （唱）生儿养儿三十年，
几曾见她展欢颜。

长　安 （唱）夜长再不与烟灯对，
云开月明慰孤寂。

曹七巧 （唱）一旦间亲事上门春风拂面，
几分妒几分羡五味杂陈在心间。

（看到长安微笑，有气）这些年来，多多怠慢了姑娘，不怪姑娘难得开个笑脸。这下子就要跳出了姜家的门，称了心愿了，再快活些，可也别这么摆在脸上呀——叫人寒心。

〔长安全然沉溺于幸福的幻想，没听见，继续幻想着她的美好人生。

长　安 （唱）正月严寒冰雪骤，
我为夫暖上一壶二锅头。
二月迎春年关到，
他写喜联我备珍馐。
炖鸡卤肉凭火候，
他爱吃的焖笋要多油。
三月鲜鱼多肥厚，
问夫郎、要汆、要烫、要醋熘。
想到此心已醉止不住吟吟笑口，
面颊红好似那五月石榴。

〔长安脸上的表情很是愉快，曹七巧更气。

曹七巧 早不嫁，迟不嫁，偏赶着这两年钱不凑手。明年若是田上收成好些，嫁妆也还齐备些。

三奶奶 如今倒也不讲究这些了。省着点也好。

曹七巧 一样还是娘家的晦气。

三奶奶 二嫂看着办就是了，难道安姐儿还会争多论少不成？

〔三奶奶笑，长安跟着笑。

曹七巧 不害臊！你是肚子里有了搁不住的东西是怎么着？火烧眉毛，等不及地要过门。嫁妆也不要了——你情愿，人家倒许不情愿呢？你就拿准了他是图你的人？你好不自量，你有哪一点叫人看得上眼？趁早别自骗自了。姓童的还不是看上了姜家的门第。别瞧你们家轰轰烈烈，公侯将相的，其实全不是那么回事。早就是外强中干，这两年连空架子也撑不起了。人呢，一代坏似一代，眼里哪儿还有天地君亲？少爷们是什么都不懂，小姐们就知道霸钱要男人——猪狗都不如！我娘家当初千不该万不该跟姜家结了亲，坑了我一世，我待要告诉那姓童的趁早别像我似的上了当。

〔曹七巧骂到一半，客厅灯微暗。长安跟三奶奶走到门口。

三奶奶 （握着长安的手，拍拍她，听着曹七巧的长段咒骂，对长安说一句）好自为之！（下）

〔灯转亮。户外。

〔长安坐在长凳上。童世舫上。两人坐着不说话，静静听着曹七巧骂。

〔客厅。

〔小双、绢儿、长白上。

小　双 奶奶，绢姑娘有喜啦。

曹七巧 算我没白娶你进门。

〔袁芝寿在幕后发出怪笑声。

〔绢儿害怕地躲在长白身后，长白也略露惊恐。

〔袁芝寿上，半疯半癫。

袁芝寿 （扑过去）白哥儿！

〔长白闪开。

袁芝寿 （扑过去）绢儿、双姑……娘！

曹七巧 （全无惧怕）神经病！天生一个破扫帚、败家精！甭说是生养个一儿半女，就是侍奉婆婆你都做不来。（推开袁芝寿）你躲开些吧，少在这边丢人现眼！

袁芝寿 嘻嘻。（唱）

人间炼狱匆匆走，
苦难折磨已到头。
只等到此身化作烟尘后，

咒骂咆哮谁人愁。

（欲下，临下前突然转过来指着绢儿）你——（拉长尾音）、你——（拉长尾音）嘻嘻！

绢　儿　不是、不是……（惊惶地下）

〔长白随下。

〔以下是灯光交替。场景交错。

〔户外。

〔发生这些事情的时候，长安越来越害怕，主动地钩住了童世舫的手臂。

童世舫　（自言自语，不是对长安）漂洋过海离开了中国，外洋的人都说中国老了、旧了，什么都比不得外洋。我却觉得最想念的还是古中国的一切。古中国的檀木香味儿，古中国的青花釉里红，古中国幽娴贞静的女子……（握住长安的手，出了神地自想自的）幽娴贞静的女子……（对长安说话）过几天上门提亲好么？

〔长安闭着眼睛，神情痛苦地点点头。

〔客厅。

曹七巧　你要野男人你尽管去找，只别把他带上门来认我做丈母娘，活活地气死了我。我只图个眼不见，心不烦。能够容我多活两年，便是姑娘的恩典了。

〔户外。

长　安　那年，娘送我上学堂读书。只读了半年便回来了。

童世舫　为什么？

长　安　都是我糊涂，笔呀、纸呀、书呀三天两头地丢。我娘认准了是学堂里有贼，直说要讨个公道回来。哪有这么个贼呢？说来说去娘就是不信。我怕她到学堂里闹了之后，朋友会笑我、会怎么想我，只好说我不想念书了。

〔客厅。

曹七巧　（装哭）我的儿，你知道外头人把你怎么长怎么短糟蹋得一个钱也不值。你娘自从嫁到姜家来，上上下下谁不是势利的，狗眼看人低，明里暗里我不知受了他们多少气。就连你爹，他有什么好处到我身上，我要替他守寡？我千辛万苦守了这二十年，无非是指望你姐弟俩长大成人，替我争回一点面子来。不承望今日之下，只落得这等的收场。

〔户外。

长　安　可我都说了，我都说了我不去了。我娘还是不肯放过我。她说不去也得把学费讨回来。她终究闹了一场，我也终究成了个笑话。（站起来，离开童世舫，唱）

世人笑我我不怨，
只怕他随世同俗将我看轻来弃嫌。
蒙君珍爱三月久，
我只愿三月辰光长驻你心间。

（走入客厅）

〔客厅。

〔曹七巧摘了一朵长安花盆里的花，一瓣一瓣扯了下来。

长　安　（唱）只见她强撕扭片片花瓣，

花心残花身烂我心裂胆寒。
娘若见不得这花养着，
我自个儿折了它。

（一朵一朵地折断，唱）

我宁愿花茎亲手来折断，
任凭它根离土枯绝萎干。
纵是未及盛开日，
不教残破留人间。

娘若不愿意结这门亲，我去回掉就是了。（缓步下）

〔小双引童世舫上。

小　双　奶奶，童先生来了。

〔长安一震，半转过身。

童世舫 姜夫人，今天来打扰，是想跟您提亲。

曹七巧 童先生啊。您先别忙，先坐着。这事等长安下来一块谈，我还没问过她的意思呢。小双，你去催催安姐儿。

童世舫 不急不急，别催姜小姐。

曹七巧 也行，那就让她抽完两筒再下来。

〔长安又一震，慢步下台，照着她的光越来越暗。

童世舫 （震惊）姜小姐她……

曹七巧 这孩子就苦在先天不足，下地就得给她喷烟。后来也是为了病，抽上了这东西。小姐家，够多不方便哪！也不是没戒过，身子又娇，又是由着性儿惯了的。说丢，哪儿就丢得掉呀？戒戒抽抽，这也有十年了。

〔童世舫一句话也说不出来，站起来也走了出去。

〔曹七巧坐在罗汉床的一侧，拿出鸦片烟来抽。小刘上，一把拿过她的烟筒，放在桌上。

〔曹七巧想拿，小刘按住烟筒不让她拿。

曹七巧 还给我。

〔小刘不理她。以下进入非现实舞台场景。曹七巧与小刘观看着众人的下场。

〔长安上，拿起小刘搁在桌上的烟筒，缓慢地抽起烟来。

〔小双上，披麻戴孝，哭哭啼啼地喊着少奶奶。

〔绢儿上，夺过长安手上正拿着的鸦片膏吃下去，死在罗汉床的另一侧。

〔长白搂着两个妓女上。

〔曹大年上。

曹大年 对门中药铺的小刘不也托人来提亲？我见你是喜欢他，只要你点头，我们苦些又何妨。聘礼少收些也成，只要你中意。喏，这姜家的花轿也是你姑娘一双脚儿一步一步踏上去的，我押着你上么？贪图钱财的，难道就只我一人么？（下）

小　刘 你若是跟了我，何至于此？这两个孩子，又何至于此？

曹七巧　（环看四周）哥哥嫂嫂恨我么？

小　刘　恨啊！

曹七巧　二爷恨我么？

小　刘　恨啊！

曹七巧　季泽恨我么？

小　刘　恨啊！

曹七巧　芝寿呢？绢儿呢？安姐儿呢？白哥儿呢？

小　刘　他们都是恨你的！

曹七巧　都是恨我的了。你呢，你恨我么？

小　刘　打从你一双脚儿一步一步踏上姜家的花轿，我与你今生今世再无瓜葛。（下）

〔曹七巧坐在罗汉床上，低泣。

〔响起开幕的小曲，残破、不成旋律。

〔女声内唱：

“正月里梅花粉又白，
大姑娘房里绣鸳鸯。
二月里迎春花儿头上戴，
花香勾动了探花郎……”

〔灯暗。

——剧　终

《金锁记》由台湾国光剧团首演，导演李小平，主要演员有魏海敏、唐文华、陈清河等。

作者简介

王安祈　女，1955年生，台北人，台北大学文学博士，先后任教于“台湾清华大学”中文系与台大戏剧系，担任博导。2019年以讲座教授自台大退休，获选为台大荣誉教授。学术研究获科技部杰出奖与胡适讲座荣誉。2002年起担任台湾国光剧团客席艺术总监暨编剧，新编京昆剧本三十余部，2005年以戏曲编剧获台湾最高文艺奖，2019年获传艺金曲终身成就特别奖。

赵雪君　女，1979年出生，台北人，台北大学中文系助理教授。戏曲编剧以京剧、歌仔戏为主，上演作品有京剧《三个人儿两盏灯》、京剧《金锁记》（以上与王安祈教授合编）、京剧《狐仙故事》、京剧南音现代舞跨界制作《费特儿》、歌仔戏《当时月有泪》等。

·秦腔·

西京故事

陈彦

人　物　罗天福——男，五十多岁，曾当过山村小学民办教师及村长。

淑　惠——五十岁左右，看上去比实际年龄大，罗天福的妻子。

罗甲秀——二十多岁，罗天福的女儿，大学生。

罗甲成——十九岁至二十三岁，罗天福的儿子，大学生。

西门锁——男，四十多岁，西京城顺城巷的房东。

阳　乔——四十岁左右，西门锁的妻子。

金　锁——十六岁至二十岁，西门锁的儿子。

童薇薇——女，二十多岁，大学生，罗甲成的同学。

贺春梅——女，五十多岁，街道办副主任。

东方雨——男，八十多岁，一个始终守护着一棵千年唐槐的老人。整个故事演进中，老人可自由来去，若即若离。

旺春嫂、富贵叔，村民、农民工、房客、秦腔戏迷、大学生、姑娘若干。

第一场

〔幕启。

〔西京，一个既古老而又现代的大都市。

〔故事发生在一个叫文庙巷的大杂院内。整个院子由一个废弃的厂房改建而成，高高低低、上上下下住了数十位农民工和各色人等，总体空间十分拥挤，生活忙乱躁动。

〔一棵老唐槐，饱经沧桑地挺立在院中，庞大的树冠都用各种支架撑持着，葳蕤苍劲，如诗如画。

〔唐槐背后的古建筑群和摩天大楼依稀可见。

〔幕内秦腔黑头声：

“我大、我爷、我老爷、我老老爷就是这一唱，
慷慨激昂，还有点苍凉。
不管日子过得顺当还是恓惶，

这一股气力从来就没塌过腔。”

〔黄昏时分，房客们正陆续归来，也有女孩在收拾打扮准备出去的。

〔东方雨在一个小三角梯上给唐槐挂吊瓶，爬上爬下，忙个不住。

〔突然，胡乱散拉在天空中的蛛网电线吐起了火舌。

房客甲 着火了，电线着火了！房东，房东，快拉闸！快拉闸！

〔众人急忙从房内提着桶、盆等救火器皿跑出。

〔一片混乱中，西门锁手里抓着一张麻将牌——二饼，趿拉着一只鞋跑出。他一脚踹开一道房门，冲进去拉了电闸。

〔火舌很快消失，众人议论纷纷。

房客甲 （对西门锁）该换电线了。

房客乙 电线老化了。

房客丙 着几回火了！

房客丁 迟早会把咱火化了。

西门锁 知道知道。哎，大家都在这儿，月底了，该交房租了。

房客甲 租金又涨了。

房客戊 一个破厂子改造的房嘛。

房客己 墙缝裂得能盘进蛇来。

房客庚 房顶漏得能掉下鳖来。

房客辛 房价贵得能……（悄声地嘟哝）逼死爹咪。

西门锁 住了住，不住了走人，尻子后头寻房的还跟一串串哩。你没听电视里讲，西京城光流动人口几百万哩，我还愁瓜女子找不下傻娃？

〔众人无奈地下。

〔阳乔上。

阳　乔 （向内挥手）端过来。

〔四位姑娘端着饭菜上。

西门锁 咋又不做饭了？

阳　乔 你咋不做呢？

西门锁 （无奈地）好好好，端过去端过去。哎，拿点儿钱出来，这电线真的得换了，刚又着火了。

阳　乔 再撑一段时间，有单位拆迁，旧电线我都说好了，全给咱，一分不要。哎，听说咱这块儿地皮又翻倍地涨了。你个死鬼爹，还真给咱把福分留下了。

西门锁 你爹才是死鬼呢。

阳　乔 我爹还活着咋死鬼了。人家都骂你爹是死鬼，当了几年村干部，把城中村的村办企业，三倒腾两倒腾，全都倒腾到自家名下了。这下两腿一蹬，就好过了你这个碎色鬼。（领着几个端盘子的姑娘进房）

西门锁 悄着悄着，真是个烂嘴婆娘。（看看手中的麻将）白摸了个炸弹。（进房）

〔罗甲秀领着罗天福、淑惠、罗甲成上，边走边介绍环境。罗天福与罗甲成抬着一个土炉子、面板等杂物。

罗甲秀 （唱）南城堡子状元巷，
小院紧挨古城墙。
城中村落连菜场，
背靠文庙闻书香。

罗天福 好地方，这个地方选得好。

淑　惠 就是房价贵了点儿。

罗甲秀 娘，城里就没有太便宜的房子。

罗天福 状元巷、古城墙、文庙，好着哩，我娃选的地方好着哩。就凭这一棵大树，爹就爱上这地方了。恐怕比咱家那两棵老紫薇树年龄还大呀！

罗甲秀 爹，咱家那两棵老紫薇才六七百年，人家这棵唐槐一千三百多年了。

〔罗天福、淑惠、罗甲秀、罗甲成围上去合抱唐槐。唐槐粗壮得未被抱住。罗甲成高兴地摇起树来。

〔东方雨跳如雷地上。

东方雨 （用拐棍指着罗甲成，吆喝）嗨！嗨！

〔房客们陆续出现。

房客甲 动树了？

房客乙 皇上的头都敢动，可不敢动这树。

房客丙 老汉的命根子。

罗天福　树是老人家的？

房客丁　不是，市树。

房客戊　宝贝，懂不？

房客己　老汉认领了树的监护权。

房客庚　成年在这儿经管呢。

房客辛　把工资都花到树上了。

罗天福　（不解地）把钱都花到树上了？

房客甲　怪吧！

房客乙　你们才来，不懂。

房客丙　老汉是西京城可大可大的知识分子。

房客丁　当初是西京城的头号右派。

房客戊　爱说直话惹的祸。

房客己　现在话没了，但写。

房客庚　连咱一顿饭用几根葱、几瓣蒜都记录呢。

房客辛　对下苦人好着呢。

房客甲　不动树，他就不会用拐棍儿抽你尻蛋子。（指罗甲成）

罗天福　对不起，对不起！（急忙给东方雨老人鞠躬）

〔西门锁上。

罗甲秀　西门叔，这是我爹、我娘，还有我弟。爹，我就是给西门叔的孩子做家教，才知道这儿的。

西门锁　（看着罗家人的行李笑了）都拿的啥万货嘛，长枪短炮的。

罗天福　呵呵，打饼用的。

西门锁　噢。你老两口厉害呀，那高山垴垴上的人嘛，咋把两个娃教得这出息的，全都上了名牌大学，得好好把经给咱家传传。

罗天福　东家客气了。

西门锁　不客气，我那狗日的金锁确实不成器，生在城里，让人没脾气，唉！房我收拾好了，就这儿，（介绍环境）一楼虽潮点儿暗点儿，可方便嘛。哎，可千万不敢乱动电表噢，上一回一个民工胡拾翻呢，差点没打日塌。电线有些漏电，可不敢乱接乱安。哎哎哎小心小心，门有点儿问题，不敢使劲靠，不敢靠……（正说着，但见门倒了）看看看，叫你甭靠甭靠……

〔罗天福、淑惠、罗甲秀、罗甲成进房。

〔舞台格局发生变化，唐槐仍在，西门锁消失在房后。

罗甲秀 爹，娘，让你们受委屈了——（唱）

家乡虽穷房宽展，

一应俱用都周全。

罗甲成 （唱）这间破屋像牛圈，

阴暗潮湿不见天。

罗天福 （唱）别嫌房矮少光线，

出门在外百事难。

你姐弟都把名牌大学念，

是家乡最红最红的红杜鹃。

你们就是咱家爆亮的灯捻，

你们就是咱家正午的蓝天。

来，支起锅灶，过起日子。天天向往西京城，这不，咱也来了嘛！

淑　惠 看把你爹高兴的。

罗天福 真是有些高兴啊！十三年前，爹到县上开了一回民办教师表彰会，作为奖赏，县上领导又把我们十几个先进领到西京城美美逛了一回，算是见了大世面啦！从那时起我就暗暗发誓，一定要让你们走进这个城市，在这里好好活一回。这个梦今天总算初步实现了，咱们也算是半个西京人了！来，让我们先学两条城里的规矩："不闯红灯"，"不随地吐痰"，念。

淑　惠
罗甲秀
罗甲成 "不闯红灯"，"不随地吐痰"。

〔罗天福、淑惠、罗甲秀、罗甲成一家欢欢喜喜收拾起房间来。罗甲秀、罗甲成欲抬大土炉子。

罗天福 哎哎，还是爹来，爹来！（扛起炉子在房中哼着小调转圈圈）

罗甲秀 （心疼地）爹！

淑　惠 你爹这一辈子，活着就为了你姐弟俩呀！你前年考上重点大学，他一回酒喝得醉了三天。今年你弟又考上重点大学，他叫一村人拿酒灌得把牙都摔得寻不见了。

罗天福　叫你娘把我一说，都成酒疯子了。你爹好歹还当过十几年民办教师哩嘛。堂堂罗老师，把酒能喝成那样，牙都跌得寻不见了？

罗甲成　就是的，假牙是我在人家厕所找见的。

〔罗天福、淑惠、罗甲秀、罗甲成笑。

淑　惠　你们这一对有出息的娃呀，可是让你爹把脸长了。不过这回也加了大熬煎啊，两个大学生，一年两三万块钱的费用都咋办呀？

罗甲成　爹，要叫我说，把咱家那两棵老紫薇树王一卖，啥问题都解决了。

罗天福　你倒说了个谄，人家长六七百年了，你爷为护树，大炼钢铁那年，把命都搭上了，咱能卖了？咱有手艺嘛，啥钱挣不来？咱打千层饼那几下，能让城里五星级大饭店看上，就说明咱能行嘛。

淑　惠　可吹上了。

罗天福　嗨，不是吹哩，美国总统是没发现，要是发现了，咱就到白宫打饼去了。

〔罗天福、淑惠、罗甲秀、罗甲成一家人乐翻了天。

罗天福　有一句广告语叫个啥来着？

罗甲成　（变普通话）你准备好了吗？

罗天福　（郑重其事地问罗甲秀）你准备好了吗？

〔罗甲秀笑着点点头。

罗天福　（问淑惠）你准备好了吗？

〔淑惠看着罗天福兴奋的样子只笑不说话。

罗天福　（问罗甲成）你准备好了吗？

罗甲成　报告老爹，我准备好了！西京城，我罗甲成来了！我就要在这里腾飞啦！

〔罗天福、淑惠、罗甲秀、罗甲成鼓掌。

〔金锁穿着一身名牌，头发修剪得十分时尚，拿着摄像机拍摄上。

金　锁　注意，拍爱情片了。（直接把镜头对到了罗甲秀脸上，久久不动）

罗甲秀　好了，金锁，别闹了。爹，这就是房东家的孩子金锁。

罗天福　哦，好好，娃十几了？

金　锁　离八十岁还差六十四年，你算去。

罗天福　呵呵，那就是十六嘛。

金　锁　是倒是的，不过人家都说我早熟，雄性激素发达得很。（亮了亮

肌肉）

〔罗天福、淑惠、罗甲秀、罗甲成一家人有点儿傻眼。

罗甲秀 噢，金锁，今天我爹他们刚来，我得帮忙收拾收拾，明天再给你上课吧。

金　锁 那可不行。我本来都不上高中了，准备跟人到南非去贩珠宝呀，我爸找来个你，害得我天天头疼。这不，头刚不疼了，喜欢跟你在一起了，你又不上了，把我整失恋了，你要负责任呢。

〔罗天福、淑惠、罗甲秀、罗甲成一家人更傻眼了。

罗甲秀 你这孩子，又瞎讲。

金　锁 不是瞎讲！（唱）

是《非诚勿扰》《坠入情网》，
是《泰坦尼克号》上《爱你没商量》。
你家《人在囧途》我家《阿凡达》，
姐姐《要嫁就嫁灰太狼》……

罗甲成 什么乱七八糟的，再唱小心舌头！

罗天福 （阻止）甲成！

金　锁 哟，这是谁呀？哪儿钻出这么个土老帽儿？哟，还穿了个假名牌，这在西京康复路就三十块钱嘛。

罗甲秀 金锁，他是我弟。

金　锁 呵呵，那就是未来的小舅子嘛。来，（从身上掏钱）我给钱，把你先好好包装包装。（递钱给罗甲成）

〔罗甲成一掌将钱打飞，愤然地把金锁的手扭到背后。

金　锁 哎哟——（痛得瘫在了地上）

罗天福 （急忙制止）甲成，你干啥呢！

〔罗甲成仍不松手。

金　锁 （大喊大叫）我胳膊断了！碎屄农民工进城杀人啦！

〔舞台格局急剧变动，大杂院复现。

〔金锁赖在地上，怎么拉都拉不起来。

〔院子里围满了人。

金　锁 （带着哭腔）我胳膊让他扭断了哇！他要杀人啊！

阳　乔 谁？谁杀我娃呢？

罗天福　（急忙上前）对不起，对不起……

阳　乔　（捂了捂鼻子）你谁呀，跑到这院子干啥呢？

罗甲秀　阿姨，这是我爹。对不起，是我弟……

阳　乔　哦，是你家人闯的祸！你还说你一家人都是老实本分的山里人，就是这个老实法，刚住进来第一天就杀人啊！

〔贺春梅急上。

贺春梅　哪儿杀人了？谁杀人了？

阳　乔　西京城南城堡子状元巷北段168号，西门锁家爱子——金锁，被刚进城的农民工崽子心狠手辣地放倒在地，叫声凄惨，生命垂危，人证物证俱在，请注意保护现场。

贺春梅　唉，你这娃咋老挨瞎打哩吗？

阳　乔　咋的个话，你还是街道办的领导哩！人都快让杀了，你还是这句没原则的话，啥烂领导嘛。

贺春梅　哎，说话要讲文明礼貌噢。谁把金锁压倒在地的，说。

罗天福　我给娃赔礼，我给娃道歉！（给金锁鞠躬）

罗甲成　（有些愤怒地）爹！

罗天福　我们初来乍到，还望多多包涵。（又给阳乔和西门锁鞠躬）

〔罗甲秀蹲下搀扶金锁。

金　锁　（看了看罗甲秀，活动活动胳膊）姐，没断。我是跟小舅子耍哩。

阳　乔　你……你胡说啥呢？

金　锁　就是的，跟我小舅子耍哩。（一骨碌爬起来，戏弄了罗甲成一下后跑下）

〔罗甲成气得浑身颤抖，再次握紧拳头。淑惠急忙把他拉到了身后。

贺春梅　（对阳乔）你看看你们这一家，都是啥人嘛！

阳　乔　哎，你咋老护着这些烂农民工哩。

贺春梅　阳乔，你把嘴放干净些！我给你说，保护农民工可是国策。我是政府领导，维护他们的合法权益是我的职责。

阳　乔　哟哟，不就是个烂街道办的嘛，还是个啥子政府领导。

西门锁　（阻止阳乔）对了对了，胡谝啥呢。贺主任，对不起！

贺春梅　没啥没啥，恶水喝惯了。（对罗天福）有事来街道办找我，说找贺主任就行。

阳　乔　哟哟，明明是个副的嘛，排名第三，还贺主任哩。“一把手”咱熟。

贺春梅　副的咋？第三咋？看你把个“副”字咬得那重能咋？

西门锁　好了好了，对不起贺主任！（低声地）就那㞞人，没治。（推阳乔下）

阳　乔　（边下边喊）哎，你们都涌到俺城里发财，做梦！想吃好的穿好的，也总得把那些臭毛病改一改吧。尤其是那些新来的，听着，谁要再在院墙根乱尿，我可安得有电线，把你那烂玩意儿打坏了，我概不负责。

〔众人无奈地摇头。

〔转场景。院落和唐槐转到了后面。

〔罗家人闷在房中。

〔院外唐槐下的高坎上，东方雨在静静地拉着板胡。

〔罗甲成突然拿起行李向门外冲去。

罗天福　甲成，你要干啥？

罗甲成　这就不是人待的地方，还待在这儿干啥？

罗天福　房租你姐都给人家交了半年的，你往哪儿走？

罗甲成　问他要。

罗甲秀　合同上说，自签订之日起，咱要离开，人家不退款。

罗甲成　你咋能给这样的混账人家做家教嘛！

罗甲秀　其实这个娃也不坏。

罗甲成　这还不坏，还要咋坏？在这样一个碎㞞眼里，我们都活得跟要饭的一样，还咋在这儿往下待呀！

罗天福　娃呀！（唱）

你姐她来回比较细掂量，
才租下这便宜便利的一间房。
天底下能避寒遮风把雨挡，
那就是安居乐业的好地方。
一个巴掌拍不响，
以后遇事别逞强。

求学大业没影响，

一切都要看寻常。

梦既然有，苦就该尝，

日子迟早会过亮堂。

咬咬牙啥事都通畅，

那太阳一定会照上咱脸庞。

〔罗天福、淑惠、罗甲秀、罗甲成一家人被唤起希望，聚集在一起。

〔唐槐下，东方雨拉着板胡，身边围起一群自娱自乐的秦腔戏迷。

〔幕内秦腔黑头声：

“我大、我爷、我老爷、我老老爷就是这一唱，

慷慨激昂，还有点苍凉。

不管日子过得顺当还是恓惶，

这一股气力从来就没塌过腔。”

〔东方雨的板胡声豪迈苍健。

〔切光。

第二场

〔光启。美丽的大学校园湖畔，一排紫薇树花红欲燃。

〔三三两两的同学，或在读书，或在恋爱。

〔罗甲成用棉花塞着耳朵，在猛背英语单词，那种聚精会神的投入和旁若无人的“多动症”，让坐在不远处的童薇薇阵阵发笑。

童薇薇 （向罗甲成走来）罗甲成，你怎么一边背单词，还一边又是踢腿又是打拳的？

罗甲成 （不好意思地笑了笑）嘿嘿，习惯。

童薇薇 好像是踢打什么东西？

罗甲成 嘿嘿，在家乡时，我最爱对着门前两棵老紫薇树背单词，高兴了打几拳，不高兴了也会踢几脚。

童薇薇 就是这种紫薇树吗？

罗甲成 这和我家那两棵比起来，简直就是重重重重孙子了。我家那两棵

树有六七百年了，活像两个歪瓜裂枣的老顽童。

童薇薇 是吗？

罗甲成 城里可是移栽了不少这种老紫薇，听说一棵就值三四十万呢。

童薇薇 是吗？

罗甲成 都是从山里买来的。这种树耐寒耐旱，全身都是药，俗名“百日红”，也叫“痒痒树”，你无论在它身上哪里一挠，浑身都动弹。

童薇薇 真有趣，我看你都快成植物学家了。我爸爸可欣赏你了，说你是全班最用功的学生。

罗甲成 童教授夸奖了。

童薇薇 你挺不容易的，听说你姐姐也在这个学校读书，你们姐弟俩能先后考上这么有名的大学，在你们那儿，影响挺大吧？

罗甲成 嗯，挺大的。我走时，乡长都来送了，县电视台还采访过。

童薇薇 哟，山里的大名人嘛！听说你姐姐读书也很用功，还特别能吃苦，什么脏活累活都能干，连垃圾都捡，在学校可有名了。

罗甲成 （面子迅即被剥得一干二净，极其难为情地）她……做环保，家里……挺富的，她……做公益……

童薇薇 （见罗甲成难为情，急忙转变话题）爱做公益好哇。有什么困难需要帮助，你就说话，咱们同学嘛。

罗甲成 没……没什么困难，挺好的，我家里……挺……挺富有的。

童薇薇 那就好。（欲走）哎，我爸让我通知你，礼拜天他要叫几个同学到家里吃饭，你可是他第一个邀请的哟。

〔罗甲成有些茫然地看着童薇薇，不知如何应答。

童薇薇 拜拜！（跑下）

〔罗甲成耳旁雷声轰鸣般地响起童薇薇的声音：“听说你姐姐读书也很用功，还特别能吃苦，什么脏活累活都能干，连垃圾都拾，在学校可有名了，可有名了，可有名了……”他痛苦地跑下。

〔罗甲秀挎着一个很大的口袋上，口袋上写着“环保”二字。

罗甲秀 （边背英语单词，边捡拾着草坪上的垃圾，唱）

走出大山已两年，
勤工俭学路渐宽。
纵然生活有千难，

积极应对天湛蓝。

（向一个垃圾桶走去，在垃圾桶中刨捡垃圾）

〔罗甲成上。

罗甲成 （见罗甲秀在捡垃圾，愤怒地将她推倒在地）姐，我们就真的贫困到这一步了吗？我一来学校就听说，你曾经吃过别人剩下的饭菜……馒头，还说你以环保的名义……捡拾垃圾卖钱。我一直半信半疑，也没有勇气去面对这一切，可……可这一切竟然是真的……你丢尽了爹娘的脸，丢尽了山里人的脸！（愤然将垃圾口袋撕烂，使垃圾滚得满地都是）你让我还怎么在这儿走进走出？你让我还有什么脸面在这里读书哇！（哭着欲走）

罗甲秀 （一把抱住罗甲成的腿）弟弟，姐姐……对不起你，姐姐对不起你呀！（唱）

叫弟弟莫要把姐怨，
我也是想帮爹娘减轻点负担。
两个人几十年围着儿女转，
半百人还出门打饼挣工钱。
早五点晚十点终日伴炉炭，
姐不忍把爹娘身上油榨干。
这件事若是让你受轻看，
从此我不把垃圾来捡翻。
求弟弟对爹娘定要隐瞒——

〔罗天福高兴地上。

罗天福 （接唱）我老罗的一儿一女就风光在这校园。

〔罗甲秀看到罗天福，急忙起身捡拾散落的破烂儿。

罗天福 我听你宿舍的同学说你在这里，没想到你姐弟俩都在这儿。今天领工钱了。甲秀，赶快给你弟把欠下的学费缴了。（掏出一沓钱拍得啪啪响）你娘今天愣表扬我哩，说我决定全家挥师西京，算是英明决定哩。哎，你姐弟俩是咋了，闹矛盾了？

罗甲秀 （急忙掩饰）没……没有，爹。

罗天福 这咋满地的瓶瓶罐罐，是你们弄来的？

罗甲秀 哦，捡的。

罗天福 捡的？

罗甲秀 哦，不，是……是别人撂在这儿，我们做环保……拾……捡呢。

罗天福 （弯腰帮忙捡拾）这可都是些能变钱的东西呀！

罗甲成 （突然愤怒地）你们都别捡了好不？都别捡了好不！（使劲用拳头捶砸着地面）

罗天福 （茫然地看着罗甲成）咋了？

罗甲秀 （继续掩饰）噢，没咋，弟弟可能是学习……有点儿压力。

罗天福 娃，学习上的压力，要学会排解呀！

罗甲成 爹，姐姐她……

罗甲秀 （极力阻止）甲成！

罗甲成 爹，你还是把家里那两棵老紫薇树卖了吧！人家答应一棵给三十万，两棵一卖，咱们家就能活得像个人了。

罗天福 你怎么老惦记着我那两棵树哇！

罗甲成 人家把能变钱的东西都挖出来卖了，你还守着它有什么用！能吃？能喝？能顶学费？

罗天福 这些……爹娘还能靠双手挣啊！你看，我和你娘才来三个多月，不就挣了三千五百元吗？

罗甲成 咱家明明能一夜致富，你们为啥要起早贪黑？

罗甲秀 甲成！

罗天福 不起早贪黑，就是把树卖个好价，几年也会坐吃山空啊！

罗甲成 可毕竟能改变当下的一切。

罗天福 你真是生在福中不知福哇，上这好的学校，吃恁白的蒸馍，还想咋？

罗甲成 爹，你可能做梦都没想到吧，你女儿她……

罗甲秀 甲成……

罗甲成 她……

罗甲秀 甲成！

罗甲成 她一直在捡破烂儿！

罗天福 你说什么？

罗甲成 姐她不让你们给学费和生活费，一部分是做家教挣的，每月吃饭钱……都是靠在校园捡破烂儿……捡下的呀！（捂住脸跑下）

〔罗天福一屁股瘫坐在地上。

罗甲秀 爹，我给你……丢脸了！

罗天福 （嘴里喃喃着）闺……闺……闺女呀！（唱）

你为何要这样亏欠自己，
哄着爹瞒着娘独自饮泣。
家虽穷也不在一粟一米，
苦了根伤了杆误不得花期。

罗甲秀 爹！

罗天福 （唱）你为何要拒绝爹娘的补给？
你为何要回绝乡上的惠及？
你为何要退回亲戚的周济？
吃了苦受了罪还只字不提。

罗甲秀 （唱）儿知道爹娘累不堪压挤，
儿懂得亲戚穷都有难题，
儿不愿伸手要想靠自己，
儿有手就能够自强自立。

罗天福 （唱）女儿的手需要养最怕粗粝，

罗甲秀 （唱）爹娘的手糙如铁更需休憩。

罗天福 （唱）儿还小上学进取家里应兜底，

罗甲秀 （唱）爹娘老生活艰辛儿女该痛惜。

罗天福 （唱）你说那老紫薇该不该放弃，

罗甲秀 （唱）我相信你们祖祖辈辈护树的道理。

罗天福 （极其感动地，唱）

爹看到了希望，
爹感到了荣光。
都说笑贫不笑娼，
我闺女捡拾垃圾，自立自强，谁堪笑话，谁配中伤？
我也曾是教书匠，
盼的是学生能担当。
闺女懂事又向上，
我苦死累活都无妨。

（慢慢捡拾起垃圾口袋，接唱）

只是这口袋应该挎在爹肩膀，

你专心学习莫彷徨。

（将破烂的垃圾袋挎在肩上，接唱）

我真想给你们一个体面的家庭体面的爹娘，

让你们体体面面、快快乐乐、风风光光活得生命都张扬。

（落泪）

罗甲秀 爹！（紧紧抱住罗天福）

〔罗天福、罗甲秀相互拭泪。

罗天福 （唱）别难过，莫悲伤，

有春绿就会有秋黄。

苦日子咱要当歌唱，

看天边晚霞正烧出火凤凰。

〔幕内秦腔黑头声：

“我大、我爷、我老爷、我老老爷就是这一唱，

慷慨激昂，还有点苍凉。

不管日子过得顺当还是恓惶，

这一股气力从来就没塌过腔。”

〔远处晚霞似火，湖光尽染。

〔切光。

第三场

〔光启。清晨。

〔西门锁家院落。

〔东方雨仍在唐槐下拉着板胡。

〔罗天福的房内传来打饼声，声音很响。

〔东方雨放下板胡，认真倾听打饼声音，并掐表做着计算和记录。

〔阳乔上。

阳　乔 哎，老罗，罗家老汉！

〔罗天福急忙从房内出，糊了一脸面粉。

罗天福　唉唉，来了！

阳　乔　我早上晾晒在这儿的拖鞋咋不见了？

罗天福　不知道哇。

〔罗甲成上。

阳　乔　那可不是垃圾，你可不敢当垃圾拾回去了，那可是意大利真皮的，两千多块呢。

罗天福　你看东家说的，我咋会做这事呢。

阳　乔　你一家人不是都爱到处捡嘛。哎，你家到底是打饼的还是捡垃圾的？要捡垃圾可不能在我这院子住。

罗甲成　你说啥？

阳　乔　要捡垃圾就不能在我这儿住，不安全。

罗甲成　你……

罗天福　（急忙阻挡）你姨人家说得对着哩，我们不专门捡，有时就是顺手……

阳　乔　顺手……牵羊？

罗天福　可……可这鞋我们确实没捡呀！

阳　乔　没捡，它还能长翅膀飞了？

罗甲成　你凭什么丢了东西就能怀疑我们？

阳　乔　（极轻蔑地）凭感觉。

罗甲成　（愤怒地）你……

阳　乔　咋，莫非你还想打人咋的？

罗天福　（阻止）甲成，心里没鬼，不怕敲门。东家，不过我也想多说一句，你不要老用这种眼光看待我们。我们可能穷一点儿，但做人还是有下数的。

〔罗甲成还想论理，被罗天福硬拉住，一起回屋了。

阳　乔　哼！谁拾了我拖鞋，穿上遭驴踢。（听到院子一角突然传来小狗叫声，发现什么似的猫下腰）妞儿，虎妞儿，我的乖妞妞。

〔小狗叫声继续。

〔阳乔抱出小狗，小狗叼着一只皮拖鞋。阳乔偷偷拉出另一只，欲溜下。她觉得脑后好像有眼睛盯着，急转身，见大树背后只有东方雨，而老人似乎并没有发现这一切，她于是掖了掖拖鞋急下。

〔东方雨犀利的目光久久盯着阳乔消失的背影。

〔贺春梅上。

贺春梅 东方老伯，（从包里掏出一份文件）您给市里写的《关于西京城千年大树保护方案》的建议稿，领导批了，让我给您反馈一下。还有您反映的农民工应享受城市市民的几项待遇问题，我已转上去了。

〔东方雨连连点头。

〔旺春嫂领着几个村妇，拿着各种包包蛋蛋的行李上，东盯西瞧。

贺春梅 你们是……

旺春嫂 我们来找罗村长的。

贺春梅 （不解地）罗村长？

村妇甲 罗老师。

贺春梅 （不解地）罗老师？

旺春嫂 过去是我们娃的老师，又当过我们的村长，现在进城打饼，发了，我们来寻他的。

贺春梅 发了？发什么了？

旺春嫂 发大财了，扑哧扑哧的（形容胖）。

〔罗天福从房内出。

罗天福 啊，旺春嫂，你们怎么来了？贺主任，乡亲，都是乡亲。

旺春嫂 罗村长，听说你到西京城打饼发大财了，这手艺我们都会嘛，把我们也领上吧！我们保证——

众村妇 “不闯红灯”，“不随地吐痰”。

村妇甲 （唱）我能把饼擀得薄如缎，

村妇乙 （唱）我能把面揉得筋似砖。

村妇丙 （唱）我能把大料调得香三里，

村妇丁 （唱）我能把叫卖声喊得穿过一架山。

罗天福 （哭笑不得）都听谁说我发大财了？

村妇甲 都说呢。

村妇乙 （念）城里是个大富矿，

村妇丙 （念）谁来都能挖一筐。

村妇丁 （念）咱的手脚都不笨，

旺春嫂 （念）请把我们也带上！

罗天福 （无奈地）好好好，先到屋里坐，屋里坐。（让旺春嫂等进房）

贺春梅 呵呵，乡亲们挺信任你的嘛。

罗天福 不知都听谁说的，我也是泥菩萨过河哟。（猫腰观察阳乔丢鞋的地方）

贺春梅 你找什么？

罗天福 噢，不找什么。

贺春梅 你家的饼打得还有点儿影响了。

罗天福 嘿嘿，又有几个小馆子要哩，晚上在家加点儿班。（仍在找）

贺春梅 （从裤兜里掏出一把水果糖）哎，这是刚才社区里王黑蛋子结婚哩，硬塞给我一兜兜糖。

罗天福 哎，不要不要，老给哩。

贺春梅 客气啥嘛，快拿上。（将糖硬塞到了罗天福手里）不过晚上打饼的声音得小一点儿，隔壁邻舍有意见哩。

罗天福 一定改正，一定改正。

贺春梅 房东家是不是老赌博哩？

罗天福 嘿嘿，没有吧，我不知道。

贺春梅 没看出老罗还是个老滑头哇。

罗天福 嘿嘿，贺主任请等一下。（进房取出一兜千层饼）给，拿上。

贺春梅 哎，不要不要，你这是商品，咋能随便拿呢？

罗天福 这是咱自家打下的。

贺春梅 自家打的也是商品嘛。

罗天福 见外了吧，这要在乡下，就是贺主任瞧不起我老罗哇。

贺春梅 噢，好好，我拿一个。

罗天福 都拿上。

贺春梅 不行，绝对不行。（拗不过罗天福）好好，最多再拿一个，小本生意不容易。快忙你的去吧！（拿了两个千层饼，先是准备装在一起，想了想，又分别装在了两个口袋里）

〔阳乔突然拿着独凳从房里把西门锁撵了出来。

阳　乔 你个老不正经的骚公鸡呀……（一凳子砸过去，被西门锁像耍杂技一样刚好接住）我不想活了，我痛苦得很，生命不能承受之重啊！

贺春梅 咋了？

阳　乔 哦，贺主任在这儿。

贺春梅 是贺副主任。

阳　乔 哎呀，你不要把那个“副”字咬得那重啊，反正你是政府，得给我做主哇！

贺春梅 咋了吗？（见西门锁欲溜）你先甭走。

阳　乔 你叫他自己交代。

贺春梅 咋回事嘛，三天两头不和谐。

西门锁 没……没啥，她要麻迷儿呢。

阳　乔 还说我要麻迷儿，他打麻将，我刚出去一会儿，就偷偷踩一个女人的脚，上边眉来眼去“放牌”，下面勾勾搭搭“磨电”呢！

贺春梅 哦，你们不是一直不承认赌博吗？

阳　乔 赌了，大赌徒哇，赢了还不上交。

西门锁 唉，谁摊下这婆娘，算是倒八辈子血霉了。

贺春梅 你们家的问题看来很严重啊！

阳　乔 严重得很严重得很，他有前科。

贺春梅 啥前科？

阳　乔 踩脚前科。

贺春梅 踩谁的脚了？

阳　乔 你问前科犯自己。

贺春梅 （问西门锁）踩谁的脚了？

西门锁 你没问她，是她先踩我嘛还是我先踩她？

阳　乔 猪脚先踩我了。

西门锁 唉，把个老实本分的前妻都踩没了，还说啥呢！

阳　乔 你看看，你看看，贺政府，你要为我做主哇！他能把前妻踩没了，就能把后妻也踩没呀！我痛苦得很，痛苦得很，生命不能承受之重啊！

〔众房客围上来看热闹，偷乐。

贺春梅 你这回到底踩了没？对政府要讲老实话。

西门锁 踩……是踩了，可……可不是故意的。

阳　乔 还不是故意的？你把那娘儿们踩得“吱”的一声，还要咋故意？

贺春梅 你们家的问题确实很严重啊，不仅赌博，而且还有苟且之事，看来我得下茬管一管了。（见院子乱哄哄的人太多）走，屋里请！

阳　乔 （对西门锁）走！

〔西门锁和阳乔向房里走去。

房客甲 好货呀。

房客乙 瞎㞞嘛。

房客甲 （悄声地对贺春梅）把两个赌徒一回办到局子里去。

贺春梅 你个瞎东西，就爱搞不和谐。（将一个千层饼塞进了房客甲的嘴里）

房客乙 这家里好货少，最好连窝端。

贺春梅 你更是唯恐天下不乱。（将另一个千层饼塞进了房客乙嘴里，整装进房）

〔众房客议论着散去。

〔金锁烂醉如泥上，边唱边舞，被独凳绊了一下。

金　锁 （唱）昨夜蹦迪到今早，

出门遇条大藏獒。

逗狗碰着鹦鹉鸟，

会说周末您逍遥。

中午又是同学叫，

开心喝得有点高。

好像踢了狗肉煲，

还给桌上攮一刀。

（一屁股跌坐在独凳上，随着独凳倒地）

〔罗甲秀上。

罗甲秀 哎呀金锁，你咋喝成这样了？

金　锁 我……我是回来上课的。甲秀姐来了，我要上课。（从凳子底翻上来，又跌下去）

〔罗甲秀急忙搀扶金锁。

金　锁 （一把抓住罗甲秀）姐……姐……

罗甲秀 （害怕地）你……你咋了？

金　锁 我喜欢姐……我喜欢姐。

罗甲秀 你胡说啥呢。

金　锁 就是……我可喜欢姐了，自从有了姐，我就爱学习了，你教英语，我……我爱英语；你教数学，我……我就爱数学……

罗甲秀 爱了好好学就是了。（躲避）你赶快回去休息吧，今天我有事儿，不能上课了。

金　锁 （胡搅蛮缠地挡住去路）不行，非上不可，是……是你让我上……上了学习瘾了，不学……不行！坚决不行！

罗甲秀 你喝成这样咋学嘛！

金　锁 就……就这样学，我看着你，你……你看着我，就这样……我给钱，很多钱……我爷留的多的是。（掏出钱和一摞卡）卡也行，一刷，啥都有……

罗甲秀 你才多大个娃，咋学得这坏的。

金　锁 不……不是坏，是……是爱！（一把抱住罗甲秀）

〔罗甲成上。

罗甲成 （见金锁抱着罗甲秀，恼羞成怒，顺手操起了独凳）西门金锁，你个恶少！（唱）

　　早就想让你挂彩，
　　早就想给你教乖。
　　野地的倭瓜难做菜，
　　天生的歪树不成材。
　　我叫你坏，我叫你爱，
　　我叫你狗脸花开桃红腮！

〔罗甲成追打金锁，罗甲秀拼命阻挡。

金　锁 杀……杀人了，这回是真的……杀人了……（被独凳重重地砸中，倒地）

〔罗甲秀惊呆。

〔阳乔闻讯跑上，西门锁与贺春梅跟上。

〔罗天福、淑惠和众人纷纷从房内出来。

阳　乔 天哪，真的杀人了哇！金锁，我的儿子啊！

贺春梅　怎么回事？谁打的？

罗甲成　我。

贺春梅　是失手了吧？

罗甲成　不，故意的！

众　人　（惊呆）啊！

贺春梅　（探金锁的气息）还不赶快送医院。

〔急剧转场。

〔唐槐仍在，东方雨又在树下拉板胡。

〔罗天福房中。

罗天福　（教训罗甲成，唱）

你野性难驯不成器，
遇事躁乱似火逼。
不懂放小守大义，
莽汉挥刀把祸罹。

罗甲成　（唱）姐姐懦弱常掩泣，
逆来顺受软如泥。

罗天福　（唱）你姐以柔克刚心坚毅，
目标存远是高棋。
你心胸狭隘认死理，
争强好胜总折旗。

罗甲成　（唱）我们难道该受气？

罗天福　（唱）打人能叫啥出息？

罗甲成　（唱）忍到何处是尽地？

罗天福　（唱）大事不乱人生就未把头低。

罗甲成　（唱）阿Q就是父亲你！

罗天福　（气急败坏地）你……你……（唱）

你貌似强力，实则猴急、心地狭小、处事偏激，
你是一个越活越小气的混账东西！

〔罗甲秀上。

淑　惠　（急切地问）人怎么样了？

罗甲秀　还好，没出大事儿，骨头也没伤着。街道办贺主任一直在帮我们

说话呢。不过……人家让立马先拿一万块钱过去看病。

淑　惠　啊！（一下瘫在凳子上）

罗甲成　不给！啥东西……

罗天福　你嘴硬，我看人家要得不多！你凭什么行凶，凭什么打人？你像不像一个大学生？像不像一个城市文明人？你这才叫丢尽了乡下人的脸。没说的，给人家拿钱，我看应该加倍赔偿。拿！

〔淑惠从房间一角取出一个包袱，打开，是一大包袱零钱。

〔罗天福、淑惠、罗甲秀围在一起整理。

罗天福　（对罗甲成）还不过来帮忙。

〔罗甲成极不情愿地走过去帮忙。

〔罗天福、淑惠、罗甲秀、罗甲成跳《理钱舞》。

罗天福　（唱）一点点收，一点点攒，

淑　惠　（唱）把破的交给娘一片片粘。

罗甲秀　（唱）这些钱浸透了爹娘的血汗，

罗甲成　（唱）不忍动不忍看我心如刀剜。

罗天福　（唱）一点点数，一点点验，

淑　惠　（唱）把残的挑出来别混在里边。

罗甲秀　（唱）爹娘穷志不短为人良善，

罗甲成　（唱）见屋檐就低头马善被人鞭。

淑　惠　（数了数整理好的零钱）他爹呀，这回窟窿捅大了，恐怕也只好先卖一棵紫薇树，让眼前这关先过了哇！

罗天福　你怎么也打起紫薇树的主意了？除非我死了，那两棵紫薇树谁也别想动！

罗甲秀　爹，我这儿还攒了一点儿，一起先凑凑吧，不够了，我去贷点儿款。（递钱）

罗天福　（双手颤巍巍地接过罗甲秀递上的钱）算爹借你的！（对罗甲成，唱）

　　交了钱再去给人家道个歉，
　　做错了万不能耍横蛮。
　　咱罗家知书达理是非明辨，
　　输了理充硬汉那是刁顽。

安下心扑下身子好好把书念，
有了根有了本路径自然宽。
要自尊咱先得自省自勉，
要硬气咱就需硬在骨头里边。

〔罗甲成慢慢接过钱，牙咬得咯嘣作响。

〔幕内秦腔黑头声：

“我大、我爷、我老爷、我老老爷就是这一唱，
慷慨激昂，还有点苍凉。
不管日子过得顺当还是恓惶，
这一股气力从来就没塌过腔。”

〔东方雨拉着板胡出现，板胡声旨远沧桑。

〔切光。

第四场

〔光启。一年后。

〔夜色中的大学校园湖畔。

罗甲秀 （提着行李徘徊在湖岸，唱）

大学毕业情未了，
即将离校热泪抛。
绕树三匝恋枝鸟，
一朝飞去哪是巢？

〔罗天福提了些千层饼上。

罗天福 甲秀，爹不是说了，来帮你拿行李嘛，咋自己都背出来了。

罗甲秀 爹，我能背动。

〔罗天福欲挑行李，突感腰痛得闪了一下。

罗甲秀 爹，快放下。（给罗天福捶腰）爹，我咋听说……你到一个工地卖千层饼，让人家……打了！

罗天福 （故意轻描淡写地）噢，人家那工地连着丢东西，爹不知道，进去让人家误抓了，人家已经赔礼道歉了。

罗甲秀 打得重不？（掀起罗天福的衣服，惊异地）啊！

罗天福 （急忙拉下衣服）没事，都快好了。可不敢叫你弟知道，那犟脾气，知道了惹事呢。

罗甲秀 （难过地）爹！我回来帮你。

罗天福 娃呀，你能找下好工作，还是要努力找工作哇！

罗甲秀 我一边帮你一边找。

罗天福 噢，也好。你看我弄了个新包装，既卫生又好提，就叫天福牌千层饼，帮村里来的人都推销推销。我想你们学校大灶人多，能不能……

罗甲秀 爹，我去试试。

罗天福 该不伤我娃面子吧？这事我也想了好久，就是怕……

罗甲秀 这有啥？爹你先回去吧，我去试试。

罗天福 噢，好。（艰难地挑起行李下）

〔罗甲秀欲走，金锁从树后窜出，他衣服被划破，手上脸上都是伤。

金　锁 姐！

罗甲秀 你咋在这儿？你又打架了？

金　锁 噢，没有。你不是今天毕业离校吗，我是来帮忙的。看，我买了辆跑车，专门来接你呢。（将车钥匙扔给罗甲秀）给，喜欢了就是你的。

罗甲秀 嘿嘿，你真是太孩子气了。（将钥匙还给金锁）谢谢你了，我的东西已经拿走了。

金　锁 我都看见了，让岳父抢了头功。

罗甲秀 （顿生恼意）你才多大个人，咋尽说些没头没脑的话呢！

金　锁 我都十八了，马上就过生日呀。姐，你看我给你逮了个啥。（从怀里掏出一只蝉）哦嗬，捂死了。

罗甲秀 金蝉？

金　锁 我看你老爱听树上的蝉叫，说可像回家乡的感觉，我就给你逮了一只。

罗甲秀 你是上树把身上划烂的？

金　锁 嘿嘿，没事。

罗甲秀 （心疼地给金锁整理衣服和伤口）金锁，你呀！你应该把全部精力放在学习上，今年没考上大学，明年继续努力嘛。

金　锁　我还努力啥呢！姐，你觉得我还缺啥吗？

罗甲秀　呵呵，知识也不缺吗？

金　锁　要哪谝哪，我看把钱能数清就行。咱院子看树的老头该有知识吧，到头来就看了一棵树！我想我老了天天有钱数，总比他混得强吧。

罗甲秀　（无奈地摇摇头）金锁，你整天尽和一些街道闲人卷在一起，怎么老是不长进呢？

金　锁　我哪里不长进了？去年没车，今年有了，还没长进？姐，我可爱你了。

罗甲秀　再别瞎说了，快回去吧，我还有事。（欲走）

金　锁　姐，我知道你这一毕业，还没工作呢，放心吧，有我呢，咱家不差钱。

罗甲秀　（无可奈何地）嘿嘿，我会找到工作的。你快走吧！

金　锁　姐！（突然从怀中掏出一枝玫瑰花，学西方求爱礼节，单腿跪地，煞有介事地，唱）

　　这枝玫瑰不掺假，
　　是鲜活鲜红的玫瑰花。
　　求你能把它收下，
　　爱你是我真心的表达。

罗甲秀　（唱）你快站起别犯傻，
　　小心花刺把手扎。
　　我也心疼小弟你，
　　那是一杯清纯的茶。

金　锁　（唱）你毕业不用把工打，
　　我端直把你接回家。
　　爸妈要是不同意，
　　我一把火将房烧垮塌。

罗甲秀　（唱）求你莫再说混话，
　　赶快离开别磨牙。
　　倘若我弟看见了，

又是雷电劈彩霞。

金　锁　（唱）他那几下我不怕，

转眼还得赔伤疤。

你若不把我接纳，

我……我就跳进湖里喂王八。

罗甲秀　你……（气恼异常地转身就走，被金锁阻挡，纠缠不休）你干什么？你要干什么？

金　锁　（失控地）我爱你，我就喜欢你这种村姑型的，城里女娃都假得很，我……我就爱你……（强行拥抱罗甲秀）

〔罗甲秀终于忍无可忍地狠狠将金锁掀翻在地，哭着跑下。

金　锁　（愣了一会儿，起身活动活动胳膊腿，对着湖面怒吼）野蛮女友！（无处发泄，狠狠踢翻一个垃圾桶，又掀翻一个座椅，再拔起一棵小树后离去）

〔罗甲成上。

罗甲成　（唱）晚霞如酒红胜火，

湖光似烧漾金波。

爱上校园人一个，

心中红日欲喷薄。

十年寒窗风雪裹，

一朝出头要放歌。

一切机遇绝不舍，

人上人也是凡身肉胎猿猴科。

（心情大好，扶起被金锁掀翻的垃圾桶和座椅，一边栽植着被金锁拔起的小树，一边神情迷离地向远处张望着，远远地看到童薇薇，藏到树后）

〔童薇薇上。

童薇薇　（唱）甲成盛邀难藏躲，

言说有诗需雕琢。

举止怪异闪又躲，

到底相约树哪棵。

罗甲成　（从树后闪出，唱）

就是相思树西侧，

童薇薇 （唱）像是抗战把敌磨。

罗甲成 （唱）晚霞如虹撩心魄，

童薇薇 （唱）今夜恐要起风波。

罗甲成 （唱）湖岸相携一对鹅，

童薇薇 （唱）让我惊飞各回窝。

罗甲成 （唱）千万别把它恫吓，

童薇薇 （唱）你要谈诗何不说？

罗甲成 （唱）满目尽诗你不唱和，

童薇薇 （唱）我是能动专业吟诗拙。

罗甲成 （唱）校花一朵你才情绝，

童薇薇 （唱）这样的夸奖像戏说。

罗甲成 对不起，我……我让你弄得没词儿了。薇薇，你……你难道就感觉不到我……我的……

童薇薇 你的什么？

罗甲成 我对你的……那点儿意思吗？

童薇薇 什么意思？

罗甲成 噢，你对我的，我全感觉到了。学生会选举，你推荐我做候选人，并且还动员那么多同学支持我。

童薇薇 这是因为我觉得你能代表一个方面。

罗甲成 恐怕还有其他……更加温暖的含意吧。

童薇薇 什么温暖的含意呀？

罗甲成 你对我的……关爱……

童薇薇 是呀，同学嘛，应该的。

罗甲成 可这里面……分明有更深的……implication（意味）……

童薇薇 关爱就是关爱，还有什么意味呀？

罗甲成 那是……是一种特殊的感情……

童薇薇 你想偏了吧？

罗甲成 （有点茫然）薇薇，难道你……你平常对我的那些感情都……

童薇薇 罗甲成同学！（唱）

爸爸始终教育我，

要关爱弱者把雨露播。
你姐弟的故事如青果，
苦涩的经历让我把泪落。
默默为你发光又添热，
只是想帮你走出困顿的生活。

罗甲成 （深受侮辱地）童薇薇，你瞧不起我？

童薇薇 没有，你的学习成绩比我好，我很敬佩你呀！

罗甲成 可你从骨子里瞧不起我。我一直以为你待我很平等，原来你早已把自己放在了拯救者的位置上。你凭什么帮助我？我家是贫困户吗？我向你们申请过救助吗？

童薇薇 对不起，我是在执行学生会的“一路同行”计划。这个计划之所以秘密进行，就是怕伤害你们的自尊。我偷偷跟踪过你一次，看见过你爹娘打饼的身影……对不起……你太敏感，太脆弱，我的帮助也只好遮遮掩掩，让你误会太深了……今天既然说破了也好，关爱和爱情是有本质区别的，如果关爱伤害了你，我们马上撤销对你的行动计划。罗甲成同学，再次深深向你道歉，对不起！（深深鞠躬）另外，我还想告诉你，你的学生会主席团候选人资格被取消了。

罗甲成 （大惊）为什么？

童薇薇 还需要我告诉你吗？你在网上强力攻击你的竞争对手，同学们都认为你求成心切，有失风范，全部倒戈。对不起！（下）

〔罗甲成被彻底击倒在草坪上。

〔天空隐约滚过雷声，闪电。

罗甲成 （唱）一席话灵肉刺痛天地倒错，
赤裸裸尊严尽失面皮全剥。
我本想爱情事业双双结果，
谁料想西西弗斯巨石推上又滑落。
原以为走出大山天就辽阔，
挣断肠跳过龙门命越龟缩。
告别了沟壑，
告别不了我的穷窝。

走进了城郭，

走不平等我的人格。

一心想催生花朵，

不承想招来恶魔。

我还上的什么学，

弄巧成拙的污点怎涤濯？

我第一次深刻认识我，

再努力还是一个登不上台面、进不了场面、遭人边缘的山里哥。

满目诗意全凋落，

湖光黯淡尽混浊。

找一个无人知我根底的处所，

过一种没有侧目而过、同情施舍、人格平等的生活。

（愤然地将自己刚刚扶起的垃圾桶和座椅又掀翻在地，欲放浪而去）

〔罗天福挑着一担用塑料布包裹着的千层饼上。

罗天福 甲成，你姐给你们学校大灶联系了一下，人家立马让先送一百个千层饼过来试试。这个路子要能开通，村里新来的这一拨，吃饭问题就解决了。

罗甲成 （突然愤怒异常地）让千层饼见鬼去吧！

罗天福 我娃咋了？要是嫌丢人，爹挑回去就是了。

罗甲成 （突然号啕大哭起来）爹，我们放弃吧！

罗天福 放弃什么？

罗甲成 放弃你的西京梦，放弃一切。什么奋斗都是徒劳的。（踢飞垃圾桶）

罗天福 娃你咋说这话呢？这……这都是你干的？（指着被破坏的设施）

罗甲成 爹，在你眼中，我和姐姐是龙，是凤，你以为我们上了大学，就能成龙成凤，改变命运……可实际上，我们掏空家底，搭上老命，仍然是城里人眼中的下三烂。姐今天毕业，还不知啥时才能就业。再别给自己编织虚幻的梦想了，你和娘赶快回去吧。在乡下还能像人一样地活着，在这儿，你就是污水，是“牛皮癣”，是贼……

罗天福 你……你咋……

罗甲成 爹，靠打饼实现不了你的西京梦，你们赶快回家养老去吧！去你的千层饼！（狠狠踢飞饼担子，跑下）

罗天福 甲成——（唱）

炸雷击顶梦重创，
天塌地陷抽脊梁。
十几年好学上进的读书郎，
进城变成了秉性顽劣的走火枪。
是什么让他心迷惘？
是什么将他变乖张？
日渐孤愤心志丧，
挫败了为父殷殷期望苦心浇灌望子成龙血一腔。
我是个失败的教书匠，
把儿子教成了叛逆郎；
我是个失败的领路爹，
西京梦将夭折深感悲凉。

（慢慢扶起被罗甲成毁坏的一切）

〔人动景移。

罗天福 （挑着千层饼行进在雨夜中，跌倒，唱）

真想蜷缩进家乡的热炕，
真想醉卧在故乡的荷塘。
守着我那花开如火的紫薇树，
望着我那读书琅琅的小学堂。

（慢慢爬起，接唱）

腰杆已背不动日子的细账，
精神已撑不住岁月的漏光。
日子不是苦尽甘来节节向上，
生活不是付出回报两相抵偿。
日子是天天激战无战况，
生活是年年拼命少华章。
我真想一卧不起退下场，

我真想一病不治皆了亡。
可老伴浑身病痛谁将养，
女儿她毕业尚无落脚方。
最愁儿子变态相，
一旦生恶必疯狂。
不能为社会造栋梁，
也不能给人间养毒疮。
好乡亲也指望我把路蹚，
这信任把我卑微的生命照亮堂。
一切都不能往下放，
老罗的担子还得老罗咬紧牙关往前扛。

〔西门锁家院落出现。罗甲秀上。

罗甲秀 爹，甲成他……

罗天福 他怎么了？

罗甲秀 他离家出走了！

〔罗天福大惊。

〔院子所有人都为罗家忙活起来。

旺春嫂 罗村长，莫急呀。

房客甲 我们都在帮忙找着哩。

房客乙 这娃会走远吗？

房客丙 恐怕不会近。

房客丁 啥事能气成这样？

房客戊 我看娃不想活的心思都有哇！

房客己 东方老人问过他一句。

房客庚 他回答得可噌了。

房客辛 他说：不想再见天日！

罗天福 啊！（扔下担子）甲成——（追下）

〔幕内秦腔黑头声：

“我大、我爷、我老爷、我老老爷就是这一唱，
慷慨激昂，还有点苍凉……”

〔切光。

第五场

〔光启。西门锁家院落。

〔东方雨依然在唐槐下拉着如泣如诉的板胡。

〔童薇薇、罗甲秀和母亲淑惠在向远处瞭望。

〔众房客围上。

旺春嫂 姨，还没消息？

淑　惠 没有。

罗甲秀 他就在网上留了一句话，说别找他，他到很远的地方打工去了。

旺春嫂 这孩子也太不懂事了。罗村长去找娃也走十几天了。唉！

房客甲 姨，我帮你打听了，我们那一片工地，没人听说甲成去过。

淑　惠 唉，都麻烦你们了。

众　人 （议论）会到哪儿去呢？

〔贺春梅上。

众　人 贺主任！政府那边有消息吗？

贺春梅 （摇摇头）还没有，不过全市各派出所都备案了。

淑　惠 谢谢大家惦记了，谢谢！谢谢！

众　人 你还要保重身体！人一定会回来的。

童薇薇 罗阿姨，别着急，我们都在找他，相信他会回来的。

淑　惠 噢，谢谢！谢谢贺主任！谢谢同学们！

〔罗甲秀搀扶淑惠进房。童薇薇下。

〔富贵叔领着几个乡下老者，扛着大包小包的行李，探头探脑地上。

旺春嫂 富贵叔，你们怎么来了？

富贵叔 哎呀，总算找到了。罗村长也住这儿吧？

旺春嫂 你们怎么也来了？

富贵叔 奔罗村长来了。

老者甲 （唱）我能把饼擀得薄如缎，

老者乙 （唱）我能把面揉得筋似砖。

老者丙 （唱）我能把大料调得香五里，

富贵叔 （唱）我能把叫卖声喊得穿过两架山。

旺春嫂 还叫卖呢，甲成跑了上个月不见人影，罗村长去找，到现在也没个消息。都先到我们家里歇着吧，等罗村长回来看咋弄。

贺春梅 你们就这么信任你们的罗村长？

富贵叔 嗨，不相信罗村长你相信谁？那是绝对的。

〔众人议论着进房。

〔贺春梅欲下，西门锁与阳乔从房里撕扯着出。

阳　乔 （几近疯狂地）你必须老实交代！

西门锁 交……交代啥吗？

阳　乔 你到底给了那个骚货多少钱？真的要活活把我气死嘛……（撒泼地一屁股瘫坐在地上）

西门锁 你真格不嫌丧眼吗？（欲拉阳乔）

阳　乔 （闹腾得更凶）活不成了哇，我活不成了哇……

贺春梅 （冷冷地）还嫌这院子不闹吗？

阳　乔 你这话啥意思？你就这样关心老百姓的痛痒啊？

贺春梅 哪儿痛，说！

〔房客甲给贺春梅搬来了凳子。

阳　乔 你问他。（指西门锁）

西门锁 呵呵，内部矛盾，人民内部矛盾。

阳　乔 已经转化到外部了。

贺春梅 咋回事？

西门锁 （张口结舌地）哎……哎……诬陷好……好人哩。

阳　乔 你要是好人，那世上就没好人了。他，他把一大沓钱给了上一回踩脚那个骚货，让我逮了个正着哇！

贺春梅 （对西门锁）有句俗话说，六十岁尿炕——老毛病哪！

西门锁 人……人家是借哩。

阳　乔 这比猫借耗子还可怕呀！贺主任必须得给我撑腰哇。

贺春梅 是副的。

阳　乔 都已经常务了，能拿事嘛。你说把这号老前科犯咋办呀吗？

房客乙 凉拌。

贺春梅 去去去，起啥哄呢。钱拿走了没有？

阳　乔 让我一把给抓回来了。他把我坑苦了哇！十八年了，我原来一尺八的腰围，看看现在；我过去脸上粉嘟嘟的，看看现在……唉，真是“敌营十八年”啊！

贺春梅 那是自然现象嘛。

阳 乔 我这都是让他气的咪，我痛苦得很啊！一想起脸上的皱纹被他气得一天天多起来，我就不想活了哇，生命不能承受之重啊！活得太累太痛苦了哇！西门锁，我跟你这个低级动物没完。

房客甲 （故意地）人是高级动物。

阳 乔 男人这个动物不是，至少目前我还没看出来。

房客乙 你是太清闲了。

房客丙 脑子容易搁事。

阳 乔 你们农民工懂什么，吃饱了，穿暖了，有活干了，工钱拿到了，就睡得跟猪一样。可我们有精神生活哇，你们哪懂得精神痛苦有多痛苦哇！

房客丁 你睡着的那个鼾声可不比我们美妙。

房客戊 三层楼都震动呢。

房客己 （悄声地）能跟驴PK。

房客庚 你是筋懒得痛苦。

房客辛 不是精神痛苦。

阳 乔 去去去，我的精神真的痛苦得很啊，贺主任啊！

贺春梅 （无奈地）你的确很痛苦，我都为你感到痛苦哇！

阳 乔 这下我跟政府总算坐到一条板凳上了！（和贺春梅挤到一条板凳上坐着）

贺春梅 （愤然站起）都是钱烧的咪。

〔板凳翘起，阳乔一屁股坐在地上。

〔房客壬跑上。

房客壬 不好了，金锁在街上醉酒飙车，把人……人卷到车轮下边了！

阳 乔 啊，天哪！都是你这个低级动物养的好货呀！（起身，揪着西门锁急下）

贺春梅 唉！钱少了不好过，钱多了也过不好哇！

〔众人议论着散去。东方雨在给唐槐挂吊瓶。

〔罗天福幕内唱：“恨甲成不懂事一逃千里——”拉着罗甲成上。

罗天福 （接唱）投黑矿下煤窑犟得出奇。

罗甲成 （唱）我甘愿不见天沉到井底，

再不想在世上被人看低。

罗天福 先回家再说。

罗甲成 爹，我说过了，你就是把我弄回来，我还是要走的，反正我不上学了。

罗天福 你……

〔院中房客闻讯围上。

房客甲 娃呀，你终于回来了！

房客乙 可怜天下父母心啊！

房客丙 太不懂事了！

房客丁 你爹娘撸你几棍都应该。

〔罗甲成恼羞成怒地再次夺路欲走。

〔罗甲秀与淑惠急上。

淑　惠 甲成！（上前悲喜交加地狠狠打了罗甲成几拳，声泪俱下）

房客戊 你真是太不争气了，孩子。

房客己 你都快把你娘逼疯了，还不快回去。

房客庚 东方老伯，你有知识有文化，劝劝这孩子吧。

众　人 劝劝这孩子吧！

罗甲秀 甲成！（暗示罗甲成搀扶淑惠）

〔罗甲成上前搀住淑惠，极不情愿地慢慢向房中走去。

〔罗甲秀看到东方雨向她招手便走过去。

〔舞台变换。

〔罗家房内。

〔罗天福一关上门，即顺手操起锅盖，向罗甲成打去，罗甲成一动不动。

淑　惠 （急忙抢锅盖，没抢下来）他爹，你干啥呢？甲成，还不给你爹跪下。

〔罗甲成不屈服地扭扭脑袋。

〔淑惠将罗甲成压跪在地，罗甲成又站了起来。

淑　惠 （无奈，紧紧护着罗甲成，挨了好几锅盖）你个犟牛瘟啊，你就

给你爹认个错吧！你爹是为你们付出太多了，把你们都想得太好了，你这样……他咋受得了哇，娃呀！（唱）

自你出走那一天，
一家人心上把刀悬。
你爹三日未进米和面，
夜夜找到五更寒。
不懂事还不听劝，
娘咋养下你这抗硬性子倔巴男。

〔罗天福深感绝望地扔下锅盖，拿起灶台上一瓶酒，仰脖灌下，老泪纵横。

淑　惠　（急忙抢下酒瓶）他爹，别再折腾自己了。

〔罗天福突然失声痛哭，踉跄走进布帘隔出的内室。

淑　惠　甲成，看把你爹气的！你这一塌火，算是把你爹的筋骨抽了哇！你觉得咱家不行了，没指望了，可我跟你爹几十年，从来没有这种感觉哇，再遇见沟呀坎呀的，你爹都能撑得住，扛得下，迈得过去呀！

罗甲成　（嘟囔着）也活得太窝囊了。

淑　惠　你说啥？你爹活得窝囊？

罗甲成　还不窝囊？还想我们跟他那样活一辈子？无尊严，毋宁死！

淑　惠　你说啥？

罗甲成　你看看他一辈子，教民办十几年，该转正了，让人家一脚给踢了；村长当得好好的，又让人家踹了，吭都不吭一声，还要咋窝囊？

淑　惠　（生怕罗天福听见）你悄声些。娃呀，既然说到这事儿，你也想想你爹是咋样为人处世的。他本来再熬两年多，民办教师就够转正年限了，可上边派来了大学生……我以为你爹彻底给打趴下了，谁知新来的老师，竟然是他去山外接回来的。一村人都说他傻，可他说，人家娃是师范大学毕业的，比咱强，人得服人哩，你瞧你爹这做人……

罗甲成　哼，上边要统一给村长发工资了，他窝囊得就让人家撵了。

淑　惠　他说人家要年轻化，你爹五六十岁的人了，腰又不好使，能赖着不让？

罗甲成 哼哼，他高尚，他伟大，可我不想这样活了，太累了，压力太大了。你们放我走吧！（唱）

一切希望看不见，
还扳的什么舵，撑的什么船？
富有的咱几代难以往上赶，
尊贵的咱永远不能去比肩。
毕了业即失业投入万金随风散，
播龙种收跳蚤待到那时更觉冤。
既无果又何必挣挣巴巴去强赚，
服了输认了命浑浑噩噩也安闲。
能过了糊里糊涂过几天，
不过了登高一跳皆了然。

淑　惠 （惊呆）甲成啊，爹娘费这大的气力，把你供养出来，难道就想听你这句丧气话吗？娃呀！（唱）

娘一辈子不信神，
单信你爹这个人。
只要你爹心在跳，
咱家就能往前奔。
莫嫌你爹不富贵，
你爹寸心值万金。
莫说你痛苦压力重，
看看你爹的脊梁就懂得他的痛苦压力有几重。

〔罗甲秀上。

〔淑惠双手颤抖地从一个包袱里拿出医院拍的一厚摞罗天福脊椎的片子，让罗甲成、罗甲秀看。

淑　惠 （唱）这脊梁驮着你们爬山岭，

罗甲秀 （唱）这脊梁挑着我们求学进县城。

淑　惠 （唱）这脊梁几次折损几次接拢，

罗甲秀 （唱）这脊梁就是我们的银行我们的天空。

罗甲成 （唱）眼望父亲的脊梁心情更加沉重，
脊梁为我们弯曲回报的路径空蒙。

我必须下狠心把父亲的痴梦警醒，

宁愿死绝不重复这样煎熬的人生。

（再次欲走）

罗天福 （掀开布帘，走出隔间，跪倒在罗甲成面前）你活着吧，你好好活着吧，我投降了，彻底给你投降了！给天、给地、给世事投降了！我啥也不守了，回去先把那两棵紫薇树一卖，都交给你，让你一夜改变一切，只要钱能把这一切都改变了。我投降了，罗天福给儿子投降了！（以头叩地）

〔罗甲成、罗甲秀、淑惠乱成一团，急忙搀扶罗天福。

罗天福 我一辈子不窝囊，养个儿子把我养窝囊了。我一辈子教育人，到头来让儿子把我给教育了。我后悔不该不卖那两棵紫薇树，让你拿着几十万来西京城风风光光地上大学哇！

淑　惠 他爹！

罗天福 大炼钢铁那年，你爷为保这两棵树，活活吊死在上面，今天看来真是不值得呀！他为啥能用命去护树，是这两棵树保过他父亲一家的命哪。那年发山洪，半个村子都滑走了，罗家就是因为有这两棵树，才固住了老房桩子。这两棵树于老罗家有恩情哪！罗家世世代代都是烧香供着敬着的呀！现在什么不能卖？什么不能挖？什么不能毁呀？我真后悔当村长时，有人要买村里的那片紫薇林，提了半麻袋钱来贿赂我，我竟然一口回绝，没给你把钱收下，让你好体体面面地活人哪。我真窝囊啊！苍天哪，罗天福守不住了，罗天福要放弃了——罗天福要把一切都放弃了——（长跪不起）

淑　惠 快，快扶你爹，你爹这脊梁一垮，这个家就彻底完了！

罗甲秀 爹！（跪）

〔淑惠暗示罗甲成跪，罗甲成仍不愿。淑惠跪地，罗甲成无奈跪下。

罗天福 （唱）呼啦啦一家人全跪倒，

好像是祭坛把魂招。

我真的撑不住想松套，

不守了一切都轻飘。

我也会投机取巧把鬼捣，
我也能靠山吃山把钱捞。
何必要丁是丁来卯是卯，
天底下不单是聚沙成塔路一条。
恍惚间我已脊梁断裂形枯槁——

〔幕内秦腔黑头声：

“我大、我爷、我老爷、我老老爷就是这一唱，
慷慨激昂，还有点苍凉。
不管日子过得顺当还是恓惶，
这一股气力从来就没塌过腔。”

罗天福 （唱）抬眼望突感一家之长不可先折腰，
再锈的铁锁也得往开撬。
这盘棋谁都能走，
我这个家长不能逃。
孩子呀！
我理解你生活的苦恼，
我懂得你成才的煎熬。
城市让人生活更美好，
城市也让人活得一团糟。
眼花缭乱就会心性浮躁，
好高骛远最易根底脱锚。
心态失衡看事自然颠倒，
急于求成精神愈发浮飘。
我喜欢你追求上进渴慕美好，
我欣赏你读书用功总领风骚。
我失望你过于自尊，偏执孤藐，缺少定力，微波惊涛，
我痛心你志气输掉，半途折夭，懦夫溃逃，责任全抛。
有些事你改变不了，我也改变不了，
可命运的缰绳全靠自己挽紧套牢。
如能平心静气点点丰茂，
城市的大舞台定会让你台阶隆起步步走高。

可惜你放任自流心生奇巧，
家再贫贫不过你人心锈蚀精神枯凋。
我不是富爸爸难以让你尊贵显耀，
也没觉得打饼谋生就下贱害臊。
不择手段得富贵我宁可穷困潦倒，
凭劳动获取回报最是立得稳、靠得住、扎得牢。
我的孩子呀，
罗家只有这一个传家宝，
不新鲜，不时髦，遭人讥，惹人笑，
可它是千秋的根基万万不敢乱动摇。

罗甲秀 甲成，东方老爷爷给我们算了一笔账，他让我念给你听听……

〔院中唐槐下，出现东方雨拉板胡的身影，声音慷慨悲凉。

〔淑惠和罗天福开始打饼。

〔罗甲秀喃喃地念出声来，后逐渐转化为东方雨的画外音："孩子，这是我计算的一个方程式，你们自己也来解一解，你爹娘自住进这个院落，三年中，据不完全统计，共打饼108万个，平均每天1000个，一个饼需要近30个手工动作；三年中，他们为生计共劳作了3240余万次，刨掉面粉、油、芝麻、大料、木炭、房租、水电等一应成本，每个饼平均利润三分钱。三年中，共收入30800元，全部用于你们的学习生活支出……三年中，你爹娘一共穿过两件新衣服，而你们平均一年三套，你爹娘穿的都是你们褪下来的旧衣服……我给你们计算这个，不是想给你们忆苦思甜，只是想让你们关注你们父辈脚踏实地、诚实劳作的身影。我父亲是个铁匠，我从小就计算着他打成一件铁器的工作量，这在我以后的成长中很管用。你们的起点已经被他们用肩膀托得高过了他们许多。孩子，知道羔羊是怎么吮吸母亲乳汁的吗？那种双腿跪地的感恩接纳，才是这个世界上最美丽动人的图画……"

罗甲成 爹，娘——（扑跪在正打饼的罗天福和淑惠面前）

〔罗天福、罗甲秀、罗甲成、淑惠一家人喜泪交加，全家人跳《打饼舞》。

罗天福 （唱）不求你们成龙成凤，

不求你们显贵尊荣。

淑　惠　（唱）只盼你们爱惜生命，

罗天福　（唱）只盼你们大道正行。

淑　惠　（唱）别怕我们起点低矮家境欠丰，

罗天福　（唱）有指望，有信心，不放弃，不害人，

我们就是最富有的人家最贵气的门庭。

〔幕内秦腔黑头声：

“我大、我爷、我老爷、我老老爷就是这一唱，

慷慨激昂，还有点苍凉。

不管日子过得顺当还是恓惶，

这一股气力从来就没塌过腔。”

〔切光。

第六场

〔光启。两年后。

〔西门锁家院落。

〔西门锁与阳乔扭打成一团。阳乔拿着菜刀，压住了西门锁。

阳　乔　今天是一场你死我活的斗争，说，把钱给谁了？

〔围观者越来越多，房客甲欲夺刀，但被阳乔逼退。

阳　乔　说！

西门锁　我就实说了吧，给前妻了，她养着几十个孩子……

阳　乔　养着几十个孩子？

西门锁　她对婚姻绝望后，办了个孤儿院。

阳　乔　老跟你见面的那个骚货是谁？

西门锁　你把刀拿远些……我说……她的同事……

阳　乔　她怎么老来拿钱，你们打牌还踩脚？

西门锁　哎呀，你把刀拿远些嘛！前妻病了，是……是乳腺癌……她……她是好心来帮她……

阳　乔　你就一次次把钱往出偷？还打通牌？

西门锁　你……你像母老虎一样，这……这是“逼良为娼”。

阳　乔　你……你这个砍脑壳死的“娼妇”哇！（放开了西门锁）

房客甲　（扶起西门锁）没吓着吧？

房客乙　（偷偷给西门锁竖起大拇指）原来是个好哥儿呀！

房客丙　有情有义！

房客丁　弟服你了！

阳　乔　都在这儿看啥热闹，滚！哎，该交房租了啊。

房客戊　你不能半年涨一回嘛。

房客己　发酵粉嘛。

阳　乔　没办法，人都往城里涌嘛，搭个凉棚也有人租哩。你没看绿豆、大蒜都啥价了，还别说我这货真价实的房子。

房客庚　好一个货真价实呀！

房客辛　五星级！

房客甲　二楼上洗澡一楼泡汤……

房客乙　两口子上床全楼摇晃……

房客丙　昨天电线又着火了……

房客丁　我准备搬啊，害怕火葬。

阳　乔　把你嘴夹紧，不学乌鸦叫，没人说你是哑巴。哎，我这回可是真安电线了噢，给你们那几个新来的小伙子说，再乱尿，可就真打了。

〔刮着光头的金锁被贺春梅领上。

金　锁　爸、妈！

阳　乔　（惊喜万分地）金锁，我的儿子啊！（抱住金锁痛哭）你可把妈想坏了哇！

西门锁　你咋回来了？

贺春梅　娃在里边表现好，提前释放了。

阳　乔　政府好哇，好政府哇！祝贺贺主任啊，我们已经听说了，你都升正主任了，街道办“一把手”，牛成马了！

金　锁　爸、妈，我准备把我开车撞残疾的那个老人接来一起过啊。

阳　乔　唉唉，这个我们要商量，这个我们要商量。走，先回家吃饭。贺政府，走，一块儿到家吃饭走。

贺春梅　不了，你们好好商量一下。老人是个鳏夫，咱们得共同想想办法。

阳　乔　原来你前后忙着把娃往出弄，尻子后头还跟着这一狠招哇。

贺春梅　人被完全撞残了，可怜得很，我们都有责任把他的生活照顾好嘛！

西门锁　有责任，有责任。

〔阳乔急忙使眼色让西门锁和金锁走，三人下。

〔东方雨背着喷药桶上，明显体衰，走路不支，跌倒。

贺春梅　（急忙搀扶）东方老伯，我来吧！

〔东方雨坚持登上梯子给唐槐喷药。

贺春梅　你几次写的关于西京千年大树保护思路，被政府采纳了，这一块就要建文化广场呢。以唐槐为中心，把孔庙、碑廊、藏书阁，全都整合起来了。

〔东方雨十分欣慰地点点头。

贺春梅　你写的关于农民工应享受市民同等教育、文化、医疗待遇的报告，我已送到市长办公桌上了，他们说你是市府年龄最大也是最尽职的参事。（边说边与东方雨下）

〔罗甲成、童薇薇上。

罗甲成　就这棵树，老头儿已守了三十多年。

童薇薇　（仰望唐槐）太让人感动了。

罗甲成　听说老头儿是陶行知的弟子，上世纪90年代还在国外学术刊物发表论文呢，后来就一直守着这棵树。你看看这个记事本，老头儿每天都在上面记录着这棵树和这个院子所发生的一切。（从树下拿起东方雨的记事本，与童薇薇虔敬地翻阅起来）

童薇薇　（念）“经大量史料考证和植物学家探测，这棵树是唐朝贞观年间所植……”

罗甲成　（念）“有十七次雷劈记载……”

童薇薇　（接着念）“先后三次火灾、两次地震，造成主干东北倾斜一百零四度，生命支撑力与耐受力为世所罕见……”

〔罗甲秀上。

罗甲秀　你们在看什么呢，这么津津有味的？

罗甲成　东方老人的手记。你看，（念）“在城市化进程中，成千上万农民工蜂拥而来，他们不仅干了这个城市由丑变美的一切脏活累活，同时还输送了以诚实劳动安身立命的人格精神……”

罗甲秀 他是这个城市的大知识分子，在学术界地位很高，但他的良知始终与大地密切相连。

童薇薇 这是我们西京城最深刻动人的故事。我想给老人敬个礼。

〔东方雨不知啥时忙碌地上，在童薇薇敬礼时，又忙碌着下去了。

〔罗天福、淑惠上。

〔罗天福身上挂满了儿童玩具。

罗甲秀 爹，你这是干啥呢？

罗天福 嘿嘿，接村里的娃们。你们想，我们回到村上，一沟的娃们都喊叫罗老师、罗师娘回来了，我们还能空脚吊手的吗？

罗甲秀 爹，说走就走哇？

罗天福 你办了公司，把千层饼的生意真的给做大了。甲成大学毕业，考上了硕博连读，爹和娘的任务完成了，该回去了。我说过，只供你们上完大学，下来的路全由你们自己去走。看，我还弄了个啥？（掏出一个用红布包着的绿皮本本）

众　人 啥？

罗天福 《省级特种大树保护证》，是东方老人帮我办下的。我也回去看树哇！城里的大树有人经管，乡里的大树也得有人看守哇！

〔画外音："失火了，电线着火了！"

〔大火骤起，铺天盖地。

〔众人慌忙搬抢着东西。

〔贺春梅急忙组织救火。

〔东方雨上，用水枪喷水救人救树。

〔幕内伴唱：

　　"老房子着火呼啦啦，
　　眼看柱倾梁垮塌。
　　早上财神还理事，
　　转眼供桌焚如渣。"

阳　乔 天哪！咋烧得这快呀！快，快，我的私房钱哪！

贺春梅 救人是第一位的，里面还有人没有？

阳　乔 不……是……是文物，求你们帮我抢救文物，在大立柜后面夹层木板里呀！

〔金锁反身向火中跑去。

阳　乔　儿子，你不能去呀！

〔金锁已冲进火海。

〔一根大梁垮下。

〔房客甲、乙、丙、丁、戊、己、庚、辛冲进去救金锁。

〔罗甲成给头上浇下一桶水后，也冲进了火海。

〔大火越烧越凶，众人在做着最后的努力。

〔罗天福一家人和西门锁一家人几近绝望地向火中扑去，贺春梅与众人奋力阻拦。

〔终于，罗甲成和众房客托着金锁从火海中逃了出来。

〔金锁头顶举着一个袋子。袋子开裂，里面是一摞摞人民币、金银珠宝首饰，还有一个金佛爷。

西门锁　天哪，你还攒了这多私房。

贺春梅　要不是罗甲成和这些农民工，你儿子差点儿把命都搭上了。

阳　乔　谢谢甲成，谢谢各位大哥！

〔阳乔拿着大把的钱塞给救火的人，但无一人接受。

〔唐槐被烧焦一枝，东方雨拭泪凭吊。众人都随着东方雨向唐槐鞠躬。

罗天福　（从包袱中拿出一双皮拖鞋，对阳乔）娃她姨呀，我们要走了，这是我和你嫂子特意给你买的，意大利真皮的，两千多块，就算是我们住了一场，给你留个念想吧。

〔阳乔大惊。

〔东方雨突然把眼光慢慢移了过来。

阳　乔　（极度尴尬地）这……这是……

淑　惠　你就拿上吧！

阳　乔　不明……不白的，我都没给你准备啥……咋好意思呢。

罗天福　那我就说明了吧。三年前的10月28号中午，你在院子里丢了一双皮拖鞋，真不是我老罗拾了。可三年多来，它一直像一座山一样，压得我喘不过气呀。我今天就回去了，不想把这个难过带回家去。我和你嫂子跑了几条街，给你买了一双，不知颜色对不对，你就收下吧。

〔阳乔突然感到了背后那双犀利的眼睛，回头与东方雨目光相遇。

〔阳乔向室内跑去，从家中拿出了那双被烧残的皮拖鞋。

阳　乔　（扑通跪在地上）罗大哥，原谅我吧，鞋早找到了，可我没告诉你。原谅我吧！农民工兄弟们，原谅我吧！过去有不周到的地方，都请原谅我吧！（继而给所有救火人磕头谢恩）

罗天福　（无限欣慰地）噢——（唱）

三年心底负重驮，
今日石出水终落。
我想喊，我想歌，
洗清白了比皇帝老子都快乐。
恨你爱你的西京城，
四年的收成比半生多。
包容是你连天接地的气魄，
文明是你千载绵延的品格。

老罗走了——（接唱）

舍不得这西京的壮阔——

走了老罗——（接唱）

从此乡眠中多了西京城梦一样的生活。

〔这时，一群农民工扛着各种行李，走进院落。

农民工　（唱）我能把饼擀得薄如缎，
我能把面揉得筋似砖。
我能把大料调得香十里，
我能把叫卖声喊得穿过三架山。

〔一个新的农民工家庭，扛着与罗天福四年前上场时一模一样的家具上。父亲与母亲的化装也酷似罗天福和淑惠，儿女酷似罗甲成、罗甲秀。

农民工甲　罗村长，你终于完成大业了。我女子儿子也考上大学了，我一家也来西京寻梦了。我专门要租你住过的这间房，就是为了图个吉利呀！

罗天福　（紧紧握住农民工甲的手，百感交集）好，图个吉利！

〔唐槐下，东方雨又一次拿起板胡，拉起了慷慨激越的音调。

〔幕后秦腔黑头声：

“我大、我爷、我老爷、我老老爷就是这一唱……”

〔后景区渐变。

众　人　（唱）我大、我爷、我老爷、我老老爷就是这一唱，

慷慨激昂，还有点苍凉。

不管日子过得顺当还是恓惶，

这一股气力从来就没塌过腔。

〔咏唱中，以唐槐为中心的文化广场出现。

〔人影渐成沧桑浮世绘雕塑。

〔幕落。

——剧　终

《西京故事》创作于2008年，2011年陕西省戏曲研究院在西安首演，导演查明哲，主演李东桥。剧本获第二十一届曹禺剧本奖，剧目获第十四届文华大奖，入选2010—2011年度国家舞台艺术精品工程、中宣部第十二届全国精神文明建设“五个一工程”。

作者简介

陈　彦　男，1963年出生，陕西镇安人，剧作家、作家，茅盾文学奖获得者；曾创作《迟开的玫瑰》《大树西迁》《西京故事》等戏剧作品数十部，三获“曹禺戏剧文学奖”、文华编剧奖，作品三度入选国家舞台艺术精品工程“十大精品剧目”，五次入选中宣部全国精神文明建设“五个一工程”。电视剧《大树小树》获飞天奖；著有长篇小说《西京故事》《装台》《主角》《喜剧》。

·话　剧·

平凡的世界

（根据路遥同名小说改编）

孟　冰

时　间　2004—2005年。

1976—1984年。

地　点　中国陕西，陕北地区。

人　物　孙玉厚——五十二岁，忠厚的老农民，在村里很有声望。

孙少安——二十三岁，孙玉厚的大儿子，双水村生产一队的队长。

孙少平——十七岁至十八岁，孙玉厚的二儿子。

贺秀莲——二十二岁，孙少安的妻子，山西人。

田福堂——四十八岁，双水村大队书记。

田晓霞——十七岁至十八岁，田福军的女儿。

田润叶——二十二岁，地委书记田福堂的女儿。

李向前——二十五岁，田润叶的丈夫。

田润生——十七岁至十八岁，田福堂的儿子。

郝红梅——十七岁至十八岁，原西县高中的学生，地主家后人，心高。

孙玉亭——四十一岁，孙玉厚的弟弟，常饿着肚子给别人讲革命大道理。

贺凤英——四十岁，孙玉亭的妻子，山西人。

兰　花——孙玉厚的大女儿，非常爱王满银，甘愿付出一切。

孙家奶奶——七十八岁，耳朵近聋，眼睛有病，经常说话打岔。

王世才——三十大几，河南人，矿工班长，性格豪爽，家务都自己来干。

王满银——二十八岁，孙玉厚的女婿，典型的盲流。

兰　香——十三岁，孙玉厚的小女儿。

惠　英——二十七岁至二十八岁，王世才的妻子。

明　明——八岁至九岁，王世才的儿子。

小　翠——十五岁至十六岁，被爸爸打发到城里打工的小女孩。

马　顺——四十岁，孙少平的表舅。

胡老板——五十岁，个体经营者。

贾有财——四十岁，私企老板。

阿　美——二十五岁，广东女人，王满银的情妇。

亮　亮——二岁，郝红梅的儿子。

猫　蛋——四岁，兰花和王满银的女儿。

狗　蛋——一岁多，兰花和王满银的儿子。

民工，村民，警察，服务员，记者甲、乙，艺术家，老师甲、乙、丙，揽工汉甲、乙、丙、丁，工头，工作人员，工人甲、乙、丙、丁。

序

〔2005年春天。

〔延安。

〔光启。市内文化广场正在举行路遥铜像落成揭幕仪式。舞台正中的路遥半身铜像被一块红绸布盖着。铜像基座下摆满了鲜花。观众看到的是铜像的背部，由于铜像坐落在一处高台阶上，因此，所有参加仪式的领导和嘉宾都被挡在高台阶的另一端，这里只能听到他们的声音……

〔一队穿着陕北农民彩服、头上系着白毛巾的腰鼓队边打着热烈而欢快的陕北腰鼓边跳跃着从这里走过。

〔喇叭里传来仪式开始和请某某领导讲话的声音……

〔幕后声音："1949年12月2日，路遥出生于陕西省清涧县王家堡村一个普通农民家庭，原名王卫国。八岁的时候，他被过继给生活在延川的大伯当儿子。他的青少年是在农村和县城度过的，中学毕业后返乡劳动，并教过农村小学。1973年进入延安大学中文系读书，毕业后到省城的文学团体工作。1982年成为专业作家。他的中篇小说《人生》轰动全国，并被拍成电影，他的长篇小说《平凡的世界》获得第三届茅盾文学奖。"

〔两位电视台记者和雕塑艺术家走来，记者一人忙着拍摄，一人拿着麦克风追着艺术家采访……

记者甲　老师，最后一个问题，您能不能谈一谈您创作这个路遥铜像的感想？

艺术家 （叹了口气）……感想？（回身看着铜像）他就站在那儿，他就那样看着我们，你说，他会想什么？

记者乙 他……他会看到我们在纪念他……

艺术家 纪念？对，他现在拥有了鲜花、鞭炮……可他就是因为写这部小说才丢了性命！他吃的那些苦有谁知道？小说获奖以后，他居然连去北京领奖的路费都没有，是他弟弟给他借的钱，你知道那时候他心里想的是什么……

记者甲 不知道……

艺术家 （狠狠地）……日他妈的文学！

〔幕后鞭炮大作，鼓号齐鸣……

〔路遥铜像上的红绸子被撕扯开，在风中飘走……

〔收光。

一

〔1976年春天。

〔陕北，原西县城外。

〔光启。初春，原西河浩浩荡荡的水流一片浑黄。河畔悬崖上面的小山湾里，桃花已经开得红艳艳的了。河岸边，鹅黄嫩绿的青草芽子从枯草中冒了出来，带给人一种盎然的生机。

〔不知从什么地方传来一阵女孩子唱信天游的声音：

“正月里冻冰呀立春消，
二月里鱼儿水儿水上漂，
水呀上漂来想起我的哥！
想起我的哥哥呀你等一等我……”

〔片刻，孙少安和田润叶一前一后沿着原西河畔走来，他们沉浸在明媚的春光中。

田润叶 少安哥，你走慢一点嘛！我都撵不上你了！

孙少安 我在山里洼里跑惯了，走慢了急得不行。

田润叶 （突然地）……呀，你快看！

孙少安　（顺她手指的方向看去）……甚？

田润叶　马兰花！……蓝格莹莹的！（跑过去摘下几朵小花）……咱们在这儿坐一会儿吧。

〔孙少安、田润叶二人坐下。

田润叶　我叫少平捎话给你，让你来县城找我，这都好几天了，你咋才来？

孙少安　前几天，我先赶着把家里自留地的南瓜和西葫芦都种上，这可是全家人一年吃的。还种了点儿土豆、西红柿和黄瓜，这是要去集上卖的。

田润叶　那也用不了好几天呀！

孙少安　唉呀，你又不是不知道，我大小还是个队长嘛，队上的事情多得很！冬小麦已经返青了，要除草、施肥，如果是尿素和硫酸铵，撒在地里就行了，要是碳酸铵就得用土埋住，否则肥效发挥不出来嘛。……润叶，你到底有什么事情嘛，看你急的！

田润叶　少安哥，我真有急事呢…

孙少安　那你快说嘛。

田润叶　（看着孙少安）……我二妈家给我说了个人家。

孙少安　甚……人家？

田润叶　就是……县上一个领导的儿子……（低头摆弄着手里那朵马兰花）

〔孙少安一愣。

田润叶　（抬起头看着孙少安）……你说话呀？

孙少安　你还没说完嘛，然后呢？

田润叶　然后？……然后就是现在跟你说了嘛。

孙少安　（吐了口气）……这是好事情。明摆着人家家庭条件好嘛……对了，那个人是做什么工作的？

田润叶　（突然大声地）……可我不愿意！

孙少安　（再次愣住，片刻又笑了）……你不愿意就算尿，这有什么难的？

田润叶　（急）可他总缠着我嘛……

孙少安　（也急了）这城里人的脸皮子咋这么厚呢，人家不愿意，还缠什么嘛！

田润叶　你？……你就是个死人！不跟你说了！

孙少安　那，那你要我咋说嘛……要是过去在石圪节上小学的时候，那个赵狗剩专门往你身上扔篮球，我过去三下两下就把那小子打得鼻子和嘴巴一直淌血……可现在……

田润叶 （本来是笑着的，这会儿又板起脸来）……现在咋啦？

孙少安 哎呀，现在不一样了嘛。上完小学，我家就实在掏不出钱来再让我上中学嘛，为了让我弟弟少平能上学，我就回家种地去了嘛。你就离开村子进了县城上完初中上高中，现在你是县里小学光荣的人民教师，我是双水村的一个农民……

田润叶 好吧，就算你是农民……

孙少安 不是就算，就是农民！

田润叶 好，就是！请问农民兄弟，上小学的时候你认过的字还记得不？

孙少安 （笑了）哎呀，上下左右，屋前屋后，种瓜得瓜，种豆得豆……还能认下！

田润叶 （掏出一个小纸条塞给孙少安）……现在不能看，等我走了以后你再看！

〔田润叶一阵风似的跑了，留下一串银铃般的笑声……孙少安愣愣地看着田润叶的背影。

孙少安 （片刻，突然喊了起来）哎，你真走了？那我可看了！（小心翼翼地打开小纸条）

〔田润叶的画外音："少安哥，我愿意一辈子和你好！"

〔孙少安挥舞着双拳跳了起来，本来他想喊住已经远去的田润叶，可他又立刻改变了想法，他将小纸条紧紧地贴在胸口，几秒钟后他又将小纸条轻轻地贴在嘴上，而后，他像个醉汉一样重重地倒在那一片开着马兰花的花丛里。

孙少安 （扯起嗓子唱了起来）

山挡不住挡不住云彩，
神仙挡不住挡不住人想人……

〔收光。

二

〔光复明。

〔1976年夏末。

〔县城中学。

〔天空依然阴沉，地上还有积水。

〔这是午饭时间，学生们打完饭都回教室去了，只有负责打饭的“值日生”田晓霞还守着已经空空的、盛炒菜的烧瓷脸盆和大脚盆，馍筐里也只剩下两个黑黑的高粱面窝窝。学校的广播站播放着革命样板戏的唱段。田晓霞向四周张望着，身体的节奏却随着样板戏的板眼起伏扭动着……

〔片刻，孙少平从角落里走来，当他伸手去拿那两个黑面馍时，不禁停顿了一下……

孙少平 郝红梅已经来过了？

田晓霞 （看着孙少平）你还不知道？郝红梅从今天起就不再吃你这种黑的“非洲馍”了，她已经交了粮票和伙食费，这个学期人家改吃黄的“亚洲馍”了……

孙少平 （脸上掠过一丝似笑非笑的表情）哦……

田晓霞 少平哥，管理科长让我转告你，你的粮票和伙食费……

孙少平 （打断）知道了，这一两天就交上……

田晓霞 少平哥，你每天和郝红梅一起吃“非洲馍”的时候，你们说话不？

孙少平 （摇摇头）……

田晓霞 听说你们男生背地里都管她叫“校花”，是吗？

孙少平 田晓霞，你是不是吃醋了？

田晓霞 （笑了）……你真高抬我了，我有吃醋的资格吗？人家郝红梅多贤惠呀，跟谁说话都是一副不好意思的样子……（吐了一下舌头）说曹操曹操到，我走了！（收拾起菜盆和馍筐快步离去）

〔片刻，郝红梅轻轻走来。

郝红梅 （将一本书递给孙少平）……孙少平，这本《红岩》还给你，我借你的两本书都还齐了……顺便告诉你一下，从今天起我就不吃“非洲馍”了，改吃亚洲的黄馍馍了。（转身就走）

孙少平 哎……

郝红梅 （停住脚步）……有事吗？

孙少平 （想了一下）……没事。

郝红梅　那我走了？

孙少平　（点点头）……

郝红梅　（走了几步又停下）……不对，你肯定有事。

孙少平　真没事。

郝红梅　（看着孙少平）……你是想问我和班长顾养民的事吧？

孙少平　（愣住）……你和顾养民什么事？

郝红梅　你没听说？

孙少平　（摇头）……

郝红梅　（小声地）……我和他好上了。

孙少平　（惊异地）你……和他好上了？

郝红梅　（笑了）……看你那样子，撞见鬼了？

孙少平　（低下头）……

郝红梅　（看透了孙少平的心思）……孙少平，你可别误会，上次给你还《创业史》的时候，我给你夹了一个白面饼子。没别的意思，咱们俩一起吃了半年的"非洲馍"，从心理上、感情上自然比别的同学更近一些，也更亲一些。你知道，我的家庭成分不好，我爷爷是地主，我们一家人在村里抬不起头……现在一家几口人，全靠我爹一个人的工分来养活，全家人饥一顿饱一顿地过日子。就这，他们也咬着牙坚持供我上学，为啥？还不是指望我将来能够改变自己的命运……可一个女孩子靠啥改变命运呀？只能是靠找一个好人家，找个有钱的男人，也许这就是我唯一可行的道路……少平，我知道你在心里对我好，可我怎么可能把命运交给一个和我一样穷的农民呢？

孙少平　（转过身去）……

郝红梅　不管别人说我啥，我都不在乎，我希望……你能理解。

〔郝红梅慢慢走了，走得很慢。

〔天空开始飘起雨丝，孙少平仰头向天，任雨水流在脸上，他不愿意承认自己流泪了……当他发觉身边有动静时，孙少安已经站在他的身边了。

〔孙少安走来。

孙少平　哥？

孙少安　我把你的伙食费和粮票送过来……（看见孙少平手里的黑面馍）你咋没吃饭？

孙少平　（突然地）哥，伙食费和粮票不用交了！

孙少安　不交了？那你吃啥？

孙少平　我不想念下去了……

孙少安　（惊）……你说甚？不想念下去了？少平，你说胡话呢?！这高中刚上一年，就不想念了？那以后你还想不想当工农兵大学生了？少平，你这是又抽哪根筋了，你给我说说……

孙少平　不想念就是不想念……没啥说的。

孙少安　孙少平，我告诉你，让你念书可是咱们全家开过会的，你想不念就不念了？再说，为了你念初中高中，咱全家省吃俭用给你凑学费，咱大为挣俩零花钱，给人家去帮工，肩膀上挑着一二百斤的东西一走就是一天，两个肩膀膀都压烂了……你说不念就不念了？

孙少平　哥……

孙少安　你别叫我哥，我真想捶你！你自己说的你都忘了？你说你看完那些小说，睡不着觉，你觉得小说里的那些人你都认识。我当时还不明白，那些外国人你咋能认识？后来你说，你在梦里和他们在一块儿哩。你还说，将来你也要写那样的小说，让人看了吃不下睡不着，男人看了想女人，女人看了更让人爱死个人……说实话，我就等着那一天呢。等着你成了大作家，给咱们老孙家光宗耀祖！……这刚念到高中就不念了？你说我不捶你？

〔雨越下越大，雨滴打在水洼里溅起水花。

孙少平　哥，咱进屋说吧？

孙少安　不进！书都不念了，还进屋干什么？我孙少安一辈子就是风里来雨里走，说干什么绝不后悔绝不后退。我最看不起胆小鬼，最看不起当逃兵！男子汉大丈夫，一言九鼎，字字千斤。为什么，他身后还有张着嘴的老老小小呢，还有他心爱的女人呢！（将小布包扔给孙少平）……拿好了，再吃上半年黑面馍，下学期哥一定让你吃上黄馍馍！我走了……

孙少平　哥，你去哪儿？

孙少安　（长长地吐了口气）……相亲！

孙少平 （惊）……相亲？

孙少安 少平，咱二妈从山西娘家物色了一个女子，让我去见面哩！

孙少平 那润叶姐呢？

孙少安 少平，你要是真心喜欢一个人，就应该让她生活得更好！

孙少平 哥！

孙少安 我不能让你润叶姐跟着我过咱家这烂包光景！你说，我们结婚以后，是我去县里跟她住学校的宿舍，还是让她回来跟我住牲口棚？

孙少平 那为甚要去山西找媳妇啊？

孙少安 （摇头叹气）……咱家穷！人家那边答应不要彩礼嘛！

〔孙少安走了。

孙少平 哥，你等一下，我给你借把伞去！

〔孙少平追着哥哥的身影跑去……

〔收光。

三

〔光复明。

〔1976年深秋。双水村，孙玉厚家内外。

〔老实忠厚的孙玉厚终于露出少有的笑容，他的大儿子孙少安娶媳妇了。不大的院子里摆着借来的方桌，就这样还是不够坐，有些人干脆就端着大碗四处游动着，东一口西一口地吃着，有些人把大碗里装满吃的肉和菜找个安静的角落蹲在地上专心地吃着，那些能喝酒的男人和女人们则围在孙少安身边，边吵闹着边一杯一杯地喝着用白薯干做的白酒。

〔王满银被人们哄着唱起信天游。

王满银 （唱）我要拉你的手，

我要亲你的口；

拉手手，亲口口，

咱们圪塄里走一走……

〔婚礼上必要的“程序”已经举行完了，孙少安正带着新娘子贺秀莲按照长辈的排序给老人们敬酒。这会儿，正端着酒杯给二爸孙玉亭敬酒。

孙少安 二爸，虽然是自家人，可感谢的话还是要说的，感谢你和二妈让我娶了秀莲！你们放心，有你们这层关系，以后我再咋也不敢欺负她，要不然我二妈这个妇女主任可不是白当的……

贺凤英 （走来往桌上端菜）……你这叫有自知之明，秀莲可是我娘家人，谁要敢欺负她，我就开他的批斗会……

孙玉亭 快喝吧，喝完再说……

〔田福堂走过来，把孙少安拉到一边。

田福堂 少安，我先回去了，县上防洪办催着要物资消耗报告呢……

孙少安 福堂叔，慢走。

田福堂 少安，还有个事情……我想来想去，还是要告诉你。

孙少安 啥事嘛？

田福堂 （片刻）……润叶回来了。

孙少安 （愣住）……

田福堂 我出门的时候，她刚到，说是拿几件衣裳就走。你说，她为啥偏偏今天回来拿什么衣裳呢？我是怕她万一要过来……

孙少安 福堂叔，我知道了。你放心吧，润叶既然回来了，要想过来喝杯喜酒，我孙少安还没喝醉呢。

〔田福堂拍了拍孙少安的肩膀，低头走了。

王满银 （醉意地拉过孙少安）少安兄弟，我……我知道你看不起我这个姐……姐夫。从小到大，我王满银除了没偷下人，什么事情没做过？偷鸡摸狗，投机倒把，扒祖宗坟，踢寡妇门，还欠下一屁股债……

〔田润生扛着自行车匆匆走来。

田润生 （迎头撞上田福堂）……大！

田福堂 润生，你小子跑回来干什么？

田润生 （笑）来喝少安哥的喜酒呗。

田福堂 你呀，多大了，整天东奔西跑，没个正经事！男人要么事业有成，要么养老婆生儿子，听见没有？

田润生 听见了！

〔田福堂走了。

王满银 我家那个村就叫个罐子村，我就是破罐子，去他妈的，破罐子破摔，反正是个破。可你姐她就喜……喜欢我，这就叫王……王八看绿豆……

兰　花 你少喝两杯吧，净胡说八道……

田润生 少安哥！

孙少安 润生来啦？

田润生 少安哥，先让我看看嫂子呗！

孙少安 （拉过贺秀莲，介绍）……这是福堂叔家的润生，这是秀莲。

〔兰香跑来。

兰　香 ……少安哥，我润叶姐来了！

〔院子里顿时安静了。

〔田润叶笑着走来。

田润叶 少安哥，我给你道喜来了，让我看看嫂子呗！

孙少安 （拉过贺秀莲）……秀莲，这是福堂叔家的女子润叶，这是秀莲。

田润叶 （递上被面）秀莲嫂子，给，这是我送给你们结婚的礼物……

贺秀莲 这也太贵重了！

孙少安 （接下被面）……

田润叶 少安哥，我来讨你的喜酒，你是不是得陪着我喝呀？

孙少安 你说咋喝？

贺秀莲 （抢过孙少安的酒杯）……润叶姐，少安喝得太多了，再说他的酒量还不如我呢，我陪你喝吧？

田润叶 （愣住）……你？

贺秀莲 我知道润叶姐在城里当老师，我可是从小到大都没离开过农村，润叶姐不会是嫌弃我吧？

孙少安 不会！别看润叶姐也是从双水村走出去的，可她从小就不会干农活儿，家里的事情她也没有管过，她最佩服的就是能操持家务的女人，是吧，润叶？……哎，我们秀莲就是会过日子的女人。你看，我穿的这件衣裳咋样？秀莲亲手做的！你看，兰香穿的这件红袄袄咋样，秀莲一针一线缝的。你看，这些个大碗里的刀削面、油泼面咋样，天不亮，秀莲就开始忙活儿，这都是她亲手擀面亲手削的。润叶，你要不要看看她的手艺？来，来，咱让秀莲来个现场表演咋样？

贺秀莲 少安！

孙少安 润叶，我们家的情况你最了解，别看她刚进门，这里里外外老老小小都靠她了……

田润叶 少安哥，我懂，秀莲嫂子疼你，你也疼她，祝你们……幸福。

〔田润叶说完转身走了。

〔小院又安静了几秒钟。

王满银 （又唱了起来）

上山里核桃下山里枣，
孙少安好像个杨宗保。
前沟里韭菜后沟里葱，
贺秀莲好像个穆桂英……

〔收光。

四

〔光复明。

〔1978年深秋。

〔县里的小学，田润叶的宿舍。

〔蓝天白云，天高气爽。

〔这是一个星期天，三两个年轻的女教师围在水池旁边洗衣裳边说笑着……

老师甲 （问身边的一位女老师）董老师，你不是说要回家吗，咋又不回了？

老师乙 每次回家就是为了让我妈给我洗衣服，上次回去我突然觉得我妈老了，洗几件衣服直了好几回腰……

老师丙 赶快找对象，以后什么洗衣裳、做饭、打扫房间这些活儿都让他干……

老师甲 你那是找对象啊？

老师丙 你看人家润叶的对象，每次来都给润叶收拾屋子，连口水都不喝……

老师乙 人家还给润叶打饭、打开水、洗衣裳呢……

老师丙 别说洗衣裳，说不定连内衣内裤都给洗了……

老师甲 你讨厌！

〔老师们笑了起来……

〔不知何时，田润叶走来，她放好自行车向宿舍走去。

〔老师们相互间吐了一下舌头，捂起嘴巴小声笑着……

〔田润叶从屋外的花盆里取出钥匙，开门进屋，当她看到整齐干净的屋子时，不由得叹了口气，站在原地半天没动……

田润叶 （在门口喊着）……董姐、袁姐，是不是李向前来过了？

老师甲 润叶，你又没让我们盯着他……

老师乙 我看见了，他来的时候……好像还提着水果哩？

田润叶 一会儿都给你们拿过去。

老师丙 你自己留着吃吧，我们吃是酸的，只有你吃才是甜的！

〔田润叶转身提着一大网兜水果从宿舍的台阶上走下来，放在三位老师跟前。

老师甲 润叶，你是啥意思嘛？人家李向前实心实意，人长得也精神，听说父母亲还是地区上的领导，你咋就看不上呢？

老师乙 你是不是还忘不了你那个老情人呀？

老师丙 哎呀，快别提你那个老情人了，你现在是公家人，他还是个农民，这事情百分之百弄不成！

田润叶 啥弄成弄不成的？人家已经结婚生娃了……

老师甲 润叶，不是姐说你，那你还等啥嘛，女人最美的时候就那么几年……

老师丙 男人和女人就是那点儿事，新鲜不了几天……

〔一阵自行车的铃声。片刻，田福堂推着车子走来。

田福堂 润叶！

田润叶 大？……你咋来了？

老师们 大叔！

田福堂 你们好，你们好……你们是不是约好了，这星期天都不回家呀？

〔老师们笑着走了。田福堂随着田润叶进屋去了。

田润叶 大，你吃饭没，我给你买碗凉皮去？

田福堂 不用，我就是从县委招待所食堂出来的，那可是一桌子好菜，都是我最爱吃的，洋芋擦擦、荞麦饸饹……可是润叶啊，你大吃不下，一口也吃不下……

田润叶 为啥，你不舒服了？

田福堂 好女子，你算说对了。你大不舒服了，十分地不舒服……

田润叶 那我陪你去医院看看吧？

田福堂 医院看不了我的病，我这是心病。

田润叶 啥心病？

田福堂 我在县里的会议上挨批评了，说我思想保守，左得顽固。最后，你猜人家李书记咋说，形势不等人，能干的跟上走，不能干的回山沟。虽然人家没有点名，可我咋就觉得这话就是冲着我说的……

田润叶 李书记，哪个李书记？

田福堂 （偷偷看了一眼田润叶）……还有哪个李书记，原来咱们县上的书记，现在是地区上的副书记。对了，他有个小子叫李向前，听说一直想跟你好呢？

田润叶 （明白了父亲的来意）……大，人家地委副书记的儿子，能看上我？

田福堂 （急了）……咋看不上？听说人家每个星期天都来找你，还给你打扫屋里，给你打饭、打开水……你看这屋里干净的，是人家给你收拾的吧，你看，这被子叠的，像个豆腐块块；这床单铺的，平平展展。还有花花草草的……

田润叶 大，你咋啥都知道？你是克格勃呀？

田福堂 你个瓜女子……我就直说吧，要是你跟了李向前，咱们家就和李书记家成了儿女亲家，你说，往后他还能在大会上批评我吗？说不定还有可能让我在更重要的岗位上为党和人民多做贡献。润叶，你大这后半辈子就交给你了……

田润叶 大，要是我不愿意呢？

田福堂 不愿意？……我问你，那个李向前是呆呀是傻呀，是聋呀是哑呀，是瘸呀是拐呀？

田润叶 都不是。

田福堂 那你为甚不愿意呀?

田润叶 没感觉!

田福堂 可我有感觉!我这浑身上下都是不舒服的感觉!

田润叶 大,我可是你的亲闺女,你不能这样逼我!天底下还没听说过亲大非要逼着自己的亲闺女嫁给不愿意的人,除非你不是我的亲大!

〔田福堂一怒之下挥手打了女儿一巴掌。

〔田润叶哭了……

田福堂 (悔恨自己的冲动,双手一直哆嗦着)……哎呀,我这是老糊涂了!润叶,你大这些天真是浑身上下不舒服,好几天都没有睡着觉了。今天早上起来以后一直是头昏脑涨,在会上挨批评的时候,出了一身冷汗,一直顺着尻子流……润叶,你大这辈子虽然没有什么惊天动地的事情,但是在咱们双水村几十年都是说一不二。咱家院子里的石头磨盘,毛主席转战陕北的时候坐在上面吃了袋烟。就为这,你大的腰杆子直了一辈子,硬了一辈子。润叶,历史已经发生了重大变化,毛主席他老人家已经躺在水晶棺里了,你大万一要是让人家给拿下来,你说你大这张老脸往什么地方放?润叶,不是我逼你,是你逼着你大往绝路上走呀……润叶,大求求你啦,你就答应了这门亲事吧……

〔说着,田福堂老泪纵横。父女二人抱头痛哭……

〔收光。

五

〔光复明。

〔1979年元旦。

〔李向前家。

〔门外,田润生扶着稍有醉意的李向前走来。

李向前 到了……润生,从今天起,你得叫我姐……姐夫。

田润生 姐夫……你没事吧?

李向前 润生,你记住,一个爱喝酒的男人,平时哪天喝醉都行,就是结婚这一天不能喝醉……

田润生 为啥？

李向前 一辈子只有这一天是你最幸福的日子。

田润生 那你就赶快进去幸福吧。

〔田润生走了。李向前整理了一下衣服，进家门。

〔田润叶安静地坐在床边，一动不动像一尊雕塑。

〔短暂而难堪的沉默。

李向前 你好像没吃几口？

田润叶 不饿。

李向前 你是想坐一会儿说说话，还是想休息？

田润叶 随你。

李向前 润叶，说实话，你高兴吗？

田润叶 你觉得我不高兴吗？

李向前 那……那你笑一笑嘛。

田润叶 李向前，我不想骗你，我……笑不出来。你是知道的，我并不想和你结婚。你不要误会，不是因为你，是因为我……不想和任何男人结婚。可现在的社会环境，还有家庭都不会允许我这样做。所以，我只能服从他们的安排。自从认识你以后，我能感觉到你对我的好，我也相信你是个好人……可是我……

李向前 不着急，咱们可以慢慢来……

田润叶 我还没说完呢……你说慢慢来？请问你要来什么？

李向前 （愣住）来，来亲热亲热，就像歌里唱的，来拉手手，来亲口口，来上床睡觉……

田润叶 你真这样想过？

李向前 （认真地点头）……想过，天天都想，有时候想得自己都起急。润叶，你不会笑话我吧？

田润叶 不会。男人和女人从生理上说是有本质区别的，这也正是我要和你说的，今天咱们虽然结婚了，可我想咱们的关系还保持原来的样子，好吗？

李向前 （完全懵了）……润叶，我咋没听明白呢，我喝多了？

田润叶 那我再说一遍，咱们俩的关系还和从前一样，这回明白了吗？

李向前 那……我睡哪儿？

田润叶 床上呀。

李向前 （笑了）……你戏弄我哩，都睡到一块儿了，咋还是保持和从前一样的关系？

田润叶 可我没说我也睡在床上呀？

李向前 （又懵了）……那，那你睡哪儿？

田润叶 我睡沙发。

李向前 （彻底懵住）……润叶，我真的喝多了，咱们明天再说吧？

〔李向前起身的时候晃了一下，田润叶扶了他一把。李向前顺势想亲一下她，田润叶及时地避开了。

李向前 （想了一下）……那就是说，保持从前的样子包括也不能亲你？

田润叶 你能做到吗？

李向前 （先笑了一下，继而开始大笑）……

田润叶 你笑啥呢？

李向前 这就是我李向前的婚姻。请问全中国结婚的男人有像我这样的没有？请问全世界的男人结婚娶媳妇是为什么？田润叶，我真不知道你是咋想的？你是想一辈子就这样吗？……好，我答应你，就按你说的，我们俩还保持和原来一样的关系。你放心，我既然说了就一定能做到，我不会和你睡觉，不会亲你，不会抱你，不会碰你……可你一旦走出这个屋子，你就是我李向前的婆姨，就是我的女人。无论在任何场合，你都要记住，你是我的媳妇！……对了，你刚才说的有一条还要改一下，不是你睡沙发，而是我……睡沙发！

田润叶 向前！

李向前 你还有什么要说的？

田润叶 （眼含泪水，摇摇头）……

李向前 那我就先睡了……（重重地倒在沙发上）

〔田润叶无声地哭了……

〔远处的餐厅里又传来年轻人的叫嚷和歌声：

“年轻的朋友们，

今天来相会，

荡起小船儿，

暖风轻轻吹，

花儿香鸟儿鸣，

春光惹人醉，

欢歌笑语绕着彩云飞……”

〔收光。

六

〔光复明。

〔1980年初夏。

〔双水村，孙玉厚家院子。

〔贺秀莲抱着三岁多的孩子在院子里忙着，显现出勤俭持家的品质。

贺秀莲 （一边忙着手里的活儿，一边念着歌谣）

烂裤裤，没媳妇，

尻子里吊个水鸪鸪。

〔孙少安拖着疲倦的身体回到家里。他的模样着实让人看上去吃了一惊，长长的头发，满脸胡碴子，浑身上下脏得不成样子……

贺秀莲 （忙得头也不抬）……你找谁呀？

孙少安 找我媳妇！

贺秀莲 （大惊）……少安？你……你咋成这样了？

孙少安 （笑了）……我知道我就像个叫花子！可是，秀莲，你男人这回可是把钱给你挣回来了！（掏出一个小布包扔给贺秀莲）就这不仅能还上借你山西老舅买骡子的钱，还把咱们想箍一口新窑的钱也挣下了……来，快把虎子给我，让我亲上一口！

贺秀莲 你呀，先把身上的脏衣裳给我脱了，我给你打水，你先好好洗一下。再把你那个鸡窝头发剪一剪，我给你烙饼卷上鸡蛋，好好犒劳犒劳咱们的大英雄……

〔正这时，孙少平提着二斤羊肉兴冲冲地走进院子。

孙少平 嫂子……哥？你啥时候回来的？

孙少安 少平，你买羊肉了？你哥就是有口福！

孙少平 （笑了）哥，说实话，我真不知道你要回来，咱家有客人来，我想请嫂子给包饺子呢。

孙少安 谁要来呀？

孙少平 田晓霞。

孙少安 就是润叶的叔伯妹子？（说完，看了一眼贺秀莲，急忙低下头）

贺秀莲 （从孙少平手里接过羊肉）放心吧，少平，既然是从城里来的客人，不管她是谁的妹子，嫂子一定给你招待好……

〔孙玉亭一路叫喊着跑来。

孙玉亭 少平，秀莲，快收拾收拾，你屋里来客人啦！

〔孙少安一头钻进屋里。

〔片刻，贺凤英陪着田晓霞一路走来。

田晓霞 少平哥！

孙少平 晓霞，我刚从集上回来，还说要去车站接你呢。

贺凤英 少平，你没接上，我接上了。是我陪着这位贵客一直走过来的……

孙少平 啥贵客呀，我们是同学……

孙玉亭 少平，二爸可要说你两句了，人家田晓霞的父亲可是咱们的地委书记，你说咱们老孙家，也不知道是哪辈子积了德，他田家兄弟家的女子有一个算一个咋都往咱老孙家跑呢？

贺凤英 （使劲掐了一下孙玉亭的腿）……你个缺心少肺的东西！

孙玉亭 我缺心少肺，可我有政治觉悟，要不能当支委？（突然想起什么）……少平，你咋去给老地主家的孙子补习功课呢？可不敢再去了！

孙少平 二爸二妈，我同学来看我，让我们说说话，你们先回吧……

孙玉亭 是这，让凤英帮你嫂子备备饭，我给你们端茶倒水。你们说你们的，我保证不插言，就当把嘴巴丢掉了……

田晓霞 （被逗笑了）……

孙少平 （无奈地摇摇头）嫂子，二爸二妈也在家吃，你得多和些面哩……

田晓霞 （从书包里拿出许多书报）……少平哥，这是给你的《参考消息》，这是近几期的《延安文学》，这是《中国青年》，上面有一封读者来信，就是引起全国轰动的那封信……

孙少平 那信上说啥了?

田晓霞 题目是《人生的路为什么越走越窄?》

孙少平 (激动地站起来)……这就是我的心里话!晓霞,你可不知道,我都快憋死了。我一直在想,我到底出了什么问题?这一下全明白了,不光是我,还有人和我一样,人生路为什么越走越窄……

田晓霞 少平哥,有这么严重吗?

孙少平 有!晓霞,毕业后,我和润生就回村当了小学老师。那会儿我挣的工分都快赶上我哥了……可后来学生越来越少,最后把初中和高中合并成一个班。这样,我就回家了,整天下地干活儿……

孙玉亭 (小声地)谁不是整天下地干活儿……(捂住嘴)

〔孙少平瞪着孙玉亭,并将田晓霞拉到院子门口。

孙少平 晓霞,我心里很苦。不知道为什么,我现在特别想走出去,越远越好,艰苦也不怕。哪怕……哪怕是北极的冰天雪地,或者像杰克·伦敦小说里描写的那个阿拉斯加……

田晓霞 对,少平哥,你就应该走出去,不要一辈子扎在村子里。要到广阔的社会生活当中去,像高尔基一样……

孙少平 高尔基?

田晓霞 高尔基也没有上过大学,年轻的时候,他就沿着伏尔加河一直走下去,一边找活干,一边了解社会……

〔这时,孙少安洗完脸,整理好头发,换上一身干净衣裳从窑洞里走出来。

孙玉亭 (吓了一跳)……少安?你这是大变活人呢?

贺凤英 怪不得秀莲一边干活还一边唱歌呢。

孙少安 少平,请客人坐下喝茶嘛。

孙少平 哥,你出来一下。

〔孙少安走到院子门口,和田晓霞打着招呼。

孙少平 哥,正好你外出拉砖也回来了。我已经想好了,正式地给你说一下,我要走出去!

孙少安 你胡说啥呢,家里正缺人手,你还想出去逛呢?

孙少平 不是逛,我是要干点儿事情!

孙少安 你能干什么事情?还不是去揽工?你又不是匠人,只能给人家当小工，一天也就挣个一两块钱，连自己的嘴都糊不住，晚上连个把身子放平的地方都没有……

孙少平 哥，就像你说的，我也要去！

孙少安 少平，你这是咋啦？家里谁对不住你了？

孙少平 哥，你不懂……我一定要走出去，我要出去看看外面的世界，我要试试自己的本事，我要看看我能不能养活自己，我要体会一下什么叫生命价值，就是头破血流，你们也要让我痛一痛……

孙少安 少平，我看你是书看多了，什么叫生命价值？我告诉你，你活着就是生命价值。你要是活不下去了，就是狗蛋价值！

孙少平 （笑了）……好吧，那就让狗日的暴风雨来得更猛烈些吧！

〔孙少平如同朗诵一样伸出手划向天空……他的举动让孙少安、田晓霞和院子里的家人目瞪口呆。

〔收光。

七

〔光复明。

〔1980年初秋。

〔双水村，枣树林。

〔这是陕北一年中最美的季节，黄土坡上只要是有树的地方就是一片金色。唯有双水村的这片枣树林在一片金色的背景下又跳出那一朵朵火红的颜色。

〔孙玉厚背着老母亲慢慢走来，将老母亲放在一块平展的石头上。

孙玉厚 妈，前边就是枣树林子，你的眼睛能看见不？

孙家奶奶 （努力地看着，摇头）……看不见，可我能闻见枣味儿。

孙玉厚 那你就多闻一会儿吧，以后就闻不着了……

孙家奶奶 咋啦？

孙玉厚 世道变了，村子里的地已经都分给各家各户了，只有这片枣树林子还没有分，等今天打完枣，这些枣树也要分了。往后，这老世年间传下来的“打枣节”就没有了……

〔孙玉亭和贺凤英走来。

孙玉亭　妈，你眼睛又看不见，你来干啥嘛？

贺凤英　妈，一会儿你可要少吃点儿。去年金老四他娘，吃起没完，结果拉肚子去了医院，差点儿死在马车上……

孙家奶奶　谁家的马死了？

孙玉亭　哥，咱们再往里边走走，坡上那几棵树结的枣子又脆又甜。

贺凤英　哥背着妈走了一路，你让哥歇歇。

孙玉亭　我又没让哥背。来，妈，我背你……

〔孙玉亭背起孙家奶奶向枣树林方向走去，孙玉厚只好跟着走去。

〔远处有人唱起信天游：

“小小的呀竹竿扛起就跑，

哎咿哟，

叫一声妹妹呀，

咱们快来打红枣……”

贺凤英　（向着歌声飘来的方向喊着）……田五，来个酸的！

〔远处的歌声又飘过来：

“叫声妹子你别偷汉，

你爱个酸来我就来个酸……”

贺凤英　（边笑着边叫骂着）……谁是你妹子，当你老妈还差不多！（向着歌声的地方跑去）

〔片刻，孙少安和贺秀莲走来。

孙少安　（也向远处喊着）……建国，一到打枣的时辰你就吹哨啊！使劲吹！

〔远处有人答应着。

贺秀莲　少安，我说的那个事，你到底是什么态度嘛？

孙少安　什么事？

贺秀莲　你装糊涂？

孙少安　（突然想起什么）……对了，我再一次严肃地告诉你，往后再给我盛饭之前，要先给奶奶、给大盛上，要上敬老下敬小。还有，不能光给我捞稠的，本来就是黑豆高粱米粥，你光捞稠的，别人咋吃？

贺秀莲　接着说，还有啥？

孙少安 就这。

贺秀莲 那我问你的事哩？

孙少安 啥事嘛？

贺秀莲 我昨天晚上和你说了半天，你就没往心里去？

孙少安 我正犯困呢嘛。

贺秀莲 分家！我跟你说的是分家的事情！

孙少安 （看着贺秀莲）……秀莲，我以为你就是一说，你还真想分家？

贺秀莲 你一个人拖着你大、你奶奶、你妹，还有少平……这日子能过得好？队里地不是都分了吗，这枣树林子过了今天不也要分了吗？那咱家为什么就不能分呢？别看我没去开会听你们那些报告，可我也知道，眼下全中国都在分。分就是潮流，分就是时代的要求！

孙少安 你还一套一套的？我告诉你，只要是队上的什么都能分，地能分，牲口能分，那些农具和桌椅板凳都能分，可咱们这个家就是不能分！你要是分了，可以肯定，咱们俩能过得比现在好，可是你让我奶奶、让我大跟谁过？你让他们咋活？还有兰香和少平……

贺秀莲 人家少平已经走了……

孙少安 反正我说过了，不能分就是不能分！你要再说分家的事情，看我不捶死你！

贺秀莲 你敢？

孙少安 你再说？

贺秀莲 分家！我要分家！

孙少安 （挥手比画了一下）……

贺秀莲 你打呀，你打呀！

孙少安 你别逼我！

贺秀莲 分家！我就是要分家！

〔孙少安继续挥手。

贺秀莲 （哭着）你打，你打，你打呀……

孙少安 （跺着脚）我叫你不要逼我……我孙少安这辈子从来没有打过女人……

〔远处传来打枣的哨声——

〔山沟里顿时一片欢呼声……

孙少安 我只打枣……（抄起一根杆子，大叫着向枣树林冲去）

〔贺秀莲一屁股坐在地上哭了起来。

〔收光。

八

〔光复明。

〔1981年夏天。

〔黄原市，一座大桥下。

〔这里是那些从农村来城市的揽工汉揽活的地方，此时的孙少平也站在那些揽工汉的行列中。工头从揽工汉面前一一走过，有时，像看牲口一样掰开揽工汉的嘴巴看着——

工　头 （点人头）你，你，你……

〔工头的手指再次绕过孙少平的面孔。

〔工头带着被挑走的人离去。

〔孙少平沮丧地坐在自己的行李卷上。

〔揽工汉甲、乙凑过来。

揽工汉甲 （对孙少平）……伙计，半年前，你不是找着活儿了吗？咋又来了？

揽工汉乙 我说看着面熟呢，是不是把老板的闺女给睡了？

揽工汉甲 （递卷烟）……卷一个吧？

孙少平 不会。

揽工汉乙 又蹲了三天了吧？……来凑个手打“四十分”吧？

孙少平 不会。

揽工汉乙 那你会啥？

〔片刻，孙少平的远房表舅马顺来到这里，四下看着。

揽工汉甲 大哥，要人吧？

马　顺 少平！

孙少平 表舅？

揽工汉乙 上次就是这位大哥把他领走的，敢情是亲戚？

马　顺　你吃的饭不多管的事情还不少！（对孙少平）你这个孩子，让我说你啥好？走，回家去……（上前拉住孙少平就要走）

〔孙少平用力摆脱掉马顺的拉扯。

马　顺　（叹了口气）……你呀，有啥事不能当面说，写个纸条条就走了？还谢谢？弄得你舅妈昨天一夜都没睡。她说她实在是想不明白，人家曹书记两口子都看上你了，招你当上门女婿。人家说了，先把你的户口从农村办到城里来，再把自家的买卖交给你。这不是天上掉馅饼的事情啊？你咋说走就走了呢？

孙少平　表舅，我……

马　顺　你别不知足了，人家出来打工能有个活儿干，一天能挣上四块钱就烧高香了。你倒好，不仅有活儿干，还划拉上一个媳妇。人家可是正经的黄花大闺女，老丈人还就看上你了，这样的好事打着灯笼也没地方找去……

揽工汉乙　让我说着了吧，这小白脸就会睡人家老板的闺女……

孙少平　（生气地）……请你不要乱说！

马　顺　（对揽工甲、乙）……你眼红啦？有本事你也睡去！

孙少平　表舅，你这叫什么话，好像我真睡了似的……

马　顺　少平，听人劝吃饱饭。你就听我的吧，保证没错！

孙少平　表舅，你觉得我出来打工就是为了这个吗？

马　顺　那你是为了啥嘛？

〔幕后传来一个女孩子的哭喊声："……别打了，别打了，求求你放过我吧，我再也不敢跑了……"小翠哭着跑上，胡老板跟着追打着上。

〔孙少平几乎是本能地反应，冲上去护住小翠。揽工汉甲、乙同时上前站在孙少平身边……

〔胡老板收住手，愣愣地看着孙少平。

胡老板　咦？……半路上还真杀出个程咬金？说你咧，你是干啥的？

孙少平　先别问我是干啥的，你为什么打人？

胡老板　这是我自家的事情，不用你管！

孙少平　（看着胡老板）……你是她啥人？

胡老板　让她自己说！

孙少平 小妹妹，你不要怕，告诉我，他是你什么人？

小　翠 （哭着）……他是俺爹！

孙少平 （一愣）……他是你爹？他还能这样打你吗？

小　翠 干的……干爹！

胡老板 你听见了，别管是不是干的，干的也是爹！

小　翠 （对揽工汉甲、乙和孙少平）……叔叔，你们救救我吧，只要不让我回去，我跟着你们干啥都行！别说认你们当干爹，就是认你们当亲爹都行！

胡老板 你们听见了吗？她求你们呢，你们谁愿意救她？

〔一个短暂的沉默。

胡老板 （对小翠）……我说你也是瞎了眼，看不出来这三个都是穷光蛋！走，给我滚回去！

〔小翠用渴望的目光看着孙少平和揽工汉甲、乙，边啜泣着边跟着胡老板走去。

孙少平 等一等！

〔小翠和胡老板站住，用异样的目光看着孙少平。

孙少平 （问胡老板）……你，你要多少钱？

胡老板 你有多少钱？

孙少平 我是一个打工的，能有多少钱？这样吧，你可以翻，身上所有的钱都归你……

胡老板 （想了一下）……这丫头要跑，想留也留不住。就听你的，自己把钱掏出来吧！

〔孙少平急忙掏钱，连零钱都掏了出来……

胡老板 （数钱）这才二百多一点儿，算了，看在这丫头有好命的分上，我认了……

〔胡老板走了，小翠跪在地上给孙少平磕头。

孙少平 （扶起小翠）……小妹妹，你的家在什么地方？

小　翠 天水。

孙少平 （从一个小包里拿出最后一笔钱）……这是给你买火车票的钱，拿好，我送你去车站。

小　翠 不用，我认识火车站。大哥，小翠今生今世都会记住你的！

〔小翠给孙少平深深地鞠躬，而后沿着大桥下的人行台阶向大桥上面走去。

揽工汉甲 行啊，还真有行侠仗义的感觉！

揽工汉乙 是有感觉，把打工的钱都感觉没了！

〔揽工汉甲、乙回到大桥底下去了。

马　顺 少平，我真不明白你到底想干啥嘛？

孙少平 （笑了）……就是想干这，想干自己想干的事情。不管这事情有多大，但它一定是自己想干的，这才叫人的生活，这才叫有意义的生活！

马　顺 （摇摇头）……你们老孙家祖祖辈辈都是实实在在的农民，咋就出了你这么个上不着天、下不着地的东西！（气呼呼地走了）

〔孙少平站在台阶上，向大桥看去，那上面华灯初上，车水马龙。孙少平笑了，他边笑边跳了起来，把自己的行李卷扔向天空。

〔这时，一个背着孩子的女人推着一辆手推车走来。车上有一个小火炉和一些做饭的东西，那女人将车子放好，边熟练地打开几个炒菜的小盆，边向四周吆喝着。

〔孙少平惊呆了……那个背着孩子的女人竟然是他当年的同学郝红梅。

郝红梅 （吆喝着）……饭来了，两菜一汤一荤一素四两米饭，一共五毛钱。

〔揽工汉们陆续跑来买饭，边买饭边和郝红梅逗。

揽工汉甲 嫂子，我哥还没回来？

揽工汉乙 嫂子，他的意思是，要是我哥真没回来，今天晚上他就去找你……

郝红梅 找我干啥？

揽工汉丙 嫂子，你说你会干啥？

郝红梅 会给你们这群死鬼做饭……

揽工汉丁 还有呢？

郝红梅 （听见背上的孩子哭了，急忙解下孩子，当众毫无顾忌地给孩子喂奶）……这不，还会给死鬼的孩子喂奶！

揽工汉乙 嫂子，我也想吃奶……

郝红梅　叫妈！叫妈就给你吃！

揽工汉乙　妈！

揽工汉丙　妈！

揽工汉丁　……妈！

〔孙少平慢慢从高台阶上走下来。

郝红梅　（恢复常态）……孙少平，没想到在这儿碰见你。

孙少平　我也是。

郝红梅　看到我现在这个样子，你一定很意外吧？

孙少平　（无语）……

郝红梅　其实也没啥，高中毕业以后，我就回村了。一开始，总想嫁给一个城里人，就这样晃了好几年，最后还是嫁给了村子里小学校的一个老师，孩子生下来还不到半年，他就被塌了的土窑砸死了……本来我也不想活了，可有了这个娃，你说咋办？一个女人要想出来混，要命就不要脸，要脸就不要命。我现在已经是这样了，你要认识我，我就是郝红梅，你要是不认识我，我就是大街上一个不要脸也不要命的烂女人……

〔孙少平转过身去，他想哭……

〔郝红梅收拾好自己的东西，最后看了孙少平一眼，默默地推着车走了，但是在她心里一直有一个疑问，孙少平为什么不说话呢，他来大桥底下又是为了什么呢……此时，大桥上灯光明亮，各种汽车川流不息……孙少平久久地注视着这座城市，耳边响起邓丽君演唱的《小城故事》：

“小城故事多，
充满喜和乐。
若是你到小城来，
收获特别多。
看似一幅画，
听像一首歌。
人生境界真善美，
这里已包括……”

〔收光。

九

〔光复明。

〔1981年秋天。

〔双水村，孙少安的砖厂。

〔在村外的一个高坡上，孙少安办起了一个砖厂。村子里的几个老汉抬上一面老年间的大鼓，再配上大锣大镲，几个帮工插上彩旗，为即将举行的开工典礼增添了几分喜庆的气氛。

孙少安 （检查着开工典礼的各项准备工作）……炮筒爷爷，歇会儿吧，要不一会儿领导来了，你们就该敲不动了。大骡子，一旦鞭炮点火可不敢中间断掉，今后你哥的生意能不能兴旺可就看你这串子“闪光雷”了！二妈，给领导倒水的时候千万要小心，可不敢把开水倒在领导的手上。噢，也不要倒在你自己的手上……（边说边跑下）

〔片刻，田润生追着田晓霞跑来。

田润生 晓霞！

田晓霞 叫姐。

田润生 （将田晓霞拉到一边）……姐，我有个事情想听听你的意见，我碰见郝红梅了……

田晓霞 （睁大了眼睛）……你碰见郝红梅了？她在哪儿？自从上次咱们聚会以后，就再也没听到她的消息。

田润生 她的情况不太好，男人死了，她自己带着一个孩子。不管怎么说，咱们同学一场，我想帮帮她，可她不愿意……

田晓霞 为什么？

田润生 她说寡妇门前是非多，让我躲远点儿……

田晓霞 那你怎么想？

田润生 我才不管呢！正好我在单位上开车，我就今天给她送点米，明天给她送点面，还给她买了过冬的煤……

田晓霞 行啊你，活雷锋！

田润生 啥活雷锋，说实话，我还想和她好……

田晓霞　（愣住）……真的？

田润生　她变化很大，已经是另外一个人了。我知道她心里想什么，可她嘴上就是不吐口。我本来想让少平帮我去说说，一是没找到他，二是我突然想到，也许，你们女同志说起来更方便一些……

田晓霞　你是想让我去当说客吧？

田润生　（点点头）咱们不光是同学，你还是我姐……

田晓霞　（突然地）……那你大能同意吗？

田润生　（想了想）这事情不能让他知道，他非疯了不可。

〔传来一阵吵吵嚷嚷的声音。

田润生　姐，你就帮帮我吧。（说着把田晓霞拽走了）

〔一群人围着王满银走来。只见王满银穿着花格西装，戴着黑墨镜，头发也烫得曲里拐弯。更重要的是，他的胳膊上还挎着一个珠光宝气的年轻女人。

〔王满银迎面撞上了孙少安。

孙少安　王满银，你什么时候回来的？

王满银　这就叫来得早不如来得巧，我和阿美刚进村就听说你的砖厂今天开工，我们特意前来祝贺！

阿　美　（掏出一个红包）……你是老板吗？这是一点点小意思啦。

〔这时，兰花带着猫蛋和狗蛋跑来。

猫　蛋
狗　蛋　大！大……

王满银　猫蛋狗蛋，给，这叫巧克力，别抢，一人一块；这是泡泡糖，能吹大泡泡……

兰　花　王满银！你带回来的这个女人是谁，你给我说清楚。

阿　美　阿银，这就是你的太太吗？

兰　花　（气得不知说什么好）……谁是他太太，你才是他太太呢！

阿　美　（笑了）……我现在还不是他的太太，如果你真的不愿意做他太太，要把这个位子让给我，我是可以考虑一下的。不过这么多孩子可是一个问题哟……

兰　花　（上去撕扯）王满银，你这个没良心的东西……

王满银　（躲闪着）别碰我，别碰我！我身上有好东西，这可都是用钱买下的。你要是给碰坏了，你把娃都卖了也赔不起……

〔兰花哭着跑了。

猫　蛋
狗　蛋　（哭喊着）妈，妈……

王满银　回来！没瞧见你爹狗尿到脑袋上交了好运气？号甚丧哩！

〔王满银说着将衣服袖口卷起，只见他整条胳膊上都是各种电子表。接着，他又像变戏法一样，从身体的各个部位拿出各种太阳镜、变色镜、计算器和港台明星的录音带。

猫　蛋
狗　蛋　大，大，这是甚？

王满银　甚？（吆喝起来）……乡里乡亲听我言，满银让你开开眼。中国大陆没见过，产地香港和台湾。这个叫作变色镜，颜色深浅来回变。这个就是计算器，手指一按把数算。港台歌星录音带，五块一盘听不烦。腕上戴上个电子表，姑娘们跟着你一溜子跑……

〔这时，孙玉亭边喊边跑上。

孙玉亭　少安，快，县上的领导来了……

孙少安　（指挥着锣鼓队和放鞭炮的人）……点火，敲起来！

〔鞭炮声大作，锣鼓队使劲地敲了起来。

〔贺凤英急匆匆跑上。

贺凤英　（大声叫着）停！停！快来人呀，出人命了！兰花吃了耗子药啦……

王满银　（一下子跳了起来）嗨呀！

孙少安　狗日的王满银，我捶死你！（一把抓住王满银狠狠地打了一拳）

〔王满银捂着腮帮子倒在地上叫唤着。

狗　蛋
猫　蛋　大，大，你叫甚哩？

〔人们跟着贺凤英跑去。

阿　美　阿银，你不去看看你的太太吗？

王满银　不用，她吃的耗子药是假的……

阿　美　阿银，我发现你太太长得好漂亮。没有关系的，她可以继续当你的太太，我可以当你的小三啦……

王满银　小三？……我家的老大老二，一个叫猫蛋一个叫狗蛋，你要当小三只能叫个……操蛋啦!

阿　美　操蛋……是什么意思啦?

〔收光。

十

〔光复明。

〔深秋。

〔李向前家。

〔还是那间新房，一切陈设如同从前，只是显得毫无生气。此时，田润叶依然坐在床上，依然一动不动像一尊雕塑。

〔夜已深，万籁俱寂。

〔田润叶终于困了，她用一只手臂的肘部撑在床头，把头歪在手掌上，就这样睡着了……

〔于是，那些现实生活中发生过的事情，或许还有一些从未发生过的事情交织在一起浮现在田润叶的脑海里。

〔一个急刹车的声音。

〔接着是救护车的声音，医院各种监测仪器的声音和手术器械的声音……

〔李向前母亲的哭声……

〔在以上声音中，坐在轮椅上的李向前出现，他自己转动着轮椅从舞台的一端滑向另一端，最后进入舞台情境——他自己的家。

〔李向前挣扎着想站起来，但没能成功，他大叫一声摔倒在地上……

〔田润叶醒来，急忙扑过去，尽管李向前使劲地推着她，但她还是紧紧地将李向前抱住，并将他抱起来放在轮椅车上。

〔田润叶拿来热毛巾为李向前擦汗，接着又将水杯递给他，片刻，她又拿着切好的水果送到李向前的嘴边。

〔李向前不停地左右摆头，表示拒绝。

田润叶　向前，你不能总这样，你的生活刚刚开始，如果你整天不吃不喝，你的身体很快就会垮掉的……

〔李向前闭上眼睛。

田润叶 向前，你看着我，我在和你说话……

〔李向前睁开眼睛看了她一眼，又闭上眼睛。

田润叶 我知道你是故意的，故意不理我，故意让我难堪，甚至故意让我难过……

李向前 （摇头）……

田润叶 你为什么要这样对我？你……你完全可以像过去一样，想说什么就说什么，想哭就哭，想笑就笑，想发火就发火，行吗？

李向前 （睁开眼睛看着田润叶，突然，大叫一声）啊……

田润叶 （吓了一跳）……

李向前 （又神经质地笑了）……

田润叶 （惊讶地看着李向前）……

李向前 你不是让我发火吗？我发了；你不是让我笑吗？我也笑了。你什么时候还需要这些，我还可以再来……

田润叶 不，我不需要这些，我需要你的真实！

李向前 好，那我现在就告诉你，什么是我的真实！……离婚！

田润叶 不可能，这个时候我怎么可能离开你？

李向前 润叶，你不要再欺骗自己了，自从咱们结婚以后，你不是每一天都想着离开这里吗？你不是每一天都度日如年吗？我们结婚一年了，你看，这就是我们的新房，这就是我们天天在一起生活的地方。你看看吧，这里哪有一点生活的痕迹？哪有一点生活的气息？这地方就像一个坟墓，飘着两个永远相互躲避的灵魂……这下好了，我们不用再躲避了，因为生命给了我最后一次选择的机会，所以，我……我希望你认真考虑我的请求，我们离婚吧！

田润叶 我承认我对和你结婚充满了怨恨，我也承认我做得不好，我愿意向你道歉，我希望能得到你的原谅。如果，一切都没有变化，你要提出离婚，我或许会同意的，但是……

李向前 又是但是……我已经说过了，没有但是，没有！

田润叶 李向前，我们毕竟在一起生活了一年，你对我的性格应该有所了解，我说过的话不会收回去，我不会和你离婚，你接受也好，不接受也好；你来真的也好，来假的也好，都没关系。反正我们有的是时间，看是你能耗过我，还是我能耗过你。行吗？

李向前 你……

田润叶 向前，有些话我只说一次，你应该好好想想，你毕竟需要有人照顾。如果没有我，你让谁来照顾你？爸爸妈妈？你就不心疼他们？他们生了你，又辛辛苦苦地把你养大，现在他们的年龄和身体都不是年轻人了，你让他们每天背着你上楼下楼，背着你上厕所？你让他们每天给你做饭、洗衣，给你擦身子、洗脚……你有没有想过，这些倒还好说，最要命的是，你知道他们在做这些事情的时候会想什么吗？他们每天看着你这个样子，心里会不难过吗？你是想让他们多活几年还是少活几年？你是想折磨他们吗？

〔李向前终于忍不住哭了，先是小声地哭着，而后是号啕大哭。田润叶走过去紧紧抱住他……

〔收光。

十一

〔光复明。

〔1982年春天的一个晚上。

〔郝红梅家。

〔这是两间用青石板垒起来的小平房，室内陈设极为简单。门外的石板路上上下下，让人能想到郝红梅推车卖饭的艰难。

〔屋内，郝红梅和田晓霞默默地对坐。

〔远处传来村子里广播声："今天晚上，文化广场放映电影故事片《冰山上的来客》……"

〔片刻，田润生悄悄地从里屋走出。

田晓霞 （小声地）……孩子睡下啦？

田润生 （点点头，小声地）……这孩子太可爱了，我以为他会让我讲故事，结果他反倒给我讲起故事了，差点把我给讲着了……

田晓霞 （向田润生使眼色）……

田润生 （吐着舌头，发现郝红梅好像刚刚哭过）……咋回事？

田晓霞 （看着郝红梅）……

郝红梅 （又想哭）……

田晓霞 郝红梅，别哭了，把身体哭坏了，孩子谁管？

田润生 我一来你们就让我哄孩子睡觉，到底出啥事了？

田晓霞 你就别问了……反正不是什么好事。

田润生 （想着）……是不是有人欺负你了？

郝红梅 （刚想哭又收住）……

田润生 （看着田晓霞）……你知道是谁吗？

田晓霞 村里一个老光棍，叫老歪。

田润生 郝红梅，我是不是早就跟你说过，要是有人敢欺负你，你就告诉我……那个混蛋住什么地方？

田晓霞 你就别添乱了，人已经让公安局带走了。再说，他也没得逞。润生，我觉得现在最重要的事情，是郝红梅今后怎么办。

郝红梅 要不是想到孩子，我就……

田润生 你就咋啦？……你就不活了是不是？就因为这么一件事情，你就不想活了？郝红梅，你真行！我问你，亮亮是不是你生的？你要是不想活了，他咋办？说实话，自从那天碰见你之后，我来过你家几次，你知道亮亮悄悄地问我什么吗？他问我……是不是他爸爸？（动感情地）你们想想，当时他是用什么样的眼光看着我？我相信世界上没有一个男人能面对那样的目光……今天，我就实话告诉你们吧，当时我就对亮亮说，我是你爸爸……亮亮一把抱住我说，别人家的爸爸都住在家里，你也别走了……

〔郝红梅实在忍不住，又哭了起来……

田晓霞 （也擦了一把眼泪）……郝红梅，既然润生把话都说到这了，我就问你一句，要是润生愿意不走了，你能同意吗？

郝红梅 （收住哭声，片刻）……润生，你真的不记恨我？

田润生 记恨你啥？

郝红梅 我在学校的时候就说过，这辈子绝不会嫁给你……

田润生 是吗？你说过吗？

田晓霞 润生，不管说过没说过，这件事你想好没有？

田润生 这么说吧，我田润生是一个普通人，是一个平凡的人，但是，一个平凡的人也可以有不平凡的人生，如果我的努力能够让郝红梅和亮亮的生活比现在更好更幸福，我的生命不就是有了不平凡的意义吗？

郝红梅 润生，你不要感情用事，我……

田润生 郝红梅，你还是你，在我心里你还是原来的样子，你没有变！你还是那么漂亮，还是那么心高，还是那么对生活充满希望……

郝红梅 （感动，浑身颤抖）……

田晓霞 （对田润生摆头）……阿米尔，冲！

〔田润生冲上去一把抱住郝红梅，郝红梅同时扑进田润生的怀里。

〔远处传来电影《冰山上的来客》主题歌：

“花儿为什么这样红，
为什么这样红？
哎，红得好像红得好像燃烧的火，
它象征着纯洁的友谊和爱情。
花儿为什么这样鲜，
为什么这样鲜？
哎，鲜得使人鲜得使人不忍离去，
它是用了青春的血液来浇灌……”

〔收光。

十二

〔光复明。

〔1982年秋天。

〔黄原市“红旗饭店”的正门前。

〔饭店正门前拉着横幅：热烈祝贺黄原市首届“夸富”大会胜利召开。台阶下面还摆着一排领导接见大会代表时合影的座椅。四周是彩旗和标语。

〔锣鼓声、音乐声响成一片。

〔孙少安被评上“致富光荣代表”参加大会，此时，他与其他代表们一起正在接受人民群众的夹道欢迎，只见他身上披着大红被面，骑在高头大马上沿街而行。

〔片刻，欢迎仪式结束了，孙少安来到饭店正门。

〔兰香热情地迎上去。

兰　香　少安哥！

孙少安　兰香！

兰　香　我都等你半天了，刚才你们从这经过的时候，我一个劲儿地向你招手，你也不看我……

孙少安　（仍沉浸在兴奋之中）……看不过来嘛。

兰　香　你还不赶快把那些东西摘下来？

孙少安　可不敢，一会儿还要和领导同志照相呢……少平呢，他没来？

兰　香　没见。

孙少安　兰香，你们学校离这远不远，我还想去看看呢。

兰　香　不远，走路十分钟……

孙少安　（从口袋里掏出一个信封）……兰香，这五十块钱你拿着，从今往后你少安哥有钱了，咱们家再也不用为给你交学费、交伙食费发愁了。来……拿着！

兰　香　（不知为什么眼里突然涌出泪水）少安哥，我有钱哩。

孙少安　（见妹妹不接钱有点生气）你哪儿来的钱！

兰　香　我少平哥每月给我寄十块……

孙少安　（一愣）你二哥是你二哥的，这是你大哥的。

兰　香　哥，我知道你的心哩……你不要给我钱，我不愿意你和我嫂子闹架。

孙少安　（叹了口气）过去没钱的时候也不闹架，现在有钱了，反倒闹上架了……

〔孙少平急匆匆跑来。

孙少平　哥，我来了。这回你可成了咱黄原的名人啦！

孙少安　什么名人？几十年了，老百姓过惯了穷日子，不知道咋挣钱，也不敢挣钱。福军书记说让我带个头，宣传致富光荣……少平，我要你来是想给你说个事情，咱大又提“分家”的事情了……

孙少平　（想了一下）……哥，这个家该分了，新窑也箍好了，分了吧。分了家，还是一家人，走动走动更亲哩……奶奶和兰香跟着我，还有咱大，没啥问题。

孙少安　以前穷，要分家，现在有钱了，为甚还要分家？要不你回来跟上我干，砖厂的红利咱哥俩二一添作五，一人一半。

孙少平　那不等于没分嘛，咱大现在身体还好，地里的活儿还能应酬。再过两年，我把他接到城里来……

兰　香　少平哥，你不是说要去煤矿吗？

孙少安　你要去煤矿？

孙少平　是这，铜城矿务局要招二十名农村户口的煤矿工人。

孙少安　你要去下井挖煤？

孙少平　这可是正式工人……以后，你们都得叫我工人老大哥！

〔这时，只见一个年轻的女孩子哭喊着从饭店正门跑出来，后面有人追打着。

女孩子　（哭喊着）……别打了，别打了，再打就出人命了！

〔孙少平惊异地发现这女孩子竟然是小翠。

孙少平　小翠？

小　翠　（站住）……大哥，是你？

〔在后边追打小翠的仍然是胡老板。

孙少平　小翠，你……你不是回天水，回家了吗？

小　翠　（低下头）……

孙少平　告诉我，你是又回来了，还是……还是你根本就没有回去？

胡老板　这位兄弟，你也出来混了几年了，上次你给了二百块钱，二百块钱就想把她救出来？你不想想，这一年到头我管她吃、管她喝、管她穿、管她住，她身上所有的东西我都得管，就连她狗日的卫生带都得我管。二百块钱就想让她回家，是你傻呀还是我傻呀？

〔孙少安和孙少平相对无语。

〔“夸富大会”的工作人员走来。

工作人员　参加大会的“致富光荣代表”赶快集合照相了，领导们马上就要到了。大家动作快一点，整理好你们身上的披挂，赶快站队了！

兰　香　哥，你快去吧。

孙少安　少平，我的房间里有个洗澡的大盆子，一会儿咱哥俩一块儿洗个澡，咱也过一回城里人的生活！

孙少平　（片刻）……哥，你说要想把那个姑娘救出来，得花多少钱？

孙少安 （愣了一下）……少平，你还没弄明白？他们是一伙的，就是用这个招数骗人呢！

孙少平 （愣愣地看着孙少安）……不会吧，咱们可是社会主义！

孙少安 现在是改革开放，是摸着石头过河的社会主义！

兰　香 是中国特色的社会主义！

孙少安 是让农民能洗上澡的社会主义！走！

〔兄弟二人手臂搭在对方的肩上，拉上妹妹兰香一起向饭店正门走去。

〔收光。

十三

〔1982年深秋。

〔大牙湾煤矿。

〔黑暗中只有井下巷道里嘈杂的脚步声，有的是踩在地上的声音，有的是踩在水里的声音。同时，只能看见许多矿工头顶上的矿灯闪来闪去的光线。

〔王世才一口河南话的声音："都注意听，我再说一遍，我叫王世才，是你们的队长。你们这群新来的龟孙都归我管，今天先带你们来体验一下工作环境，一会儿上去了就要签字画押。再往后，各位是神是仙是人是鬼，就全都看你自己的造化了……听清楚了？"

众矿工的声音："听清了……"

王世才的声音："对了，有个叫……孙少平的没有？"

孙少平的声音："有。"

王世才的声音："矿山医院通知让你明天去复查，说是你血压不正常……"

孙少平的声音："不会呀？"

王世才的声音："不会个屎！让你去你就去！听不懂人话呀？"

孙少平的声音："哎！"

〔杂乱的脚步声远去了……

〔切光。

十四

〔光复明。

〔1982年深秋。

〔王世才家。

〔远处是黄土高原，近处是雄伟的选煤楼和飞转的天轮。王世才家是煤矿“黑户区”里的两间平房。几盘凉菜和一瓶白酒已经摆在桌上。

〔场上无人，只听见里屋传来一个男人和女人激情的声音。

〔片刻，门外传来孙少平的声音：“是王队长家吗?”

〔接着是一个七八岁男孩子的声音：“你是找我爸爸吗?”

〔孙少平的声音：“你是……”

〔男孩子的声音：“我叫明明，是王世才的儿子，进去吧……”

〔明明引着孙少平走进家门。

孙少平 （环视着四周）……

〔片刻，王世才边整理着衣服边从里屋走出，他的媳妇惠英跟在后面，忙着炒菜去了。

明　明 爸，找你的。（忙自己的事情去了）

孙少平 王队长……你找我?

王世才 坐吧。

〔王世才自己坐在桌前，开酒瓶。孙少平站在原地没有动。

王世才 听不懂人话?……让你坐!

〔孙少平坐下。

王世才 这次来的二十二个人，听说都是有点关系的。你也是吧?

孙少平 （无语）……

王世才 （自己喝酒吃菜）……你血压偏高，我就不劝你喝酒了，吃菜吧。

孙少平 （没有动）……王队长，找我有事吗?

王世才 我看了你的材料，你是高中毕业，是这些年我手底下文化水平最高的……你能不能动动筷子，我媳妇做的菜不够档次?

〔孙少平只好拿起筷子吃了一口菜。

〔明明洗完手也坐到桌前。

明　明　爸爸，你洗手了吗？

王世才　哎呀，忘了！

明　明　我们老师说，一定要养成讲卫生的好习惯。

王世才　我知道。

明　明　我们老师说，要想养成一个好习惯，需要十五次的重复……

王世才　儿子，你爸确实是给忘了。

明　明　爸爸，你答应过我，超过三次就不给饭吃。

王世才　我超过三次了吗？

明　明　（点头）爸爸，老师说凡是答应了的事情就一定要去做……

王世才　你是说……不给饭吃这件事吧？……儿子，这是我家，这是我媳妇给我做的饭，我想吃就吃……

明　明　老师说，没有信誉的人生命里没有阳光……

王世才　他说的还真他妈的对，我整天在井下，我的生命从早到晚都没有阳光！回到家里，住的这个地方是“黑户区”，也没有阳光……

〔惠英将一个刚炒好的菜端上桌。

孙少平　王队长，你找我……是有事吗？

王世才　急啥嘞？吃菜！……明天叫你去复查很重要，体检不合格就要被退回去，你知道吧？

明　明　爸爸，老师说吃饭的时候不要说话。

王世才　儿子，你记住，这是我家，在我自己家里，我想说话就说话，我想干啥就干啥！

明　明　老师说在家里可以给爸爸妈妈提意见，如果爸爸妈妈不听，可以和他们讲道理……

王世才　（拍了桌子）……你有完没完？

〔惠英又端来一个菜，顺便将明明领走，并单独给他拨了一些菜。

王世才　（对孙少平）我问你，干下井挖煤是有危险的，每年也得死几个，你知道不？

〔孙少平点头。

王世才 现在后悔还来得及……

孙少平 王队长，那你后悔吗？

王世才 （喝酒）……说实话，从第一次下井我就知道，早晚有一天，我会被抬出去。有好几次我都不想干了，可每到晚上，一手搂着媳妇，一手搂着儿子，我就想，我这辈子最得意两个人，一个是我媳妇，一个是我儿子，这辈子没白活！……媳妇，拿点儿醋来！

〔惠英将醋瓶拿来。

王世才 用不了那么多，找个小瓶，倒一半就够了……

惠　英 你要干啥？

王世才 （对孙少平）……你明天去体检的时候，先把这些醋喝了，我保证你血压正常。

孙少平 （愣愣地看着他）……

王世才 （喝酒吃菜）……别不信，我这招已经保下来好几个人了……刚才说到哪儿了？……对，有这么好的女人和儿子，我得养活他们，我得让他们过上好日子。所以我每天只想一件事情，就是多挣一点钱留给他们……我问过惠英，问她去过啥地方。她说，从河南老家来到这地方，一步也没离开过。我答应她等将来不干了，就带着她和儿子去海边看看海……

孙少平 （片刻）……谢谢王队长，我先回去了！

王世才 （看了他一眼）……以后就叫我大哥吧。

〔明明从里屋走出。

明　明 爸爸，我们今天学了一首新歌，我可以唱给你听吗？

王世才 （高兴地）……好呀，唱吧唱吧。

明　明 （用清澈的童声唱了起来）

“太阳当空照，
花儿对我笑，
小鸟说早早早，
你为什么背上小书包……”

〔孙少平停下脚步，回身看着这一家人，他有些震惊，因为他突然感受到一种亲情的温暖。

〔收光。

十五

〔光复明。

〔1983年，农历谷雨。

〔双水村，孙少安的砖厂。

〔雨，无声地下着。

〔砖厂里一片寂静，没有人干活儿，也没有机器设备的轰鸣声。

〔在砖厂简易的办公室内，贺秀莲站在门前出神地看着外面的雨。

贺秀莲 （片刻，向砖厂方向喊着）……少安，回来！

〔孙少安浑身湿透地回到办公室。

孙少安 你哭呀，你继续哭呀？

贺秀莲 （哽咽着）……

孙少安 我不是不让你哭，在医院检查结果一出来，你哭了，我没说你……回来以后，你说你不想回家，想和我单独待一会儿，我就把你带到这地方，你又哭了。我还是没说你，可你……可你不能总是哭个没完嘛……

贺秀莲 （点点头）……

孙少安 说实话，你接受不了，我更接受不了。这一大家子人，上有老下有小，你再生病，咱这个家不就乱套了……

贺秀莲 那你说咋办嘛？

孙少安 咋办？治病！病要来咱挡不住，可咱能治它！

贺秀莲 你跟我说实话，医生到底跟你咋说的？

孙少安 我不是都跟你说了吗？

贺秀莲 少安，你实话告诉我，我还能活多长时间？

孙少安 医生说了，那要看治疗效果，每个人的体质不一样……

贺秀莲 你不说我也知道……少安，我的意思是，如果真是那种治不好的病，咱就不治了，不乱花钱……

孙少安 （难过起来）……

贺秀莲 砖厂倒闭了，你还欠着人家的工钱哩！

孙少安 秀莲，咱不说这个……

贺秀莲 少安哥，我只有一个要求……

孙少安 （看着她）……你说？

贺秀莲 虎子还小，你脾气急，你们是我这辈子最亲的人。有一天，我走了……再找一个能疼虎子、能疼你的人……

孙少安 秀莲，别说了……

贺秀莲 你让我说完。少安，我和你只见过一面就嫁过来了，全家人都对我好……你知道我，我最喜欢你说的一句话是什么吗？

孙少安 你说……

贺秀莲 （笑着）……我，我捶死你！

〔孙少安将贺秀莲紧紧地抱住。

〔沉默。

〔突然，外边传来吵吵嚷嚷的声音，接着走来几位曾经在这里干活的工人。

工人甲 孙少安在这儿哩！

工人乙 少安兄弟，你不给工钱，让我们咋回家去夏收嘛？

工人丙 少安，你上有老我也有，你下有小我也有，你说咋办吧？

工人丁 哪怕是少给点儿，你总不能让我们空着手回家吧？

孙少安 你们别吵吵了，我要是有钱我一定给你们。我孙少安是啥人，你们不知道？机器设备的维修费，我得给吧；买材料的钱，我得给吧……

工人甲 （打断）我们的工钱，你也得给！

工人乙 对，今天你要不给钱，我们就不回去！

贺秀莲 师傅们，让我说两句吧……少安不是不给你们钱，干了活儿哪有不给钱的道理？眼下我们真是没有钱了，让我们缓口气儿，想想办法，看能不能从亲戚那里借一点钱来。要是能借来，就算少安不给你们，我也会给你们的……

工人丁 你是他媳妇，你当然向着他说。要不这样，你们俩一个人留在这儿，一个人现在就去借钱……

〔突然，一个声音从门外传来：“不用借，我有钱！”

〔话音刚落，孙少平出现在门口，孙玉厚跟在他的身后。

〔孙少安和贺秀莲愣住，工人们也愣住。

孙少平　（平静地）把你们的欠条都拿出来……

〔工人们依次拿出欠条，孙少平一一看过，并从书包里拿出钱发给工人们。

孙少安　少平，这都是你的血汗钱啊！

孙少平　（问工人们）……你们还有什么问题？

〔工人们摇摇头。

孙少平　那就快走吧，还愣着干啥？

〔工人们陆续向门外走去。

工人甲　少安，要是，要是你还想接着干，叫我一声。

〔工人们走了。

孙少安　少平，你可是给你哥解了围了……

孙少平　哥，这都不是事。眼下，最要紧的事情是给秀莲嫂子看病！

孙少安　（看着孙玉厚）爹……你，你都知道了？

孙玉厚　少平追到医院去了……（看着贺秀莲）秀莲，我得说你两句……自从你嫁到我们老孙家屋里，就没有过过几天好日子。家里上有老下有小，里里外外都是忙你一个人，一晃七年了，也没见你给自己添置什么新衣裳。只要遇到过不去的事情，都是你托人给娘家写信借上三百五百。你大这一辈子也不会说个话……（用拳头拍着胸口）可我这心里头清清楚楚！

贺秀莲　（满脸泪水）爹……

孙玉厚　秀莲，在俺孙玉厚的心里，你就是俺的亲女子！……谁也不愿意得个病，可是让咱们赶上了，咱也不怕。反正你奶奶也没了，咱全家一个心思就是给你治病！咱孙家人就是砸锅卖铁，也要把你的病治好！

〔贺秀莲哇的一声，痛哭起来。

〔远处传来雷声……

孙玉厚　少安，今天是谷雨，按过去的风俗是要祭拜老天爷的……

孙少安　（跑到门外唱了起来）

“人想地方马想槽，
哥想妹妹想死了。
毛眼眼流泪袄袖袖揩，

咱穷人把命交给天安排……”

〔收光。

十六

〔光复明。

〔1983年夏天。

〔大牙湾煤矿，井口。

〔傍晚，尖厉的警报声让人心惊胆战。一旦听到这个声音，只要男人不在家，女人们和孩子们便会疯了似的从四面八方向井口跑去。

〔一片哭声，一片叫喊声。

〔惠英和明明也挤在人群中喊叫着。

〔片刻，孙少平背着王世才从井口走出，人们将王世才放到担架上并抬上救护车，救护车尖叫着飞快地开走了。

〔孙少平走到惠英和明明跟前，惠英盯着孙少平。

〔明明抬起头望着孙少平。

〔惠英哭了。

〔孙少平蹲下，摸着明明的头。

明　明　（抬起头看着孙少平）少平叔叔，我该去学校上课了……

惠　英　往常都是他爸上班的时候顺路把他送到学校门口……

孙少平　（点点头）……明明，以后少平叔叔送你，走吧。

〔收光。

十七

〔光复明。

〔1983年夏天。

〔大牙湾煤矿，小路。

〔孙少平和明明并肩走着。

明　明　少平叔叔，你说人死了以后去什么地方了？

孙少平 天国。

明　明 天国什么样呀？

孙少平 那你得问你爸。

明　明 可我再也见不到他了。

孙少平 不，你可以见到他……当你想他的时候，你会梦到他；他想你的时候，也会来看你……

〔学校上课的铃声响起。

〔明明走进学校。

〔孙少平看着明明远去的背影。

惠　英 少平，你说实话，我听说出事的时候，你师父本来是在离出口最近的地方，他怎么又跑到里边去了？

孙少平 嫂子，出事的时候，别人都是往外跑，可我师父确实是在往里边跑，我知道他是去救我。师父跑了有十几米，正好有一根撑子倒了下来，那根钢梁无情地从师父的肚子里戳了进去，又从后背上穿出来……

〔孙少平望着自己的双手……

孙少平 这是师父的血，血渗进煤中，成为黑色——这染血的煤将变为熊熊炉火……

〔不知不觉中，孙少平又来到师父王世才的家。

〔惠英正将吃饭的小桌摆好，她愣愣地看着孙少平。

〔明明放学回到家里。

明　明 我回来了——

〔惠英在小桌上为孙少平添了一双筷子和小酒杯……

〔孙少平坐下，惠英和明明也坐下，孙少平拿起酒瓶子往小酒杯里倒酒……

〔王世才出现在舞台另一侧。

王世才 （闻着）……好香啊，还是我最爱喝的那一口！

惠　英 （感觉到什么）……世才？

王世才 惠英，对不住，我先走一步了。

〔惠英循着王世才的声音找过去，在幻觉中她和王世才又相见了……

惠　英　世才！

王世才　惠英！

惠　英　这两天，我总在想你说过的一句话，你说你要是死了，我们娘俩儿就不是“黑户”了……矿上已经通知我了，下星期就可以上班，在物资科负责发放矿灯。孩儿的户口也能给上了。我总在想，你是不是故意的？故意地等着出事，出了事以后故意地不往外跑，故意地去救别人，然后就故意地受伤，故意地去死……

王世才　（笑了）……你还少说了，我先是故意地制造瓦斯故意地制造事故才对。

惠　英　有一次你喝醉了，你哭了！你说你儿子是“黑户”，上不了学，你到矿上打了一架，还上了报纸。儿子上学了，你又喝醉了，说儿子是“黑户”在学校受欺负……现在好了，我也上班了，我们娘俩也有户口了，明明也上学了。可你呢，却走了……

〔明明走来。

明　明　爸爸，你能告诉我，天国是什么样吗？

王世才　天国很安静，没有人间的吵闹，可是也没有人间的欢乐。

明　明　我喜欢安静，可我又喜欢欢乐，这可怎么办呢？

王世才　问你少平叔叔吧，他知道得可多。

孙少平　明明，以后如果有人问你，你爸爸是谁，他是干啥的？你会怎么回答？

明　明　（想了一下）我写了一篇作文，第一句话是这样写的：爸爸是一块煤，一烧起来就是火……

王世才　（大笑）少平，你听见了吧，我儿子比我有文化，说不定将来也是一个大作家。

〔远处传来火车声。

〔王世才隐去。

〔这时，传来广播声：“11队的孙少平有人找，速到食堂门口！”

〔暗转。

〔孙少平转身跑上高台，田晓霞快步走来。

田晓霞　少平哥。

孙少平　晓霞，你怎么来了？

田晓霞 听说矿上出事了……

孙少平 你是担心我？

田晓霞 我认识矿区的宣传部长，可以找他把你调到报社去。

孙少平 （一愣）……不，不，我不想离开这里。

田晓霞 你还想下井？

孙少平 （想了想）……这几天，不，这两年，我想了很多问题。我从家里出来，一心想着闯世界，结果却一头扎到地底下。原以为出来是为了见世面，结果就屈胳膊跌腿地躲在巷道里，我也不知道我想干什么，原来那些理想啊、追求啊……好像都埋在了煤堆底下。晓霞，我也想到过你……你从师专毕业以后分到报社当记者，你的人生刚刚开始。而我……好像是已经走到了人生的尽头。只有在这里，没有了幻想，没有了过去所有的理想和冲动，虽然每天都是重复，但是每天都是悬念，不知道还有没有明天……

田晓霞 （片刻）……这个话题好沉重。

孙少平 刚来的时候，我也很奇怪，既然是这样，为什么还会有人愿意来，包括我在内。现在我明白了，人应该相信命运，你可以想很远的事情，可你必须要面对的是你的每一天，你吃什么喝什么，你睡在哪儿，你口袋里有没有钱。在这个地方，假如命运善待你，你的生活就比原来要好很多。所以，即使有一天像我师父这样了，我也会说，我过去是一天当两天过的，死了也不后悔！

田晓霞 上次咱们俩在古塔山见面的时候，你说的可不是这些。你可别忘了，咱们约好了一年以后的这个时间还要在那里见面。

孙少平 （想着）……古塔山，杜梨树下？也就是说，从那天起，我要一天一天地过完三百六十五天，才可能再次相见。你不觉得这件事有些遥远吗？

田晓霞 少平，你好像变了……

孙少平 你放心，不管我怎么变，只要我还活着，我一定会准时赴约的！

〔这时，远处传来汽笛声。

田晓霞 （紧张地）……什么声音？

孙少平 这个时候，我师父的遗体离开大牙湾煤矿去火化，汽笛声代表所有的矿工在为他送行。

〔孙少平说完，向着远方低头肃立。

〔田晓霞被深深地触动了。

孙少平 （想起一首诗，吟诵）

有没有比你更宽阔的河流，爱耐塞，
有没有比你更亲切的土地，爱耐塞，
有没有比你更深重的苦难，爱耐塞，
有没有比你更自由的意志，爱耐塞……

田晓霞 （仍然保持着凝望远山的姿势，轻轻地吟）

没有比你更宽阔的河流，爱耐塞，
没有比你更亲切的土地，爱耐塞，
没有比你更深重的苦难，爱耐塞，
没有比你更自由的意志，爱耐塞……

〔收光。

十八

〔光复明。

〔1984年夏天。

〔黄原市，一家小饭店。

〔细雨蒙蒙，但在这场戏的过程中却越下越大。

〔田福堂恭敬地站在小饭店门口。

〔片刻，贾有财头上顶着一个皮包匆匆走来。

贾有财 你就是田福堂先生吧？

田福堂 你是……

贾有财 我是贾有财……（掏出名片）这是我的名片。

田福堂 （看名片）……哎呀，你这个名字不好，贾有财？

贾有财 不好意思，还让您破费。

田福堂 对，我是真破费……（再看名片）你不是水利局的吗，这上面怎么是个……

贾有财 我以前是水利局的，现在这个（指名片）是自己开的公司。

田福堂 那我要承包的这个工程是水利局的，还是你这个公司的？

贾有财 公司的。

田福堂 那你这个公司是国营的，还是集体的？

贾有财 不好意思，是私人企业。

田福堂 （愣了一下）……那我的身份算是什么？

贾有财 你的身份？……田先生，你就是二包啦？

田福堂 二包？

贾有财 好听一点叫承包商，实际上就是包工头啦。

田福堂 （急忙把名片退回去）……不干不干，你找别人吧，我田福堂绝不走资本主义道路！

贾有财 哎，不是讲好今天你请吃饭签合同吗？我把公章都带来了……

田福堂 不吃了，不吃了……

贾有财 （生气地）……岂有此理！都什么年代了，还资本主义道路？（愤愤地走了）

〔一位饭店服务员出现在饭店门口。

服务员 先生，您点的菜现在下单吗？

田福堂 不吃了……

〔服务员下。田福堂刚要走，孙少平正好路过这里。

孙少平 福堂叔？

田福堂 少平？

孙少平 你咋来了？

田福堂 不要提啦……

孙少平 你还没吃饭吧，正好，我请你喝酒……

〔孙少平拉田福堂走进小饭店的一个包间。

孙少平 福堂叔，你先坐，我去点菜……

田福堂 （小声地）……哎呀，我刚把菜退掉。

〔孙少平在饭店柜台处打电话……

田福堂 少平，前些日子，听说你为了救人负伤了？有这事情没有？

孙少平 （打完电话回到包间）……有。

田福堂 听说你还住院了？

孙少平 住了几天……服务员，请上两杯茶。

田福堂 听说有个寡妇总照顾你，有这事情没有？

孙少平　有。

田福堂　我早就说过，你是讨女人喜欢的那种类型的男人。

〔服务员端来凉菜和白酒，孙少平倒酒。

孙少平　福堂叔，今天正好我休息，我陪你喝点儿。

田福堂　哎呀，身体上已经不如从前了，少喝一点吧。

孙少平　福堂叔，你还听说啥了？

田福堂　我还听说那个寡妇有个儿子……

孙少平　叔，往后你要是再听到有人议论，你就说，听说少平已经在那个寡妇家睡过了……

田福堂　可不敢胡说！

孙少平　（大笑）……叔，不是胡说，这是真的！

田福堂　（愣住）……真的？

孙少平　来，喝！

〔田福堂和孙少平喝酒。

孙少平　是这，那天我在她家喝醉了，糊里糊涂地就睡在她家了。第二天，整个大牙湾都知道了。反正我已经是跳进黄河也洗不清了，别人爱说什么就让他们说去好了……

田福堂　（点头）也好，就像斯大林同志说的，我们不理睬他……喝！

孙少平　叔，最近润叶和润生回家没？

田福堂　（脸色骤变）……不提他们，喝！

孙少平　叔，我也听说了……

田福堂　听说什么？

孙少平　听说他们回家看你，你不见。有这事情没有？

田福堂　他们还有脸回家？……少平，你说说，有一个让我省心的没有？要不是润叶把人家李向前折腾得成天喝酒，他能出车祸？再说，润生为什么非要找一个寡妇，还带个孩子……哎呀，你也是！你们是不是约好了，都要找寡妇？

孙少平　喝！

田福堂　不喝！你先给我说说，为什么你们都要找寡妇？寡妇到底好在什么地方？

孙少平　叔，今天不说我的事情。我听说，润叶姐因为你不见她，很伤心的。叔，你也应该替她想想，她一个人照顾李向前，真是很不容易……

田福堂 你不要为她说话！她是一错再错，该结的时候不结，该离的时候又不离。你说她想干什么……还让我见她，就是见了也没什么好说的，不见！……喝！

〔服务员上。

服务员 先生，你们的客人到了。

田福堂 （愣住）……你还有客人？

〔田润叶推着轮椅车出现在包间门口，轮椅上坐着李向前。他们身后是田润生和郝红梅……从他们的穿着上可以看出外面的雨已经下得很大了……

田润叶 大！

田润生 大！

〔田福堂惊呆。

田润叶 大，你到黄原来，也不告诉我们一声？大，你看，向前也来了，他是你女婿，当初还是你逼着我嫁给他的呢！

李向前 大！……你就别怪润叶了，是我不好，连累了润叶，为了照顾我，她已经很辛苦了，可她一想起你，就偷偷地掉泪，我要不是弄成这个样子，说什么也不能让她受这样的委屈。大，我求你了，你要有本事，就把润叶领回去，我一个大男人，还有两只手，还有我爸我妈，还有政府，再咋地也能活下去；大，要是润叶不跟你走，你就痛痛快快地把我们认下，想关心我们就过来搭把手，想亲热亲热就过来看看……等我们有了娃，也好让他叫声姥爷……

田福堂 你们还要娃？

李向前 我除了锯掉了腿，其他地方好着呢！

田福堂 润叶，给向前倒上酒……

〔田润叶给李向前倒酒并递到他的手上。

田福堂 （端酒杯）润叶，向前，我……我已经是落后之人啦！在社会上，我已经落后得分不清什么是社会主义，什么是资本主义了。在家里，我又落后得分不清什么时候听我的，什么时候听你们的……我知道，像过去那样，我一个人说一不二、呼风唤雨的日子再也不会有了。可是我不甘心，我不承认我过去的一切都是错误的。自力更生错了？艰苦奋斗错了？大公无私错了？先人后己错了？可是我说的话已经没有人听了！我心里很郁闷，我害怕在社会上没有人再需要我，在家里你们也不再需要我。你说，那以后让我咋活嘛……

田润叶 大，你别说了，是我不好！我为自己的事情净让您老生气了，我对不起你！大，你千万不要多想，我生你的气，是因为我和你亲。你是我大，是我亲大，我需要你，我永远需要你……

〔田润叶哭着抱住田福堂，田福堂老泪纵横。

田润生 大，也给我倒杯酒吧……

田福堂 润生，你是我儿，打断骨头还连着筋哩。我要说的是，我要给你的媳妇说一声对不起，我是老糊涂，你们就谦让我一回吧。

郝红梅 大，今天是我这个儿媳妇第一次见公公，我给你敬杯酒！（与田福堂干杯）……大，我能喝酒，以后在家里，只要你老想喝酒，我负责给你弄上两个好菜，然后就陪你喝两口……

田福堂 你陪我喝？那润生呢？

郝红梅 他得上班呀，他得去挣钱好养活他的媳妇和娃呀……

田福堂 那是你的娃，不是我们润生的，这话可得说清楚。

郝红梅 大，（拍拍肚子）……我说的是这个！

〔田福堂和众人惊喜，大家纷纷倒酒。

田福堂 来吧，咱们老田家今天是大团圆，就等于是过年了，喝！

〔众人干杯。

〔突然，从外边传来广播声："紧急通知，据天气预报，我地区大部分县市将有暴雨和大暴雨，局部地区将会发生山洪和泥石流，有关部门已经发出紧急疏散通知，请各单位人员随时待命，以防发生险情……"

田润生 大，我开面包车来的，先去我家避一避吧。

〔人们迅速离席，来到饭店门口。

田福堂 少平，多谢你小子有心！我早就说过，你这娃有当宰相的心思……

孙少平 叔，快走吧……

〔田福堂和他的儿女们一起离去。

〔服务员追出来。

服务员 先生，你们还没结账呢！

〔孙少平急忙结账。

〔一阵汽车的刹车声，接着，穿着雨衣的田晓霞跑来。

田晓霞 少平哥！

孙少平 晓霞。

田晓霞 开完会我就赶过来了……

孙少平 快坐……

田晓霞 不行，我得马上走，我要跟抗洪指挥部一起去前线采访……

孙少平 是领导派你去的？

田晓霞 不，是我主动要求的……

孙少平 晓霞，这是很危险的，你是女同志，你应该……

田晓霞 说什么都来不及了，我得走了……

孙少平 晓霞……

〔田晓霞停住脚步，回身看着孙少平，二人之间突然产生了一种依依不舍的感情。田晓霞猛然上前抱住孙少平，二人热烈地亲吻起来。此时此刻，风和雨不存在了，整个世界仿佛只有他们两个人。

〔收光。

十九

〔黑暗中的广播声："现在是新闻节目时间，近日来我区大部分地区广降暴雨，局部地区发生山洪。昨日，《黄原日报》记者田晓霞在抗洪前线采访过程中，为抢救落水儿童而英勇牺牲……"

二十

〔光复明。

〔1984年初秋。

〔黄原市，古塔山。

〔孙少平慢慢走来。

〔在孙少平的幻觉中，田晓霞的身影闪现出来：

田晓霞 少平哥，咱们约好一年之后的这一天，还在这个地方见，好吗？

孙少平 好呀，只要我活着我一定来！

田晓霞 呸呸呸，乌鸦嘴！

孙少平 晓霞，你说爱一个人就一定要结婚吗？

田晓霞 （惊奇地看着他）……你怎么会想到这个问题？

孙少平 爱情应该是很纯粹的，可是一旦结婚就非常具体，不好。

田晓霞 少平哥是想整天不吃不喝，光谈爱情吗？

孙少平 如果世界上真能有这样的人，我肯定是一个。可惜的是，这只能是说说而已。

田晓霞 我觉得你可以把这些想法写出来，起码让人们在混沌的世界中还能看到一丝清澈。

孙少平 你当记者之后，是不是看到了更多的混沌？

田晓霞 （沉默）……有时候真有喘不过气的感觉。少平哥，我为什么总有一些很奇怪的想法？

孙少平 什么想法？

田晓霞 你说人生在世，是不是都想追求轰轰烈烈，因为追求不到，所以才平平凡凡？

孙少平 有道理！……不过，不可能是所有的人，更多的人是顺其自然。只有像你我这种人，看了一点书，就开始探讨人生，甚至觉得自命不凡。可问题是，明明知道自己有这个毛病，却改不了，打死也不愿意同流合污。你说，这可怎么办？

田晓霞 那就让我们去追求完美吧，哪怕为它付出牺牲！

孙少平 晓霞，咱们俩算是谈恋爱吗？

田晓霞 （不好意思地笑了）……你说呢？

孙少平 为什么咱们在一起总是说这些问题，也不说说你爱我我爱你……

田晓霞 你要想说……就说呗？

孙少平 你想说吗？

田晓霞 （羞涩地笑了）……从来没说过，要不咱们试试？

孙少平 那你说吧……

田晓霞 你先说……

孙少平 （闭上眼睛）还是你先说吧……

〔孙少平等待着，但是，田晓霞的身影消失了……

〔孙少平睁开眼睛，四下寻找着、呼喊着……他一会儿跑向山顶，一会儿跑下山坡，直到实在跑不动了，才倒在土坡上，急促地喘着气。

〔片刻，田润生、郝红梅一起走来。

〔孙少平和昔日的同学相见，他们相拥而泣。

田润生 （拿出三本日记）我二爸还在抗洪前线指挥部，这是他托人捎回来的晓霞姐的三本日记。他说这里边是记录你们之间感情的，交给你保存它。我二爸还说，读她的日记，会让我们觉得她还和我们生活在一起。

〔孙少平接过笔记本，小心翼翼地打开并看着——田晓霞的声音又回响在他的耳边。

〔田晓霞："我时时刻刻都在想念我那'掏炭的男人'，这想念像甘甜的美酒一样令人沉醉。爱情已经使我一洗尘泥，飘飘欲仙了。我相信爱情能够给予人创造的力量。我为我的'掏炭丈夫'感到骄傲。真正的爱情是心甘情愿地与爱人一起奋斗并不断地自我更新的过程，是融合在一起——完全融合在一起的共同斗争。你有没有决心为他而付出自己的最大牺牲，这是衡量是不是真正爱情的标准，否则就是被自己的感情所欺骗……"

〔孙少平把脸埋进日记本里。

田润生 （片刻）……少平，咱们走吧？

孙少平 （点点头）……

田润生 （想起什么）……你去哪儿，我开着车呢，要不要送你？

郝红梅 要不，回家吃了饭再走？

孙少平 （摇摇头）……你们先走吧。

〔田润生和郝红梅先走了。

〔孙少平转身看着远处的落日。

〔明明走进了孙少平的记忆中。

〔明明：“……少平叔叔，我可以问你一个问题吗？”

孙少平　你问吧。

〔明明：“从今往后，我是不是永远就没有爸爸了？”

孙少平　不会的。

〔明明：“那我什么时候才能有爸爸呢？”

孙少平　春天，马兰花开的时候……

〔明明：“少平叔叔，今天上课的时候，我学了一首新诗，我能念给你听听吗？”

孙少平　好呀。

〔明明念诗：

“……没有比你更宽阔的河流，爱耐塞，
没有比你更亲切的土地，爱耐塞，
没有比你更深重的苦难，爱耐塞，
没有比你更自由的意志，爱耐塞……”

孙少平　（先是震惊，而后动情地）

……没有比你更宽阔的河流，爱耐塞，
没有比你更亲切的土地，爱耐塞，
没有比你更深重的苦难，爱耐塞，
没有比你更自由的意志，爱耐塞……

〔又是那首陕北民歌从远处飘来：

“山挡不住挡不住云彩，
神仙挡不住挡不住人想人……”

〔那歌声好像有一种吸引他的力量，于是，孙少平情不自禁地加快了脚步向着那诗歌指引的方向走去……

〔收光。

尾　声

〔光复明。

〔2005年3月。

〔延安。

〔依然是摆放路遥铜像的地方，但是，路遥铜像不见了，只剩下高高的基座空空地坐落在那里。

〔街上正在播放当地新闻："据本台记者3月4日报道，我市文化广场的路遥铜像被盗，我市公安部门正在侦破此案。路遥是我省和全国的著名作家，代表作品有小说《人生》和《平凡的世界》等，路遥于1992年11月17日病故，年仅四十二岁。"

〔收光。

——剧　终

《平凡的世界》2017年12月26日由陕西人民艺术剧院首演于西安，导演宫晓东。由于剧作对名著精神的现代性思考，让一代人的精神食粮重新焕发光彩，赢得了观众的喜爱。2019年2月，获中央戏剧学院第八届"国际戏剧学院奖"优秀剧目奖。

作者简介

孟　冰　男，1956年出生于北京，剧作家，原总政话剧团团长。主要作品有话剧《红白喜事》（合作）、《绿荫里的红塑料桶》《老兵骆驼》《黄土谣》《白鹿原》等。至今共创作戏剧作品六十九部，上演作品五十四部，其中六部入选国家舞台艺术精品工程"十大精品剧目"，十五部入选中宣部全国精神文明建设"五个一工程"，六部获文华大奖，七获文华剧目奖，五获文华编剧奖，六获"曹禺戏剧文学奖"。

·滑稽戏·

顾家姆妈

陆伦章

时　间　现代。

地　点　古城。

人　物　阿　旦——保姆。

江南雨——评弹艺人。

八　月——餐饮业主。

十　五——纺织女工。

胡艳美——八月妻。

庄　稼——十五的丈夫。

小百搭、店主、摄影师、新郎、新娘、月月、亮亮、街坊邻居、收废品的、外来人员。

第一幕

〔20世纪60年代初，农历除夕。

〔幕启。苏州古城区紫衣巷口。跨过拱形石桥，河对面便是“朝阳菜场”。

〔天蒙蒙亮，小巷内人影憧憧，生煤炉的，倒马桶的，吆喝卖菜的，老虎灶泡水的……随着天色渐渐生动起来。

〔一声哭喊，阿芬妈追打阿芬上。

阿芬妈　倷跑倷跑，跑到白洋湾我追到浒墅关！（将毛竹爿“啪”一记敲在桥栏上）

阿　芬　啊唷哇！

阿芬妈　闯仔穷祸还要装死腔，倷只害人精！（再敲一记）

〔阿芬尖叫着躲到嫂甲身后。

嫂　甲　阿芬姆妈，年三夜四，作啥打小囡？

阿芬妈　害人精！倷自家说。

阿　芬　喔！姆妈关照我，4号备用券可以买半斤百叶，2号券半斤鸡蛋，5号券半只咸猪头，16号备用券……

阿芬妈 我叫俚用16号备用券去买半只冰冻鸭子，结果……（大哭）

众　人 结果怎么样？

阿芬妈 （唱）今朝除夕起得早，

母女双双菜场跑。

肉票油票备用券，

东风劲吹形势好。

豆制品，糖年糕，

鲜猪头再搭四只咸脚爪，

谁知她一年票证全丢了，

倍笃打又不许我打，我活又不得活……（接唱）

急得我走投无路河浜跳，河浜跳！

（摆好架子）实梗冷的天跳下去有点吃勿消！

阿　芬 票证是我弄丢的，要跳也该我来跳！

阿芬妈 不必客气！（唱）

我到天堂过新年，

你留人间放鞭炮！

同志们，再会！

众　人 （紧张地）阿芬姆妈！

阿芬妈 不准靠近！统统后退三步——（喊口令）一、二、三，向后转！

嫂　丙 阿芬姆妈，备用券丢了呒不关系的，我来赔给你。

阿芬妈 你是谁？

嫂　丙 我是老虎灶东隔壁小百搭的继母。（掏出一张结婚证）看见吗？就凭这张结婚证，可以购买菜油一斤、猪肉三斤、鸡蛋五斤，马桶、脚盆各一只，统统送给你。

阿　芬 （感到意外）统统送给我？

嫂　丙 告诉你，我已经嫁过二趟了！

嫂　甲 瞎讲！勿是两趟是三趟。（说话间，靠近阿芬妈将她拉住）

〔众人拍手叫好。

〔孕妇上。

孕　妇 （举起一只信封）谁叫毛德法？

阿　芬
阿芬妈　（同时）我！毛德法是我 老爸
老公 ！

孕　妇　你们丢东西了吧？慢，里面装的是什么？

阿　芬
阿芬妈　我家一年的备用券。

孕　妇　我在菜场那边捡到的，还给你。

阿　芬　（接过信封）……谢谢阿姨！（欲跪）

孕　妇　不用谢。（扶起）

阿芬妈　阿芬，你快去排队。

〔阿芬应声下。

〔小百搭神色异常，匆匆上。

小百搭　喂，告诉倍笃，43号里出事体哉！

众　嫂　出啥事体？

小百搭　刚刚搬进来才三个月的顾雪飞失踪哉！

嫂　甲　顾雪飞？阿是嘴唇薄嚣嚣、眼睛圆溜溜的漂亮女人？

小百搭　是格哟！

嫂　乙　阿是带一对龙凤双胞胎的医院护士？

小百搭　是格哟！

嫂　丙　阿是刚刚请仔一位扬州保姆？

小百搭　是格哟！嘘，扬州保姆来哉！

〔阿旦提水瓶上。

嫂　乙　你就是那个……扬州保姆？

阿　旦　嗯哪！

嫂　甲　听说……顾雪飞走了？

阿　旦　嗯哪！

嫂　丙　走到啥地方去哉？

阿　旦　不晓得。

嫂　丁　房东阿晓得？

阿　旦　不晓得。

嫂　甲　双胞胎也带走了？

阿　旦　没得。在家里。

嫂　乙　那你打算怎么办？

阿　旦　等她回来。

嫂　乙　要是她一个月不家来？

阿　旦　我等她一个月。

嫂　丁　要是她一年不家来？

阿　旦　我等她一年。

众　嫂　要是她三年不家来？

阿　旦　等她三年……你们真是的！哪个妈妈把宝宝丢在家里三年不家来？三年不家来……三年不家来啊，（哭腔）那我怎么办呀，我是保姆，这两个宝宝又不是我的，丢给我算什呢名堂啊！

小百搭　那你有什么打算呢？

阿　旦　事情来得太快，我还来不及打算，只能过一天算一天。

嫂　甲　过一天算一天，你在这块有户口吗？

阿　旦　没得。

嫂　甲　你没得户口，粮票、油票、布票也没得。

嫂　乙　煤球票也没得。

嫂　丙　备用券也没得。

小百搭　统统没得，你怎么生活？

〔江南雨抱着两个啼哭不止的“蜡烛包”上。

江南雨　阿旦，你怎么把两个小把戏丢在家里，自家跑出来讲张，真家伙！

〔热心的邻居抢着从江南雨手中抱过孩子，亲着，哄着。孩子依然啼哭。

嫂　甲　唷，两个小家伙一模一样。

阿　旦　不一样的。一个男孩，一个女孩。男孩叫八月，女孩叫十五。

嫂　丙　哎，八月半到现在四个月了，怎么还包在蜡烛包里？

阿　旦　听她家妈妈说，一对宝宝都是早产。一个四斤三两，一个三斤四两，加起来七斤七两。

江南雨　乖乖，你还有心思在这块说书啊。小囡又要哭哉！

阿　旦　没关系，小把戏哭不伤的。

江南雨　哭不伤的？不是亲生不心疼！昨日夜里厢，两只小猢狲一个哭上半夜，一个哭下半夜，哭得我翻来覆去困勿着。熬到早上六点钟小把戏不哭了，弄堂口一辆粪车“格隆隆”推进来（吆喝）“马桶拎出来喔——”吃勿消！

阿　旦　江先生，你一夜天没睡，我也一夜天没睡。上半夜男宝宝哭，下半夜女宝宝哭，我没得办法，坐起来我们三个人一起哭。

江南雨　蛮好，三个人，男女声二重唱。

阿　旦　妈妈出去了，把宝宝丢下来给我。江先生你是房东，怎么办啊？

江南雨　怎么办？你的房钱也没有付呢！

阿　旦　房钱？我工钱还不晓得谁给我呢！

江南雨　每个月工钱是多少啊？

阿　旦　包吃包住六块钱。

江南雨　六块？六块钱又不多。

众　人　的确不多，你付脱算了。

江南雨　我拿出来啊？

阿　旦　你是房东哎！

江南雨　你房钱没给我，还要我付你工钱？

阿　旦　我是保姆哎。

〔这时，凑热闹的街坊邻居越聚越多，围成一堆七嘴八舌。

众　人　说不定主人和保姆私底下有说法的。

依我看，赶紧要报派出所。

看起来两个小囡早晚要送育婴堂去的。

阿　旦　（回头）你说什么？

阿芬妈　把一对双胞胎送到育婴堂去。

阿　旦　好！太好了！我跟宝宝一道去。

江南雨　你去干什么？育婴堂里只收没爹没娘的宝宝。宝宝往那里一送，你就解放了。

阿　旦　解放了？不对呀！

众　人　怎么不对啊？

阿　旦　宝宝的妈妈突然失踪，把两个宝宝丢给保姆。保姆保姆就是保护宝宝，说不准过几天他妈妈家来了，问我要宝宝怎么办？

群众甲　这倒也是的。

群众乙　育婴堂不能去。江先生，你帮她想想办法。

江南雨 顾雪飞突然失踪，肯定是有原因的。孩子留在紫衣巷，紫衣巷不会袖手旁观，江南雨不会袖手旁观。我马上到居委会汇报，大家想办法凑点奶粉奶糕，凑点肉票蛋票。宝宝饿了吃百家饭，宝宝哭了我帮你抱。让保姆阿旦和两个宝宝平平安安新年好！

〔众乡邻点头称好。

〔收光。幕后合唱：

“一人有难众人帮，
暖流涌动紫衣巷，
蔡阿爹捐来二元钱，
梅师傅煤球一箩筐；
苏阿姨奶糕三五块，
唐好婆半斤绵白糖。
家家关爱无娘子，
人人牵挂夜啼郎。
过了新年闹元宵，
红灯笼点亮热心肠。”

〔光亮。

阿芬妈 告诉大家一个好消息！居委会已经和长风机械厂讲定，顾家两个小囡可以放到厂办托儿所去哉！

〔街坊们连声称好。

众街坊 居委会还是蛮贴心的，解决大问题哉！
实梗安排蛮好，阿旦可以出去做临时工了，
走，大家去看看两个小家伙！

〔小百搭上。

小百搭 倍笃阿是到43号去？勿要去了，阿旦失踪哉！

众街坊 （大吃一惊）阿旦失踪了？

嫂　甲 大年夜顾雪飞失踪，元宵节阿旦失踪，碰着个大头鬼！

嫂　乙 保姆也作孽，小囡不是亲生的，又呒不人付工钱，换仔我也蹲勿牢的。

小百搭 问题是小囡也不见了。

阿芬妈 一个还是两个？

小百搭 一个大人两个小人。

嫂 甲 我怀疑，小人被保姆卖掉了。

小百搭 不会的，阿旦阿姨绝不会卖小人的。

嫂 丙 好不容易安顿下来，她怎么又失踪了？

街 坊 （面面相觑）——天晓得！

〔切光。

〔幕后合唱：

“没妈的孩子像棵草，
风吹雨打任飘摇。
孩子啊你究竟流落在何方？
街坊与你同煎熬。
孩子啊兄妹俩活得好不好？
紫衣巷为你同祈祷。
冬去春来十六载，
小桥流水泪滔滔。”

第二幕

〔十六年后。农历清明。

〔光启。黄昏时分。

〔穿喇叭裤的小青年拎一只“四喇叭”过场，电影《小花》插曲“妹妹找哥泪花流”。

〔杂货店店主上，用手提喇叭发出传呼声：“302，电话！302，上海长途！”一转身与江南雨劈面相逢。

店 主 喔唷，江先生宛，倷好倷好！

江南雨 倷好！还是喊我老江。

店 主 文化大革命结束哉哟，倷吓点啥介。说书的总归喊“先生”，说书先生，阿对？我是倷格老听客哟，昨日还去纱帽厅听《三国》，江先生的《三国》名不虚传！

江南雨 原来是衣食父母。谢谢！好多年不说了，请多提宝贵意见。

店 主 江先生倷现在是出门还是回转？

江南雨 电影刚刚散场，回家。

店　主 看啥个电影介？

江南雨 《红楼梦》。电影院二十四小时连续放，有位老阿姨一礼拜连看八趟。

店　主 我看过十八遍了，最欢喜“林妹妹，我来迟了”。

江南雨 林妹妹解放了，宝哥哥也解放了

店　主 江先生！今天正巧，请你吃喜糖。

江南雨 啥人结婚？

店　主 我外甥女阿芬结婚了。

江南雨 喔，就是十六年前大年夜掉了备用券的黄毛丫头。

店　主 江先生记性真好。

江南雨 外甥女结婚，舅舅这份礼重哉！

店　主 一份礼，掏空我三年积蓄。专门乘仔火车到上海南京路去买的。

江南雨 大出血啦，送点啥？

店　主 （炫耀地）一件的确良衬衫、一双尼龙袜、一对长城牌铁壳热水瓶。

江南雨 （跷大拇指）嚯，全是高级品！

〔雷声。

店　主 天要落雨哉，我到屋里拿把伞给你。

江南雨 不客气！我自己喊部三轮车。

店　主 那好，江先生，再会！

江南雨 （招手）三轮车——

〔一辆三轮车应声而至。

车　夫 三轮车来哉！先生，啥地方？

江南雨 接驾桥紫衣巷。

车　夫 （一怔）紫衣巷？（偷偷回头，顿觉惶然）

江南雨 （见车夫默然，疑惑）去不去啊？

车　夫 ……对不起！

江南雨 对不起？啥格意思？

车　夫 我还没有吃夜饭。

江南雨 九点钟还勿曾吃饭？勿对！格只面孔熟得来……一听紫衣巷，神色慌张。（疑惑）难道是她？勿对，眼前是个男人。

车　夫　同志，请下车。

江南雨　不对啊，身上打扮是男的，开出口来声音像女的？

车　夫　你下车吧。

江南雨　（围着车子转）哎呀好眼熟啊……听声音看样子……哦，想起来了，十六年前的扬州保姆阿旦！

车　夫　（旁唱）狭路相逢说书人，
　　　　我躲躲闪闪乱方寸。

江南雨　（旁唱）定是做了亏心事，
　　　　想起“失踪”我气难平！

车　夫　（旁唱）只为二个无娘子，
　　　　不堪回首十六春。

江南雨　不要再躲猫猫了，出来吧！

车　夫　（眼看躲不过去）……江先生，你好！（变为阿旦）

江南雨　果真是你啊。阿旦！

阿　旦　是我。

江南雨　阿旦啊阿旦，我找了你十六年啊！

阿　旦　江先生，对不起！

江南雨　十六年啦，我找得你好苦啊！

阿　旦　十六年啦，我也想你的。

江南雨　（一愣）你也想我的？

阿　旦　日日想，夜夜想，日思夜想，朝思暮想，痴心梦想。

江南雨　（意外，苦笑）你想我做啥？

阿　旦　我想，要是我不离开紫衣巷，你肯定会帮我的，我也不会吃这么多的苦。

江南雨　你苦，我也苦啊！

阿　旦　你又不带小孩子，你苦什么？

江南雨　十六年前，你家主人不辞而别。过了新年，你又带着宝宝不辞而别。别人就奇怪了，怀疑了，43号一定有问题，江南雨不是好东西。

阿　旦　偏偏失踪的两个人都是女人，确实有点复杂了。

江南雨　派出所问我怎么回事，我说不清楚，文化大革命问我怎么回事？

我也说不清楚，办学习班写检查——

阿　旦　你也说不清楚。

江南雨　最后让我们全家人离开紫衣巷——

阿　旦　要失踪大家一起失踪。

江南雨　不是失踪，是全家下放。

阿　旦　去哪块？

江南雨　苏北。

阿　旦　我老家？太好了。水流千里归大海，苏南苏北是一家。我们总算找到共同语言了。

〔江南雨、阿旦两人同唱二句“杨柳青”，苦涩而温馨。

阿　旦　（沉浸在对家的思念中）我老家有“芦柴花”，有大麻花，有盐鸭蛋……江先生，我老家可比苏州冷呢！

江南雨　不怕，我有三顶帽子。

阿　旦　三顶帽子？

江南雨　一顶是反动文人，一顶是牛鬼蛇神，还有一顶——玩弄女人。

阿　旦　三顶帽子可玩大了，我一点都不知道。

江南雨　你哪里会知道啊！（感叹）全国山河一片红，你我生死两茫茫。你妈妈的，我跳到黄河都洗不清哪！

阿　旦　江先生，我万万没有想到，你的苏北话说得比我还要好。

江南雨　下放十年，就学会了一句“你妈妈的”。

阿　旦　请问江先生，江师母还好吗？

江南雨　她一气一急，一场毛病，一命呜呼。

阿　旦　江先生！对不起。我万万没想到，由于我偷偷离开了紫衣巷，害得你全家到苏北下放；由于我偷偷离开紫衣巷，害得你家破人亡，江师母一命呜呼；由于我偷偷离开紫衣巷，还发动了文化大革命。

江南雨　发动文化大革命，你没有这个资格的。两个孩子呢？

阿　旦　（怯怯而温暖地）两个孩子在我身边。

江南雨　一直没有分开过？

阿　旦　没有分开过。

江南雨　现在什么地方？

阿　旦　现在在家里……

江南雨　家在哪里？

阿　旦　家在……

江南雨　说。

阿　旦　（含糊）……葑门横街。

江南雨　说得清楚点！

阿　旦　实不相瞒，葑门横街！

江南雨　走！

阿　旦　啥地方去？

江南雨　葑门横街。

阿　旦　不去。

江南雨　一定要去。

阿　旦　不能去。

江南雨　偏要去。

阿　旦　江先生，我十六年前偷偷离开紫衣巷，就是为了不让熟悉我的人踏进我的家门，不能带你去。

江南雨　今天我一定要亲眼去看一看这两个孩子。

阿　旦　你一定要看，我有一个附带条件。

江南雨　你说。

阿　旦　江先生，你要看孩子，可以。但千万不能告诉他们我不是他们的亲娘，因为这两个小孩从来没有怀疑过我不是他们的亲娘，拜托！

江南雨　好！

阿　旦　谢谢！

江南雨　不对啊，你怎么这身打扮啊？

阿　旦　江先生，要是一个女人踏三轮，你肯坐吗？

江南雨　也有道理，（反客为主）上车吧！

阿　旦　这是我的事情。

江南雨　十六年，你就坐一回吧。

阿　旦　不不，这怎么可以？

江南雨　怎么不可以呢，我是男人，你是女人啊，上车。

〔雷响。

〔阿旦上车，江南雨蹬车。

江南雨 阿旦，有件事情我不明白的。既然你离开了紫衣巷，为什么不回到自己老家去呢？

阿　旦 江先生啊，你自己刚刚从苏北回来，苏北苦啊！上有天堂，下有苏杭，我在苏州再苦也是城里人。

江南雨 我再问你，紫衣巷街坊邻居对你这么好，你怎么就不辞而别呢？

阿　旦 紫衣巷的邻居对我们好，主要是可怜两个小人。要是孩子长大了，晓得没有家没有姆妈，要难过的、委屈的。因为我自己从小就没有姆妈。

江南雨 所以，你想做他们的妈妈？

阿　旦 我不是硬劲要做俚笃的姆妈。因为两个小把戏不能没有姆妈。

〔景随车移。

阿　旦 （唱）想不到巧遇房东在古胥门，
十六年不忘苦命人；
顾雪飞是否有音讯？
假姆妈可要现原形？

江南雨 （唱）想不到断线风筝现踪影，
女扮男装踏三轮；
“双胞胎”如今怎么样？
葑门横街看究竟。

阿　旦
江南雨 （唱）雷声隆隆心头滚，
清明时节雨纷纷，雨纷纷。

〔三轮车过场。葑门横街。

〔阿旦的出租屋，简陋而整洁。

〔十五和八月兄妹俩一个在做作业，一个在敲松子。

〔趁十五不注意，八月偷吃了一粒松子。

十　五 哥！你又偷吃松子了？

八　月 （赖）没有啊！

十　五 没有？今天你已经偷吃三粒了。

八　月 （一边咀嚼，含糊其词）你也吃三粒。

十　五　等姆妈回来告诉妈。

八　月　叛徒！

十　五　这是为食品厂加工的松子，少了分量得赔。

八　月　你告诉妈吧，我还巴望你告诉爸呢！

十　五　（愣住）你……

八　月　如果我们有爸爸，他肯定会同意我吃三粒松子的。

十　五　如果我们有爸爸，就不会天天跟着妈妈敲松子、糊火柴匣。敲一斤大松子，加工费才五分钱。糊一千只火柴盒，加工费才六毛钱。没有爸爸，我们苦，姆妈更加苦！

八　月　为了姆妈不再受苦，我想……

十　五　你想什么？

八　月　给姆妈找个爸！

十　五　爸不是想有就有的，得有缘分。姆妈身边从来没有出现过男人，也没有男人跟她来往。

八　月　不知到什么地方去找爸爸，东北还是西北？

十　五　不知爸爸是什么样子的，双眼皮还是单眼皮。

八　月　（憧憬着）要是有一天她把男人领回家，说不定那就是……

〔敲门声。

八　月　姆妈回来了！

〔卸去男装的阿旦引江南雨进门。

阿　旦　（说一口非正宗的苏州话）来来来，紫衣巷的老房东江伯伯来看倍笃哉！这是老大八月。

八　月　（脱口而出）爸爸……

江南雨　喔唷，实梗大哉，养出来辰光正好三年困难时期，抱勒手里一笃笃，像只猫咪。

阿　旦　江伯伯，这是老二，十五。

十　五　江伯伯好！

江南雨　喔唷，大姑娘哉，倷小辰光我一日起码要抱三趟。倍笃姆妈真格勿容易。

阿　旦　（从抽屉里拿出八月的成绩单显摆）江先生，这是八月的成绩单。

江南雨　（接念）“……语文98，数学100，物理95……勿差勿差，呱呱叫！操行评语：努力学习毛主席著作，积极学工、学农劳动……希望今后严格要求自己，多关心集体，热心帮助同学，争取做优秀红小兵。”

阿　旦　（由衷地）小人争气，就是我的福气。

江南雨　对对对，你福气比我好。

八　月　（递上热毛巾）妈，洗把脸。

阿　旦　（对八月、十五）佴笃先去睏觉。我和江伯伯还有闲话讲来。江伯伯坐一歇，我去倒杯茶。

〔江南雨呆呆地望着长大成人的八月、十五，百感交集。

江南雨　（唱）举目四顾出租屋，

家徒四壁也局促。

桌上一叠作业本，

灯下满地松子壳。

苦度春秋十六载，

夜啼郎长成了小牛犊。

一路走来苦多少？

我又想笑来又想哭。

阿　旦　屋里没有茶叶，喝杯白开水吧！

〔江南雨和阿旦一边说话一边敲松子。

江南雨　一转眼工夫，你也快五十了吧？

阿　旦　我属蛇，今年四十八。

江南雨　那你这几年一直是一个人啊？

阿　旦　不瞒你说，我也谈过两次恋爱。江先生，我条件高哪！

江南雨　第一个？

阿　旦　第一个身高1米60，体重五十公斤。是个手艺人，皮匠跷脚。

江南雨　跷脚小皮匠。

阿　旦　我没有看中。

江南雨　第二个？

阿　旦　第二个身高1米80，体重八十公斤，烟酒不沾，五官端正。

江南雨　不错啊！

阿　旦　出身不好，地主成分。

江南雨　所以到现在你还是单身？

阿　旦　不！一个大人和两个小人。

江南雨　没有再找一个男人？

阿　旦　找了好几个，都说吃不消。

江南雨　吃不消？

阿　旦　一个女人拖两只“油瓶”。

江南雨　这么说，你一直和两个孩子在一起？

阿　旦　没办法。

江南雨　（感叹地）十六年啊，哭也呒不眼泪。

阿　旦　你说对了，有时候我真想大哭一场，可我生来就没得眼泪。

江南雨　你想过没有，要是有一天，孩子的亲妈妈突然家来了，你怎么办？

阿　旦　（猝不及防）你说什么？

江南雨　要是顾雪飞有消息了，你是高兴还是……

阿　旦　（慌乱地）……你、你是跟我开玩笑吧？

江南雨　（掏出一封信）……顾雪飞来信了。

阿　旦　（急问）她、她在什么地方？

江南雨　南非。

阿　旦　东边有个南通，北边有个南京，南非是什呢地方？

江南雨　南非是非洲的一个国家。

阿　旦　（松了一口气）原来她在外国。

江南雨　这封信已经来了一个多月了，你看看。

阿　旦　（接信）……江南雨，这是写给你的。

江南雨　她信上说，要是两个孩子还是和阿旦在一起，就让孩子认阿旦做妈。

阿　旦　（惊喜）她真是这么说的？

江南雨　她信上说，她可能回不来了。

阿　旦　她还说什么？

江南雨　她信上说，她临走，曾经给你留下了一只红木雕花匣。

阿　旦　有的。

江南雨　这只匣子你打开看过吗？

阿　旦　打开过，看过。

江南雨 有值钱的东西吗？

阿　旦 有的。这东西不能卖。

江南雨 不能卖？……又会是什么东西？

阿　旦 （回避）顾雪飞信上还说些什么？

江南雨 从这封信看，顾雪飞说自己好像做了个噩梦，看来处境不妙啊！

阿　旦 江先生，那我要不要把事情告诉两个孩子呢？

江南雨 要不要告诉孩子，你自己做主。

阿　旦 孩子十六岁了，长大成人了，应该知道自己的妈妈了。

江南雨 如果告诉他们，你不是他们的妈妈，他们的妈妈是顾雪飞。顾雪飞又在外国，在外国……就是“海外关系”，有海外关系的子女就是“可以教育好的子女”，对升学、入团都有影响。

阿　旦 啊依喂，又弄个“出身不好”。

江南雨 你是什么成分？

阿　旦 三代贫农。

江南雨 为了孩子的前途，现在还不能让他们认亲。

阿　旦 我这个“贫农”派用场了。

江南雨 你可以继续当他们的姆妈。

阿　旦 谢谢你！谢谢！

江南雨 谢我干什么？

阿　旦 谢谢你批准我继续当八月、十五的妈妈。

江南雨 继续当妈妈就是继续受累吃苦。

阿　旦 习惯了。哎，江伯伯，你现在怎么样？

江南雨 告诉你一个好消息，我又回到评弹团上台说书了。

阿　旦 好啊，“四人帮”垮台了，你又可以上台说书放噱头了。

江南雨 昨日团里发奖金，我比别人家多发了三元。

阿　旦 恭喜恭喜！

江南雨 ——给你。

阿　旦 （推辞）不不……

江南雨 嫌少啊？三元钱，大饼可以买五十只，油条可以买一百根。

阿　旦 不不，这是你的奖金，我不能拿的。

江南雨 你跟我客气什呢。真是！（拉起阿旦的手，将钱塞在她手里）

阿　旦　江先生，注意影响！

江南雨　（尴尬）嘿嘿嘿……

阿　旦　顾家的事情，不能连累你。

江南雨　你小看我了，“路见不平，拔刀相助”，这是做人的基本准则。今后有什么困难，有什么难处（拍胸脯）只管来找我，我走了。

阿　旦　江先生！我送送你。（送江南雨下）

〔八月上。

八　月　（轻声呼唤）十五、十五！

〔十五睡眼惺忪上。

八　月　你听到没有？

十　五　听到什么？

八　月　阿旦姆妈不是我们的亲妈妈。

〔十五哇的一声哭出来。

八　月　刚才听江伯伯说，我们的亲妈妈叫顾雪飞。

十　五　顾雪飞？勿认得。

八　月　刚才听江伯伯说，我们的亲妈妈在外国。

十　五　在外国？

八　月　说是在……南非。

十　五　南非？南非都是黑人啊！妈妈跑到那里去干什么？

八　月　你想一想，如果亲妈妈在外国，我们就不用再糊火柴匣，不用再敲松子啦！难道你不希望有亲妈妈？

十　五　亲妈妈叫顾雪飞……那阿旦姆妈是谁？

八　月　阿旦姆妈原来是顾家保姆。

十　五　保姆？这些年谁给她付过工钿？

八　月　我听江伯伯说了，亲妈妈临走时留下一只红木雕花盒。（转身从墙后捧出木盒）——就是它！

十　五　（抚弄）雕花盒上始终挂着一把锁。

八　月　刚才我听妈妈说了，里面的东西不能卖。我猜……

十　五　是什么？

八　月　肯定是……传家宝。

十　五　传家宝是什么东西？

八　月　不知道。

十　五　值钱吗？

八　月　不知道。

十　五　哥，顾雪飞既然生了我们，为什么又把我们扔掉？（唱）

天下掉下个亲妈妈，

不知是真还是假。

哥哥哥哥我不明白，

亲妈为啥不回家？

八　月　（唱）是真是假莫管它，

风雨中我们已长大。

妹妹妹妹你不要哭，

我们只认苦妈妈。

哥哥的话你听吗？（见十五点头）好！那你听好，阿旦姆妈又当爹又当妈，辛辛苦苦抚养了我们十六年，不管是穷还是富，不管世界变化快，我们心里只有一个妈。

八　月　你敢发誓吗？

十　五　——我发誓。

八　月　（举手）我只有一个姆妈！我只认一个姆妈！

十　五　（举手）我只有一个姆妈！我只认一个姆妈！

八　月　谁欺侮姆妈，我就对他不客气！

十　五　（重复）谁要欺负我妈，我就对他不客气！

八　月　拉钩！

〔十五伸手，莫名其妙号哭不止。

八　月　嘘！姆妈回来哉！（迅速将木匣放归原处）

〔阿旦复上。

阿　旦　你们还没有睡？

〔十五和八月顿现慌张，掩饰着。

十　五　呃，家里难得来客人，我……我来扫松子壳。

八　月　妈，我端盆水让你泡泡脚……

阿　旦　（诧异）你们今天怎么啦？

十　五　妈，这里有一粒纽扣。（从地上捡起）

阿　旦　（接）又是你哥哥的。来，姆妈替你钉上。（见八月要脱衣服，忙制止）别脱，小心着凉。

〔阿旦让八月坐着，自己弯腰替儿子钉纽扣。

阿　旦　刚才我听到八月开火车了，调门不对。来，我来开给你们听："呜……"

〔远处，一列夜行列车穿过城市。

〔灯光特写：一幅"慈母手中线"的温馨画面。

〔切光。

〔幕后合唱：

"南非来信露真相，
顾家姆妈非亲娘。
十六载养育哭无泪，
尴尬人一夜九回肠，
抛不开，丢不下。
两代人不离不弃度时光。
转眼又是十六年，
举目已非旧模样。"

第三幕

〔20世纪90年代初，农历端午。

〔光启。滚绣坊，八月家客堂内外。

〔二位收废品的吆喝过场："阿有旧的电视机电冰箱买脱！""阿有工作服锡箔灰甲鱼壳买伐！"

〔渲染市井生活和时代变迁，有戏曲龙套的仪式感。喊着喊着两人产生错位，收甲鱼壳的喊成电冰箱……

〔阿旦抱两个蜡烛包上。

阿　旦　（招呼）喂，收废品！

收废品的　来了，来了，奶奶好。

阿　旦　原来收废品是个阿胡子，今朝换了个小伙子。

收废品的　阿胡子是我三叔，这个岗位就是他交给我的。

阿　旦　哦，接班人。

收废品的　我三叔说了，这个岗位也是暂时的。让我熟悉熟悉苏州的情况，以后还可以再发展。发展才是硬道理。

阿　旦　对对，能赚钱就好。

收废品的　奶奶，双胞胎啊？

阿　旦　不是双胞胎，是双胞胎生的。我女儿呢生了个儿子，我儿子呢生了个女儿。

收废品的　孙女，外孙。奶奶，你好福气啊！

阿　旦　是啊是啊，怎么，你叔叔不收废品啦？

收废品的　他到建筑工地上打工去了。我大伯、我二伯、我三叔、我三婶、我四姨四姨夫、我五姑五姑父、六哥、七婶、八弟、九妹现在都进城打工来了。

阿　旦　乖乖，农民工都进城啦，怪不得我的女儿女婿要下岗了！

收废品的　奶奶，瓶子数对的，钱给你。（下）

〔婴儿啼哭。

阿　旦　亮亮肚子饿了，妈妈出门寻工作哉。不哭不哭，今天舅妈在屋里，叫舅妈给你吃两口奶奶。艳美啊……艳美……

〔胡艳美上。

胡艳美　来哉来哉！

阿　旦　你外甥肚子饿了，来给他呼两口奶奶。

胡艳美　哎哟，三日两头搞募捐，我哪能吃得消！

阿　旦　他妈妈出去找工作了，再说十五没有奶水，你就给他吃两口。

〔胡艳美心里不愿，又怕哭声吵醒女儿，只得撩起衣衫给十五的孩子喂奶，嘴里却嘀咕着。

胡艳美　真格弄不懂，嫁出去的女儿偏要赖在娘家吃大锅饭，算啥名堂！

阿　旦　一家人家嘛，能帮就帮一帮。

胡艳美　厂里效益不好，老早好跳槽了。做啥要等到下岗，死蟹一只。

阿　旦　你晓得格，妹妹胆子没有哥哥大。

胡艳美　（皱眉）哎唷喂，小赤佬吃起奶来马力足得来，像只抽水机。

阿　旦　不是马力足，是倷奶水好，倷属牛，牛奶。

〔婴儿哭声起。胡艳美忙将十五的孩子塞给婆婆，抱另一个“蜡烛包”喂奶，月月却不停地哭。

阿　旦　宝宝勿想吃，侬勿要硬劲拨俚吃。

胡艳美　（不高兴）勿是勿想吃，是“牛奶”呒不哉！

阿　旦　保暖瓶里有十五焐好的米饮汤，先让俚吸两口。

胡艳美　侬倒蛮会调排的。

阿　旦　八月、十五小辰光就是吃米饮汤长大的。（从保暖瓶里取出灌有粥汤的奶瓶）米饮汤也有营养的。

胡艳美　（推开）勿吃！

阿　旦　勿吃毛毛头要哭格。

胡艳美　刚刚外孙哭，你为啥勿喂米饮汤？

阿　旦　刚刚么……忘记脱哉哟！

胡艳美　现在刚刚想起来？

阿　旦　孙囡外孙都一样。十五奶水少，你就算学一回雷锋。

胡艳美　你存心杀富济贫！喏，外孙孙囡一样的，你一道承包吧！

〔将“蜡烛包”塞给阿旦，两婴儿啼哭不止。

〔十五夫妇骑车归来，闻听哭声，十五急忙跳下“书包架”，进门。

十　五　妈，你怎么抱两个囡囡？

胡艳美　孙囡外孙全一样的，倍笃姆妈喜欢得一个都放不下。

阿　旦　十五，赶紧给侄儿喂几口奶。

十　五　（上前抱过自己的孩子）你就别瞎指挥了。嫂嫂，你就好意思让妈一个人抱两个小人？

胡艳美　我是不好意思呀，我不但闲着两只手，还闲着一张嘴混大锅饭呢！

庄　稼　嫂嫂，说话勿要鸡蛋里嵌骨头。你放心，我们今朝就搬出去。

胡艳美　阿庄，侬勿要冲在前八尺，你是女婿，我是媳妇，我和你全是外头人。顾家门里的事体，外头人弄勿懂的。（从阿旦手里抱过自己的孩子）

庄　稼　十五，囡囡喉咙也哭哑哉，你赶紧喂奶吧！

十　五　嫂嫂自家有奶的，做啥要我喂？

胡艳美　听听！娘囡圄结仔帮来弄松我。

阿　旦　（打圆场）好了好了，有话好好讲，不要吵。

胡艳美　（气极，当阿旦是评理人，拉到一边）你给我评评理，究竟啥人勿讲道理？

十　五　（又把阿旦拉过去）我晓得自家奶水少，宁可让毛毛头吃米饮汤。她自己有奶不喂要我喂还有理？

阿　旦　好啦好啦，为了几口奶，吵吵闹闹阿要难为情。

十　五　好，吃奶的事和你无关，你夹在当中做啥？

阿　旦　我在劝你们姑嫂俩，不要为了几口奶弄得喇叭腔。

胡艳美　你知道几口奶是啥人搞出来的？就是你！

〔阿旦语塞。

庄　稼　嫂嫂，你不要责怪姆妈。我俚虽然穷一点，但我俚不会靠揩油过日脚的，我俚今朝就搬出去。

阿　旦　搬出去？囡囡啥人带？

十　五　妈，你放心，你一个人带大了我和阿哥，现在我和庄稼两个带一个，总归能带好的。

〔十五夫妇不顾阿旦阻拦，动手收拾。

〔八月上，见状诧异。

八　月　侪笃做啥？

阿　旦　（掩饰）全怪我不好，全怪我不好……

八　月　晓得哉，又有人"喇叭腔"哉！

胡艳美　看我做啥？

八　月　勿要有了几张钞票就眼花！

胡艳美　喔唷，侬忘记啦，侬追求我的辰光写情书，称自己是小蝴蝶，称我是"喇叭花"，说阿拉两介头就是"蝶恋花"。要是我胡艳美勿眼花，就不会踏进顾家门槛。

阿　旦　阿美，小囡都有了，气话不要说。（端一杯茶水给八月）你也少说几句。

胡艳美　要说的！轧朋友辰光，顾八月暗戳戳告诉我，说自家是华侨子女。送我一部凤凰自行车。说是侨汇券买来的。等到一结婚，我才知道侨汇券是从黄牛手里买得来的。华侨子女？碰着个赤佬！

十　五　嫂嫂，过去的老账不要翻了，轧朋友辰光，哥哥是摆摆噱头的。

阿　旦　对，八月是给自己扎扎台型的。

胡艳美　一个说摆摆噱头，一个说扎扎台型，我不相信，可以伐？

八　月　胡艳美，轧朋友辰光我就说过的，谁要欺负我妈，我就跟谁急！

胡艳美　（不屑地）弄得和真的一样！（回头对阿旦）妈，我刚才说的话你别往心里去。其实在我心里，你很了不起的。不过，现在是商品经济了，孩子没奶吃不能怪别人，要怪自己。阿懂？

阿　旦　（茫然，自问）让我想想……如今是商品社会了，难道这兄妹、这亲情都成了商品啦？（对儿女们，略带伤感地）一个家里两兄妹，一个富一个穷，我这个带孩子的，总想让没奶的也能吃上几口奶，可就是为了这几口奶……

胡艳美　（装作亲近地）妈，你说一个富一个穷，谁穷谁富谁说得清啊？

八　月　胡艳美，你这话是什么意思？

胡艳美　什么意思？你说过的，（拉八月至一旁）你姆妈有一只红木雕花盒。

八　月　有的，你想怎么样？

胡艳美　你问问姆妈，啥辰光有个交代啊？

八　月　下岗的妹妹、妹夫都不问，我急吼吼十三点啊？

十　五　哥，姆妈年纪大了，带两个小人也吃不消，我俚决定今朝搬出去。

庄　稼　对！马上搬出去！

八　月　搬出去？搬到啥地方去？

十　五　握紧拳头向前走——

庄　稼　阳光总在风雨后。

胡艳美　工人阶级一声吼，地球也要抖三抖。

十　五　庄稼，我们走！

阿　旦　你们要到啥地方去！

十　五　借部黄鱼车，搬家！

〔十五夫妇欲下。

阿　旦　八月，你就看着你妹妹、妹夫走？

〔八月欲说被阻。

阿　旦　俗话说，金乡邻，银亲眷。即使隔壁邻舍，有困难也要相互照应，何况你们是一家人，是亲兄妹，是双胞胎！如今妹妹、妹夫下岗了，难道这个家……容不下一个下岗的亲人？

胡艳美　你要是舍不得，你就跟女儿走。

八　月　（怒喝）胡艳美！

胡艳美　喉咙介响做啥？忘记在枕头边跟老婆说的悄悄话啦？

八　月　我讲啥？

胡艳美　侬讲，侬到了十六岁才晓得还有一个亲姆妈。

十　五　（制止）哥哥，不要忘记我们曾经发过誓。

胡艳美　发过誓有啥用？人人热爱和平，世界天天打仗。

十　五　胡艳美，我跟你说，在我们心目中，只有一个姆妈，只认阿旦姆妈，阿旦姆妈就是我们的亲姆妈。

胡艳美　据我了解，你和八月都是喝米饮汤长大的。请问，天下哪一位亲妈不给孩子吃奶只吃米饮汤的？自从我嫁到顾家，为啥只有婆婆不见公公？（问八月）你是石头里蹦出来的孙悟空啊？

八　月　（板脸）胡艳美，你究竟想干什么？

胡艳美　拨乱反正。

八　月　我再强调一遍，谁要欺侮我妈，我就不客气！

胡艳美　那我告诉你，没有男人的女人肯定没有生过孩子，没有生过孩子的女人肯定没有奶水。阿旦姆妈是顾家的保姆，保姆本来就是抱小人的。

〔胡艳美话音未落，八月挥手打胡艳美一记耳光。

胡艳美　（撒泼号哭）杀你格千刀！你竟敢行凶打人！我不要活了，我马上死给你看！（冲过去抓起桌上的坤包取出化妆盒补妆）我就是死，也要死得漂亮一点！（奔下）

〔众人大乱。

阿　旦　去！向阿美赔个礼。

八　月　我不去。

十　五　我去！（下）

阿　旦　庄稼！我袋袋里有二百块洋钿，你拿去吧。

八　月　妈，这是我给你的呀。小庄，过来。（掏钱）这一百块钱是饭钱，你当着阿美的面交给我妈。

庄　稼　不要。

八　月　拿着。这一百块给你家宝宝订份牛奶。

庄　稼　我不要。

八　月　记住，有了钱才有尊严，有钱才是硬道理。

〔庄稼和八月下。

〔阿旦一阵晕眩，扶椅而坐。

阿　旦　（心乱如麻，惴惴自问）……好不容易把一双儿女抚养成人，成家立业又有了第三代，想不到这奶奶比妈妈更难当了……是我老了、糊涂了、落后了？还是社会进步了？（唱）

冒名顶替当娘亲，
氽来杨树倒生根。
实指望家和万事兴，
谁知贫富不同心。
几口奶姑嫂针尖对麦芒，
几口奶兄妹赌气拗手劲；
几口奶难住了打工的掌门人，
几口奶逼得姥姥我走麦城。

〔婴儿哭，此起彼落。

阿　旦　（接唱）抱起宝宝亲又亲，

祖孙隔代心贴心。
数十年患难共相依，
就是小狗小猫也有感情。
要问我爱你有多深，
月亮代表我的心。

（阿旦抱着孩子，哼起熟悉的那首老歌）

天上布满星，
月牙亮晶晶。
生产队里开大会，
诉苦把冤申……

〔江南雨上。

江南雨　（见状哑然）作孽！来来来，我来抱一个。

阿　旦　江先生，勿碍事的。

江南雨　你不碍事，媳妇看见又要不高兴哉！

阿　旦　已经勿开心哉！穿帮哉！

江南雨　（一愣）穿帮？我和你……本来就清清白白的。

阿　旦　“姆妈”穿帮了。

江南雨　好啊！

阿　旦　好啥呢？

江南雨　解放啦！

阿　旦　解放了……我怎么一点都高兴不起来？

江南雨　你还是放不下这个家啊！

阿　旦　我让胡艳美给侄子喂了几口奶，胡艳美说我是杀富济贫，说现在是商品社会了，不能吃大锅饭了。

江南雨　胡艳美说得也不错啊！你不能把穷的富的硬劲捂在一块，得让十五和庄稼也要富起来。

阿　旦　我不是托过你想办法吗？你还拍过胸脯的。

江南雨　我托仔六个副局长，他们统统向我拍胸脯。这几天我天天跑。

阿　旦　阿有希望？

江南雨　六个副局长三个调离本市，两个退居二线。

阿　旦　还有一个。

江南雨　还有一个正好是紫衣巷69号强桂珍笃儿子小黑皮。现在是高新区农林局副局长。小黑皮看见我非常客气，一口答应。

阿　旦　敲定了？

江南雨　敲定了。小黑皮鼓励十五夫妻俩自主创业。

阿　旦　啥格意思？

江南雨　到枫桥去种植苗木花卉，让十五也当老板。

阿　旦　让十五也当老板？太好了！

江南雨　不过我有点担心……

阿　旦　担心什么？

江南雨　常言道，水往低处流，人往高处走。十五是城里人，到乡下去……

阿　旦　这个你放心。他们要到乡下去创业，孩子还小，我没有文化，抱抱孩子做做家务还是可以的。

江南雨　咳！呕心沥血，含辛茹苦，你在顾家默默地“潜伏”了三十二年，你是个甘为“奴隶”的母亲，不是亲娘胜似亲娘！

〔小人哭，两人慌忙抱“蜡烛包”造型。

〔切光。

〔幕后合唱：

“小巷放飞比翼鸟，
飞向青山同筑巢。
十二载耕耘结硕果，
‘花花世界’展新貌。
昔日织女变花王，
‘大哥大’换成‘掌中宝’。
八月十五迎中秋，
人寿年丰乐陶陶。”

第四幕

〔十六年后。

〔光启。枫桥花卉苗木基地——花花世界。

〔青山绿水，鸟语花香。一顶长方形的白色遮阳篷掩映在绿树丛中，篷下置有简易工作台、塑料筐等。

〔八月夫妇拎一只大蛋糕上。

胡艳美　（赞叹新农村的变化）枫桥的变化真大啊！……世界真奇妙，城里人不如乡巴佬！

八　月　城里人下乡吃野菜，乡下人进城吃烧烤。

胡艳美　乡下人到城里买房子，城里人到乡下讨家小。

八　月　城里人到乡下去放风筝，乡下人包只飞机游宝岛。

胡艳美　十六年前十五下岗，如今轮到我们失业了！

八　月　有钱时老婆怕我包二奶，没钱时天天当我杨白劳。

胡艳美　喂！你知道老娘为啥想起来给你和十五做生日吗？

八　月　十五当了老板，有钱嘛！

胡艳美　（神秘兮兮地）听说，老太婆和苏北娘家有来往了。

八　月　你怎么知道？

胡艳美　我有内线。

八　月　不是说老家没有人了吗？

胡艳美　经济搞活了，死人也活过来了。老太太有可能一去不复返了。

八　月　怎么办？

胡艳美　今朝无论如何，即使不择手段也要把老娘拎回去。

八　月　我看这样好不好，我们先到玩具店买支手枪，脸上再套一只尼龙袜。

胡艳美　干吗？

八　月　绑架啊！

胡艳美　十三点！

八　月　你放心，老太太即使回苏北，也该有个交代。

胡艳美　我就怕伊装糊涂。

八　月　装糊涂？

胡艳美　按原定计划，今朝先把老太太接回去，面包会有的，牛奶也会有的。

八　月　（担心）你不要乱来啊？

胡艳美　放心！我已经请了江伯伯出面做说客。

八　月　阿来三？

胡艳美　江伯伯拍胸脯的。他们是几十年的“老搭子”，保证客客气气把老太太拎回去。

八　月　看见老太太一定要热热络络，开开心心。

胡艳美　哪能开心啦？

八　月　笑笑！

胡艳美　嘻嘻！

八　月　笑得介难看，十三点！

〔八月、胡艳美过场下。

〔穿着“花花世界”工作服的青年员工打理花枝过场。

阿　旦　（手机通话，地道的扬州话）嗯哪……我阿旦，丫头啊，我就是你没有见过面的姑妈。对，我就叫杨柳青。我从小就是唱着这首歌长大的。（情不自禁地哼唱起来）我现在可好呢，有儿有女，有孙女有外孙。对，品种齐全，幸福美满。放心，我一定会回来的，具体时间说不准，很方便，我家有车子，私家车，女婿开沃尔沃，女儿开宝马，丫头，再见！

〔八月夫妇复上。

八　月　姆妈！

阿　旦　哎！你们都来了，好，好，月月呢？

八　月　月月和江伯伯一道来。

胡艳美　姆妈，我给你买了件衣裳。

阿　旦　“宝姿”，还是品牌来。

胡艳美　“宝姿”你也懂的？

阿　旦　你妹妹还给我买过“JCB”“雨蒙蒙”还有“阿玛尼”。

胡艳美　妈，穿上试试，看看阿合身。

〔胡艳美“花”牢阿旦，入内试衣。

〔八月一声叹息。

八　月　（唱）再回首，烦恼向谁诉？

再回首，悔不当初。

“八月”“十五”不再是昨天的你我，

由穷变富背靠一棵乘凉的大树。

坐花棚面对多少忐忑和迷惑，

红木盒明明暗暗恍恍惚惚不靠谱。

再回首主仆颠倒，

再回首七荤八素，

要把那糊涂账捅破搞清楚。

〔庄稼上。

庄　稼　阿哥！

八　月　阿庄……庄老板！

庄　稼　哈哈……做啥愁眉苦脸的样子？

八　月　心里有点闷。

〔庄稼会心一笑。

八　月　你笑什么？

庄　稼　虽然你住在城里，我住在乡下。但是我今天知道你为什么心里发闷。

八　月　哦？

庄　稼　你十几年前下海做生意，从太湖船菜做起。从一条船变成两条船，从两条船变成三条船。当你发展第四条船的时候，太湖开始治理，对太湖水有污染的企业统统熄火。结果你还掉贷款，账面上一共只剩下七元三毛钱。

八　月　咳，人算不如天算啊！

庄　稼　我还知道，你这个人的脾气，从什么地方跌倒了就要从什么地方爬起来。

八　月　知我者，妹夫也！我有信心，我有决心，我要打造苏州餐饮业的航空母舰。我要东山再起！

庄　稼　很好。

八　月　可惜手头上没有资金。

庄　稼　（取出一张“银联卡”）这是我的一点心意，请收下！

八　月　银行卡？

庄　稼　二十万。

八　月　这怎么可以？

庄　稼　我和你妹妹早就商量好了，你就不要客气啦。

〔胡艳美从内屋出。

胡艳美　你们两个人做啥啦？

八　月　（喜形于色）妹夫给了我二十万。

胡艳美　二十万啊？平白无故给二十万？

庄　稼　怎么叫平白无故呢？我的老婆就是他的妹妹，哥哥咳嗽妹妹也要感冒，有一句名言说得好，有奶吃的要想到没奶吃的。

胡艳美　这句名言讲得太好了，是哪个名人说的？

八　月　阿旦。

胡艳美　哪个国家的？

八　月　我家妈妈！

庄　稼　嫂嫂，其实你不知道，我们下岗的时候，哥哥也偷偷给我们钞票的，他叫我当着你的面付饭钱，他还偷偷地帮我儿子订牛奶。

〔庄稼手机响。

庄　稼　（接电话）喂，王老板……好，我马上发货。（对八月）哥，卡的密码是你的生日：815815。（下）

胡艳美　（冷哼一声）保密工作做得很好啊！

八　月　都是过去的事情了。

胡艳美　你讲，一共给过他多少钞票？

八　月　二百也有，三百也有。最后一次好像……给了两千。

胡艳美　当初你给他两千，现在他还你二十万，天上不会掉馅饼，你以为是上海余秋雨打新股啊？这二十万啥地方来的？口袋空不要紧，关键是脑袋不要进水。

八　月　什么意思？

胡艳美　不是水为什么还装纯，都是狼为什么要装羊？

八　月　你说我妹妹、妹夫都是狼？

胡艳美　不要忘记今天的目标是直捣铁铃关，拿下红木匣！

八　月　老婆，你太有才了！

胡艳美　我就是巴黎欧莱雅——你值得拥有。

〔江南雨和八月的女儿月月上。

月　月　奶奶！奶奶！

江南雨　看见爸爸妈妈勿喊，只顾喊奶奶，阿嚓？

月　月　爸爸妈妈天天喊的，奶奶难得喊一趟。奶奶！

〔阿旦答应上。

阿　旦　月月——乖囡！又长高了。奶奶想你呀！

月　月　我也想的，我最最喜欢听奶奶唱“生产队里开大会”。

〔十五夫妇和亮亮上。

十　五　哥哥！嫂嫂！

亮　亮　舅舅！舅妈！戆阿爹好！

月　月　你怎么叫他戆阿爹的。

亮　亮　江阿爹、戆阿爹，jiang江、gang戆，差不多的。

胡艳美　江伯伯，人都到齐了，可以开始了。

江南雨　好！今朝我一是来参加双胞胎兄妹，也就是八月、十五的生日会，和大家一道开开心心唱“祝你生日快乐”，和大家一起高高兴兴吃奶油蛋糕。不过我最近血脂偏高，一般情况不吃奶油只吃蛋糕。

胡艳美　（提醒）江伯伯，言归正传。

江南雨　有数。阿旦啊，在我的记忆中，你到乡下来已有不少日子啦！

阿　旦　是啊，日子过得真快，一晃十来年了。

江南雨　这就是侃书台上常说的“光阴似箭，日月如梭”。现在最新的说法叫“时间过得比剃头刀还快”。

胡艳美　（再提醒）言归正传！

江南雨　有数！今朝我到枫桥来最重要的事情，就是过完生日，吃了蛋糕之后，要把老太太接回去。

众　人　啊？

江南雨　不是接到我屋里去，是接到儿子屋里，也就是顾八月屋里。

庄　稼　江伯伯，接姆妈回去，哥哥嫂嫂自己也好讲的嘛！

江南雨　他们认为，我出面比较有把握，因为我和你家妈妈几十年来都是“心往一处想，劲往一处使”，是有共同语言的。阿旦，倷讲阿对？

阿　旦　我一向尊重你的，我是家庭妇女，你是说书先生，你是文化人。不过有一点要说明：“心往一处想”，有时候你和我想的不一样，不要误导，（提醒）注意影响。

十　五　哥哥，今朝突然提出要把妈妈接回去，我是有想法的。

八　月　有想法？讲呀！

十　五　当初要是没有妈妈和江伯伯鼓励我们自主创业，我们就不会到乡下来，也就没有今天的“花花世界”。刚刚到乡下的时候，这里除了一间平房几个塑料棚，几乎一无所有。姆妈非但承包了所有的家务，还要帮我们剪枝育苗打理花草。

阿　旦　应该的。

十　五　夏天累得腰酸背痛，一到冬天手上粘满了“创可贴”。

阿　旦　习惯了。

十　五　姆妈，现在你老了，我们条件好了，照顾你是应该的。

江南雨　有道理！阿旦啊，既然女儿、女婿舍不得，你应该住在乡下。

〔胡艳美咳嗽。

江南雨　有数！阿旦啊，十五说的虽然有道理，不过儿子媳妇也是一片孝心，回去也是应该的。再说，八月最近生意上遇到了一点困难。

庄　稼　阿哥有困难，大家想办法，妈妈回去也帮不上忙。

江南雨　也有道理的。

八　月　我有不同看法！花花世界发展快，全靠妈妈好当家。妈妈好比发财树，妈妈赛过活菩萨。

江南雨 也有道理的，姆妈是你们的精神支柱。

十　五 嫂嫂，姆妈为我伲吃了一世苦，现在条件好了，有能力让妈妈过上幸福的晚年生活，照顾老人不是负担，而是一种享受。

八　月 对啊！你们已享受了十几年了，现在也要让我伲也“享受享受”。

庄　稼 阿哥，你们现在的情况，和我们下岗时差不多，你看这样好不好，等你们渡过了难关，再把妈妈接回去，这样我们也放心了。

江南雨 这个点子也不错，也有道理的。

胡艳美 喂！你今天是有任务的，拍过胸脯的，不可以捣糨糊的。

江南雨 看来这只皮球，只好让老太太自己来踢哉！阿旦啊，你现在好比热得发烫的房地产，你自己拿主意吧！

阿　旦 好！江先生说我像房地产，其实只是一只泡沫，泡沫总有一天要破的。来来来，今天趁八月中秋，全家团圆，我要和大家打一个招呼。

众　人 打招呼？

阿　旦 前阵子啊，扬州里下河地区七圩派出所在网上寻找一个早年离家出走的女人，今年七十九岁，女人的名字叫杨柳青。

众　人 杨柳青？

阿　旦 就是我。（轻声哼“杨柳青”）

早（啊）起（啊）来露（啊）水多（呢呵呵伊呵呵）——

江南雨 （和唱）杨柳石子松啊哪，

杨柳青里青啊哪！

阿　旦 在外漂泊了几十年，一唱起“杨柳青”，眼泪就哗哗地流哪……所以我想啊，找个时间回家看看。江先生，你看我的想法阿对？

江南雨 对！树高千丈，叶落归根，这也是人之常情嘛！

阿　旦 不过我现在又改变主意了，八月遇到了困难，我不能袖手旁观，也要帮他一把！

八　月 姆妈，我准备回到城里专门做农家菜、私房菜……我有信心，有决心东山再起，打造苏州餐饮业的“航空母舰”！

江南雨 要一个七老八十的老太太，帮你们去造“航空母舰”？格么我来帮倍笃再造一只“核潜艇”。

八　月　姆妈，你打算怎么帮呢？

阿　旦　拼着这把老骨头，再做三年“买汏烧”。

胡艳美　“买汏烧”？这怎么可以呢？其实，要帮八月渡难关，不回去也可以的。

江南雨　不回去怎么帮呢？

胡艳美　（怂恿八月）喂，可以摊牌了！

八　月　摊牌？啥格牌？

胡艳美　（提示）红木雕花盒。

八　月　（听命地）妈，在我十六岁的辰光，江伯伯第一次上门，我就听说有一个叫顾雪飞的女人，去了南非。人走了，留下了……一只红木雕花盒。

阿　旦　（平静地）有的。

胡艳美　顾八月是顾家的继承人，还有我这个顾家媳妇，从来没有看到你打开过。

八　月　妈，你打开过吗？

阿　旦　打开过的。

胡艳美　每次遇到困难，打开盒子，困难就过去了。对伐？

阿　旦　对的。

胡艳美　阿妹夫妻俩下岗，你带他们到乡下来，打开匣子，此地变成了花花世界。

江南雨　你以为红木匣子是百宝箱啊？

八　月　江伯伯，顾家门里的事情，你是知根知底的知情人。对伐？

江南雨　勿错。

八　月　我明白，你和我家姆妈是几十年的老情人了。嘿嘿，讲错了，不是老情人，是老交情。

江南雨　老交情，老情人，一个“情”字重千斤。四十八年来，阿旦情重如山，情深似海。江南雨触景生情，为情所困，路见不平，拔刀相助。顾八月啊顾八月，你真是个长不大的红小兵啊！不管你们当面叫我“老情人”，背后骂我“骚公鸡”，我都不动气。有理走遍天下，无理寸步难移，我就是“骚公鸡”中的战斗机！阿旦啊，看眼前磨刀的磨刀、擦枪的擦枪，“世界这么乱，装纯给谁看”，你还是回扬州老家去吧！

十　五
庄　稼　江伯伯，你不要难过。

八　月　大家让一步，根本用不着难过。

阿　旦　看来，你们是盯牢这只匣子了？

胡艳美　人民内部矛盾，还要用人民币来解决。

十　五　嫂嫂，你不知道我们兄妹俩是怎么长大的。你没有敲过松子、糊过火柴匣。

胡艳美　是的，我是没有敲过松子，是没有糊过火柴匣，可是有些事情我老早晓得了。

十　五　哥，别忘了，当初我们是发过誓的。

八　月　此一时，彼一时。为什么你现在富了，我却穷了。为什么做娘的不帮儿子反而帮女儿？我就怀疑……

十　五　你怀疑什么？

八　月　顾雪飞既然在国外，既然有来信，难道就没有汇款？

十　五　说这种话，你不怕姆妈伤心？

八　月　她本来就不是我们的亲姆妈。

十　五　哥哥，你不会忘记，谁要欺侮姆妈，我就不客气！

八　月　你现在是富人，我现在是穷人。穷则思变，造反有理！

十　五　我知道你从小五音不全，不是跑调，就是不靠谱。哥哥，难道你真的忘了小时候，姆妈一口口喂你吃的米饮汤？忘了你总是偷偷吃的三粒松子？忘了姆妈的三轮车？难道你的眼睛里只有顾雪飞、只有红木匣、只有钞票？

八　月　不是我忘了，是我们生活的这个社会时时在提醒我，有奶便是娘，有钱就是爷。我不是忘恩负义，我是与时俱进！

十　五　我是你的亲妹妹，我不会欺骗你，不会给你吃药。

八　月　亲妹妹又哪能？为了争遗产，多少兄弟姐妹不择手段，穷凶极恶。

十　五　你究竟想干什么？

八　月　（重复胡艳美的话）我想拨乱反正。

十　五　我再说一遍，谁要欺侮我妈，我就不客气！

八　月　那我告诉你，天下的母亲都护着儿子，偏偏她心向着你，为什么？因为她本来就不是亲妈，她只是一个保姆！

十　五　再说一遍！

八　月　她本来就不是亲妈，她是一个保姆。

〔十五一巴掌掴到八月脸上。

〔众人惊呆了。静场。

胡艳美　……老公，疼伐？

八　月　还好，这记耳光是我讨来吃的。妹妹，再打一记，好伐？

十　五　（放声大哭，冲上去扭住八月）哥，你怎么变成这个样子？天！你告诉我！

阿　旦　亲妈也好，保姆也好，天底下的母亲有哪一个人不是保姆啊！江先生，不好意思，让你看笑话了。

江南雨　我也有责任的，我这个说书先生平时只知道出出噱头，忘了寓教于乐。

阿　旦　不，我要负主要责任，主要是我没有文化。

江南雨　和文化不搭界的。教授家里也一样的。

〔江南雨默默上前，牵阿旦的手。

阿　旦　（温情地将江南雨的手推开）……不要趁火打劫，注意影响。

〔阿旦从地上捡起一粒纽扣。

〔八月低头看，才知道西装胸前的纽扣掉了一粒。

阿　旦　（从随身携带的蓝印花包里取出针线，穿针的时候，手颤抖着，一根白色的棉线总是穿不进针眼）老了，不中用啦！七十三、八十四，阎王不请自己去，妈怕是给你钉不了几回纽扣了。

〔切光。

〔幕后合唱：

“穷变富，苦变甜，
世事常在变化间。
月缺盼望十五圆，
盼来的十五是阴天。
事难料，心难安，
悲欢离合情相牵。
涛声依旧曲未终，

江枫渔火对愁眠。”

第五幕

〔光启。老街坊改造后的紫衣巷。

〔摄影师正在给一对时尚男女拍婚纱照。

新　娘　（苏州话，嗲兮兮地）老公，倷猜猜看，我做啥要到紫衣巷来拍婚纱照？

新　郎　（南京话）你以为我是大萝卜？紫衣巷是你姥姥家，这里有你童年的梦。阿是的啊？

新　娘　（陶醉地）今天往这里一站……（陶醉地）哥，我又像回到梦里去了。

新　郎　不要对哥说做梦，梦只是个传说。我们要的是白头偕老。

新　娘　别跟姐说白头偕老，姐要的是永远黑发飘飘。

〔两人欲吻。

摄影师　注意！跟着镜头，走！

〔摄影师倒退着引新郎、新娘下。

〔面容憔悴的阿旦，背一只蓝印花包袱上。

阿　旦　呀，紫衣巷……你好啊！还认得我吗？我是顾家的保姆阿旦，四十八年啦，来的时候还是一枝花，如今……变成豆腐渣啦！（唱）

望天空，风吹浮云纷纷舞，
看古城，车来人往汇成河。
秋菊飘香将浮云伴，
却叫我，脚底下踉跄步难挪。
难道说留在顾家是我错，
非要将两个娃娃背上驮。
难道说反仆为主是我错，
非要将声声啼哭化欢歌。
谁说是我的地盘我做主？
为什么吃不尽的辛苦，爬不完的坎坷，赶不走的折腾，挥不去的蹉跎！

老来叫人难摆布，一只盒子锁住了我。

莫非是保姆生来难为母？

一诺千金有何错，

一生操劳有何错，

一往情深有何错，

一人担当有何错？

阿旦我一生未嫁，花开二朵，山寨乱真，四处奔波，五味俱全，六亲皆无，吃穿无忧，八十坚守，久盼幸福，实心实意的付出不悔当初。

打开盒子啥结果？

是福是祸是罪过？

阿　旦　（接唱）抬头问浮云。

〔浮云茫茫无归途。

阿　旦　（接唱）低头问小河。

〔小河不语装糊涂。

阿　旦　（接唱）浮云不说小河不应，

剩下我独木桥上扭秧歌。

（忽听呼唤，回头，眼前一幕让她悲喜交加）

〔江南雨乐呵呵地推着当年的那辆三轮上。

江南雨　阿旦，我来接你来啦！

阿　旦　（踉跄，扶住三轮车）三轮车！我的老伙计！今天在我的眼里，你胜过一部凯迪拉克啊！

江南雨　你把盒子也带来了？

阿　旦　带来了。江先生，这只盒子可把我难住了哇！你说，我能交给他们吗？顾雪飞能同意吗？

江南雨　……顾雪飞不会回来了。

阿　旦　（愣住）顾雪飞她，不会回来了？

江南雨　她死了。

阿　旦　（惊愕）啊？

江南雨　（取出一封信）这是顾雪飞临死从南非写来的，刚到。

阿　旦　她怎么说？

江南雨 她说，她对不起你。

阿　旦 她有没有说，雕花盒怎么办？

江南雨 说了，由你处理。

阿　旦 由我处理？藏着捂着锁着，说来理不通。打开这只匣子，我又不忍心！左右为难进退不得，有口难言走投无路！顾雪飞、顾小姐！你走了，可难住了我这个似妈非妈的白发人啊！

江南雨 阿旦，心里难过，你就哭出来吧！哭吧！

阿　旦 四十八年我没有哭过，我没得哭的习惯。

江南雨 （诚挚而痛惜地）阿旦啊，你吃了那么多的苦，只有我江南雨最清楚；你受了那么多的罪，只有我江南雨最明白。你这一辈子，没有嫁过人成过亲，没有被男人抱过疼过，你把一生的爱都给了顾家。今朝，你就把这一生一世吃的苦统统吐出来，痛痛快快地哭出来吧……勿哭？我替你哭！

阿　旦 怎么亏你想得出来的。什么抱呀疼啊爱呀……这些我也懂，就是电视里说的……小资情调。

江南雨 可你是个女人哪！

阿　旦 女人？女人不就是为人妻、为人母吗？我没有被男人抱过，可是我抱过儿孙两代人；我没有被人疼过，可是我疼过儿孙两代人。我没有被人爱过？你撒谎！你就爱过我。

江南雨 （故作羞状）一张旧船票，不知能否登上你的客船？

阿　旦 你是说书先生，我只是一个漂泊到苏州来的外乡人。漂泊你懂不懂？

江南雨 懂。漂到北京叫北漂，漂到苏州叫苏漂，漂到法国叫法漂。

阿　旦 当年我漂到苏州，谁知顾雪飞又漂走了。我一下子当了双胞胎的妈妈。没有两个孩子之前，我只是个女人；有了这两个孩子，我成了母亲。这两个苦命的孩子给了我生活的勇气，给了我人世间的温暖。（骄傲而显摆地）一转眼妈妈又成了奶奶。是他们让一个漂泊的女人生了根，有了家。我没有真金白银，可我感到自己也是个富裕的人哪！（放声大笑，泪流满面）

〔顾家儿孙们上。

儿女们 妈妈……

阿　旦　都来了，好！妈妈没有文化，一辈子只记住了一首“生产队里开大会”。今天妈就给你们开个会，说一些过去的事情。四十八年前，我的东家顾雪飞在离开苏州的时候，交给我一只红木匣子，从这一天起，我就接受了一个秘密任务。

江南雨　然后冒名顶替潜伏下来。

阿　旦　今天向你们坦白，顾雪飞是有来信的。我和江伯伯是单线联系。刚才江伯伯告诉我，顾雪飞死了！

八　月
十　五　啊？

〔在儿孙们惊愕、疑问的目光下，阿旦抖抖索索地在蓝印长布包里取出了红木雕花盒。

阿　旦　这红木雕花盒，确实是顾雪飞留下的，我一直牢牢地锁着。如今，顾妈妈走了，阿旦姆妈也老了，把这只雕花盒交还给你们该是时候啦！八月，打开吧！

〔八月打开木匣，阿旦取出两件“婴儿衫”和一张纸条。

八　月　（迫不及待地阅读）“求好心人收养。1962年农历八月十五……”

阿　旦　……顾雪飞和阿旦姆妈一样，都不是你们的亲妈妈。

十　五　那我们的亲姆妈是谁？

阿　旦　你们是一个农村妇女在那个苦难的年代，留在医院里的弃婴。

八　月　（发现盒子里还有一张纸）妹妹，你看！（递给十五）

十　五　（接读）“阿旦姐：我走了，不要问为什么，天下的女人都有自己的故事。要是我不回来，你自己看着办。顾雪飞1962年　农历除夕。”

〔八月、十五震惊。

阿　旦　……这个秘密，我守了整整四十八年！今天终于解放啦！但愿天下所有的父母再也不要有这样的“秘密”，但愿天下所有的孩子再也不会有什么“身世之谜”。孩子啊……现在农村富裕啦，你们也都懂事啦，到农村去吧！去找你们的亲生父母吧！

〔随着八月一声嘶哑的呼喊，顾家的儿孙们齐刷刷跪倒在阿旦面前。

〔音乐似浪涛拍岸。切光。

〔幕后合唱：

“这一跪，草木含情谢春晖，

这一跪，卑贱顷刻显高贵；

这一跪，苦盈盈啊沉甸甸，

这一跪，大爱无言泪满腮。”

〔合唱声中，阿旦和江南雨含着泪把儿女们一个个扶起来。

八　月　妈！几十年来，你一直在骗我们。你把好吃的都留给我们吃，骗我们自己胃不好，骗我们你不喜欢穿新衣服，骗我们在厂里加班，却上街踏三轮……三轮车！要是妈妈有钱，怎么会女扮男装踏三轮车？妈妈，你骗得我们好苦啊！

阿　旦　江先生，谢谢你这些年一直帮助我（拉起江南雨的手，真挚地）没有你，我也走不到今天！

江南雨　（甜甜地，酸酸地）……注意影响。

阿　旦　我牵的不是你的手，那是一个美丽的传说。

〔众人笑。

八　月　妈，我现在什么都有了，你把一生的财富都给了我们。

阿　旦　好啊，你们虽然不是亲生，但是胜似亲生，让我享受到了做姆妈的快乐和幸福。虽然难免有些争争吵吵，磕磕碰碰，但是有难的地方就会帮，有情的地方就有爱，有爱的地方就是天堂，就是家啊。进了一家门就是一家人。

〔音乐起。

众　人　（幸福地簇拥在阿旦、江南雨身边，牵手放歌）

我和你，心连心，

同住姑苏城，

为家园，同耕耘，

收获一片情。

来吧！朋友，

伸出你的手；

我和你，心连心，

亲亲一家人。

〔华灯初上，满城霓虹。

〔切光。幕落。

——剧　终

《顾家姆妈》2009年3月31日由苏州市滑稽剧团首演，导演熊源伟，主要演员有顾芗、张克勤等。剧本获第三届中国戏剧奖·曹禺剧本奖，剧目获文化部第十三届文华奖，入选中宣部第十一届精神文明建设“五个一工程”。

作者简介

陆伦章　男，1943年出生，江苏无锡人，剧作家。主要作品有锡剧《快活的泥腿子》《九品廉吏》《江边新娘》，沪剧《烛光恋影》，绍剧《绍兴师爷》，滑稽戏《快活的黄帽子》《青春跑道》《顾家姆妈》《探亲公寓》等，剧目多次入选中宣部精神文明建设“五个一工程”，剧本获得文化部文华奖、“曹禺戏剧文学奖”。

·桂　剧·

七步吟

吕育忠

时　间　建安二十五年（公元220年）正月至黄初元年（公元220年）12月。

地　点　洛阳、高陵、安乡。

人　物　曹　丕——字子桓，曹操次子，三十五岁，五官中郎将，嗣魏王，后自立为帝。

曹　植——字子建，曹操三子，二十九岁，临淄侯，后贬爵安乡侯。

甄　氏——又名逸女，曹丕之妻，二十八岁。

丁　仪——字正礼，三十九岁，曹植挚友、谋士。

吴　质——字季重，四十七岁，曹丕心腹，朝歌令，后官至振威将军。

灌　均——监国使者。

贾逵、文武百官、将士、宫女、文人若干。

一

〔建安二十五年（公元220年）正月。

〔幕启。洛阳。

〔曹操画外音："曹某我纵横四海三十余载，扫荡群雄，天下归心，孤今病危，谁来嗣位，特下遗令……"

〔曹植、曹丕内唱："闻急报催骏马翻山越水——"

〔曹丕、吴质，曹植、丁仪等分别催马上。

曹　丕　（接唱）西风烈、心如锥……

曹　植　（接唱）情念父王病垂危。

曹　丕　（接唱）紧挥鞭踏尘烟马蹄声碎，

曹　植　（接唱）穿桑林过洛水速奔宫闱。

〔曹丕、曹植来到宫门前。

曹　植　兄长！

曹　丕　三弟！

曹　植　兄长，父王患病，也召你来见？

曹　丕　正是！你我速进宫去！

曹　丕　五官将曹丕，
曹　植　临淄侯曹植，求见父王！

众将士　魏王有令，任何人不得进入宫内！

曹　丕
曹　植　我等奉召而来，谁敢阻拦！闪开了！（闯宫，来到第二道宫门前）

众将士　（阻拦）魏王有令，严禁入宫！

曹　丕
曹　植　闪开了！（闯入第二道宫门，来到第三道宫门前）

众将士　擅闯宫门者，斩！

曹　植　啊！（唱）

父王病笃心如捣，

曹　丕　（接唱）召之拒之好蹊跷！

冒死闯宫为奉召，

曹　植　（接唱）进退维谷苦煎熬！

曹　丕　哎呀三弟啊！

曹　植　兄长！

曹　丕　看宫中危机四伏，你不免一旁等候！

曹　植　还是由小弟前往看个明白！

曹　丕　不，风险自该由为兄承担！

曹　植　那……弟告退。（下）

丁　仪　临淄侯，你好糊涂啊！（追下）

吴　质　子桓！

曹　丕　季重，魏王病笃，召我兄弟来见，如今又拒我兄弟于宫门之外，这其中必有蹊跷！我甘愿冒死一见！

众将士　擅闯宫门者，斩！

曹　丕　挡曹丕者，杀！

〔曹丕、吴质等杀进宫门。

曹　丕　父王，孩儿奉召来了！奉召来了！

〔曹操灵堂，白纱低垂，黑幔高悬，香火缭绕，一片肃穆。

曹　丕　父王……父王……

贾　逵　先王染疾不起、今晨驾崩。遗令五官将、临淄侯二人，谁先闯进宫内，即可承继父业！

众　人　（跪）臣等参见魏王！

〔曹操画外音："先入宫门者，可继我业、可继我业……"

曹　丕　（震惊、欣喜又止，悲恸）啊？先王，我的父王啊！（唱）

一声哀号肠寸断，

顿觉得星惨淡、月黯然，风云色变、地覆天翻！

先王我的父啊……（接唱）

你一生为社稷孜孜不倦，

宵披衣夜秉烛废寝忘餐。

立大业酬壮志满腹宏愿，

拼性命染征程挥戈边关。

眼看一统酬壮志，

你却溘然入黄泉。

我可怜的父啊……

众　人　魏王节哀，以安天下！

吴　质　先王驾崩，天下惶惧，我主继位，任重道远。值此非常之时，为臣愿冒死一谏！

曹　丕　季重，有话请讲。

吴　质　临淄侯生性自大、目中无人，为防生变，须将他关押囚禁！

众　人　（面面相觑）

曹　丕　（察觉）不，我与子建一母同胞、血脉相连……

吴　质　魏王！

曹　丕　我自有道理。宣临淄侯曹植进见！

吴　质　魏王有令，临淄侯曹植速速进宫！

〔曹植内声："临淄侯参见父王……"上。

曹　丕　三弟，父王仙逝，为兄已然嗣位！

曹　植　（见灵堂）父王……

曹　丕　三弟，此乃父王遗诏。

曹　植　（看）父王——孩儿又一次让你失望伤心了……兄长，这就是你说的先行闯宫一步吗？

曹　丕　倘若先行闯宫杀头呢？

曹　植　我、我、我又一次上了你的当。

曹　丕　三弟，你从小就总输我一步。

曹　植　是啊，孩提时，你便拿我的诗赋向父王邀功请赏。想当年，我与逸女相见于洛水、定情于桑林，你却先我一步，横刀夺爱。如今我又晚你一步，曹植我一输再输无地自容……

曹　丕　差一步，失百步，此乃天意。

曹　植　不……不，我心不甘！

曹　丕　三弟，我知你不甘！曹植听封！自即日起，封你为安乡侯。

曹　植　你！

曹　丕　你生性懦弱，远离权力中心，远离你心中的伊人，是为兄对你的一片深情，你就好自为之吧！来人，送安乡侯启程封邑！

〔众人隐去。

曹　植　（唱）是贬逐是封赏谁解其中味？

思父王悲父王点点珠泪垂。

此一去云山阻隔晓梦碎，

与伊人再难相见诉心扉。

〔切光。

二

〔光启。洛水之畔，众卫士押送曹植。

〔北风呼啸，大雪纷飞。

〔幕后伴唱：

“路漫漫兮无限悲怅，

情凄凄兮背井离乡。”

曹　植　（唱）我多想继父王恢宏大业，

开疆土兴农商造福家邦。

都只为一念之差没把宫来闯，

兄长他得王位趾高气扬。

仰首对天悲声放，

曹植我壮志难伸愤满腔。

望洛水不由得意驰神往，

踏故地思伊人江水悠悠此恨长……

逸女、逸女……我曹植千般荣华，尽皆舍得，唯有你——我心目中的洛神，叫我怎生割舍……所谓伊人，在水一方！洛神、洛神……

〔甄氏内喊：“三弟！”冒风雪上。

甄　氏　三弟！

曹　植　逸女……（改口）嫂嫂！嫂嫂，北风呼啸、大雪纷飞，你到此做甚？

甄　氏　三弟，闻得你今日远离京都，奔赴穷乡僻壤，我特来相送。

曹　植　我去的地方是如此遥远，你徒然望穿秋水。从今往后，你我断难相见了。

甄　氏　三弟，如今你我叔嫂名分已定，你的所为不但会给你带来性命之危，而且会给时局乱上添乱……

曹　植　（难遏衷情）逸女！

甄　氏　三弟，男儿志存高远，你休要怀悲……

曹　植　不，你休唤我“三弟”！我是你的“子建”，是你的“子建公子”哇！你可还记得当年，也是这洛水之畔、桑林之内，你婉转丝弦、弹唱《七哀》……

甄　氏　我……不记得，我不该记得！

曹　植　不，你一定记得、一定记得！

〔时空闪回。

〔缥缈传来甄氏的弹唱之声：

“明月照高楼，

流光正徘徊。

上有愁思妇，

悲叹有余哀……”

〔曹植吟唱：

“愿为西南风，
长逝入君怀。
君怀时不开，
妾心当何依。”

〔曹植上。

甄　氏　你是何人？竟也会吟唱建安才子曹植的诗？

曹　植　在下正是曹植。

甄　氏　曹子建风流俊逸，怎会似你这般醉意蒙眬？

曹　植　锦心绣口，皆在醉中！

甄　氏　公子既然自称曹植，可知其名诗《白马篇》？

曹　植　（吟）弃身锋刃端，
性命安可怀。
捐躯赴国难……

甄　氏　（接吟）视死忽如归……
（动容而拜）得遇子建公子，妾身之幸也。

曹　植　你是何人？我好像见过你的芳容。

甄　氏　你在哪里见过我？

曹　植　就在这洛水之滨！美丽的洛水之神我是亲眼得见。

甄　氏　洛神只不过是传说中的女神，你又怎能与她相见？

曹　植　你就是传说中的神祇，是我心目中的洛神！我要为你作一首《洛神赋》。快告诉我吧，你姓甚名谁，待我禀报父王，曹植要娶你为妻。

甄　氏　妾身姓甄，叫我逸女就是。

曹　植　逸女！

甄　氏　子建！

〔幕后合唱《关雎》：

“关关雎鸠，
在河之洲。
窈窕淑女，
君子好逑……”

〔暗转。回到现实。

曹　植　往事不堪回首，此去千里，今生再难聚首了。

甄　氏　三弟……如今你行将去远，尚望你善自珍重！

曹　植　逸女，你随我走吧！到兄长找不到我们的地方去！

甄　氏　不不不。落花流水，物是人非，天地之大，断无你我立锥之地！

曹　植　逸女啊，我的……

甄　氏　三弟，时辰不早，你该登程了。

〔曹丕悄然而上。

曹　丕　（面对二人）哈哈哈……好一个难舍难离啊！

甄　氏　大王，你也来了？

曹　丕　（蓦然大笑）我正定定心心地在宫中饮酒，我的马突然无缘无故地狂奔起来，这才想起子建将离京赴任，便急忙穿越荆棘而来。谁想还是被夫人抢先了。

甄　氏　怕你的三弟，你的亲生骨肉此去难归，今世再难见面！

曹　丕　那你为何不告我一声，你我夫妻也好一同相送啊？

甄　氏　告你一声？你把三弟贬谪安乡，告诉过我吗？我若不前来相送，岂不要再一次遗憾！

曹　丕　再一次遗憾？人生苦短，遗憾甚多啊。（对甄氏）夫人，相送子建自在情理之中！看来你们已尽分别之情！三弟，你我兄弟别离在即，也应叙叙这手足之情啊！

曹　植　好一个手足之情！父王尸骨未寒，兄长即贬谪曹植……

曹　丕　哈哈哈……我何曾舍得子建离我而去？我与他血脉相连，兄弟情深，这不，今日三弟远去，我还要送给他平生最爱吃的黄豆！

曹　植　（不屑地）哼，我自有黄豆，孩提时父王常赐我黄豆。

曹　丕　孩提时，父王长年征战在外，我和他白日里抓雀捕鱼捉迷藏，月光下同舞刀剑志凌云。

曹　植　只可叹星移斗转夕阳尽，兄弟间鬼使神差鸿沟分。

曹　丕　哈哈……看来三弟对我充满怨恨。啊夫人，你何不操琴一曲，以舒三弟愁怀，以叙离情别绪？

〔曹丕挥手示意。二卫士抬琴上。

甄　氏　臣妾遵命。若有不当，请大王指点。（弹拨琴弦）

〔琴声凄婉哀绝，如泣如诉。

甄　氏　（唱）愁云惨兮冰霜厉，

凄风苦雨透罗衣。

路迢迢兮千百里，

送君一曲惜别离。

曹　植　（唱）瑟瑟琴声和泪泣，

拨动心弦情还痴。

曹　丕　（唱）弹琴送别非本意，

一箭双雕出难题。

甄　氏　（唱）千言万语欲说还休心如剑刺，

曹　植　（唱）辛酸苦辣五味俱集耳闻莺啼。

曹　丕　（唱）一个是珠泪垂，

一个是眼迷离。

我纵然居王位依然孤寂，

难获得美人心此恨谁知。

若不念一母同胞亲兄弟，

刀斩乱麻志不移。

夕阳下山了！

甄　氏
曹　植　（唱）夕阳坠山别在即，

离愁无涯聚无期。

〔曹丕以剑断琴弦。

曹　丕　（唱）弦断情需断，

上路莫迟疑。

曹　丕　灌均，送安乡侯上路！

〔灌均、丁仪上。

灌　均　安乡侯，请。

曹　植　后会……

丁　仪　安乡侯，该启程了！

曹　植　后会无期！

〔曹植下，丁仪、灌均随下。

〔甄氏目送。

曹　丕　夫人，你莫非想去伴随三弟？

甄　氏　（轻轻一笑）不，一曲既终，嫂叔间送别情意已尽。

曹　丕　是么？只怕春暖乍寒时，情怀万种！

〔甄氏看了曹丕一眼，自尊地离去。

曹　丕　父王啊父王！适才三弟与逸女难分难解之情，实实令孩儿心酸……父王，孩儿也是血肉之躯，只是碍于初登大宝，为父王未竟大业着想，只得一再退让。倘若一而再再而三，孩儿就断难姑息！三弟啊，似此藕断丝连，但愿你是最后一次。

〔切光。

三

〔建安二十五年（公元220年）9月。

〔光启。洛阳。

〔甄氏卧榻。

甄　氏　（唱）昏沉沉头晕目眩珠泪淌，
病恹恹噩梦萦绕揪愁肠。
忘不了与子建相恋情状，
可怜他孤凄凄独守安乡。
忘不了与子桓已婚境况，
却奈何难消停心意彷徨。
既然是做夫妻理当依傍，
就应该让往事随云飘散、似水漂流去远方。
却为何难抹去那人身影，
白日里不思量，到夜晚翩翩才子入梦乡。
自怨自悔自责自惆怅，
世上的苦药怎及我心中苦，
怎治我心病入膏肓……

〔曹丕持《洛神赋》上。

曹　丕　（唱）见佳人容光渐失可怜样，

我这里心疼之余自感伤。
深知她思子建愁眉暗锁旧情难忘,
深知她相伴我贤良温顺笑脸强装。
恨子建挥毫泼墨添烦乱,
新写下《洛神赋》辞美意深好华章。
叫她看怕她更是心随神往,
不让看又岂能瞒得住日久天长。
不如我以此赋将她一试,
望她能自我了断孽债一场。

啊,夫人。

甄　氏　大王。

曹　丕　近日玉体可还安康?

甄　氏　有劳大王费神。

曹　丕　夫人,我这里有一首《洛神赋》,你想看看吗?

甄　氏　《洛神赋》!

曹　丕　此乃子建所作!

甄　氏　安乡侯?安乡侯人在哪里?

曹　丕　安乡侯并未返京,此赋是灌均送来的。

〔曹丕下。

甄　氏　(掩不住地激动)《洛神赋》……

〔曹植画外音:“你就是传说中的神祇,是我心目中的洛神!我要为你作一首《洛神赋》。”

甄　氏　(打开《洛神赋》,念)“……余朝京师,还济洛川。古人有言,斯水之神名曰宓妃……”

〔甄氏思绪飞向洛水畔。

〔景转洛水畔。

〔曹植飘然而至。

曹　植
甄　氏　(重唱)恨人神之道殊兮,

怨盛年之莫当。

抗罗袂以掩涕兮，

泪流襟之浪浪。

悼良会之永绝兮，

哀一逝而异乡。

甄　氏　子建，子建！（唱）

《洛神赋》力透纸背含幽愤，

字字句句撼我心。

子建他饱蘸深情抒胸臆，

深情将我喻洛神。

怕只怕子桓难容有祸孕，

求苍天护佑他弥创痕扬征程似鲲鹏展翅入青云。

〔曹丕暗上，喊："夫人！"打断甄氏的思绪。

〔转为现场。

曹　丕　夫人，看罢《洛神赋》，你有何所思、有何所感？

甄　氏　臣妾既无所思，也无所感。

曹　丕　是真无所思、真无所感？

甄　氏　大王，臣妾天资愚钝，难解赋中之意。

曹　丕　你今生今世，是一句真话也不会对孤王言讲了。

甄　氏　臣妾不解大王之意。

曹　丕　那好，孤王就讲与你听！这《洛神赋》乃是子建的性情之作。他写的是途经洛水，与神女宓妃不期而遇，一见钟情，互诉衷肠，然囿于人神有别，不得不洒泪分离！

甄　氏　这是一曲少男少女的恋情之赋。

曹　丕　夫人一向聪明伶俐，此刻却只说了其一而未说其二。

甄　氏　愿闻其二。

曹　丕　这其二么，夫人岂不知，文人作诗写赋，无不有所寄托。三弟更是文才富艳、思若有神。赋中之神女，不就是夫人你么！

甄　氏　臣妾一介凡人，岂敢与神女相比。

曹　丕　想当年你与子建神交于洛水、定情于桑林，而今你却成了孤的王妃！

甄　氏　时过境迁，臣妾早已淡漠。

曹　丕　恐怕是身在魏宫、心往安乡吧？

甄　氏　大王，那日三弟离京，我出宫相送，大王难道还耿耿于怀？

曹　丕　今非昔比，孤王即将代汉称帝，你身为王妃，一举一动，事关寡人颜面！

甄　氏　这朝野内外，谁不知甄氏身受隆恩……

曹　丕　孤王要的是你的心！

甄　氏　这心么——

曹　丕　抬头！看着我！你像看着子建那样看着我！

甄　氏　大王，你我姻缘已定，妾决不背君。三弟是你一母同胞，你何必因妾之故，衔怨在心、不得释怀？

曹　丕　孤命他安乡赴任，就是要让他离开权力中心，就是要让他离开你啊！你知其就里，自当收敛三分。若再起风云，后果难堪啊！

甄　氏　他不是放弃权位之争了么？

曹　丕　可他何曾放弃过你？夫人呀！（唱）

夫人你思一思来想一想，
人世间天命难违意味长。
沉浮起落皆天意，
心强怎敌命更强。
为什么你与子建难成双，
为什么你与曹丕拜花堂？
为什么他先到宫门不敢闯，
为什么我不遵宫规反封王？

甄　氏　（唱）他肠中百转少决策，
你当断则断意气扬。
你比他有胆更有量，
他风流尽皆在诗章。

曹　丕　（唱）我也曾写诗作赋传绝响，
更不忘江山社稷胸中装。
昔日里偶得夫人天赐享，
今日里再继王位谢上苍。
是天意是缘分世人难抗，

夫人哪！

曹丕我才是你命中鸾凰。

甄　氏　天意乎？缘分乎？

曹　丕　夫人，为子建计、为你我计，你须应承孤王一事。孤要你指日而誓，今生今世，不见子建！你立下此誓，孤与子建手足之情，亦得保全。

甄　氏　（痛苦，决定）子建与我叔嫂情分已定，为子建计，为家国计，臣妾今生今世，不见子建，天地可鉴！

曹　丕　（急拥）子建虽然诗才敏捷，但他只不过是一个遇事优柔寡断的文人而已。可你心属子建而不属君……夫人！我多想你能像呼唤子建那样叫我一声子桓呀！

甄　氏　（伏地）大王……

〔灯暗。一束追光打在曹丕的脸上。甄氏隐下。吴质暗上。

曹　丕　（痛苦地）王权，文章，美人！哈哈哈……

吴　质　魏王莫非又在为安乡侯烦恼？

曹　丕　《洛神赋》出，孤于夫人之气可解，于子建之恨难消。孤王代汉称帝在即，真不知那个安乡侯又会惹出什么事端。

吴　质　据报，安乡侯每日里饮酒作诗，烂醉如泥！只是……

曹　丕　只是什么？

吴　质　那丁仪怂恿一批文人整天追随安乡侯左右，泄不满之词、图不轨之谋！

曹　丕　建安文学如火如荼，文人学士聚集高呼，关乎风向！长此以往，总是我心头之患！

吴　质　请大王决断！

曹　丕　子建他本无治国安邦之才，都为他人操纵左右。（切齿地）好个丁仪！

〔切光。

四

〔光启。曹植封地安乡。郊外，亭榭前，绿树下。

〔黄昏，曹植面对铁锅，燃着豆箕，煮着黄豆，思绪万千。

〔幕后伴唱：

“燃豆萁兮炉火旺，
煮黄豆兮溢清香。
遥对洛水兮心惆怅，
洛神宛在兮水中央。”

曹　植　（唱）苍穹血染日西坠，
异乡孤客不胜悲。
画地幽居非吾志，
因心难移攀云追。
恨兄长铲除异己妒聪慧，
恃强凌弱施妄为。
一腔碧血天可鉴，
只落得流离颠沛、插翅难飞、枉怀智慧、壮志难酬泪双垂。
遥对长空独怅望，
满腔怨恨诉与谁？

〔众文人两边分上，面对独自发愣的曹植。

曹　植　（心情郁悒，念）

南国有佳人，
容华若桃李。
朝游北海岸，
夕宿潇湘沚。
时俗薄朱颜，
谁为发皓齿？
俯仰岁将暮，
荣耀难持久。

文人甲　好诗，好诗！安乡侯佳人自比，感叹年华空逝，怀才不遇，虽有一腔热血，满腹经纶，却白白地蹉跎时光！

曹　植　闲居非吾志，甘心赴国忧！曹植我虽夙愿未遂，却也是襟怀爽朗，饮酒赋诗，勠力上国，流惠下民，建永世之业，流金石之功！

文人乙　安乡侯难得雅致，大文人竟煮起黄豆汤来了。

丁　仪　安乡侯自小就喜欢吃黄豆，一旦他吃起黄豆，诗兴必发！

曹　植　列位，请！黄豆汤就杜康，畅述情怀！

众文人　请、请、请！

〔众人饮酒。

文人甲　酒好，诗好，人好，黄豆汤也好。可好人不得好报啊！

丁　仪　当初那个做哥哥的嗣魏王，就把弟弟贬到安乡。如今那个做哥哥的即将代汉称帝了，不知将如何对待这个弟弟呢！

曹　植　丁先生，休要口无遮拦，免得受我连累！来来来，对酒当歌，畅述胸怀！

〔曹植与众文人狂饮。

丁　仪　恨时王之谬听，受枉妄之虚词！

众文人　（附和）恨时王之谬听，受奸枉之虚词！

丁　仪　民生期于必死，何自苦以终身！

众文人　（附和）民生期于必死，何自苦以终身！

〔文人丙上。

文人丙　安乡侯，亭榭之外，来了一个大文人，说是要与安乡侯比诗论赋。

曹　植　竟有人要与我比诗论赋？

众文人　还有什么人比得了我们安乡侯？关公面前耍大刀，饭馆门前开粥摊！

曹　植　我倒要见识见识！慢，不见也罢！拳师不见蛮汉！

〔曹丕幕内大笑："哈哈哈！我是不请自来了！"披斗篷率吴质等上。

众文人　你是什么人？敢到安乡撒野！

〔吴质为曹丕脱去斗篷。

吴　质　尔等大胆！还不快快参见魏王。

曹　植　我道是哪位蛮汉！原来是王兄。

众文人　（大惊）参见魏王！（面面相觑）我等告退。

曹　丕　慢！

曹　植　兄长从天而降，真乃神不知鬼不觉啊！

曹　丕　哈哈哈！（接唱）

闻知你酒聚人气好自在，
为兄我闲暇逍遥来同欢。

诸位，请！

再吟诗赋把酒盏——

众文人　（急跪）我等不敢！

曹　丕　住了！（接唱）

我也有名篇佳作在文坛。

你等不肯与孤吟诗作赋，难道说孤的文采不如你等，不如子建？来来来，黄豆汤就杜康，我等比试比试！

曹　植　王兄，你喝你的王八汤，我们喝我们的黄豆汤，何必搅在一起！

曹　丕　都是文人，说什么搅在一起？听为兄诵来：

秋风萧瑟天气凉，
草木摇落露为霜。
群燕辞归雁南翔，
念君客游思断肠！

曹　植　常言文如其人，可叹呀，人不及文！

曹　丕　此言差矣。三弟之诗，天才流丽，名冠千古。却才太高，辞太华。为兄之诗，诗如人，撼人心，也就是说，更具文人气质！

曹　植　哈哈哈……（对众文人）依你等之见呢？

众文人　这个，那个……我等不敢妄论。

曹　丕　不敢妄论？那比起“恨时王之谬听，受奸枉之虚词。民生期于必死，何自苦以终身”的诗句呢？

众文人　这个，那个……

曹　丕　哼！你等终日饮酒，妄议朝政，蛊惑人心，将我三弟拉入歧途，该当何罪！身为文人，就该以国事为重，文只可帮政，绝不能乱政。本王既从政，也善文，今日暂且饶恕尔等！

〔曹丕挥手，众文人欲下。

曹　丕　慢！

〔众文人止步，面面相觑。

曹　丕　尔等可知王粲王仲宣？

文人甲　前辈他博好文采，千秋留名。

文人乙　其楸怆之词，秀而质羸。

曹　丕　可惜他英年早逝啊！

曹　植　我与王仲宣，义贯丹青，好和琴瑟，携手同征，不用你来训教！

曹　丕　哎，今日是王仲宣兄的忌日，王仲宣生前最爱听驴叫，今日，就让我们学一次驴叫，以示敬意?!

〔曹丕环顾左右，众文人为难，曹丕带头学驴叫。少顷，一片嘹亮的驴叫之声，响彻四野。曹丕挥手，众文人下。

曹　丕　三弟，你可记得王仲宣的《为刘荆州与袁尚书》?

曹　植　当然。

曹　丕　王仲宣在文中劝解袁氏兄弟毋作阋墙之斗，而当联合御侮，既晓之以理，又动之以情，写得真乃辞章纵横，甚有文采啊！

曹　植　兄长可也记得王仲宣的《仿连珠》?

曹　丕　哦?

曹　植　王仲宣言道，帝王虽贤，非良臣无以济天下！他多么期望时世早日清平，以施展他的平生之力！

曹　丕　期望是期望，施展抱负也得看时机！

曹　植　时机?这也值得兄长前来训教?

曹　丕　非也，是提醒。

曹　植　文人饮酒赋诗，吐胸中块垒，抒心中情怀，难道这也犯上?

曹　丕　文人者涵容！

曹　植　为政者尚宽！

曹　丕　为兄深知，文者不吐不快，可也要些分寸！

曹　植　文者自抒其怀，你何必对号入座！

曹　丕　（盯着曹植）三弟，你消瘦了许多。

曹　植　兄长之意我该大腹便便?

曹　丕　三弟是为伊消得人憔悴啊！

曹　植　你?

曹　丕　三弟，为兄即将代汉称帝，可你的一些诗赋文章——

曹　植　不知我又犯了哪条王法?

曹　丕　不仅犯上，还事关为兄的颜面！什么“凌波微步，罗袜生尘”，“翩若惊鸿，婉若游龙”，你既知人神有别，就该释怀！

曹　植　你！

曹　丕　实话告诉你，你心中的洛神已经对我立下誓言：今生今世，不见子建，天地可鉴！

曹　植　不，你永远得不到她的心！

曹　丕　心？冰冷的心可以焐化，火热的心可以冷却！你有你的情之赋，她有她的绝情诗，你且看来！（递给曹植一诗）

曹　植　（急念）“纵歌朱弦裂，凝妆明镜缺。河洛东西流，与君长诀绝。”啊？（唱）

一诗在手心惊颤，
好似乱箭把心穿！

曹　丕　（唱）打蛇七寸中要害，
溃其神心断痴顽。

曹　植　（唱）日月昭昭天地可鉴，
有缘无分心却相连。

曹　丕　（唱）叔嫂情分别存他念，
敢越雷池决不容宽！

曹　植　（爆发地）不可能，绝无可能！

曹　丕　为兄即将代汉称帝，治国平天下，自齐家始！世上万物，不可能，能成为可能；可能，也可成为不可能！尚望三弟好自为之！

〔曹丕给吴质眼色，下。

曹　植　你、你、你逼人太甚！

丁　仪　（急劝）安乡侯，人为刀俎，我为鱼肉，当心祸从口出！

吴　质　丁先生，你这话是什么意思?!

丁　仪　路人皆知，何必问我！

吴　质　好个丁正礼，大王登基在即，你却从中作梗。

丁　仪　你！

吴　质　间离大王兄弟之情，煽动文人追随安乡侯，与魏王分庭抗礼，该当何罪?！来人！

〔吴质招手，卫士上。

曹　植　（震惊）正礼他一向效忠王室，何罪之有！

吴　质　丁先生辅佐安乡侯辛苦了，赐他美酒一杯！

曹　植　（阻止）正礼，此酒不能喝！

吴　质　这是魏王所赐！

丁　仪　你！

吴　质　来呀！

曹　植　你们欺人太甚！正礼。

丁　仪　子建。

曹　植　此酒万万不能喝！

丁　仪　（接酒向天）魏王，正礼死不足畏，只望你厚待安乡侯！（饮下毒酒）

曹　植　正礼！

丁　仪　（感情复杂地）子建，若有来世，我还随你左右，出力尽忠！（倒地而亡）

曹　植　正礼！

〔吴质及众卫士下。雷鸣电闪。

曹　植　（愤怒地）高树多悲风，海水扬其波。利剑不在掌，结友何须多！曹丕！你既步步领先，为何还对我苦苦相逼？正礼，我要到朝堂替你讨回公道、讨回公道！

〔切光。

五

〔魏文帝黄初元年（公元220年）10月。

〔光启。魏都洛阳，洛水之畔陵云台。

〔画外音："公元220年，汉献帝禅位，曹丕称帝，为魏文帝。"

〔曹丕在文武百官的拥簇下，立于最高平台上。

曹　丕　列位文武，朕上应天命、下承民请，代汉称帝，举国欢庆！

众文武　万岁，万岁万万岁！

〔内声："启奏陛下，安乡侯求见！"

曹　丕　哦，难得子建一片忠心，前来祝贺！宣！

〔内声："陛下有旨，安乡侯进见！"

〔曹植内唱："洛水畔陵云台旌旗飘荡——"素服打扮上。

曹　植　（接唱）一身素服上朝堂。

恨兄长杀丁仪仰首悲放，

张正义安慰泉下一忠良。

曹植见过兄长。

吴　质　见了陛下还不快快下跪！

曹　丕　（制止吴质）三弟，今乃为兄登基，也是我曹氏家族大喜之日，你为何素衣来见？

曹　植　丁正礼一生荡然，你却令吴质一杯毒酒将他杀害！小弟此来，一则为正礼不平、为他悼丧；二则请兄长为他正名，免叫正礼含冤泉壤。

曹　丕　丁仪怂恿文人，屡屡犯上，煽动离间，侮辱朕躬。其罪本该诛灭九族，一杯酒实实便宜了他。

曹　植　正仪效忠汉室，怎说犯上？

曹　丕　三弟，你心中不平，形诸笔墨、藏于书阁，也就罢了。若留丁仪，朕只怕他播散你不臣之心、鼓动你不轨之念，贻害于你哇！

曹　植　杀鸡儆猴！你明杀丁仪，暗在恐吓！

曹　丕　不，是庇护！

曹　植　哈哈哈……去我臂膀、折我股肱，还说是庇护！这弥天大谎，岂能瞒得过天下？

曹　丕　难道朕冤枉了你不成？

曹　植　你说我怀不臣之心、藏不轨之念，有何凭据？

曹　丕　“恨时王之谬听，受奸枉之虚词。民生期于必死，何自苦以终身……”此等诗章，流落民间，你觉妥与不妥？

曹　植　文者直抒胸臆，未必写的就是你呀？

曹　丕　那醉酒悖慢，劫胁使者？

曹　植　是你亲眼所见？这世道以讹传讹，应有尽有！

吴　质　陛下！

曹　丕　哈哈哈……难得呀难得，三弟你一向标高脱俗、自命清高，怎么也耍起了下三烂文人的伎俩！

曹　植　嘿嘿嘿……你道貌岸然，自命不凡，却干些蝇营狗苟之事，做些暗室欺心之举，谁人不知，谁人不晓？

曹　丕　你！

曹　植　想当年，父王深爱曹植，欲立我为嗣，可是你不择手段，从中作梗，从中渔利！我依稀记得，那一年父王命我带兵出征，你却暗施计谋，把我灌醉；父王病危，留下遗诏，是你诓骗于我才先我入宫一步；你表里不一，心狠手辣，不仅剥夺了曹植生存于世间立七尺之躯、提三尺之剑、建不世之功的权利，而且丧尽天良，横刀夺美！我与逸女相见于洛水，定情于桑林，你、你、你——残忍无道，天理不容！

曹　丕　（神经质地笑起来）哈哈哈……朕是一张帛，你是一团火！朕多想用帛包住火！可帛终将包不住火，既然包不住，朕也只得以水灭火了！（显露杀机）来人，将安乡侯——

灌　均　（急劝）陛下，登基之日，杀生不利！

众大臣　杀生不利！

曹　丕　朕自有道理！

〔众人隐去。

曹　丕　三弟，天下皆说你文思敏捷、出口成章，朕命你以你我兄弟为题，不许犯有“兄弟”二字，在朕七步之内成诗。成，则免你一死；不成，则饮下这杯毒酒。

〔高台上光束下，现一杯毒酒。

曹　植　兄长七步，子建吟诗？

曹　丕　依你才情，当不致令朕失望吧？

〔死一样的沉寂，孩提时曹丕与曹植的画外音悠然而至：

〔曹植童年声：“子桓哥，适才小弟赋诗一首，请兄长过目。”

〔曹丕童年声：“好，好，三弟之诗，妙不可言，将来定有作为。”

〔曹植童年声：“多谢兄长夸奖。”

〔曹丕一步一步走下高台，曹植吃起黄豆，脚步声和着曹植嚼豆的脆响，曹丕走至七步。

曹　植　（声泪俱下，脱口而出）

煮豆燃豆萁，
豆在釜中泣。
本是同根生，
相煎何太急！

〔幕后伴唱：

“本是同根生，

相煎何太急！”

曹　丕　（撼动）相煎何太急……哈哈哈，好个相煎何太急！（惨然，不能自已）三弟啊三弟，文章乃经国之大业，不朽之盛事。你这七步之诗，可留千秋之名，供万代传吟。可事到如今，你的诗只能像一块碎石，在江河中泛起一阵漪涟，震动一下为兄，却感动不了为兄之心！可惜呀可惜，为兄已走了八步！

曹　植　分明七步！

曹　丕　朕说八步就是八步！

曹　植　（惨然大笑）哈哈哈……君要臣死，臣不敢不死；兄要弟亡，弟不得不亡！只是你这杀弟恶名，将随七步诗流传后世。

曹　丕　（色厉内荏）不怕，我不怕！

曹　植　那好！（取过毒酒，欲饮）

〔甄氏内声：“且慢——”上。

曹　植　嫂嫂！

曹　丕　夫人！

甄　氏　陛下……臣妾愿替安乡侯饮下这杯酒！

曹　植　逸女，曹植多谢你深情一片！

曹　丕　哈哈哈！寡人要看的就是这第八步！夫人啊，你答应过朕什么？

甄　氏　臣妾有言在先，今生今世，不见曹植！

曹　丕　今日你既违誓，休怪朕无情！

曹　植　兄长你虽有龙泉之剑，如何斩断流水之情？兄长满盘皆赢，只这一件，输了、输了……输得一败涂地！还与我编什么绝情诗！哈哈哈！

曹　丕　你与我住口！（缓了缓，柔声）夫人，朕知你是一时情急，恕你无罪，你且退下。

甄　氏　不，陛下。臣妾请饮此酒！

曹　丕　（怒）甄氏！

甄　氏　陛下！你与子建一母同胞、血脉相连，子建纵有千错万错，也不致以死相逼。事到如今，妾身倒是明白了，陛下与三弟，你们却不明白……陛下、三弟呀！（唱）

甄氏女有幸得遇曹门亲兄弟，

是命数是缘分皆归于天。
三弟他难继位安乡遭贬，
泼翰墨挥诗文万古名传。
陛下你登龙廷伟业成就，
掌社稷安黎民稳坐江山。
你兄弟原本是骨肉亲善，
为什么今日里手足相残？
为什么似仇雠张弩拔剑，
为什么竟不能相扶相安？
甄逸女含珠泪端起杯盏——

曹　丕
曹　植　喝不得！

甄　氏　（接唱）这杯酒以明我心意拳拳。
饮此酒非关那私情缱绻，
但愿得兄弟间尽释前嫌！
同根生弥创痕月明星灿，
同根生心相印地阔天宽。
子桓你开新朝青史彪炳，
安社稷慰民生执掌江山。
子建你翰墨间挥洒天地，
文章者，经国大业，不朽盛事，但愿你多留千古佳篇！
（饮酒，接唱）
耳边厢听闻得东风舒卷，
遥忆起洛河水碧波流连。

曹　丕　夫人！

曹　植　逸女！

甄　氏　子桓，子建！（唱）
只想将我葬在洛水河畔，
休为我怀悲戚涕泪潸然。
倘若是你二人同吟泽岸，
那潮声便是我低语轻喃。

〔幕后伴唱：

“洛水无情花有意，

斜晖脉脉恨绵绵。”

〔甄氏缓缓隐去。

曹 植 逸女！

曹 丕 夫人！

〔曹丕、曹植痛不欲生。

〔哀婉的女子重唱，恰似天籁之音由远而近：

“煮豆燃豆萁，

豆在釜中泣。

本是同根生，

相煎何太急！”

〔伴唱声中，一轮耀眼又仿佛刻满沧桑纹路的圆月冉冉升起。甄氏出现在圆月中。

〔圆月下，曹丕与曹植遥相对视。

〔切光。幕落。

——剧 终

《七步吟》创作于2009年，2010年广西桂剧团首演，杨小青、龙倩导演，赵素萍、杨青、梁小曲等领衔主演。剧目入选2010—2011年度国家舞台艺术精品工程、中宣部第十三届精神文明建设“五个一工程”。

作者简介

吕育忠 男，1963年出生，浙江东阳人，剧作家，1991年毕业于中国戏曲学院戏剧文学系，现为文化和旅游部艺术司一级巡视员。主要作品有京剧《屈原》、越剧《李慧娘》、桂剧《七步吟》、京剧《将军道》（合作），《七步吟》《将军道》均获第十四届文华奖优秀剧目奖、入选中宣部第十三届全国精神文明建设“五个一工程”，《将军道》获第四届中国戏剧奖·曹禺剧本奖（第20届曹禺戏剧文学奖）。

·豫 剧·

焦裕禄

姚金成　何中兴

人　物　焦裕禄——中共兰考县县委书记。

宋铁成——兰考县林业技术员，曾被打为右派分子，后为县治“三害”办公室技术专家。

顾海顺——原为兰考县县委副书记，后调到地委工作，焦裕禄的老战友。

张欣理——兰考县县长。

徐俊雅——焦裕禄的妻子。

王大荣——宋铁成的妻子，瓦窑村社员。

宋大娘——宋铁成的母亲，瓦窑村社员。

焦守凤——焦裕禄的女儿。

韩大刚——原为县劝阻办公室主任，后任瓦窑公社书记。

李腊梅——瓦窑公社妇女干部。

刘二闹——瓦窑公社青年。

妞　妞——宋铁成和王大荣的小女儿。

小　李——焦裕禄的通信员。

众民兵、灾民、乡亲等。

一

〔光起。

〔大雪纷飞，寒风凛冽。汽笛声划过北方田野。

〔字幕：“1962年冬，兰考火车站。”

〔众多灾民肩背铺盖卷、挎着讨饭篮拥上。王大荣扯着妞妞随上。

〔韩大刚带民兵上，民兵列队。顾海顺随上。

韩大刚　（对民兵）现在请顾书记给大家作指示！（带头鼓掌）

顾海顺　同志们！县劝阻办公室承担的是一项严肃的政治任务！这么多讨饭的兰考人，要是都坐火车流窜到全国各地，那咱们兰考不就成了全国出名的讨饭县了吗？这将造成什么样的政治影响？那咱们兰考不仅丢了兰考的人，更丢了社会主义的人！丢了共产党的人！所以，一定要把所有扒车外出乞讨的人劝阻回去！大家能不能完成任务？

众民兵 坚决完成任务！

韩大刚 你们去东边！你们去西边！严把死守，不准一个讨饭的兰考人扒车出去！

〔顾海顺下。韩大刚与众民兵分下。

〔大雪飘飘，成群的灾民蜷缩在风雪里。

〔焦裕禄内唱："数九天滴水成冰大雪飘飘——"上。小李随上。

焦裕禄 （接唱）火车站外流的灾民一群群如同涌潮。

看他们老老少少风雪里蹲靠，

衣单薄肚腹空怎敌这北风似刀？

灾民要外出，民兵要阻挠，

这样的局面怎开交？

情况复杂莫急躁，

要先保乡亲们少挨冻饿、少受煎熬！

〔汽笛声响，众灾民如听到号令一样纷纷起身，争先恐后往前拥。

焦裕禄 （维持秩序）乡亲们，不要乱，不要挤！小心挤着老人小孩儿！

〔刘二闹冲破堵截跑进车站，又被民兵架回来。

〔韩大刚上。

韩大刚 干什么！把带头的给我抓起来！

〔两个持棍子的民兵上前抓刘二闹。

焦裕禄 （生气，上前）不能抓人！（夺过民兵手中的棍子）住手！你们凭啥抓人！

韩大刚 （意外）同志，你是……

小　李 这是新来的焦书记。焦书记，这是县劝阻办公室主任韩大刚同志，是临时从下边公社抽调过来的。

〔火车未停，汽笛声远去，众灾民泄气地坐回原地。

焦裕禄 韩大刚同志，你觉得这样硬堵着不让群众出去，合适吗？

韩大刚 焦书记，我们执行领导命令，顾书记刚给我们做了动员……

焦裕禄 好了，不要再说了，请你帮我把顾书记请到这儿。

韩大刚 好。（下）

焦裕禄 小李，你去给车站负责同志讲一下，请他们尽快给群众提供点热茶热水。上不了车的人，都让到候车室里去，不要让乡亲们待在这风雪地里受冻。

小　李 好！（下）

焦裕禄 乡亲们！不要乱，不要挤！要听从指挥，排好队，我保证大家都能上去车！

〔小李复上。

小　李 焦书记，顾书记过来了。

〔顾海顺上，韩大刚随上。

顾海顺 老焦，你咋到这里来了？

焦裕禄 老顾，你看天寒地冻的，这么多群众要出去，咱们得改变一下思路呀！

顾海顺 老焦，刚才韩大刚同志把你的意见跟我说了，我认为你这样做那绝对不行！（唱）

兰考人外流问题很严重，
上级领导提起来就头疼！
老问题不下狠心难解决，
手一松咱兰考县逃荒要饭可又要出大名！

焦裕禄 老顾，产生外流逃荒的根本原因是乡亲们口粮不够吃，口粮问题不解决，光是这样一味堵截，那是扬汤止沸，怎么能中呢？

顾海顺 老焦！（唱）

这道理说来我也懂，
可没粮食，搬来神仙也不中！
看眼下外流人员成股涌，
领导的意图咱执行不执行？

焦裕禄 当然要执行。

顾海顺 你说咋执行？

焦裕禄 既要疏导劝说，更要尊重群众意愿。我们主要是做好服务，保证群众安全。

顾海顺 （勉强一笑）照你这么说，那不是开闸放水、放任自流嘛。

焦裕禄　你咋说都中。但不能这样硬性堵截！这样搞，要出大问题的！

顾海顺　老焦！你不是不知道，咱到上边开会的时候，领导只要一提起咱兰考人要饭，脸色那是难看啊……

焦裕禄　（顿，微微叹气）咱们不能光看领导的脸色，也得看看父老乡亲们的脸色吧！饿着肚子还不让讨饭，那要出人命的！老顾，我建议，把劝阻办公室的牌子摘了，换成治理“风沙、盐碱、内涝”的治“三害”办公室！由张欣理县长兼任主任！

顾海顺　（忍不住提高音调）老焦！我认为你这样做要犯政治错误的！

焦裕禄　（生气，不由提高了嗓门儿）饿死人才是最大的政治错误！

顾海顺　（无奈，强忍）反正我已接到调令，要去地委工作了。你是主持工作的书记，我保留意见。（下）

韩大刚　焦书记，你看我的工作……

焦裕禄　等县委研究一下，你去瓦窑公社，带领乡亲们治理“三害”！

韩大刚　好！（下）

妞　妞　娘，我饿。

王大荣　妞妞，听话，等扒上车，到郑州娘给你要个白馍吃。

焦裕禄　（叹气）大嫂，天寒地冻的，还带着小孩，出去多不方便啊，你们还是回家吧！

王大荣　唉！（直摇头）他大叔，你不知道，俺不出去不中啊！

焦裕禄　咋不中啊？

王大荣　（唱）冬小麦被风沙压坏吹翻，
　　　　秋玉米逢雨涝全叫水淹。
　　　　红高粱不长穗儿光长秸秆，
　　　　黑黄豆遭盐碱颗粒无还。

焦裕禄　大嫂，你们家里分了多少口粮？

王大荣　（唱）全家人一年粮只分了两口袋半，
　　　　不逃荒咋熬过大长春天？

焦裕禄　……大嫂，你们是哪个公社的？

王大荣　俺是瓦窑公社的。

焦裕禄　瓦窑公社？你们那里有个叫宋铁成的，你认识不认识？

王大荣　（面露惊惶）你问他干啥？

焦裕禄 我想打听一下，他现在情况怎么样？

王大荣 ……俺不认识。

妞　妞 那是俺爹……

焦裕禄 （意外）啥？宋铁成是恁爹？孩子！

妞　妞 （恳求）叔叔，您是好人，您给他们说说叫俺上车吧！俺讨饭时不说俺是兰考人，中不？

王大荣 他大叔，俺都是一天一夜水米没打牙了，这扒不上火车可咋办呀？（抹泪）

众灾民 是啊，让俺上车吧！

〔妞妞饿晕倒地。

王大荣 （惊惶）妞妞！妞妞……

焦裕禄 （急）小李，快！水！（拿过挎包，取出水壶给妞妞喂水）

众灾民 （纷纷议论）这孩子，是饿的啦！

唉！要饿死人呀！

妞　妞 （醒来）娘，我饿……

王大荣 妞妞，来，趴到娘身上，先睡一会儿，等睡着了，你就不知道饿了。

焦裕禄 （心如刀绞，从衣袋里掏出几张粮票）大嫂，这是几斤粮票，您拿上，到郑州，给孩子买个馍吧。

王大荣 （感到意外，抬起头看着焦裕禄，犹疑推辞）……不！俺不能要您的粮票。

焦裕禄 （对妞妞）孩子，拿住！

妞　妞 （回头看王大荣）叔叔，俺不要。

〔焦裕禄把粮票硬塞到妞妞手里。

妞　妞 （不知所措地把粮票递给王大荣）娘！

王大荣 （拿着粮票感动得不知说什么好，突然下跪）恩人哪！

焦裕禄 （急扶）大嫂！快起来！孩子，起来！（忍泪，转对众灾民）乡亲们！我是兰考县委书记焦裕禄！

〔众灾民一阵骚动，一齐向焦裕禄围拢过来。

众灾民 啊？焦书记……

焦裕禄 站在这里，我不知道对你们怎么说才好……（难过得说不出话

来）我代表兰考县委，向乡亲们道歉了。（深深鞠躬）

〔所有的人都意外、惊愕。一时鸦雀无声。

众灾民 （感动地）焦书记！

焦裕禄 （唱）我这里向大家说声对不起，
这一声对不起——
说不尽我心中的愧疚和焦急！
风雪天乡亲们本应该在家团聚，
现在却让大家背井离乡受委屈。
面对着乡亲们我心中千言万语，
多少话也难表达我此时的心迹。
……

〔灾民中有人抽泣，有人默默拭泪。

〔车站职工抬着茶水桶过来，焦裕禄接过开水壶往大家茶缸里倒开水。

焦裕禄 （唱）出门难靠的是乡情乡谊，
有急难要互帮衬不弃不离。
三九天衣单薄难避寒气，
到夜晚背风处挤上一挤。
虽讨饭咱也要遵法守纪，
兰考人眼前穷，咱心气不低。
为救急逃荒是权宜之计，
咱有志气靠双手开出新局！
咱不怨天，不怨地，
靠我们自己救自己！
春耕时我一定到各村去，
盼你们平安出平安回无病无疾。
盼你们给我提建议，
盼你们与我同分析。
除“三害”咱们要共甘苦发奋争气，
不改变穷面貌我绝不把兰考离！

刘二闹 焦书记，俺一定回来！俺一定回来！

众灾民 俺一定回来！

焦裕禄 乡亲们，乡亲们！大家保重啊！大家保重啊……（哽咽，拭泪）

〔喧嚣杂乱的火车站一霎时变得寂静而有序。

〔灾民们主动排队，让老人、小孩、妇女先进站。

〔刚才堵截灾民的民兵也开始帮助灾民进站上车。

〔王大荣拉着孩子，排队随下。

〔风在呼啸，雪在飞舞。一声汽笛声响，火车启动……

〔焦裕禄向远去的乡亲们挥手送别。

〔幕后伴唱：

“风雪夜行人去远，

万千挂牵心熬煎……”

〔暗转。

二

〔幕后伴唱：

“雪压荒村路桥断，

夜送冬衣车行难……”

〔伴唱声中，景转风雪路上。

〔焦裕禄和干部们拉着救灾物资的架子车走入风雪中。

〔景转瓦窑村，宋铁成家。家徒四壁，穷愁潦倒。

〔内屋传出二胡曲《江河水》如泣如诉的声音。

宋大娘 （到门外观望）唉，天这么冷，也不知道大荣带着孩子在外边到底怎么样了……（对内屋）铁成！铁成！别拉了！锅里给你留的菜团子，你把它吃了吧！

〔内屋传出宋铁成的声音：“娘，你吃吧。我胃有点疼，不吃了。”

宋大娘 娘知道你有胃病不敢吃这个。唉，要不，我去隔壁你刘婶家看能不能借点玉米面……

〔宋铁成掂着一把二胡从内屋走出。他带着病容，但仍有几分倔强。

宋铁成 娘，别再去了。

〔宋大娘叹气。宋铁成掂旧挎包，欲出行。

宋大娘 铁成，这天寒地冻的，你要去哪儿？

宋铁成 （稍顿）听说县里新来了个书记，我想去找他反映反映兰考的情况……

宋大娘 啊?！还反映？你吃亏还没吃够呀？五八年大炼钢铁砍树毁林那阵儿，不就是因为你写信反映情况，叫人家把你打成了“右派分子”？这几年遭多大的罪！连救济粮都不给咱家发。孩子，你可不敢再惹事了啊！

宋铁成 娘！我心里憋屈得慌啊！兰考沙害这么严重，说到底不还是砍树毁林造成的恶果吗？

宋大娘 孩子，你不要命了?！说不定你到不了县城，就叫人家抓回来了！（唱）

铁成儿你可不敢再揭人家干部的短，
难道你忘了五八年你咋翻船？
刮“五风”炼钢铁乱把树砍，
一棵棵、一片片，砍得人心寒。
挡也挡不住，劝也劝不转，
无奈何你写信反映到上边。
谁知道为这戴上了右派帽，
批斗会撤了你林业技术员。
工资停，口粮断，
监督劳改去烧砖。
说实话惹出一场难，
差点把性命搭里边。
到如今罪名压得气难喘，
再惹事咱家可塌了天，
咱宁可当哑巴你莫再多言！

宋铁成 （痛心疾首）唉！（垂泪，蹲下）

〔生产队敲钟通知开会的声音传来。

宋大娘 是村里要开会吧？（不放心地推宋铁成进内屋）

〔内屋里传出了二胡曲《光明行》激越的声音。

〔焦裕禄背着半袋粮食上，驻足谛听二胡声。韩大刚随上。

韩大刚 这就是宋铁成家。焦书记，他可是五八年补划的右派……

焦裕禄 （摆手）你去吧！需要时再通知你。

〔韩大刚下。

焦裕禄 （敲了两下院门）家里有人吗？

〔二胡声戛然而止。宋大娘疑惑地开门。

焦裕禄 大娘，您好！这是宋铁成同志家吗？

宋大娘 （困惑地）是啊。您是……

焦裕禄 我是老焦，是县里来的，是党和政府派我们来给乡亲们送救灾物资的。这是棉衣，这是救济粮……

宋大娘 （意外）啊？还有粮食?!（下意识地上前看粮袋）太谢谢您了！快进屋来暖和暖和！（上下打量焦裕禄）怎么？您是……拉架子车来的？

焦裕禄 对对，是拉架子车来的。

宋大娘 我说呢，弄得这浑身泥水浑身雪的！您是县运输队的吧？

焦裕禄 运输队？呵，对对，是运输队……大娘，宋铁成同志在家吗？

宋大娘 （提防）你、你找他干啥？

焦裕禄 我想了解一下他前几年写信反映砍树毁林的事。

宋大娘 （惊惶）啊？铁成他……他不在家。

〔宋铁成从内屋走出来。

焦裕禄 （发现宋铁成）噢，他是……

宋大娘 （猛醒，连忙挡住宋铁成）啊啊，他是铁成他兄弟……

焦裕禄 兄弟？兄弟也好啊，刚才那《光明行》曲子拉得不错嘛！来来，咱们聊聊。

宋大娘 （急忙把宋铁成挡在身后）啊……他、他、他是个哑巴。

焦裕禄 （意外）啊？哑巴?!

宋大娘 （忍泪，语气更加肯定）是……他……他是哑巴，是哑巴！

〔宋铁成无奈地蹲缩床后。

焦裕禄 （震动）啊？哑巴……（欲言又止，唱）

宋大娘语慌乱惊恐不定，
看起来这“哑巴”就是宋铁成。
他本是造林人把绿荫播种，

至如今却装哑人沉默无声。

说真话他付出代价惨痛，

看眼前他破屋冷灶、冻饿交加、孤独无助，

我的心阵阵刺疼！

自然风沙灾害重，

人心的风沙伤在深层。

治“三害”挖病根纠错扶正，

聚人心靠科学众志成城。

疗内伤必须要下药对症，

盼铁成走出阴霾重振雄风。

（转对宋大娘）大娘，你们受委屈了！

宋大娘 （意外，疑惑地）焦师傅，您……

焦裕禄 （稍顿）大娘，我是兰考县委书记焦裕禄……

〔宋铁成一震。

宋大娘 啊？您是焦……书记？

焦裕禄 我今天来的主要任务，就是为宋铁成同志平反……

〔宋铁成急欲上前，宋大娘急挡住儿子。

宋大娘 啊？您、您说啥？您……再说一遍。

焦裕禄 （取出文件）我代表兰考县委，为宋铁成等同志平反……

宋铁成 啊？平反?!（挣开阻拦，冲上前）焦书记！我、我就是宋铁成呀！

焦裕禄 铁成同志！这是县委的文件。（把文件郑重交与宋铁成）

宋铁成 （双手颤抖，接过文件细看，念）“为宋铁成等同志平反……”平反，平反……（忍不住蹲下大哭）

焦裕禄 铁成同志，你……受委屈了！（扶起宋铁成）我代表县委向你道歉！

宋铁成 （泣不成声）焦书记……

焦裕禄 铁成同志，县委认真研究了你关于植树造林治理风沙的建议，认为非常有价值，决定聘请你参加治“三害”规划小组。希望你尽快养好身体，为治理兰考沙害再立新功！

宋铁成 （激动）焦书记！（唱）

一番话如同是春雷电闪，

我胸中冰雪化、乌云散，止不住心潮汹涌多心酸，热泪涟涟！
自古来兰考风沙多祸患，
这风沙吞没多少好庄田！
为治沙多少年日想夜盼，
为治沙多少回走村访贤；
为治沙说真话反遭批判，
为治沙我跌进了黑暗泥潭……
今日里党组织纠错平反，
明是非得公正重见春天！
为治沙遭难无悔怨，
闻战鼓驽马也争先！
治“三害”兰考宏图展，
为改变穷面貌我累死也心甘！

宋大娘 焦书记！您就是俺家的救命恩人哪！（欲下跪）

焦裕禄 （急扶）大娘！这是我应该做的。您把我当成您的儿子就行了！来！咱们为铁成庆祝庆祝！

〔焦裕禄拿过那把二胡，坐到床上，拉起了《光明行》。

〔铿锵激越的《光明行》旋律响起。宋铁成振奋。

〔暗转。

三

〔起伏的沙丘，呼啸的风沙。

〔幕后合唱：

“春回兰考冰雪化，
千军万马战风沙！”

〔雄壮的《光明行》交响旋律中，焦裕禄、张欣理、李腊梅等和群众一道挖胶泥压沙的舞蹈。徐俊雅和焦守凤也出现在治沙栽树的行列里。

〔灯光变化，劳动群众隐去。

〔高高的沙丘上，满是刚栽上的泡桐树苗。

焦裕禄 （拄着铁锹瞭望远方，唱）

春打六九冰河开，
三月雁归报春来。
以工代赈治“三害”，
聚起人心火添柴。
村村队队来比赛，
翻淤封沙把阵排。
困难压头气莫殆，
有志脚下路自开！
幸福不会从天降，
要吃桃子把树栽。
苦战三年把面貌改，
定要让新兰考粮丰林茂幸福来！

〔张欣理上。

张欣理 老焦！

焦裕禄 哎，固阳、仪封那几个公社情况怎么样？

张欣理 以工代赈这个办法好啊！那几个公社的情况都不错，许多外流人员都自愿回乡参加治“三害”呢！

焦裕禄 这是好现象。不过，随着回乡人员的增加，粮食不足的问题已经越来越突出了……

张欣理 是呀，口粮标准低，劳动量大，不少人得了浮肿病……

焦裕禄 唉，这是个大问题。咱们得想办法呀！

张欣理 （迟疑地）办法倒是有，就是……（欲说又咽）

焦裕禄 （急切地）啥办法？你说！

张欣理 （低声地）登封是丰收县，市场上粮价比较便宜，咱们可以打个擦边球，筹集点钱，到那里采购一批议价粮！

焦裕禄 （思忖，摇头）这不合适。咱说是擦边球，可到时候你浑身是口也说不清楚呀！要弄成个违犯粮食政策，事可就大了！

张欣理 这……唉！（点头）

〔宋铁成抱着泡桐苗走上。

焦裕禄 哎，铁成！不是让你在家休息的嘛，你怎么又跑出来了？

宋铁成 焦书记、张县长，我又选育了一种泡桐苗，很适合在沙丘上种植，今天想过来实地试验一下。

〔王大荣内喊：“他爹！”急上。她手里粗布手巾包着什么东西。

宋铁成 （意外，不高兴地）大荣，你、你咋来了？

王大荣 （埋怨）他爹！你……（把手里的东西往宋铁成手里塞）

宋铁成 （把东西又推回王大荣手里，掩饰地）我跟焦书记和张县长有事。咱有事回家再说，你先回家去吧！啊！（推王大荣）

焦裕禄 嫂子！你有什么事？

王大荣 焦书记！铁成他……

宋铁成 （打断）大荣！咱有事回家说，别打扰焦书记！

焦裕禄 铁成！你说这是啥话？嫂子，啥事？你说吧！

王大荣 焦书记，铁成他……

宋铁成 大荣！你……

焦裕禄 （用手制止宋铁成，对王大荣）嫂子，你说，铁成他怎么了？

王大荣 （忍不住哭出声来）焦书记！（唱）

您让俺照顾好铁成身体，
俺再操心再忙活也是白费力。
补助粮小锅饭俺用心用意，
他上顾老下顾小从不顾自己。
给他留半个花卷馍，
他可怜女儿肚里饥。
把馍塞到妞手里，
他饿着肚子上工急。
两腿肿恁粗，
久病身子虚。
干活不顾命，
劝他又不依。
孩子们糠糠菜菜能熬得起，
俺真怕他梁柱一倒悔不及！

宋铁成 （责备）大荣，你、你说这些干啥？

焦裕禄 （心情沉重地）铁成！嫂子说得对！你可不能大意啊！

〔王大荣趁势把花卷馍往宋铁成手里塞。

宋铁成 你甭瞎操心，我身体没事！快给咱妞妞拿回去……

焦裕禄 唉！老张，待会儿咱研究一下，对技术骨干中的病号，再提高些补助标准吧！

张欣理 （点头）好。哎，（从挎包里取出糖票）嫂子，这是焦书记专门给老宋弄的红糖票，用红糖配上黄豆，炖成汤给老宋补补身体！

王大荣 （感激地）焦书记！张县长！

宋铁成 这、这、这怎么行？大家都缺粮……

焦裕禄 铁成，你今天不要出工了，赶快跟嫂子一块儿回去休息！

宋铁成 焦书记，你就让我把这几棵树苗栽上吧！

焦裕禄 唉！好吧，咱们一块儿干！

〔王大荣下。焦裕禄、宋铁成与张欣理三个人分别扛着树苗、提着水桶走上台后区高高的沙丘，焦裕禄亲手栽树浇水。

〔灯光勾勒出泡桐苗充满生机的形象。深情的音乐起。

〔字幕："这株1963年春天沙丘上栽下的泡桐苗，历经岁月风霜，终于长成了一棵高大葱郁的泡桐树，成为几十年后兰考大地上最引人瞩目的亮点，人们亲切地称其为'焦桐'。"

焦裕禄 铁成，咱们给沙丘贴上膏药，再给它扎上针，一定能把它的病根治好！

宋铁成 走！咱再到六号风口看看去！（刚走两步，突然趔趄晕倒）

焦裕禄 （惊，急上前扶）老宋！

宋铁成 （气息微弱地）焦书记，俺没事……

焦裕禄 小李！快送医院！

〔小李跑上，焦裕禄、张欣理帮着把宋铁成扶起。小李背宋铁成下。

〔李腊梅上。韩大刚随上。

李腊梅 焦书记，我们队请病假的快到三分之一了！这样下去任务肯定完不成……

韩大刚 李腊梅！你——（唱）

谁让你乱准假人心涣散？

再这样突击队就要散摊！

张欣理 腊梅，是咋回事？

李腊梅 （唱）有问题他不解决光会瞪眼，

下边挤上边压俺实在太冤！

焦裕禄 具体点，到底啥问题？

李腊梅 焦书记！张县长！（唱）

口粮缺浮肿病不断蔓延，

怎忍心让病号再把任务担？

韩大刚 （唱）这好比关键时刻上火线，

饿肚子拼着命也得上前！

李腊梅 （赌气地）我……干不了了！你撤我职吧！（转身哭）

〔刘二闹急上。

刘二闹 （结结巴巴地）李队长！三队又有几个人饿晕倒了！这得赶快想办法呀！

众　人 焦书记！

焦裕禄 （反复思忖）腊梅，先把病号送到医院。告诉乡亲们，粮食问题我们一定想办法解决！

〔李腊梅、韩大刚、刘二闹下。

焦裕禄 （稍顿）老张，刚才你说的那个事……（咬咬牙）就办吧！

张欣理 （意外，复又赞许）好！老焦，这个事你不用管了，我来弄！（下）

焦裕禄 老张！记住，别张扬。（走上沙丘，目送张欣理下）

〔暗转。

四

〔字幕："十天后。"

〔工地旁的茅屋。茅屋外沙丘上一面红旗在风中飘舞。

〔李腊梅领顾海顺上，拿茶缸为顾海顺倒水。

李腊梅 顾主任，您坐！您稍等会儿，我去找焦书记！（下）

顾海顺 （唱）检举信爆出惊天案，

汽车贩粮胆包天。

盘问案情有疑点，

兰考县领导有牵连。
前台是张欣理指挥把事办，
后台是焦裕禄点头暗成全。
地委的专案组已到县，
严追严查不容宽！
下乡来找老焦汇报见面，
要结案需要他亲把字签！

〔焦裕禄上。

焦裕禄 老顾！我的老伙计，不在开封享福，怎么跑到我们工地来啃沙子来了？

顾海顺 看你说的！没事我就不能来看看你了？我虽然调离兰考了，可我对兰考还是有感情的！

焦裕禄 哦，对对！

顾海顺 （掏烟给焦裕禄）来一支吧？

焦裕禄 不啦。医生不让我吸。

顾海顺 那我也不吸了。你那肝病最近咋样？

焦裕禄 （笑笑）没事。

顾海顺 我听说你那肝一疼，就拿茶缸盖压在肝上，使劲顶住藤椅止疼……唉，那怎么行呢？得住院治疗才成！

焦裕禄 是呀。唉，等等再说吧……

顾海顺 哎，那可不能等啊！老焦，最近回咱山东老家看了没有？

焦裕禄 光想回去看看，可就是没时间啊。老伙计，你这纪委的主任，急着跑这儿来见我，肯定有事，说吧。

顾海顺 老焦！有个重要的事情要给你通报……

焦裕禄 啥事情？这么严肃？

顾海顺 我带地委调查组来兰考，要查处一桩案件……

焦裕禄 噢？啥案件？

顾海顺 有党员领导干部公然长途贩运倒卖粮食，情节非常严重！

焦裕禄 （一愣，一时有点无法应对）啊？是吗？情况……情况查清楚了吗？

顾海顺 （顿）基本查清楚了，干这事的就是县长张欣理！

焦裕禄 （一震，顿，斟酌字句）老顾啊，这涉及一个同志的政治生命，我们可要慎之又慎呀！

顾海顺 老焦！（唱）

运粮车在登封已被挡住，
检举信证据确凿不含糊。
地委领导有批示严肃查处，
专案组到县里行动迅速！
刘专员亲告诫决不能包庇错误——

老焦啊！（接唱）

事态严重决不可糊里糊涂！

焦裕禄 老顾，如果这事有错误，第一个要担责任的应该是我焦裕禄！怎么能叫张欣理同志负责呢？

顾海顺 老焦！不让你牵涉进这个案件，是地委领导的意见！（取出一张纸）你签个字吧，便于地委专案组写结案报告。

焦裕禄 （看）这个字我不能签。

顾海顺 老焦，这可是政治问题呀！（无奈，复又坚决地）老焦，这是地委的决定，你可以保留意见，但必须要执行！

焦裕禄 嗨！（气，坐）

顾海顺 与此案有关的善后处理，都由我负责！你就不要管了！

焦裕禄 （急，拉顾海顺）老顾！咱们一块儿走，我去找地委领导申诉！

顾海顺 （甩开焦裕禄的手）老焦！你申诉啥？长途贩运，这是违纪，这是犯法！这是破坏国家统购统销粮食政策！谁敢为你担这样大的风险？谁愿意拿自己的政治生命开玩笑？老焦！

焦裕禄 老顾，你……（尽量缓和口气）老伙计，你看，现在春荒缺粮，植树造林又节令赶紧，乡亲们饿着肚子还在拼命地干活！浮肿病一天天在增多，你说我该怎么办？我能不闻不问，我能坐视不管吗？

顾海顺 （有所触动）老焦，你说这些我都明白……可涉及具体政策，咱能说得清、咱能担当得起吗？

〔幕后传来喊声："焦书记！"韩大刚和刘二闹上，部分乡亲随上。

韩大刚 焦书记！粮食……（忽然看见顾海顺，意外）啊？顾书记！您、您……回来了？

顾海顺　（板着脸）韩大刚！粮食怎么了？怎么不说了？

韩大刚　（看阵势不对，嗫嚅）粮食，粮食……

顾海顺　（看韩大刚和刘二闹的神色，有所明白）怎么，是不是粮食拉回来了？

韩大刚　（稍顿，点头）拉回来了……

顾海顺　不是在登封路上被挡住了吗？

韩大刚　是被挡住了……

顾海顺　那怎么又拉回来了？

韩大刚　我拿出了县政府的证明信。后来……后来他们把电话打到了县里。县领导给他们说明了情况……后来，就拉回来了。

顾海顺　拉回来了也不能分！马上封存！等候处理！

刘二闹　（错愕，忍不住）啊？封存？为、为、为……为啥？

众乡亲　是呀！为啥不能分？

顾海顺　（顿）你们问问焦书记吧！

众乡亲　焦书记！

焦裕禄　（欲言难言）……

刘二闹　（不满地）是哪、哪、哪……个龟孙歪嘴，告告……告咱黑状了？

顾海顺　什么告黑状！这违反国家粮食政策！涉嫌长途贩运、投机倒把！这是阶级斗争！这是一桩严重的政治事件！调查组已经到县里调查了！

众乡亲　啊？！

〔李腊梅上。

李腊梅　顾主任，得浮肿病需要营养补贴的人，名单都列好了，大家都盼着这些救命粮哩呀！

众乡亲　是啊，是啊！

顾海顺　把花名册给我！

李腊梅　不，不！

顾海顺　你想干什么？

李腊梅　顾主任，这可是乡亲们的救命粮啊！

顾海顺　你们想干什么？

众乡亲　领导，俺求求您了！

顾海顺 你们想干什么？你们想看着焦书记被撤职被处理吗？你们愿意焦书记被开除党籍开除公职吗？你们愿意看着焦书记被公检法带走吗？

〔众低头无语。空气凝固般沉重。

老太太 啊？这都恁厉害？

顾海顺 我说的都是实情！

老大爷 咱不能叫焦书记他受处分呀！这粮食咱不分了！

〔刘二闹有点不服气，想争辩，刚要开口，就被老大爷狠狠打了一下，刘二闹不情愿地把话噎了回去，低头……

众乡亲 不分了，不分了……

李腊梅 顾主任，这是名册，给……

顾海顺 这粮食不能分。

〔顾海顺接名册下。韩大刚随下。

〔众人眼光齐刷刷地投向焦裕禄，那是心痛，那是牵挂……

众乡亲 焦书记！您保重啊！保重啊！

焦裕禄 乡亲们！

众乡亲 焦书记，保重啊！（分头下）

〔一阵风沙呼啸而过。焦裕禄焦灼地思虑着，内心矛盾激烈。

焦裕禄 （唱）风沙滚滚心如焚，
粮荒急，愁煞人，
浮肿病，揪我心。
冒险违规把粮运，
粮未到口罪上身……
乡亲们忍饥饿苦干硬拼，
为的是治“三害”、夺丰收挖掉穷根。
浮肿病如瘟疫蔓延日甚，
不忍看乡亲们一个个病弱的身体、祈盼的眼神！
眼看着运回的粮食被查禁，
摔跟头受处分百口难申。
国家救济力用尽，
干菜代食已无存。
麦收还得两月整，

六十天饿倒多少人?
若不设法救急困,
岂不失职成罪人?
买粮分粮及时雨,
饥口夺粮怎忍心!
乡亲们为护我饥饿苦忍,
更让我心愧疚纷乱如云!
这局面怎应对百遍思忖,
救命粮难煞我掌舵之人!

〔一阵狂风猛袭过来,焦裕禄不由一震。

焦裕禄 (唱)一阵狂风心头震,
乍看到饥肠辘辘众乡亲。
党派我兰考担重任,
为群众造福是根本!
既然是应急只有这一条路,
我为何不敢推开这扇门?
让群众吃上饭错不到哪里去,
真有错我负责,纵受处分也甘心!

〔顾海顺复上。

顾海顺 老焦,粮车我已派人封存好了。

焦裕禄 老顾……

顾海顺 老焦,政治高压线碰不得!

焦裕禄 (尽量控制着情绪)饿死人绝不是共产党的政策!让老百姓吃上饭错不到哪里去!老顾啊,这事你就不用为我担心了,我焦裕禄一个人负责!(拿过花名册欲下,忽然肝痛跌倒)

顾海顺 (急扶)老焦,老焦!快来人呀,快送焦书记去医院!

〔李腊梅等急上,扶焦裕禄。

焦裕禄 腊梅,按照花名册马上发放补贴粮!

李腊梅 焦书记!

焦裕禄 快去!

顾海顺 (犹豫,突然大声地)慢!(走到焦裕禄身边,恳切地)慢!老焦！你要冷静，你要冷静啊！

焦裕禄 老顾……

〔王大荣、妞妞戴孝巾上。部分乡亲跟上。

王大荣 焦书记！

焦裕禄 嫂子？

王大荣 （捧着一摞材料）焦书记！这是铁成留下的材料，他让俺交给您……

焦裕禄 铁成他……

王大荣 今天，他倒在了苗圃里，再也没有起来……铁成他……（悲呼）走了！（痛哭瘫倒）

焦裕禄 啊?!

妞　妞 （大哭）娘！我不吃花卷馍了！我要爹！我要爹呀！

王大荣 （哭抱妞妞）孩子！

〔一片抽泣声。

焦裕禄 （悲痛欲绝，突然大声地）都还愣着干啥？赶快去分粮食！等饿死人了再去送救命粮，一切都晚了！

顾海顺 老焦……

焦裕禄 （大声地）分！（唱）

人是铁来饭是钢，
这是前线救急粮！
救命粮要保证群众先吃上，
天大错全由俺一人承当！

〔顾海顺动容，转念，走过来紧紧握住了焦裕禄的手。

顾海顺 就按焦书记说的办！

〔音乐大起。

〔暗转。

五

〔电闪雷鸣，大雨倾盆。

〔字幕："半年后。"

〔景转焦裕禄办公室。墙上一幅兰考地图，地图前一把旧藤椅倒在地上。

〔徐俊雅夹着被褥，焦守凤捧着一个大瓶子上。

焦守凤 （高兴地连跑带跳先进屋来）爸爸！爸爸！（失望地）妈妈，爸爸他又不在。

徐俊雅 老焦！……唉，这又去哪儿了？守凤，把这拆洗过的被褥给你爸换上！

焦守凤 唉！（把瓶子放桌上，从妈妈手里接过被褥进内屋）

〔徐俊雅收拾屋子，她扶起旧藤椅，发现藤椅上的破洞，心中揪痛。

徐俊雅 （唱）看见了藤椅上破洞根根断茬，

似看到老焦他茶缸抵肝咬着牙。

老焦啊！（接唱）

肝疼病最怕劳累压力大，

多少次劝你休息都白搭！

叫你吃药你总忘记，

犯病时你就知道顶住肝疼桌上趴。

抚藤椅似看见你日夜忙和累，

抚藤椅似看见你忍疼痛汗流面颊。

抚藤椅怎诉说亲人的心疼牵挂，

抚藤椅忍不住泪流如麻。

为你忧、为你愁，心难放下，

恨不能替你病、替你疼，替你挡住这兰考的暴雨和风沙！

〔焦裕禄披雨衣从外面进来。

焦裕禄 俊雅，下这么大雨，你们咋来了？

徐俊雅 半个多月都没见你面，听说你今天回县委，我们过来给你送点药。老焦，你的病可不能再大意了啊！

焦裕禄 没事。今年兰考洪涝灾害严重，好多村子都被水淹了。县委的同志都在下边哩。

焦守凤 （从内屋出来，看见爸爸，惊喜）爸爸！

焦裕禄 （高兴地）守凤！

徐俊雅 孩子给你送土蜂糖来了！

焦守凤 爸爸！（唱）

中医说土蜂糖养肝效果好，
俺与同学到乡下跑了几遭。
枣花蜜把春天精华酿造，
定能够驱病痛雾散云消。
愿爸爸早康复全家欢笑，
女儿我天天过节歌声飘！

（捧糖瓶递给焦裕禄）

焦裕禄 （高兴地接糖瓶）好哇，我焦裕禄享到女儿的福了！

焦守凤 爸爸，我要去县委办公室当打字员了！

焦裕禄 哦，这事我知道。

徐俊雅 这都是张县长一手安排的，为的是让孩子更好地照顾你。

焦裕禄 （稍顿）守凤，我正想跟你商量这事哩。咱县食品厂扩建招工，爸准备让你到食品厂去当工人。

焦守凤 （意外）啊?!

徐俊雅 老焦，孩子做梦都想当这个打字员。

焦裕禄 我知道，可是，这个事我不能答应。

焦守凤 啊？你为啥不答应？

焦裕禄 因为你是我县委书记的女儿。

焦守凤 （气恼）照您这么说，因为是您的女儿，俺就应该永远永远吃亏倒霉吗？

徐俊雅 守凤！怎么跟爸爸说话呢？

焦守凤 咱县食品厂算啥厂！不就是腌咸菜、做酱油嘛！又脏又累！我不去！我就是不去！

焦裕禄 （严厉地）守凤！（生气地拍桌子）守凤，怎么越大越不懂事了？

焦守凤 （委屈）摊上您这样一个爸爸，我算倒霉到底了！（哭下）

焦裕禄 （追了两步）守凤……（忽觉肝疼，按住了肝部）

徐俊雅 守凤……（急又回头扶焦裕禄）唉，闺女急，你也急！你是急啥哩？

焦裕禄 （懊悔地）唉！快去找孩子吧！

〔徐俊雅心情矛盾，叹气下。

焦裕禄 守凤……（追到门口，看着外边的大雨，懊悔万分）唉！

〔电话铃突响。焦裕禄欲接电话，忽觉肝疼，步履艰难，跌倒，挣扎……

焦裕禄 （挣扎站起，接电话）你大声点……听不见！听不见！我是焦裕禄！你再大声点！啊……是南李河东段？噢，噢！（在地图上找）……洪水已经把村庄包围了？什么？几户？有没有人员伤亡？……首先要保证人的安全。噢，噢！我知道了，我马上去，马上……（昏倒）

〔无歌词伴唱起。

〔一声炸雷，焦裕禄缓缓醒来。外边大雨如注。

〔焦裕禄挣扎站起，放好电话，倒开水吃药。

〔张欣理急上。

张欣理 老焦，张君墓大王庄、崔园子一带，洪水已经包围了所有村庄！

焦裕禄 我知道了，咱们快去！

张欣理 你身体不好，还是在家听汇报吧，我去！

焦裕禄 别说了！吃别人嚼过的馍没有味道。快走！（急下）

张欣理 老焦，老焦！（追下）

〔暗转。景转旷野，狂风暴雨，洪水肆虐。

〔焦裕禄带领群众在暴雨和洪水中扛沙包、堵缺口、排险情的舞蹈。

〔一个扛沙包的青年跌倒，焦裕禄和小李忙上前扶起，小李背青年下。

〔焦裕禄奋力扛起沙包，忍着肝疼，顽强前行。

〔在扛沙包堵缺口的群舞烘托下，焦裕禄扛沙包步履踉跄……

〔焦裕禄跌倒，几番挣扎，终于不支，晕倒在洪水中。

众　人 （惊呼）焦书记！

〔众人围上，抬起焦裕禄。定格。

〔暗转。

六

〔幕后伴唱：

“一声声唤亲人，亲人不语……

风雨路倒下了我们的焦书记。

老焦啊，乡亲们颗颗心牵挂着你，

盼望你驱病魔、早痊愈，重走在兰考春风里……”

〔合唱声中，群众走在去看望焦裕禄的途中。

〔景转病房。焦裕禄躺在病床上。

徐俊雅 老焦，地委决定让你转院去省人民医院，今天就来车接你……老顾还在瓦窑蹲点，小李已经打过电话了，他一会儿就来医院。

〔顾海顺提中药包上。

顾海顺 嫂子！

徐俊雅 老顾。

焦裕禄 （醒来）噢，是老顾啊……

顾海顺 老焦！（走到床前）这是我请一个老中医给你开的药，据说对你这病很管用。

〔徐俊雅接过中药。

焦裕禄 谢谢！谢谢老伙计……

〔徐俊雅搀扶焦裕禄慢慢坐起来。

焦裕禄 俊雅、小李，我要跟顾主任谈点工作上的事。

〔徐俊雅、小李下。

焦裕禄 老伙计，你们地委工作组在兰考蹲点抓典型，辛苦了！

顾海顺 哎，这都是应该的。地委领导对瓦窑这个典型很重视呀！

焦裕禄 这个我知道。唉，不过我心里有个疙瘩，想跟你聊聊……

顾海顺 什么疙瘩？你说。

焦裕禄 （拿床头报纸）你看，《大灾之年大丰收，瓦窑奇迹振人心》，消息都上报纸了，可据我了解，瓦窑还有很多人逃荒。这到底是啥原因呢？

顾海顺 这个原因很复杂。兰考历史上灾多，外出逃荒成了传统习惯……

焦裕禄 恐怕不是这么简单！

顾海顺 那你的意思是……

焦裕禄 （稍顿）虚夸。瓦窑公社上报的粮食产量数据有虚夸。

顾海顺 噢，这个情况我知道，我已经在底下批评过韩大刚了。不过，整体上说，他们的工作确实有成绩，韩大刚已经被地区选上模范，材料都报到省里了。这个事要传出去，我们可就被动了。

焦裕禄 唉！老顾，这是个大事，我们不能将错就错呀！

顾海顺 老焦，我知道你的犟脾气又上来了！你知道不知道这个事是谁抓的？

焦裕禄 我知道，刘专员。

顾海顺 去年买议价粮的事，最后要不是刘专员力保，你和张欣理肯定要受处分！这次，再弄出这个事来，咱俩怎么交代呀？再说，刘专员用心良苦，也是为了兰考的工作嘛！

焦裕禄 这个我都明白。

顾海顺 老焦，我不能同意你这个意见！

焦裕禄 老顾！我就要离开兰考了，很可能是再也回不来了……这件事如果不能妥善解决，我死不瞑目啊！

顾海顺 老焦！你……你这是何苦呢？

焦裕禄 （稍顿）老顾，让老百姓过上好生活，是咱们党的根本宗旨。在粮食产量这件事上咱们要将错就错、装聋作哑，这意味着什么？这意味着，一个共产党的县委书记，向上级政府提供了虚假的数据，而因为这虚假的数据，将导致上级政府错误的决策——过量征购！那就是减少老百姓的口粮！在口粮标准本来就不高的老灾区，这将给老百姓再次降临一场灾难。这不是天灾，是人祸呀！老顾，五八年浮夸风的教训，难道我们都忘了吗？

顾海顺 （动容）老焦，我……唉！

焦裕禄 老顾，兰考的百姓好啊！逃荒、要饭、挨饿，吃多少苦，连一句埋怨的话都没有，还是一心一意跟着我们走，跟着我们干，我们不能再亏了老百姓啊！（唱）

老百姓心里有杆秤，
知道你是重还是轻；
老百姓心里有面镜，
知道你是浊还是清。
老百姓是天，老百姓是地，
老百姓是千万条树根把大树撑。
老百姓日子过不好，

你当什么先进也不光荣！
莫以为百姓善良好欺哄，
欺百姓如欺父母天理难容。
咱自己也都是老百姓，
怎能忘了百姓的苦与疼？
咱多担点责任不算啥，
为的是百姓脸上少愁容。
咱吃的是百姓饭，穿的是百姓衣，
咱就该为百姓分忧解难报恩情！
心中想着老百姓，
就不会只为脸面争虚名；
心中想着老百姓，
就不会贪图私利把百姓坑！
心中想着老百姓，
就不怕吃亏受屈不提升。
心中想着老百姓，
老百姓才与你同心同德同船行，共担风雨把船撑！

顾海顺 （感动）老焦，你说得对。唉！这些年我……惭愧呀……老焦！我这就把原先上报的材料撤回来。

焦裕禄 （点头）最重要的是把虚高的数字落实下来，征购过头的村子，要赶快落实返销！

顾海顺 好，我这就去落实。

焦裕禄 （感动）谢谢你，老伙计！（与顾海顺紧紧握手告别，深情地）拜托了！

顾海顺 （扶焦裕禄坐床上，郑重地）……放心吧！（转身，忍泪下）

〔焦裕禄肝部又剧疼，徐俊雅急上，扶焦裕禄坐床上。

徐俊雅 老焦！老焦！（哭求）老焦！你都病成这样了，别再谈工作了！啊？

焦裕禄 （缓缓醒来，尽量装出轻松的样子）哎，哭啥哩？挺一挺就过去了，没事……

〔徐俊雅忍泣。

焦裕禄 俊雅，扶我到窗户那里看看。

〔徐俊雅搬凳子到前台，扶焦裕禄坐。

焦裕禄 守凤呢？孩子是不是还在生我的气呀？

徐俊雅 你别乱想了！守凤去乡下给你找土蜂糖了。

〔焦守凤一身泥水，捧着蜂糖瓶上，站门外听。

焦裕禄 唉，孩子大了，可我没有尽到父亲的责任呀。我对不起孩子。我不能带着遗憾走，叫守凤来，我要给孩子道歉……

焦守凤 （忍泪）爸爸……（走过来，把蜂糖瓶捧到焦裕禄手上）

焦裕禄 孩子！你又去给爸爸找土蜂糖了？我的乖女儿……爸爸谢谢你……（用手指狠劲顶住肝区，汗如雨下）

〔徐俊雅急忙上前扶住丈夫。

焦守凤 （紧紧抱住焦裕禄）爸！爸！

焦裕禄 （抚摸着女儿的头发）守凤，爸爸对不起你……

焦守凤 （哭）爸，您别说了……我听话，我不去县委办公室当打字员了！我去食品厂，我去腌咸菜、做酱油……爸！爸！我啥也不要，我就要爸爸！我就要爸爸！（抱焦裕禄大哭）

焦裕禄 （唱）一声爸叫得爸爸心头暖，
女儿的理解比金子珍贵比蜜甜。
我知道我这个爸爸没当好，
亲人们多受拖累多为难。
你弟弟妹妹年龄都还小，
为长姐你要关心弟妹们学习进步和吃穿。
这些年你妈妈持家不容易，
从此后你要帮妈妈多分担。
离兰考留下了无限遗憾，
这支笔留给女儿续写新篇。
俊雅呀，我贤惠的妻啊，
对亲人几句话要记在心间：
如果是病难医我此去无返，
定要把我埋在兰考沙丘前。
我要看战友们锁黄龙巧手奋战，
我要看盐碱地水洼窝变成良田。

我要看泡桐苗成大树花开灿烂，

我要看兰考县林盛粮丰美好的明天！

焦守凤 爸爸！

〔乡亲们拥上，呈现出宏大的群众送别场面。

〔焦裕禄被医护人员搀扶着缓缓而行。张欣理等干部也在送行队伍中。

众乡亲 （拥上前）焦书记，您一定要回来呀！

焦裕禄 （动情地）乡亲们，我一定会回来的！

〔画外音："我一定会回来的！"

众乡亲 焦书记！

〔光渐暗。悠长的呼唤声渐弱。

〔光复明，遍野泡桐，一片葱绿，泡桐花簇簇盛开，如云如霞，如诗如画。

〔焦裕禄迈着从容的脚步，从远方向观众席走来……

〔幕后男声独唱：

"兰考县不见了漫漫黄沙，

兰考县不见了内涝水洼。

遍地的小树苗已长大，

泡桐花年年开香飘天涯！"

〔焦裕禄形象定格，如塑像般耸立在泡桐林中。

〔字幕："1964年5月14日，焦裕禄逝世，终年四十二岁。焦裕禄的精神滋养了兰考的大地，焦裕禄的遗愿在兰考大地上已经化成了最动人的画图。如今的兰考，已是腾飞的中原大地上一颗璀璨的明珠。饥饿已是遥远的记忆，富足与和谐是人们热议的话题……"

——剧　终

《焦裕禄》2010年创作完成，2011年河南豫剧院三团首演，主演贾文龙。剧目获得文化部第十五届文华大奖，入选中宣部第十三届精神文明建设"五个一工程"。

作者简介

姚金成　男，1948年出生，河南汝州人，享受国务院特殊津贴专家，河南省政府参事，河南省剧协原副主席。代表作品有豫剧《焦裕禄》《香魂女》《村官李天成》《重渡沟》，越剧《韩非子》，锡剧《玉兰花开》，粤剧《疍家女》。

何中兴　男，1946年出生，河南西峡人，主要作品有《重渡沟》《牌坊村》《山野白罂粟》《乡醉》《女儿梦》等等。